MADELINE HUNTER
Eine Lady von zweifelhaftem Ruf

1

An dem Begräbnis einer Hure nehmen sicherlich nur wenige Leute teil, ganz gleich, wie berühmt und vornehm die Kunden dieser Hure gewesen sein mögen.

Celia Pennifold war daher über die wenigen Trauernden bei der Beisetzung ihrer Mutter, Alessandra Northrope, nicht überrascht. Es waren hauptsächlich Frauen, herausgeputzt in teuren schwarzen Seidenensembles, die sie am Ende des Tages wieder ablegen würden. Sie alle waren Kurtisanen, wie die Verstorbene selbst, und wussten, dass Alessandra nicht von ihnen erwartet hätte, die Trauerkleidung länger als ein paar Stunden zu tragen. Schließlich gab es Kunden, die ihre Gesellschaft erwarteten.

Es waren auch ein paar Männer anwesend. Weiter hinten drückten sich fünf Jungspunde herum. An ihrem respektlosen Grinsen und der Art, wie sie einander anstießen, konnte Celia erkennen, dass die meisten es als großen Scherz ansahen, hier zu sein. Doch einer schien tatsächlich um die schöne, faszinierende Frau im Sarg zu trauern.

Alessandra hatte neben großzügigen Geschenken häufig auch Liebeserklärungen erhalten. Doch sie war stets freundlich genug gewesen, diesen verliebten Herren zu verschweigen, dass sie nicht mehr das Bedürfnis verspürte, ihre Tätigkeit zu verschleiern.

Das war etwas, was man über diese spezielle Hure mit Bestimmtheit hatte sagen können, dachte Celia. Herzöge mochten ihr Gedichte geschrieben und Bauernburschen ihr Lieder gesungen haben, aber Alessandra Northrope hatte stets genau gewusst, wer und was sie wirklich war.

Wenn sie ihrer Tochter doch nur die gleiche Selbsterkenntnis zugestanden hätte.

»Fünf Kutschen«, flüsterte Daphne ihrer Freundin Celia zu, während der Vikar sein Gebet herunterleierte. »Ich frage mich, um wen es sich handelt.«

Celia hatte die Ankunft der Kutschen ebenfalls bemerkt. Es handelte sich um anonyme Mietkutschen, deren Vorhänge zugezogen waren, um die Insassen vor neugierigen Blicken zu schützen. »Ich nehme an, dass es sich um ehemalige Gönner handelt. Oder derzeitige. Bekannte Männer, die nicht erkannt werden wollen.«

Wenn es sich um ehemalige Gönner handelte, wie lange war es her, dass sie Alessandra besucht hatten? Diese Gedanken lenkten sie von dem Ritual ab, das sich vor ihr abspielte. Sie bemühte sich, nicht zu den dunklen Kutschen zu starren. Sie widerstand dem Drang, hinzugehen und einen Blick hineinzuwerfen, um herauszufinden, wer sich auf diese anonyme Weise von Alessandra verabschieden wollte.

»In der sechsten Kutsche befinden sich jedenfalls keine Gönner«, bemerkte Daphne. »Darin sitzen Audrianna und Verity. Sie sind wegen dir da, Celia, auch wenn sie ihre Gesichter nicht zeigen.«

Celia wusste die Geste ihrer beiden Freundinnen zu schätzen. Da beide vor Kurzem Männer von gutem Stand geheiratet hatten, mussten Audrianna und Verity aufpassen, wie sie sich öffentlich präsentierten. Es würde ihnen sicher schaden, wenn herauskäme, dass sie mit Alessandras Tochter befreundet waren.

Daphne, eine finanziell unabhängige Witwe, musste weder auf einen Ehemann noch auf ihr gesellschaftliches Umfeld Rücksicht nehmen. Und doch zeigte auch Daphne ihr Gesicht nicht vollständig. Von ihrem breitkrempigen Hut hing ein dichter Vorhang aus schwarzer Spitze herab und verhüllte das hellblonde Haar und ihr blasses Gesicht. Daphne hatte darauf bestanden, Celia zu begleiten, obwohl diese ihr davon abgeraten hatte.

Celia blickte erneut auf die fünf anderen Kutschen. Bei zweien entdeckte sie schmale Schlitze in den Vorhängen und bemühte sich, etwas durch die Öffnungen zu erspähen. Doch sie waren zu weit entfernt, und es war zu dunkel darin.

Sanft berührte Daphne Celias Hand und erinnerte sie daran, ihre Gedanken auf die Gebete zu richten. Schuldbewusst wandte Celia sich im Geiste wieder dem gegenwärtigen Moment zu, doch sie konnte sich nicht auf die Worte konzentrieren. Sie ließ Erinnerungen an ihre Mutter vorbeiziehen, einige schön, andere schmerzlich, die ergreifendsten stammten aus den letzten paar Wochen. Alessandras Krankheit hatte sie nach fünf Jahren der Entfremdung wieder vereint. Jeglicher Streit von früher, jeder Groll und jede Verletzung waren während dieser letzten bittersüßen Tage vergessen gewesen. – Außer einer Sache.

Als der Gottesdienst vorüber war und die Frauen davongingen, gestattete Celia es sich, ihre Aufmerksamkeit erneut auf die Kutschen zu lenken. Während diese vorbeirollten, blickte sie jede von ihnen direkt an, sowohl um die Tatsache anzuerkennen, dass der darin verborgene Mann ihrer Mutter die letzte Ehre erwiesen hatte, als auch um seine Präsenz zu erspüren und ihn so vielleicht später erkennen zu können.

»Er war da«, sagte sie zu Daphne, nachdem alle Kutschen fort waren. »Da bin ich mir sicher.«

»Wahrscheinlich war er das.«

»Vielleicht wird er mir schreiben. Möglicherweise wird er sich mir jetzt, wo sie fort ist, offenbaren.«

Daphne hakte sich bei ihr ein und führte Celia fort. »Vielleicht tut er das.«

»Du willst mich nur bei Laune halten. Du glaubst nicht, dass er das tun wird.«

»Da er es bis jetzt nicht getan hat, nein, ich glaube nicht, dass er es noch tun wird.«

Celia legte einen Schritt zu. »Es war grausam von ihr, es mir nicht zu sagen. Ich habe ein Recht darauf zu wissen, wer mein Vater ist, doch sie hat meine Bitte abgewiesen.«

»Ich bin sicher, ihre Entscheidung war nicht leichtfertig, Celia. Vielleicht solltest du akzeptieren, dass sie ihre Gründe dafür hatte. Dass sie es für sich behielt, hat ihr vielleicht dabei geholfen, in Frieden zu gehen.«

Celia blinzelte die Tränen fort. »Ich bin mir sicher, dass sie ihre Gründe dafür hatte, wie für alles andere in ihrem Leben auch. Doch ich kann nicht akzeptieren, dass ich den Namen meines Vaters nun niemals erfahren werde.«

»Es waren natürlich nur Gerüchte. Vage Gerüchte. Ich selbst habe ihnen niemals Glauben geschenkt.«

»Aber andere schon?« Jonathan spähte durch die Schlitze in den Vorhängen. Ein Großteil seiner Gedanken beschäftigte sich mit dem Auftrag, den sein Onkel ihm gerade erteilte, aber ein kleiner Teil davon blieb weiterhin auf das kleine Drama gerichtet, das sich dort draußen neben dem Grab abspielte.

»Einige vielleicht. Es gab keinen Beweis, nur auffällige Muster und Zufälle. Sie machten diejenigen, die an der Macht waren, zu einer ungünstigen Zeit misstrauisch. Daher die jetzige Besorgnis. Und wegen dieser Gerüchte will kein Mann, dass sein Name mit dem dieser Frau während jener Jahre in Verbindung gebracht wird, damit er nicht zu Unrecht in ein schlechtes Licht gerückt wird.

Onkel Edward teilte ihm die nötigen Informationen in einem unaufgeregten Tonfall mit, der demonstrierte, für wie unwichtig er die ganze Angelegenheit hielt. Er hatte außerdem deutlich gemacht, dass er davon ausging, Jonathan würde diesen kleinen

Auftrag annehmen, so wie schon so viele andere in den letzten Jahren.

Jonathan schob den Vorhang ein wenig mehr beiseite. Drüben am Grab stand eine Gruppe von Frauen, die alle ganz in Schwarz gekleidet waren. Die meisten von ihnen würde jeder Mann in der Stadt wiedererkennen. Bei einigen handelte es sich um Mätressen mit festen Gönnern, andere waren die begehrtesten Liebesdienerinnen der Stadt, deren Kunden zu den angesehensten und einflussreichsten Familien gehörten. Sie lebten in ihrer eigenen Welt, die den Planeten, auf dem die gute Gesellschaft lebte, wie ein Mond umkreiste und die Männer guter Herkunft mit einiger Regelmäßigkeit besuchten.

Nicht alle dieser Frauen waren berüchtigt. Zwei von ihnen schienen fehl am Platz zu sein. Die eine, groß und schlank, blieb hinter ihrem Schleier, der von ihrem breitkrempigen Hut herunterhing, gänzlich unerkannt. Die andere, die kleiner und blond war, trug überhaupt keinen Hut.

Er kniff die Augen zusammen, um das Gesicht der zweiten Frau besser erkennen zu können. Die Entfernung machte es schwer zu sagen, aber ja, es könnte sich tatsächlich um Celia handeln. War sie als pflichtbewusste Tochter aus reiner Sentimentalität da? Oder als Erbin ihrer Mutter, so, wie Alessandra es geplant hatte? Sie stand aufrecht und stolz am Grab und schien über die Anwesenheit der Freundinnen ihrer Mutter überhaupt nicht beschämt zu sein.

»Und wenn die Gerüchte nun doch stimmen?«, fragte er Edward, ohne den Blick von dem blonden Schopf zu wenden. »Was, wenn ich herausfinde, dass Alessandra tatsächlich vertrauliche Informationen an den Feind weitergegeben hat?«

»Der Krieg ist schon lange vorbei. Deine Aufgabe besteht nicht darin, das zu untersuchen. Finde einfach nur heraus, ob sie irgendwelche Geschäftsbücher hinterlassen hat, mit Namen, die man publik machen könnte. Wenn dir so etwas in die Hände fallen sollte, bring es mir.« Er schenkte Jonathan sein Lächeln, die einzige Wärme und Zuwendung, die der jüngere Mann über die Jahre hinweg von einem seiner Verwandten bekommen hatte.

Endlich schenkte Jonathan seinem Onkel seine ganze Aufmerksamkeit. »Warum ich, wenn es so leicht ist?«

»Du kanntest sie, oder nicht? Du warst mit ihr befreundet?« Edwards Gesicht blieb unbewegt, doch Jonathan kannte den Verstand hinter diesen gleichmäßigen Zügen und dunklen Augen zu gut, um sich täuschen zu lassen.

»Befreundet, ja. Aber sie war nicht meine Geliebte, wenn du das andeuten willst. Ich kenne ihre Geheimnisse nicht. Und ich habe nichts gesehen, was diese Gerüchte bekräftigen würde.«

»Natürlich nicht. Dennoch kannst du dich besser als sonst jemand in ihrer Welt bewegen, da du ihr Freund warst.« Er deutete in Richtung Fenster und auf die Frauen am Grab. Die Bewohner von Alessandras Welt. »Sie werden dir allein schon aus diesem Grund vertrauen. Und auch deswegen, weil die Menschen ohnehin dazu neigen.«

Sein Onkel spielte auf eine seltsame Tatsache an, die Jonathan zu einem Experten darin gemacht hatte, an Informationen zu kommen. Aus ihm unbekannten Gründen vertrauten die Menschen ihm instinktiv. Er verstand es selbst nicht, aber es machte seine Aufträge von Edward wesentlich einfacher. Aber auch ein wenig unehrenhaft, ganz egal, wie redlich der Anlass auch sein mochte.

Bisher war noch unklar, wie redlich dieser neue Auftrag war. Nicht, dass es eine Rolle spielte. Er hatte schon vor langer Zeit aufgehört, über solche Dinge nachzudenken. Man konnte kein Ermittler sein, wenn man voreingenommen war. Ob er nun einen

Auftrag des Innenministeriums erfüllte oder das Liebesnest einer untreuen Ehefrau aufspürte – wenn er essen wollte, musste er objektiv bleiben.

Wieder blickte er aus dem Fenster. Er fragte sich, ob er auch dieses Mal neutral bleiben konnte. Alessandra war tatsächlich eine Freundin gewesen. Es war etwas Geschmackloses an dem Gedanken, ihr Leben und ihre Vergangenheit zu durchstöbern. Es fühlte sich wie Verrat an.

Er sah seinen Onkel an. »Ein anderer Mann wäre vielleicht besser geeignet.«

»Wir wollen dich. Niemand weiß, was dabei herauskommen wird. Wir können nicht auf irgendeinen Laufburschen aus der Bow Street vertrauen.«

»Die Sache gefällt mir nicht. Ich wollte sowieso wieder zurück nach Frankreich.«

Edward bemühte sich zu lächeln, verzog jedoch stattdessen seinen Mund auf eine Art und Weise, die eher Besorgnis ausdrückte. »Du willst doch nicht wirklich schon wieder so früh fort, oder? Ich habe mit Thornridge bereits Fortschritte gemacht. Ich plane, nächste Woche selbst nach Hollycroft zu fahren, um zu sehen, ob meine Bemühungen Früchte getragen haben. Wenn ich in dieser Sache erfolgreich bin und mein Ziel erreicht habe, wirst du doch bestimmt hier sein wollen.«

Damit bezog sein Onkel sich auf eine langwierige Unternehmung, deren Erfolgsaussichten Jonathan zunehmend skeptisch betrachtete. Edward war sein einziger Verbündeter in seinem Kampf um Anerkennung innerhalb seiner Familie, welche die Ungewissheit über sein zukünftiges Leben aus der Welt schaffen würde.

Edward sagte nichts weiter, doch zwischen ihnen gab es eine alte Übereinkunft. Er würde Jonathan unterstützen, wenn dieser ihm dafür half. Es war sein Onkel gewesen, der ihn während des Krieges rekrutiert und als Mittelsmann des Innenministeriums agiert hatte, wann immer er auf Missionen geschickt wurde.

Normalerweise ließ eine Anspielung auf das große Ziel Jonathan jegliche Zweifel beiseiteschieben. Doch nicht heute. Er wusste selbst nicht, warum. Vielleicht war es das Gefühl, eine Freundin zu verraten, das dieses Unbehagen hervorrief. Vielleicht verlor Edwards Lockmittel auch langsam an Anziehungskraft. Der Köder hing schließlich schon eine ganze Weile im Wasser.

Andererseits lag es möglicherweise auch daran, dass er heute Alessandras Tochter gesehen hatte. Celias lebhafte jugendliche Art hatte schon immer dazu geführt, dass er sich im Vergleich dazu düster, trübsinnig und vor der Zeit gealtert vorgekommen war.

Edwards Ausdruck wurde ernst, als ob er etwas in Jonathans Gesicht entdeckt hätte, das ihn beunruhigte. »Da ist noch etwas.«

»Und was wäre das?«

»Es ist möglich … ich wollte wegen der vermeintlichen Freundschaft zu dieser Frau erst nichts sagen, aber es gibt einen Hinweis darauf, dass der Angriff auf dich in Cornwall mit dieser Sache zusammenhängt. Nur eine Spur, mehr nicht. Nichts Eindeutiges.«

»Du wusstest das und hast mir bis jetzt nichts gesagt? Verdammt, du weißt, dass ich in dieser Sache noch eine Rechnung offen habe. Wenn du irgendwelche Informationen über den Mann hast, der dahintersteckt, will ich …«

»Ich versichere dir, dass das alles noch sehr unklar ist. Dennoch – einer ihrer frühen Gönner war ein französischer Emigrant, wie du vielleicht weißt. Er brachte ihr Stil und Umgangsformen bei. Es gibt Hinweise, dass er etwas damit zu tun hatte, und wir haben Anlass zu glauben, dass sie bis zu seinem Tod vor zwei Jahren weiterhin Kontakt mit ihm hatte. Privat und heimlich.«

Also war an den Gerüchten doch etwas dran. Jonathan konnte

nicht glauben, dass ihn Alessandra bewusst in eine Falle und einen fast sicheren Tod geschickt hatte. Das konnte er bei einer Frau, die ihm fast mütterlich begegnet war, einfach nicht.

Andererseits konnten manche Entscheidungen, die man in dieser Welt treffen musste, hart sein. Ein Agent mit Missionen zweifelhafter moralischer Natur konnte sich kein allzu starkes Gewissen leisten. Das alles war ihm klar.

Die Trauerfeier war nun zu Ende. Die Frauen zerstreuten sich, bis nur noch die Blondine und ihre verschleierte Freundin am Grab standen.

»Wirst du es tun?«, fragte Edward. »Du musst dieses Mal genau den Anweisungen folgen. Ich will nichts von dieser lästigen Eigenständigkeit sehen, die du letztens im Norden gezeigt hast.«

»Daran waren die äußeren Umstände schuld, wie du sehr wohl weißt.«

»Du hättest einen Weg finden müssen, um Hawkeswell loszuwerden, als du erfahren hast, dass er in der Angelegenheit herumschnüffelt. Du hättest …«

»Ich habe dich gewarnt, dass die Sache so sehr zum Himmel stank, dass es jemand riechen würde. Gib nicht mir die Schuld, wenn die Regierung deshalb bloßgestellt wurde.«

Ihre Kutsche rollte an und gelangte auf einen Teil des Weges, der näher am Grab lag. Ein blonder Kopf drehte sich zu der vorbeifahrenden Kutsche um. Während sie näher kamen, erblickte Jonathan aus nur drei Metern Entfernung Celias liebliches Gesicht.

Das hübsche goldige Kind war zu einer äußerst liebreizenden Frau herangereift. Sie wirkte immer noch genauso einnehmend wie früher, wenn auch vielleicht etwas weniger unschuldig als damals. Sie blickte genau in das verhängte Fenster, um die für sie nicht sichtbaren Kutscheninsassen stumm zu grüßen.

Der Himmel war wolkenverhangen, und doch erhellte sich die Welt um sie herum ein klein wenig, als ob die junge Frau ihr eigenes Licht ausstrahlen würde.

Jonathan wandte sich vom Fenster ab und sah sich mit dem Stirnrunzeln seines ungeduldigen Onkels konfrontiert.

»Ja, ich werde es tun.«

Celia stieg aus Daphnes Einspänner. Sie sah zu dem dreigeschossigen Backsteinhaus empor. Es wirkte gut instand gehalten, wie die meisten anderen Gebäude in diesem Teil der Wells Street auch. Es war die Art Haus, in der ein Kaufmann oder ein wohlhabender Handwerker leben könnte.

»Es scheint eine anständige Gegend zu sein, und Bedford Square liegt nur ein paar Straßen östlich«, sagte Daphne. Sie hatte nicht nur das Haus in Augenschein genommen. »Du solltest hier für ein paar Tage allein sicher sein.«

Celia holte ihre Reisetasche aus der Kutsche. Sie hatte Daphne noch nicht gebeichtet, dass es vielleicht mehr als ein paar Tage werden würden. Dafür war später noch Zeit, sobald sie alles gemäß ihren Plänen vorbereitet hatte.

»Ich finde es immer noch merkwürdig, dass meine Mutter mir niemals von diesem Haus erzählt hat«, sagte sie. »Es ist viel bescheidener als das Anwesen in der Orchard Street. Wahrscheinlich hat es ihr einer ihrer Gönner geschenkt, um ihr durch die Vermietung ein monatliches Einkommen zu verschaffen.«

Daphne stieg aus und band die Zügel an einem Pfahl fest. »Vielleicht solltest du es auch lieber vermieten anstatt es zu verkaufen.«

»Vielleicht tue ich das wirklich. Ich kann es ohnehin nicht verkaufen, bevor der Nachlass nicht geregelt ist. Mr Mappleton hat mir gesagt, dass weitere Gläubiger auftauchen könnten. Wenn dem so ist, wird mir dieses Haus genau wie alles andere aus den Fingern gleiten.« Sie holte den Schlüssel aus ihrem Ridikül und steckte ihn ins Schloss.

»Gott sei Dank ist es möbliert. Ich habe bereits befürchtet, dass du auf dem Boden schlafen musst«, bemerkte Daphne, nachdem sie einen Blick in den ersten Raum geworfen hatten. »Dadurch kannst du auch eine höhere Miete verlangen.«

Celia stellte ihre Reisetasche ab, und sie begannen, sich im Erdgeschoss umzusehen. Vorne befand sich ein hübscher Salon, und dahinter lag eine Bibliothek. In beiden Räumen gab es präsentable Polstermöbel, massive Tische und schlichte, aber geschmackvolle Teppiche. In der Bibliothek befand sich eine kleine Auswahl an Büchern. Celia betrachtete die Buchrücken und schmunzelte, als sie die vielen Gedichtbände entdeckte. Mama hatte Gedichte geliebt und bei der Ausstattung dieser Bibliothek wohl angenommen, dass die Mieter von ihrem eigenen Geschmack profitieren würden.

Sie stiegen die Treppe zum ersten Stock hinauf und sahen sich die Schlafzimmer an. Das vordere ging zur Straße hinaus. Daphne hob eine Tagesdecke auf dem Bett an. »Es ist bezogen, und die Laken scheinen sauber zu sein. Offenbar ist der letzte Mieter ziemlich überstürzt abgereist. Vielleicht ist er vor dem Büttel geflohen. Lass es uns trotzdem neu beziehen, um sicher zu sein, dass es auch frisch ist.«

In einer Weidentruhe fand Daphne Bettwäsche, und schnell brachten sie die Arbeit hinter sich. Dann machten sie eine Bestandsaufnahme der anderen Zimmer in diesem Stockwerk und fanden im hinteren Teil des Hauses eine zweite Treppe.

»Den Dachboden werde ich mir morgen in Ruhe ansehen«, verkündete Celia, während sie wieder nach unten gingen. »Es scheint alles in Ordnung zu sein, Daphne. Ist dir jetzt wohler dabei, mich hier allein zu lassen?«

»Ich habe doch keine Einwände gegen deinen Aufenthalt hier vorgebracht.«

Celia kicherte. »Du hast zwar nichts gesagt, aber deine Augen haben diesen leidenden Ausdruck angenommen, der besagt, dass du zwar etwas dagegen hast, aber nichts tun kannst.«

Am unteren Ende der hinteren Treppe betraten sie einen weiteren Salon. Dieser wies eine ordentliche Größe auf und war mit Korbstühlen und einem Kanapee ausgestattet. Durch seine großen Fenster konnte man den Garten sehen. Der Ausblick fesselte Celias Aufmerksamkeit.

»Er geht nach Süden raus«, stellte Daphne fest. »Das ist ein ausgezeichneter Raum. Selbst heute, bei einem solch bedeckten Himmel, ist hier drinnen ein angenehmes Licht, und der Blick auf den Garten ist sehr erfrischend.«

»Das hier wird wohl mein Lieblingsort«, sagte Celia. »Pflanzen würden sich an diesen Fenstern gut machen.« Eine Idee, die in ihrem Inneren gereift war, als sie von diesem Haus erfahren hatte, begann nun Früchte zu tragen.

Sie inspizierten noch die Küche, dann bereitete sich Daphne auf ihre Abreise vor. Sie würde den Einspänner zurück zu ihrem Anwesen nahe Cumberworth in Middlesex lenken. Dort hatte Daphne ihr Floristikgeschäft, wo sie Blumen und Pflanzen für den Londoner Markt züchtete. Die letzten fünf Jahre war es auch Celias Zuhause gewesen.

»Wir werden dich vermissen«, sagte Daphne an der Haustür. »Versprich mir, dass du auf dich achtgeben wirst.«

»Es ist eine gute Gegend, Daphne. Ich werde hier sicher sein.«

»Ich sollte dich wohl nicht so stark bemuttern, da ich nur vier Jahre älter bin als du. Du hältst meine Besorgnis sicher für albern.«

»Du bemutterst mich nicht. Du bist wie die große Schwester, die ich mir immer gewünscht habe.«

Daphne, die immer noch eine Art mütterliche Besorgnis im Blick hatte, trat auf die Straße hinaus und band ihren Einspänner los. Celia sah zu, wie ihre geliebte Freundin davonfuhr, während der Schleier an ihrem Hut in der winterlichen Brise nach hinten geweht wurde.

Wenn sich Daphne ein wenig wie eine Mutter benahm, dann lag es wohl daran, dass Celia in vielerlei Hinsicht noch wie ein Kind gewesen war, als sie sich kennengelernt hatten. Ein verwirrtes, einsames Kind, das Unterschlupf gesucht hatte bei einer Fremden, über die man sich erzählte, dass sie ein gütiges Herz besaß.

Celia schloss die Tür und begann, sich mit dem Anwesen vertraut zu machen, das Alessandra Northropes einziges Vermächtnis darstellte.

Nun, nicht das einzige Vermächtnis. Es gab da noch eine andere Sache, sollte Celia sich dafür entscheiden, das Erbe anzutreten.

2

Celia verbrachte die verbleibenden hellen Stunden in dem lichtdurchfluteten hinteren Salon. Sie schätzte seine Größe ab und stellte ihn sich anders möbliert vor. Diese aufkeimende Idee begann schnell einen saftigen Halm und Blätter auszutreiben.

Bei Einbruch der Dunkelheit zog sie sich in ihre Schlafkammer zurück. Sie entfachte kein Feuer im Kamin, da sie bald schlafen gehen wollte. Sie zündete eine Kerze an, zog ihr wärmstes Nachthemd an und wickelte sich in zwei dicke Wollschals. Dann setzte sie sich ans Fenster und sah hinaus, während sie Pläne für die Verwendung dieses Hauses schmiedete.

Sie vertraute darauf, dass alle offenen Schulden innerhalb einer überschaubaren Zeit gemeldet werden würden. Sie würde Mamas Anwalt und Testamentsvollstrecker Mr Mappleton fragen müssen, wann sichergestellt war, dass sie das Haus behalten konnte.

Das Rechtliche würde warten müssen, doch das Übrige nicht. Sie würde diese hintere Stube morgen ausräumen, um zu beurteilen, ob ihre Pläne damit ausführbar waren. Dann würde sie Vorräte für mindestens die nächste Woche einkaufen. Wenn Daphne in drei Tagen käme, um sie mit nach Hause zu nehmen, würde sie ihr erklären, dass sie nicht mit ihr zu jenem Anwesen außerhalb von London zurückkehren würde. Sie würde ihr beibringen müssen, dass sie sich selbstständig machen und in dem Haus leben wollte, das ihre Mutter ihr hinterlassen hatte.

Daphne würde das nicht gefallen. Nach fünf Jahren waren sie mehr aufeinander angewiesen, als die meisten Leute annehmen würden. Doch es war an der Zeit, sich ein eigenes Leben aufzubauen.

Sie sah sich in der Schlafkammer um. Die Vorhänge am Fenster und um das Bett wirkten frisch gestärkt und sauber, waren jedoch aus einfachem weißem Musselin gefertigt. Die Möbel waren zwar elegant, doch ohne kostspielige Schnitzereien. Das Fehlen von übermäßigem Luxus stand in krassem Gegensatz zu dem Haus in der Orchard Street, wo Alessandra Abendgesellschaften gegeben hatte und als Grande Dame der Halbwelt aufgetreten war.

Celia entschied, dass sie dieses Haus vorzog. Sie war froh, dass es leer gestanden hatte, damit sie es selbst in Anspruch hatte nehmen können.

Alles deutete darauf hin, dass die letzten Mieter vor nicht allzu langer Zeit gegangen waren. Auf den Möbeln lag keine Staubschicht. In der Speisekammer hatten sich sogar ein paar unverdorbene Lebensmittel finden lassen. Dieser Ort hatte sich nicht unbewohnt angefühlt, sondern eine angenehme Atmosphäre ausgestrahlt. Irgendwie häuslich.

Plötzlich erstarrte Celia. Ihre Sinne vergaßen alle Ablenkungen. Angestrengt lauschte sie der bebenden Stille.

Kaum vernehmbare Geräusche drangen an ihr Ohr. Sie wollte sie zunächst als Hirngespinste abtun, doch ihre aufgestellten Nackenhärchen ließen das nicht zu.

Weitere Geräusche ertönten, dieses Mal über ihr. Wie eine Katze, die umherschlich. Vielleicht war ein Streuner in den Dachboden eingedrungen.

Die Geräusche hörten auf. Sie lauschte noch eine Weile und glaubte schon fast, gar nichts Besonderes gehört zu haben. Außerdem hatte sie peinlich darauf geachtet, alle Türen gut zu verschließen. Es gab einfach keine Möglichkeit hineinzukommen.

Schritte auf den Stufen der Treppe, die zum Dachboden führte, ließen sie erneut aufschrecken. Nun gab es keinen Zweifel mehr. Wer immer da oben sein mochte, versuchte nicht einmal, leise zu sein. *Und er kam gerade die Treppe herunter, direkt zur Tür dieses Zimmers.*

Panik ließ sie einen schrecklichen Moment lang erstarren, dann begannen ihre Gedanken zu rasen. Sie sprang auf, ergriff einen Schürhaken vom kalten Kamin und presste sich leise gegen die Wand neben der Tür. Hoffentlich würde der Eindringling verschwinden, so wie er gekommen war, ohne zu bemerken, dass sie sich im Haus aufhielt, aber wenn nicht … Sie hob den Schürhaken mit beiden Händen über den Kopf.

Die Stiefel erreichten den unteren Treppenabsatz und blieben stehen. Sie betete, dass sie weiter ins Erdgeschoss und zur Tür hinausgehen würden.

Doch zu ihrem Grauen kamen sie auf ihre Tür zu. Direkt davor blieben sie stehen. Innerlich flehte Celia sie an, die Treppe hinunterzusteigen. Geht weiter. Geht weiter.

Die Tür öffnete sich. Ihr Herz sprang ihr bis zum Hals. Sie hielt die Luft an und blieb stocksteif stehen.

Ein Mann betrat den Raum. Ein großer Mann. Er ging in die Mitte des Zimmers. Sie erblickte einen dunklen Mantel, hohe Stiefel und das Weiße eines Kragens und eines Halstuchs. Darüber hinaus konnte sie einen Blick auf sein Profil erhaschen und erkannte einen Mann mit ernstem Gesichtsausdruck und dunklen Augen. Seine braunen Haare hatte er zu einem altmodischen Pferdeschwanz zusammengebunden. All das sah sie im schwach-goldenen Licht der einzelnen Kerze.

Er starrte auf die Flamme, die verriet, dass er in diesem Haus nicht allein war. Sie konnte sehen, wie sein Körper in Alarmbereitschaft ging. Sie nahm all ihren Mut zusammen und schlich mit erhobenem Schürhaken auf seinen Rücken zu.

Gerade als sie ihn heruntersausen lassen wollte, wirbelte der Fremde herum und hielt den Haken fest. Dann packte er mit einer blitzschnellen Bewegung auch Celia und schleuderte sie auf das Bett. Die Schals flogen davon, und sie fiel rücklings auf die Matratze.

Atemlos vor Angst starrte sie zu ihm hoch. Den Schürhaken in der Hand, erwiderte er ihren Blick.

In der Stille, die folgte, wagte sie kaum zu atmen. Sein Blick glitt über ihr Nachthemd hinunter zu dem Saum, der so weit hochgerutscht war, dass er ihre Beine entblößte.

Er bewegte sich leicht. Sie erstarrte und bereitete sich darauf vor, sich zu verteidigen, wenn sie das musste. Seine Positionsveränderung erlaubte es dem schwachen Kerzenlicht, sein Gesicht von Schatten zu befreien. Sie nahm das attraktive Gesicht auf, das es enthüllte, und sofort ersetzte Zorn ihre Furcht.

»*Mr Albrighton?* Wie können Sie es wagen, in dieses Haus einzudringen und mich so zu Tode zu erschrecken?«

Seine finstere Miene hellte sich auf. »Bitte entschuldigen Sie, Miss Pennifold. Ich wusste nicht, dass Sie hier sind. Ich habe von außen weder Lichter noch Kaminfeuer bemerkt. Ist das für Sie nicht eine seltsame Zeit, um dieses Anwesen zu besichtigen?«

»Eine seltsame Zeit für *mich*? Nicht so seltsam wie für Sie, Sir. Schließlich gehört mir dieses Haus. Was ist denn *Ihr* Anliegen hier? Diebstahl?«

»Wohl kaum, Miss Pennifold. Zufällig wohne ich hier.«

Mr Albrighton legte ein weiteres Holzscheit in den Kamin der Bibliothek. Er öffnete einen kleinen Schrank und holte eine Karaffe heraus. Dann goss er einen kleinen Schluck des offenbar alkoholischen Inhalts in ein Glas und trug es dorthin, wo Celia eingewickelt in die Schals auf dem Sofa saß.

Sie hatte ihn sofort aus ihrer Schlafkammer geschickt. Nun waren sie hier, er für einen Abend in der Stadt angezogen, sie immer noch in ihrem Nachthemd und sich ihrer unangemessenen Kleidung mehr als bewusst.

»Ich benötige kein Stärkungsmittel, Mr Albrighton. Ich bin keine alberne Frau, die bei dem geringsten Anlass schon in Ohnmacht fällt.«

Er zuckte mit den Schultern und kippte den Inhalt des Glases selbst hinunter. Dann setzte er sich in einen Sessel in der Nähe des Kaminfeuers. Dessen Licht schmeichelte ihm und passte zu der Atmosphäre von Geheimnis und Gefahr, die ihn umgab, ob er es nun darauf anlegte oder nicht.

Celia hatte Mr Albrighton schon immer für einen ärgerlich rätselhaften Mann gehalten. Während seiner Besuche bei den Gesellschaften ihrer Mutter hatte er stets sehr wenig von sich preisgegeben. Die meisten Männer konnte man in diese oder jene Schublade stecken, eingeteilt in Persönlichkeit und Absichten. Doch bei Mr Albrighton wusste man nie genau, wie man ihn einsortieren sollte. Da er damals erst Mitte zwanzig gewesen war, hatte sie seine Ambiguität beunruhigend und seine ganze Persönlichkeit zu theatralisch gefunden.

Doch er hatte auch etwas Warmherziges, fast Vertrautes an sich, das seine Wirkung noch widersprüchlicher und verwirrender machte. Eine gewisse Tiefgründigkeit in seinem Blick ließ im Betrachter das Gefühl entstehen, dass er die eigenen Sorgen und Probleme verstehen würde, auch wenn die übrige Welt das nicht tat. Aber sein Äußeres deutete auch dunkle und unnachgiebige Seiten an. Als Mädchen war sie zu dem Schluss gekommen, dass er zu kompliziert und beunruhigend war. Als Folge hatten sie, außer bei einer einzigen Gelegenheit, selten mehr als Grußworte gewechselt.

Nun saß er ihr gegenüber, als habe er jedes Recht dazu, hier zu sein. Ihr Körper war durch den Schreck über sein Eindringen in dieses Haus noch ganz angespannt, doch er lümmelte sich in dem Sessel wie ein Landjunker nach einer Jagdpartie. Darüber hinaus behauptete er auch noch, tatsächlich ein Recht darauf zu haben, hier zu sein.

Celia glaubte ihm und tat es gleichzeitig doch nicht. Das war das Problem mit Jonathan Albrighton. Man wusste bei ihm niemals, woran man war.

Die Stille wurde langsam unangenehm. Für sie, nicht für ihn. Er schien bereit zu sein, weiterhin schweigend dazusitzen, die Atmosphäre zu manipulieren, wie es ihm beliebte, und einfach nur in ihre Richtung zu blicken, während seine polierten Stiefel die Flammen widerspiegelten.

»Sie scheinen die Räumlichkeiten zu kennen«, unterbrach sie die Stille. »Doch der Anwalt meiner Mutter hat gesagt, dass dieses Haus gegenwärtig nicht vermietet wäre, also weiß ich, dass Sie lügen, wenn Sie behaupten, hier zu leben.«

»Zuerst nennen Sie mich einen Dieb und nun einen Lügner. Sie haben Glück, dass ich nicht so leicht zu kränken bin.«

»Erwarten Sie keine höflichen Nachfragen von mir, Sir. Meines Erachtens spreche ich, bis Sie mich vom Gegenteil überzeugen, mit einem Kriminellen.«

»Nun bin ich also schon ein Krimineller.«

Sie konnte nicht sagen, ob sie ihn ernsthaft beleidigt hatte oder nicht. Und es war ihr auch ziemlich egal.

»Ich habe nicht das ganze Haus gemietet«, sagte er. »Nur eine Kammer auf dem Dachboden. Ich habe sie in den letzten Jahren nicht viel genutzt, aber ich versichere Ihnen, dass mein Mietvertrag gültig ist, und zwar über einen Zeitraum von zehn Jahren.«

Dass er das Zimmer nicht oft benutzte, glaubte sie mühelos. Sie erinnerte sich, dass er die Angewohnheit hatte, häufig die Stadt zu verlassen und wieder zurückzukehren, wie es ihm beliebte. Während eines Jahres, in dem sie bei ihrer Mutter gelebt hatte, war er für mehrere Monate allen Gesellschaften ferngeblieben, um dann plötzlich, kurz bevor sie selbst gegangen war, wieder aufzutauchen. Sie wusste von Mama, dass er bald nach diesem Bruch erneut verschwunden war.

»Sie hatten Ihre Mutter bereits verlassen, als dieses Arrangement getroffen wurde, und ich bezweifle, dass sie es Ihnen gegenüber erwähnenswert fand«, fügte er hinzu.

»Sie haben diese Kammer von meiner *Mutter* gemietet?«

»Ja. Und falls Sie neugierig sind, wir waren lediglich miteinander befreundet.«

»Ich bin nicht neugierig.« Aber ein wenig war sie es doch. Wer wäre das nicht? Er war auf eine seltsam düstere Art und Weise attraktiv und ein großer, gut gebauter Mann. Alessandra war das Aussehen eines Mannes nicht gleichgültig gewesen und hätte seines sicherlich zu schätzen gewusst. »Mir war bereits klar, dass Sie nicht zu ihren Gönnern gehörten. Während des Jahres, in dem ich bei ihr gelebt habe, waren Sie bei einigen ihrer Gesellschaften dabei, aber ich kenne die Maßstäbe meiner Mutter, wenn es ums Geschäftliche ging.«

»Sind es nun auch *Ihre* Maßstäbe?«

In seiner Frage lag kein beleidigender oder kritisierender Tonfall. Er stellte sie, als ob er sich nach ihrer Gesundheit erkundigen würde.

Sie würde ihm nichts vormachen. Das hatte keinen Sinn. Sie war davon überzeugt, dass er ohnehin schon Bescheid wusste. Warum sie ein Jahr lang in der Orchard Street gelebt hatte und die Gründe, warum sie gegangen war.

»Auch wenn ich das Haus meiner Mutter verlassen habe, stelle ich die Lektionen, die sie mich über das Leben gelehrt hat, nicht infrage. Ihre Maßstäbe werden meine sein, sollte ich in ihrem Gewerbe jemals ähnlich erfolgreich und berühmt werden.«

Er akzeptierte ihre Erwiderung, als würden sie tatsächlich nur über ihre Gesundheit sprechen. Sein Gesichtsausdruck war trotz der tiefliegenden Augen und der eleganten Härte seiner Züge, die vom Schein des Kaminfeuers noch unterstrichen wurden, freundlich, zeigte aber keine Reaktion. Und doch spürte sie ein großes Interesse von ihm ausgehen und dieses seltsame Gefühl von Vertraulichkeit, das er provozierte und sie zu dieser Ehrlichkeit bewegte.

Sie wand sich unter seinem direkten Blick. Ihr Anflug von Erregung war offensichtlich. Ihr Zustand glich dem, wie sie schon als Mädchen auf ihn reagiert hatte, und trug immer noch einen Hauch von Gefahr und Furcht in sich.

Sie war damals noch zu jung gewesen, um zu verstehen, was all das zu bedeuten hatte. Sie hatte angenommen, dass eine solch sinnliche Reaktion Küsse, Schmeicheleien und Liebeserklärungen erforderte. Erst später hatte sie die Macht der Subtilität, Distanz und sogar des Schweigens in diesen Dingen verstanden.

Ihm ging es genauso. Alessandra hatte ihr beigebracht, die Anzeichen, selbst die versteckten, zu bemerken. Ihr Gewerbe hing davon ab, das Interesse eines Mannes zu erkennen, sogar dann, wenn er es sich selbst nicht eingestand.

Sie kam auf das einzige Thema zurück, das eine Rolle spielte, und versuchte die aufgeladene Atmosphäre zwischen ihnen zu ignorieren, die das Licht, die Luft und alles andere zu verändern schien. »Sie behaupten also, dass Sie die Dachbodenkammer gemietet haben. Für den Fall, dass Sie sie benutzen, was in den letzten paar Jahren nicht oft der Fall war. Wer lebte im übrigen Haus?«

»Alessandra. Wussten Sie das nicht?«

Nein, hatte sie nicht gewusst.

»Sie zog sich immer hierher zurück, wenn sie des Spiels müde war«, sagte er. »Meistens nur für ein paar Tage. Im Spätsommer, wenn sich die Stadt leerte, manchmal auch für ein paar Wochen.«

Celia funkelte ihn wütend an. Sie verabscheute die ruhige Art, mit der er von diesem geheimen Teil des Lebens ihrer Mutter sprach. Dieser Mann wusste mehr über Mama als sie selbst. Sie fand das ungebührlich und ungerecht. Warum sollte ein Mann, der fast nie in London weilte – und zudem nicht einmal ihr Liebhaber gewesen war –, einen Teil von Alessandra kennen, der ihrer Tochter unbekannt war?

Sie unterdrückte ihren Zorn und nahm an, dass es nur die Trauer war, die sich zu Wort meldete, genau wie die Schuld und das Bedauern. Sie hatte schließlich gar nicht lange genug bei Alessandra gelebt, um alles über sie zu erfahren. Ihre Kindheit hatte sie auf dem Land verbracht und war erst mit sechzehn Jahren nach London gekommen. Ihre gemeinsame Zeit war nur sehr kurz gewesen.

»Ich möchte Ihren Mietvertrag sehen.«

»Er befindet sich in meinem Koffer. Ich werde ihn Ihnen vorlegen, sobald ich dazu in der Lage bin.«

»Ihr Koffer steht nicht oben?«

»Ich bin erst vor Kurzem in die Stadt zurückgekehrt. Ich habe mein Gepäck bei Freunden untergestellt und noch nicht wieder abgeholt.«

»Wenn dies in London Ihr Zuhause ist, warum sollten Sie Ihr Eigentum dann bei Freunden lassen? Ich glaube, dass Sie mir ein Märchen auftischen und annehmen, dass ich zu dumm bin, um es zu durchschauen. Ich glaube nicht, dass Sie hier gelebt haben. Ich bin mir nicht einmal sicher, ob sie das getan hat. Ich glaube, dass Sie heute Abend hier herumgeschnüffelt haben und sich nun diese Lüge ausdenken, damit ich Sie nicht dem Friedensrichter melde.«

»Gibt es denn hier etwas, wofür es sich herumzuschnüffeln lohnt? Ich kann mir nicht vorstellen, was das sein könnte. Das Leben Ihrer Mutter war doch wie ein offenes Buch. Offener als das der meisten anderen Frauen.«

Fast hätte sie durch sein charmantes Lächeln die Tatsache übersehen, dass er nichts abgestritten hatte. Nun erinnerte sie sich, dass Mr Albrighton schon immer das Talent besessen hatte, Fragen so geschickt aus dem Weg zu gehen, dass man es fast nicht bemerkte.

»Waren Sie kürzlich auch in dem Haus in der Orchard Street?«, verlangte sie zu wissen.

»Ich habe nicht das Recht, dieses Haus zu betreten. Warum fragen Sie?«

Und wieder stritt er es nicht ab. »Jemand war dort, vielleicht heute während der Beerdigung oder kurz davor. Ich war heute nach der Trauerfeier mit dem Testamentsvollstrecker dort. Ihre Unterlagen waren zu ordentlich. Ich habe die Schubladen meiner Mutter niemals so aufgeräumt gesehen.«

»Wahrscheinlich hat der Notar sie nach der Inventur so hinterlassen. Anwälte sind von Natur aus höchst ordentliche Menschen.«

Es war eine gute Antwort, aber nicht die richtige. Mr Mappleton war den Besitz noch nicht durchgegangen, als sie dies bemerkt hatte, und ihm selbst waren, der die fehlenden Abrechnungen aufgefallen. Aber sie bezweifelte, dass Mr Albrighton jemals zugeben würde, das Haus illegal betreten zu haben, wenn er es denn wirklich getan haben sollte. Und er hätte auch keinen Grund dazu.

Das Zimmer hatte sich während ihres Gesprächs aufgewärmt. Sie wünschte, sie könnte die Schals ablegen. Stattdessen streifte sie nur einen von ihnen vorsichtig ab, während sie gleichzeitig peinlich genau darauf achtete, dass der andere sie ausreichend bedeckte.

Still betrachtete er sie. Sein Blick verlieh ihr das Gefühl, etwas Skandalöses und absichtlich Provokantes zu tun.

»Mr Albrighton, selbst wenn Sie die Kammer tatsächlich gemietet haben, können Sie nicht hierbleiben. Ich bin selbst hier eingezogen und wünsche nicht von einem Mieter gestört zu werden, noch dazu von einem männlichen. Ich bin sicher, dass Sie dafür Verständnis zeigen und mir zustimmen werden.«

»Ich habe wohl Verständnis, aber ich kann Ihnen nicht zustimmen. Wie bereits gesagt, habe ich einen Mietvertrag. Im Voraus bezahlt.«

»Ich werde Sie für die verbliebenen Jahre auszahlen.« Celia war davon überzeugt, dass die Summe nicht besonders hoch sein konnte. Sie wollte nur ungern an ihr Erspartes gehen müssen.

»Ich will nicht ausbezahlt werden. Ich benötige einen Wohnsitz in London und habe daher mit der Besitzerin eines ruhigen Hauses in einer ruhigen Straße eine Vereinbarung getroffen. Ich möchte darüber verfügen können, wenn ich mich in der Stadt aufhalte. Und ich halte mich momentan in der Stadt auf.«

»Sie sind eine unwillkommene Komplikation, Sir.«

»Sie müssen mich nicht willkommen heißen. Sie müssen mir nur ein Bett zur Verfügung stellen.«

»Wenn Sie die Sache aus meiner Perspektive betrachten, werden Sie sicherlich einsehen, dass ich nicht zulassen kann …«

»Sie werden kaum bemerken, dass ich hier bin. Ich benutze den Garteneingang und gehe die Hintertreppe hinauf. Ich benötige keine große Haushaltsführung und bin sehr diskret. Ich wage zu behaupten, dass mich die meisten Nachbarn noch nie gesehen haben.«

»Einige aber durchaus.«

»Es ist nicht weiter ungewöhnlich, Zimmer in einem Haus dieser Größe zu vermieten. Es wird Ihrem Ruf nicht schaden, wenn es das ist, worum Sie sich sorgen. Es wird nicht mehr bedeuten als zuvor, als Ihre Mutter noch lebte.«

Hatte er gerade angedeutet, dass seine Anwesenheit im Haus Alessandras Tochter nicht weiter schaden konnte, da ihr Ruf ohnehin hoffnungslos befleckt war? Wenn ja, konnte sie es ihm kaum vorwerfen. Es war nur die Wahrheit. Und nach Mamas Tod wurde ihre Tochter sogar in Daphnes Landhaus von der berüchtigten Reputation dieser berühmten Hure heimgesucht, nachdem sie bis dahin unerkannt hier gelebt hatte.

»Wenn ich mich richtig entsinne, waren Ihre Besuche in London oft recht kurz, Sir. Wenn es mir zu fragen erlaubt ist, werden Sie dieses Mal lange in der Stadt weilen?«

»Höchstens zwei Wochen, nehme ich an. Und Sie, Miss Penifold – werden Sie lange hierbleiben? Oder kehren Sie dorthin zurück, wo Sie zuvor gelebt haben?«

»Ich habe vor, mich hier dauerhaft einzurichten und ein Geschäft zu eröffnen.«

»Und Sie wollen hier alleine wohnen?«

»Ich erwarte innerhalb der nächsten Woche ein paar Frauen. Die Privatsphäre und Ruhe, die Ihnen so wichtig sind, werden der Vergangenheit angehören, wenn Sie hierbleiben.« Sie bemühte sich, weltgewandt zu klingen, damit er mehr zwischen den Zeilen hörte, als sie in Wahrheit meinte. »Ich erwarte auch viele Besucher. Es könnte ziemlich laut werden, selbst auf dem Dachboden. Besonders nachts. Sie werden die Veränderungen sicherlich nicht mögen.«

Er ließ die Andeutungen einen Moment im Raum stehen und sah sie an. Sie hoffte, dass er das Schlimmste annehmen und zu dem Schluss kommen würde, dass es zu unangenehm und skandalös wäre, weiter in diesem Haus zu leben.

»Das ist nicht, was sie für Sie vorgesehen hatte«, sagte er schließlich. »Auch wenn ich annehme, dass ein solches Geschäft praktischer und wahrscheinlich auch sicherer für Sie ist. Wann wollen Sie beginnen?«

»Schon bald. So bald, dass es sich kaum für Sie lohnen wird, sich häuslich einzurichten. Am klügsten wäre es, wenn Sie …«

»Sie haben mich falsch verstanden. Ich frage mich, ob es meine Abreise lange verzögern wird, auf diesen Tag zu warten.«

»Verzögern? Ich hätte gedacht, dass die bevorstehenden Veränderungen Ihre Abreise eher beschleunigen würden!«

»Und doch führen mich Ihre Pläne in Versuchung, meine Abreise zumindest ein wenig zu verschieben, um den Beginn Ihres Unternehmens mitzuerleben. Das hat wahrscheinlich etwas mit der reizenden Art zu tun, wie Ihre Füße unter dem Saum Ihres Nachthemds hervorlugen.«

Schnell zog sie ihre Füße zurück unter das Gewand. Sie hätte niemals erwartet, dass dieser Mann sein Interesse so offen kundtun würde. Und doch hatte er es getan, und nun waren sie hier, in einem Zimmer, das von dieser besonderen Energie, die zwischen einem Mann und einer Frau entstehen konnte, praktisch überquoll.

Plötzlich fühlte sie sich sehr klein. Klein und verletzlich und unter seinem düsteren Blick ganz nackt. Sie stand auf, um sich wenigstens frei bewegen zu können. Um, falls nötig, zu fliehen, auch wenn sie bezweifelte, dass er ihr auf diese Art gefährlich werden würde.

Doch er erhob sich ebenfalls. Sie zog ihren Schal wie eine Rüstung um die Schultern und bemühte sich, respekteinflößend zu wirken. Wie verwirrend die Situation doch geworden war!

»Wie ich bereits erklärt hatte, Mr Albrighton, halte ich mich an die Maßstäbe meiner Mutter, was Stand und Reichtum eines Mannes angeht.«

Er begann umherzugehen und wirkte dabei für ihren Geschmack viel zu entspannt und gleichzeitig beeindruckend in seiner Präsenz. Um ihn weiter im Blick behalten zu können, drehte sie sich hin und her. Ganz in ihrer Nähe blieb er an einer Wand stehen. Er lehnte sich dagegen und nahm eine überaus lässig wirkende Haltung ein.

»Sollten Sie in ihrem Gewerbe jemals ähnlich erfolgreich und berühmt werden, haben Sie gesagt. Gerade sprachen Sie jedoch von einem weniger illustren Pfad in diesem Gewerbe. Oder habe ich da etwas falsch verstanden?«

Machte er sich über sie lustig? Hatte er ihre Behauptung durchschaut? Sie nahm es an, war sich dessen aber nicht sicher. Teilweise deswegen, weil er sie durch seine Nähe gerade furchtbar durcheinanderbrachte. Sein Blick war warm und vertraulich und drängte sie praktisch dazu, ihm ihre Geheimnisse anzuvertrauen. Mr Albrighton war viel zu selbstbeherrscht, um anzüglich zu grinsen, während er ein solches Thema ansprach. Doch fast wünschte sie sich, dass er es tun würde. Dann hätte sie ihn zumindest zurechtweisen können.

Sie bemühte sich, einen gewissen Hochmut an den Tag zu legen, so wie ihre Mutter, wenn jemand unverschämt geworden war. »Ganz gleich, für welchen Pfad und welches Gewerbe ich mich entscheide, ihre Anwesenheit wäre immer noch unangemessen. Länger als nötig zu verweilen wird Ihnen nichts bringen«, sagte sie.

»Da bin ich anderer Meinung. Jetzt und hier fünf Minuten länger zu verweilen, hat mir bereits etwas gebracht.«

»Ich habe keine Ahnung, was das neben meiner Verärgerung sein könnte.«

»Haben Sie nicht?« Das Schmunzeln, das aufblitzte, war so subtil, dass sie nicht wusste, ob sie es sich nicht eingebildet hatte. Er stieß sich von der Wand ab. Mit Mühe hielt sie ihre Stellung und versuchte zu überspielen, dass die Furcht ihre Atmung beschleunigte. Nein, keine Furcht. Es war Erregung.

»Ich sehe sogar Anzeichen dafür, dass mir ein längeres Verweilen noch mehr einbringen würde, ganz gleich, wie angemessen oder unangemessen mein Aufenthalt sein mag.« Plötzlich streckte er seinen Arm aus und legte zwei Finger auf ihre Lippen. Celia erschrak fast zu Tode. Sie spürte, wie ihre Lippen unter der Berührung pulsierten. »Sie sind nicht raffiniert genug, um Ihre

Reaktionen zu verbergen, Miss Pennifold, und ich erkenne deutlich mehr als Verärgerung. Es mag Herren geben, die über die heute Abend in diesem Raum vorhandenen Möglichkeiten nicht spekulieren würden, aber ich bin nicht so tugendhaft.«

Während er sprach, verdichtete sich diese besondere Atmosphäre noch weiter. Er hatte gerade offen zugegeben, was sie zu ignorieren versucht hatte. Über seinen ausgestreckten Arm hinweg trafen sich ihre Blicke viel zu lang. Sie befürchtete, dass er recht hatte, und dass sie nicht raffiniert genug war, um ihre innere Aufgewühltheit zu verbergen.

Er ließ seine Hand sinken. Dann lächelte er, mehr zu sich als zu ihr. »Ich werde Sie nun verlassen. Bevor ich hinaufgehe, werde ich noch die Gartentür schließen. Schlafen Sie gut, Miss Pennifold.«

3

Celias Vermutung, dass jemand Alessandras Haus in der Stadt durchsucht hatte, bedeutete schlechte Neuigkeiten für Jonathan. Genauso wie die Ankündigung ihrer Absicht, in diesem Haus hier zu wohnen. Vollkommen egal, wie sehr er den kleinen Wettstreit mit ihr am gestrigen Abend genossen hatte. Als er an diesem Morgen aufstand, versuchte er immer noch einzuschätzen, wie beide Enthüllungen seine Pläne beeinflussen würden.

Er hatte das Haus in der Orchard Street betreten, bevor er in dieses zurückgekehrt war, und die Ordnung selbst bemerkt, von der Celia gesprochen hatte. Wenn es stimmte und das andere Haus tatsächlich durchstöbert worden war, gab es möglicherweise einen Konkurrenten für ihn. Jemanden, der die gleichen Informationen suchte, die Edward haben wollte. Dieser Konkurrent könnte weniger freundliche Absichten hegen als die, dafür zu sorgen, dass Alessandras Vergangenheit ruhte und nicht ans Tageslicht gezerrt wurde. Jeder Narr, der ihre Gönner zu erpressen suchte, hätte sich illegal Zutritt verschaffen können, um an Namen zu kommen.

Wohl oder übel musste er nun die Möglichkeit in Betracht ziehen, dass es tatsächlich landesverräterische Aktivitäten gegeben hatte. Und der darin verwickelte Mann sicherzustellen versuchte, dass Alessandra keine Beweise hinterlassen hatte, die auf ihn hindeuteten.

Jonathan dachte an die zauberhafte blonde Frau, die ein Stockwerk unter ihm schlief. Verzweifelte Männer taten verzweifelte Dinge. Wenn Celia auf einen Eindringling treffen sollte, der nach versteckten Beweisen suchte, oder jemand auf die Idee kam, dass sie zu viel über die Angelegenheiten ihrer Mutter wusste, würde sie in Gefahr schweben. Es traf sich also ganz gut, dass er hier war. Sie mochte seinen Schutz vielleicht nicht wollen, aber es könnte sein, dass sie ihn eine Zeitlang dennoch benötigte.

Es gab noch einen zweiten Grund, warum sich möglicherweise noch jemand anders für Alessandras Unterlagen interessierte. Vielleicht wollte derjenige dafür sorgen, dass Jonathan selbst keine Beweise mehr fand, die ihn auf den Pfad der Rache bringen würden. Es ging dabei um Ereignisse, die sich vor fünf Jahren in Cornwall zugetragen hatten. Unnötig zu sagen, dass er einer solchen Spur gegen alle Widerstände folgen würde, wohin auch immer sie ihn führte.

Seine Gedanken verdüsterten sich wie immer, wenn er an jenes Desaster und dessen tödliche Folgen dachte. Heute war es schlimmer als sonst, da ihn in der Nacht im Traum recht lebhafte Bilder heimgesucht hatten. Zweifellos war Edwards Bemerkung daran schuld. Jener Verrat hatte sein Ziel verfehlt und stattdessen den Tod eines unschuldigen Burschen verursacht, dem er ein paar Shilling dafür gegeben hatte, ihn durch einen ihm unbekannten Küstenabschnitt zu führen.

Jonathan hatte in seinem Leben schon genug getötet. Er hatte andere sterben sehen, darunter auch eigene Kameraden. Und doch hatte ihn nichts davon auf die abgrundtiefe Trauer einer Mutter vorbereitet, der er den toten Jungen nach Hause brachte. Sie hielt sich nicht einmal damit auf, nach dem Schuldigen am Tod ihres Sohnes zu fragen.

Immer noch trug Jonathan dieses Gefühl in sich, dass jemand für diese Nacht würde büßen müssen. Es war ihm vollkommen egal, ob er oder jemand anderes eine Liste mit Alessandras Liebhabern entdeckte und sie publik machte. Er hatte dieser kleinen Mission um seiner selbst willen zugestimmt, und wegen der unwahrscheinlichen Möglichkeit, dass er endlich in der Lage sein würde, eine offene Rechnung zu begleichen.

Was Celia anging … Er musste auch dieses Haus gründlich durchsuchen, aber das konnte er kaum vor ihren Augen tun. Am gestrigen Abend hatte er die Räume auf dem Dachboden kurz durchstöbert, aber eine Tür war verschlossen gewesen. Nun konnte er sie nicht mehr einfach so aufbrechen, ohne dass Celia es mitbekam.

Als er seine Tür öffnete, wartete kein frisches Wasser auf ihn. Er hielt es ebenfalls für unwahrscheinlich, dass seine Vermieterin für frische Bettwäsche gesorgt hatte. Celia würde sich nicht bemühen, seine Anwesenheit in ihrem Haus angenehm zu gestalten, ganz gleich, welche Möglichkeiten gestern Abend in der Bibliothek umhergeschwirrt waren. Er nahm an, dass sie dazu nicht nur ihr Wunsch anstachelte, es ihm so unbequem wie möglich zu machen.

Er wusste nicht, wo sie die letzten Jahre verbracht hatte, nachdem sie ihre Mutter verlassen hatte, aber nichts deutete darauf hin, dass sie irgendwo in Dienst gegangen war. Es bestand die Möglichkeit, dass Celia überhaupt keine Ahnung von Haushaltsführung hatte.

Da es ihm nun überlassen blieb, für sein Waschwasser zu sorgen, stieg er die Dienstbotentreppe hinunter. Als er am ersten Stock vorbeikam, in dem ihr Zimmer lag, hörte er kein Geräusch, ebenso wenig wie im Erdgeschoss. Erst als er unten ankam, sah er sie im hellen hinteren Salon sitzen, wo sie mit einem Zeichenblock auf dem Schoß abwechselnd auf die Fenster, den Raum und die von ihr gefertigten Skizzen blickte.

Sie trug ein schlüsselblumengelbes Kleid. Zusammen mit ihrem Haar und der hellen Haut erleuchtete sie das Zimmer wie ein Sonnenstrahl. Sie hatte schon am Abend zuvor im Schein des Kaminfeuers wunderschön ausgesehen, aber nun ließ ihr Anblick seinen Atem stocken.

Es wäre eine Schande, sollte sie als Bordellmadam enden. Er nahm an, dass ihre Behauptungen vom gestrigen Abend nicht mehr gewesen waren als der Versuch, ihn zur Abreise zu ermutigen, aber ganz sicher war er sich nicht.

Als er sie grüßte, zuckte sie zusammen. Ihre blauen Augen musterten ihn von oben bis unten, doch sie reagierte nicht auf seine nachlässige Erscheinung. Da es nicht seine Schuld war, dass er sich nicht hatte rasieren können, und er nicht mehr trug als ein Hemd und eine Hose, war das nur angemessen. Doch gleichzeitig konnte er die Erinnerung an ein goldenes Mädchen im Haus ihrer Mutter nicht abschütteln, genauso wenig wie die Gedanken an die Lektionen, die Alessandra diesem Mädchen in jenem Jahr beigebracht haben musste. Jeden Anflug von Scham darüber zu unterdrücken, einen Mann so zu sehen, war wahrscheinlich eine davon gewesen.

»Ich wollte mir etwas Wasser zum Waschen holen.« Die Erklärung klang selbst in seinen Ohren albern. Der Umstand wäre deutlich genug geworden, wenn er mit einem Eimer aus dem Garten zurückgekehrt wäre.

»Haben Sie etwa erwartet, dass ich Ihnen etwas hinauftrage?« Ihr Tonfall klang aufrichtig neugierig.

»Natürlich nicht. Sie sind keine Magd.«

»Nein, das bin ich nicht. Und schon gar nicht die Ihre.«

»Die Bereitstellung von Bettwäsche ist allerdings üblich, wenn ein Zimmer vermietet wird.« Er hatte mit dem Gedanken gespielt, diese Forderung fallen zu lassen, doch ihr gereizter Tonfall stachelte ihn ein wenig an. »Ich habe zwar gesagt, dass ich keine große Haushaltsführung benötige, aber ich brauche zumindest Bettwäsche.«

Sie sah ihn kurz an und wandte sich dann wieder ihrer Zeichnung zu. Er ging hinaus zur Quelle und füllte seinen Eimer mit Wasser. Mit kaltem Wasser. Während er es zum Haus zurücktrug, überlegte er, ob er die Kälte ertragen konnte oder Zeit damit vergeuden sollte, es in der Nähe seines Kamins zu erwärmen.

»Werden Sie heute ausgehen?« Ihre Frage kam, als er sich am unteren Treppenabsatz befand.

»Das ist wahrscheinlich. In einer Stunde, für eine Weile.«

»Gut.« Sie sah nicht von ihrer Zeichnung auf.

Ihr abwesendes und gleichzeitig doch so abschätziges »Gut« stachelte den Teufel in ihm an. Er stellte den Eimer ab und schlenderte in den Raum, bis er über ihre Schulter hinweg einen Blick auf die Zeichnung werfen konnte.

Sie zeigte das Zimmer selbst, in guter Perspektive, mit einer Reihe von Regalen in der Nähe der Fenster und niedrigen Ablagen auf dem Boden.

»Sie haben das Talent Ihrer Mutter geerbt«, stellte er fest, während sein Blick zu ihrem kunstvoll arrangierten goldenen Haar wanderte. Durch die Neigung ihres Kopfes konnte er die kleinen Löckchen sehen, die sich wie Federn an ihren eleganten Nacken schmiegten. Er stand nah genug, um ihren Lavendelduft wahrzunehmen und die feinen Härchen in ihrem Nacken zu bewegen, wenn er ausatmete.

Ihr Bleistift hielt in der Bewegung inne. Sie sah zu ihm auf, schnell genug, um zu bemerken, dass seine Augen nicht mehr auf die Zeichnung, sondern auf sie gerichtet waren.

Ihre Wangen erröteten leicht. Sie sah ihm einen Wimpernschlag lang in die Augen. Dieser kurze, durchdringende Blick drückte das Wissen um sein Tun aus und zeigte weder Schock noch Bestürzung. Also verbarg er, wie schon am Abend zuvor, seine Bewunderung und sein Interesse nicht, wie er das normalerweise getan hätte.

Und wieder überschlugen sich in seinem Kopf die Möglichkeiten dieser Situation. Es waren angenehme Spekulationen, erotische sogar. Doch die Lage war zu kompliziert. Sie war wunderschön und begehrenswert, und das Interesse war trotz ihrer vorgetäuschten Gleichgültigkeit beiderseitig – dessen war er sich sicher. Doch ob sie nun dem Pfad ihrer Mutter folgen, tatsächlich ein eigenes Bordell eröffnen oder lediglich in tugendhafter Abgeschiedenheit leben würde, sie war nicht für ihn bestimmt.

Als ob sie zu dem gleichen Schluss gelangt wäre, wandte sie ihre Aufmerksamkeit wieder der Zeichnung zu. »Sie kannten sie gut, wenn Sie von ihrer künstlerischen Begabung wissen. Ich habe erst in den letzten Monaten, die ich bei ihr lebte, davon erfahren.«

»Um zu wissen, ob jemand Talent besitzt, reicht schon eine einzige Zeichnung aus.«

»Und Sie haben eine solche von ihr gesehen? Oder sogar mehrere?«

Jonathan zögerte. Er war daran gewöhnt, bei den meisten Dingen so wenig wie möglich preiszugeben, besonders wenn sie jemand anderem etwas bedeuteten und mit seinen Aufträgen zu tun hatten. Selbst beiläufige Bemerkungen konnten auf einen zurückfallen und zu Problemen führen.

»Sie zeichnete und malte immer, wenn sie hier war«, antwortete er. »Also habe ich im Laufe der Zeit einige Bilder gesehen.«

»Sind sie hier? Diese Bilder?«

»Das nehme ich an.«

Sie sah sich im Salon um und blickte in Richtung der Räume über und unter ihnen. »Vielleicht werde ich ebenfalls einen Blick darauf werfen, wenn ich dazu komme, den Inhalt dieses Hauses genau unter die Lupe zu nehmen. Doch zuerst muss ich mich um andere Dinge kümmern. Wie diese Stube hier.«

Fast hätte er sie gefragt, was sie mit dem Raum und all diesen Regalen vorhatte. Doch stattdessen kehrte er zu seinem Eimer zurück und stieg die Treppe hinauf.

Unter die Lupe nehmen. Warum hatte sie sich so ungewöhnlich ausgedrückt? Was auch immer der Grund für diese Art von Untersuchung sein mochte, er tat gut daran, dafür zu sorgen, dass er ihr zuvorkam.

Die Schritte auf der Treppe verklangen langsam, während Mr Albrighton das Wasser in sein Zimmer brachte.

Sie hatte gehofft, er würde das Feld räumen, sobald er begriffen hatte, dass sie ihm nicht einmal die einfachsten Gefälligkeiten wie Waschwasser zur Verfügung stellen würde. Doch stattdessen hatte es ihm scheinbar nicht das Geringste ausgemacht, es für sich selbst zu besorgen. Und er hatte erneut mehr Interesse an ihr gezeigt, als schicklich war. Außerdem hatte er sie in eine Unterhaltung verwickelt, wie um ihr zu beweisen, dass er es konnte.

Sie vermutete, dass er erst recht dableiben würde, wenn ihre Bemühungen, ihn hinauszuekeln, zu offensichtlich waren. Er könnte sich entscheiden, es als Wettstreit anzusehen, den er natürlich gewinnen musste. Sie würde durch ihre Unhöflichkeit heute Morgen wahrscheinlich gar nichts erreichen und hatte ihn womöglich dazu gebracht, seinen Plan aufzuschieben. Offenbar war ein wenig mehr Fingerspitzengefühl gefragt.

Normalerweise war sie ungerne unhöflich und vermutete, dass sie auch nicht besonders gut darin war. Sobald er bei ihr im Salon gewesen war, hatte sie ihre Rolle sicherlich nicht mehr gut gespielt. Aber andererseits war es sehr schwer, so zu tun, als würde jemand kaum existieren, wenn dieser Mensch das eigene Blut dermaßen in Wallung versetzte. Wenn er dicht hinter ihr stand und allein sein Atem genügte, um ihr einen köstlichen Schauer über den Rücken zu jagen.

Sie stellte sich vor, wie er darauf wartete, dass das kalte Wasser in der kleinen Dachbodenkammer vom Kamin aufgewärmt wurde. Wie lange hatte er dieses Zimmer benutzt, seit er wieder in London war? Nicht lange, vermutete sie, wenn er noch nicht einmal Bettwäsche hatte.

Sie legte ihre Zeichnung beiseite und ging in ihr eigenes Zimmer. Sie zog Leinentücher aus der Wäschetruhe und machte einen Stapel aus Bettwäsche und Handtüchern. Sie musste schließlich ihre Matratze dort oben schützen. Und sie wollte auch nicht, dass er überall auf dem Boden Wasser verspritzte. Ihm Bettwäsche und Handtücher zu geben bedeutete nicht, seine Anwesenheit im Haus zu ermutigen oder seine Dienstmagd zu spielen. Wenn sie ihn wie einen Gefangenen leben ließ, würde die Kammer irgendwann genauso schlecht riechen wie eine Zelle.

Sie ging nicht gerade auf Zehenspitzen, als sie den oberen Treppenabsatz erreichte, aber sie bemühte sich, kein Geräusch zu machen. Sie würde die Wäsche vor die Tür legen und wieder unten sein, bevor er wusste, dass sie dagewesen war.

Der Dachboden hatte einen langen Flur. Drei Türen gingen zur einen Seite ab und zwei zur anderen. Drei der Türen standen offen. Sie lauschte nach Geräuschen, während sie an den drei Türschwellen vorüberging.

Nichts. Mit leisen Schritten ging sie auf das andere Ende des Flures zu, wo sich zwei geschlossene Türen gegenüberlagen. Als sie an den offenen Zimmern vorbeiging, warf sie einen Blick hinein. Alle waren mit einfachen Betten und Schränken ausgestattet. Wenn sie sich jemals entscheiden sollte, mehr Mieter aufzunehmen, gab es Platz genug.

Als sie den oberen Absatz der Hintertreppe erreichte, bemerkte sie, dass eine dieser beiden Türen nicht ganz geschlossen war. Ein schmaler Lichtstreifen fiel auf den Flur und verriet, dass sie einen Spalt offenstand. Außerdem wehte ein kalter Luftzug hindurch. Doch es war kein Laut zu hören und keine Bewegung zu erkennen.

Sie warf einen Blick hinein. Für einen kurzen Moment schweifte ihr Blick über das offene Fenster und einen Schreibtisch mit Blättern und Büchern darauf. Doch dann fesselte Mr Albrighton ihre Aufmerksamkeit.

Er stand mit dem Rücken zu ihr vor dem Fenster. Sein Oberkörper war nackt und sein langes Haar offen. Sie folgte der Form seines Torsos von den Schultern bis zur Hüfte und war wie gebannt von den gestählten Muskeln, die sich bisher unter seiner Kleidung verborgen hatten.

Seine Arme hielt er zu beiden Seiten gerade ausgestreckt. In jeder Hand hielt er ein großes, schweres Buch. Die Anstrengung, die Bücher so zu halten, war sichtbar. Seine Muskeln hatten sich durch die Belastung zu definierten und äußerst maskulinen Formen verhärtet, sodass sie wie von einem Bildhauer gemeißelt wirkten. Während seine Hände auf das Gewicht reagierten, offenbarten sie eine verführerische Stärke.

Sie vergaß ihre Absicht, die Wäsche vor die Tür zu legen und sich lautlos wieder davonzustehlen. Sie vergaß *alles*, während sie ihn fasziniert beobachtete. Wie lange hatte er schon so dagestanden? Und wie lange wollte er das noch fortführen? Die Bücher mussten ständig schwerer werden. Sie waren recht groß und wogen wahrscheinlich beide um die zehn Kilo.

Langsam hob er die Arme, bis sich die Bücher über seinem Kopf trafen, dann senkte er sie konzentriert wieder. Die Muskeln in seinen Schultern und Armen spannten sich an. Dann die in seinem Rücken, und sogar wahrnehmbar die in seinen Hüften. Trotz des offenen Fensters und des kalten Luftzugs war seine Haut von einem feinen Schweißfilm bedeckt.

Er sah großartig aus, wirklich wunderschön anzusehen. Celia errötete auf eine Art und Weise, die die kühle Brise nicht mildern konnte. Erregung rührte sich in ihr wie Saiten eines Instruments, die spitzbübisch gezupft wurden.

Noch einmal hob er die Bücher an. Dann begannen sie erneut ihren Abstieg. Dieses Mal blieben sie nicht stehen, sondern beendeten den Bogen, bis sie sich auf Hüfthöhe befanden.

Dann drehte er sich um.

Natürlich bemerkte er sie sofort. Sie hatte ihre Position verändert, um einen besseren Blick durch die Öffnung zu erhaschen. Er blickte sie direkt an und wusste eindeutig, dass sie ihn beobachtet hatte – und warum. Düstere Belustigung funkelte in seinen Augen auf, zusammen mit der gefährlichen Erkenntnis, dass sie von seinem Anblick gefesselt war. Sie konnte praktisch hören, wie er darüber nachdachte, was er nun tun sollte.

Celia vergaß, peinlich berührt zu sein. Sie vergaß zu sprechen. Sie stand einfach nur da, die Wäsche in den Händen, und sah ihn an, weil sie einfach nicht wegschauen konnte. An seiner Brust zeigte sich die gleiche Stärke, und selbst ohne die Belastung durch die Bücher verfügte sein Körper über diese harten, muskulösen Linien.

»Sie dürfen hereinkommen«, sagte er. Er ließ die Bücher auf das Bett fallen. Sie sah, dass zumindest ein Kissen darauf lag. »Es ist Ihr Haus.«

»Ich … ich habe ein paar …« Sie hob ihre Arme.

Er machte keine Anstalten, auf sie zuzugehen und ihr die Sachen abzunehmen. Er stand einfach nur halb nackt da und sah zu, wie sie ihn sprachlos anstarrte.

Es gelang ihr endlich, sich genügend zu sammeln, um ein wenig Fassung vorzutäuschen. Sie trat über die Schwelle und ließ den Stapel Wäsche auf das Bett fallen. »Sie werden es allerdings selbst beziehen müssen.«

»Natürlich.«

Sie sollte langsam gehen. Um ihr Leben rennen. Doch er stand nur ein paar Schritte entfernt und bot ihr, gütiger Himmel, einen schier atemberaubenden Anblick. Sie fühlte sich, als ob er sie mit einer unsichtbaren Macht an Ort und Stelle festhielt und ihr die Fähigkeit raubte, ihre Beine zum Gehen zu bewegen.

Sie gab vor, sich im Zimmer umzusehen, wie die Vermieterin, die sie ja tatsächlich war, aber sein Körper war ständig präsent.

Wieder bemerkte sie all die Bücher und Dokumente. Dieses Mal sah sie aber auch die Pistolen. Drei Stück, die sauber aufgereiht zusammen mit Reinigungszubehör auf dem Schreibtisch lagen. Wofür brauchte ein Mann drei schussbereite Waffen?

Er bemerkte ihr Interesse. »Sie sind nicht geladen.«

»Das ist gut zu wissen. Ich dachte schon, dass Sie vielleicht vorhätten, jemanden umzubringen.«

»Heute nicht.«

Er machte sich über sie lustig. Zumindest hoffte sie das. Vielleicht aber auch nicht.

Er schien ihr die unausgesprochene Frage anzusehen. »Ich stelle keine Gefahr für Sie dar.«

Sie war immer noch nervös genug, um äußerst gereizt zu antworten: »Nicht? Ich denke doch.«

»Vielleicht haben Sie recht.« Er deutete auf die Pistolen. »Aber nicht auf diese Art.«

Nein, nicht auf diese Art. Sie bemühte sich, seine Macht über sie abzuschütteln, damit er ihr in diesem Moment auf *gar keine* Art gefährlich werden konnte. Es fühlte sich an, als ob sie ein wackelndes Seil hinaufklettern würde.

»Sie hätten ein Hemd überziehen sollen, als Sie mich bemerkt haben«, sagte sie.

Er trat näher. Wenn sie sich hätte bewegen können, wäre sie zurückgewichen. Seine Finger lagen nun auf ihrem Kinn und hielten es mit ein bisschen zu viel Nachdruck fest, während seine dunklen Augen tief in die ihren blickten, mit warmem und wissendem Blick. Er lockte sie auf eine subtile, aber gnadenlose Art und Weise.

»Sie haben ein Jahr in Alessandras Haus verbracht. Sie sind keine errötende Unschuldige. Erwarten Sie deshalb nicht von mir, dass ich Wert auf Etikette lege. Erwarten Sie nicht von mir, dass ich Sie wie ein unwissendes Kind behandele statt wie eine begehrenswerte Frau.«

Die Berührung seiner Hand ließ ihre Wangen erzittern. Hundert kleine Schauer strömten durch ihre Haut und ihren Hals hinab. Sie konnte nur zu ihm aufsehen, in diese dunklen Augen, die ihren so nah waren. Sie war davon überzeugt, dass er sie küssen würde. Sie sollte zurückweichen und den Raum verlassen. Sie sollte …

Seine Hand ließ von ihr ab. Er trat an den Kamin und hob den Eimer mit Wasser. »Sie können bleiben, wenn Sie es wünschen. Oder Sie können davonlaufen, wenn Sie glauben, dass Sie das müssen.« Er goss das Wasser in eine Waschschüssel. Dann sah er Celia über seine Schulter hinweg an. »Aber ich muss Sie warnen. Wenn Sie noch hier sind, nachdem ich fertig geworden bin, werde ich Sie danach nicht mehr so schnell gehen lassen.«

Es gelang ihr, genug Vernunft aufzubringen, um das Zimmer zu verlassen. Doch bevor sie draußen war, sah sie noch, wie von dem nassen Waschlappen, den er benutzte, um seine Haut zu befeuchten, kleine Rinnsale seine Muskeln hinunterliefen.

Celias erleichterte Reaktion auf seine Absicht auszugehen, führte Jonathan zu der Annahme, dass seine eigenen Ermittlungen einen weiteren Tag würden warten müssen. Anscheinend war sie froh darüber, ihn für ein paar Stunden aus dem Haus zu haben, weil sie vorhatte, sich selbst dort aufzuhalten.

Wenn er weiterhin seine Absicht, sie zu verführen, so deutlich machte, würde sie ihn wohl vollkommen meiden. Das war wirklich keine besonders raffinierte Strategie gewesen, so sehr er sich das auch einzureden versuchte. In Wahrheit waren seine Avancen nicht mehr als impulsive Handlungen gewesen, die nichts mit seinem Auftrag zu tun hatten, auch wenn sie diesem letztendlich zuträglich sein könnten.

Während er sein Pferd eine Stunde später in Richtung Westen antrieb, entdeckte er, dass er Celias Pläne falsch eingeschätzt hatte. Vor sich sah er einen Einspänner mit einer Fuchsstute. Die blonde Frau an den Zügeln hatte unter einem lilafarbenen Mantel ein Kleid im gleichen Gelb an wie das, welches Celia am Morgen getragen hatte.

Und trotz des frischen Wetters trug sie weder Hut noch Haube. Stattdessen waren ihre goldenen Locken auf die gleiche kunstvolle Art arrangiert, die er ebenfalls vom Morgen wiedererkannte.

Er ließ sein Pferd langsamer werden und folgte dem Einspänner, da er herausfinden wollte, wohin sie fuhr. Auch wenn er eigentlich wusste, dass er sofort zum Haus zurückkehren und ihre Abwesenheit nutzen sollte. Doch die Locken und der Rücken fesselten seine Aufmerksamkeit zu sehr. Er bewunderte ihre Haltung und genoss die flüchtigen Blicke auf ihr Gesicht, wann immer sie um eine Ecke bog.

Sie fuhr über einige Seitenwege und hielt schließlich an einer Stallung westlich des Hanover Squares. Er blieb hinter ihr und beobachtete, wie sie die Zügel einem Mann übergab und in einen Garten verschwand.

Er lenkte sein Pferd ebenfalls zu der Stallung. Das fragliche Anwesen überraschte ihn. Er kannte dieses Haus gut. Und er hätte nicht erwartet, dass Alessandras Tochter dort empfangen werden würde.

»Spionierst du mir nach, Albrighton?«

Die Frage kam von dem Mann, der aus dem Kutschenhaus auf der anderen Seite der Stallungen kam. Der Mann wischte sich seine Hände mit einem Taschentuch ab, während seine tiefblauen Augen erwartungsvoll auf Jonathan ruhten.

»Wenn ich dir jemals hinterherspionieren sollte, Hawkeswell, wirst du niemals davon erfahren.«

»Du überschätzt deine Geschicklichkeit. Warum zur Hölle lauerst du hier an meiner Gartenpforte?«

Dies war einer jener Momente, in denen es besser war, so wenig wie möglich zu sagen. »Ich war zufällig in der Gegend.«

Der Earl of Hawkeswell lächelte, was jedoch nur geringfügig den kritischen Ausdruck in seinen Augen milderte. »Und nun überschätzt du meine Dummheit. Da du nicht fragst, warum ich den Stallburschen für diese Kutsche spiele, anstatt das einen Diener machen zu lassen, weißt du wahrscheinlich bereits, wer darin gesessen hat. Der Grund für meine übertriebene Diskretion ist nicht der, den du dir vielleicht vorstellen magst.«

Jonathan verspürte einen Anflug von Verärgerung über Hawkeswells Annahme, dass man ihm durch Celias Besuch automatisch unterstellen würde, ein Stelldichein arrangiert zu haben.

»Ich habe mir in dieser Angelegenheit gar nichts vorgestellt«, erwiderte er nach einer Pause, in der er seine Verärgerung hinuntergeschluckt hatte. »Ich bin wirklich nur rein zufällig hier vorbeigekommen.«

»Ich glaube dir kein Wort.« Hawkeswell öffnete die Pforte. »Binde dein Pferd fest und komm herein. Ich werde von meiner Frau im Morgensalon gefangen gehalten. Du kannst mit mir Kaffee trinken.«

Jonathan stieg ab, band sein Pferd fest und folgte Hawkeswell in den Garten. Der Weg führte an hübschen und unterschiedlich gestalteten Beeten vorbei. Schließlich kamen sie an ein Treibhaus und stiegen ein paar Stufen zur Terrasse hinauf. Sein Gastgeber führte ihn durch ein paar Türen direkt in das Zimmer, das als Morgensalon diente.

Der Kaffee stand schon bereit. Sie setzten sich auf die gepolsterten Sessel und tranken Kaffee, als ob sie nur alte Freunde wären, die einander nach längerer Zeit wiedersahen. Doch die Stimmung war angespannt.

»Unsere Besucherin ist eine Freundin meiner Frau«, brach Hawkeswell das Schweigen schließlich. »Und auch eine gute

Freundin von Summerhays' Gattin Audrianna. Alle haben eine Zeit lang in Middlesex bei einer Frau namens Daphne Joyes gelebt. Nun sitzen die drei in der Bibliothek und schwatzen über Mode und was weiß ich noch.«

»Dann ist deine Diskretion also verständlich. Wenn auch unredlich, aber so ist die Welt nun einmal.«

»Du weißt also, wer sie ist. Ich wusste es bis vor Kurzem nicht. Selbst Verity hatte bis zum Tode von Alessandra Northrope keine Ahnung von ihrer Vergangenheit. Stell dir unsere Überraschung vor, als die Traueranzeige Bezug auf eine Tochter namens Celia Pennifold nahm. Ich hätte natürlich darauf bestehen müssen, dass Verity die Freundschaft sofort beendet. Aber …« Er zuckte resigniert mit den Schultern.

Aber der Earl of Hawkeswell liebte seine Frau zu sehr, um es ihr zu befehlen, und seiner Frau war Celia zu wichtig, um den Bruch zu vollziehen. Jonathan hatte Lady Hawkeswell nie getroffen, doch ihre Loyalität sprach für sie, auch wenn sie wohl ein wenig närrisch war.

»Ich bin davon überzeugt, dass es keinen Grund zu der Annahme gibt, Miss Pennifold könnte ihrer Mutter nacheifern« fuhr Hawkeswell vertraulich fort, so, wie im Laufe der Zeit schon viele andere mit Jonathan gesprochen hatten.

Zumindest wusste dieser Mann, wem er seine Gedanken mitteilte. Sie waren zusammen an der Universität gewesen, und Hawkeswell war einer der wenigen Menschen, die Jonathan als Freund bezeichnen würde. Die verflossene Zeit, die räumliche Entfernung und ihre Pflichten hatten die besten Momente dieser Freundschaft zu bloßer Erinnerung werden lassen, doch zumindest für Jonathan bestand sie auf gewisse Weise immer noch.

»Es war sehr großzügig von dir, deiner Frau zu gestatten, diese Freundschaft fortzusetzen.«

»Großzügig? Zu gestatten?« Hawkeswell lachte. »Verdammt, du weißt nicht viel über Ehen, oder?«

»Zumindest nicht über gute.«

Hawkeswells Gedanken wandten sich von diesem Thema ab und wieder seinem Gast zu. Geübt gingen Jonathans Instinkte in Alarmbereitschaft.

»Ich nehme nicht an, dass du mir verraten wirst, warum du ihr gefolgt bist.«

»Wenn du es dir partout in den Kopf gesetzt hast, dass ich das getan haben soll, schreibe es einfach einem Mann zu, der durch die Schönheit einer jungen Dame von seinen Tagesplänen abgelenkt wurde.« Interessanterweise war das tatsächlich die Wahrheit.

Hawkeswell fand das amüsant. »Eine deiner typischen Antworten, die nichts preisgeben. Das bedeutet, dass es einen sehr guten Grund geben muss. Einer deiner Aufträge?«

»Diese Annahme ist lächerlich.«

»In der Tat. Und doch bedeutet es nicht, dass sie nicht zutreffen könnte. Schließlich bist du hier und nicht länger oben in Staffordshire. Und auch dafür muss es einen Grund geben.«

»Ich habe, genau wie du, das Stadtleben vermisst.«

»Und außerdem warst du dort sowieso fertig, nicht wahr? Ich nehme nicht an, dass du mir, Summerhays und Castleford für unsere Hilfe danken wirst.«

Hawkeswell spielte damit auf die Mission an, die Jonathan vor Kurzem abgeschlossen hatte und bei der ihm sein Onkel Edward zu viel Unabhängigkeit vorgeworfen hatte. Hawkeswells unerwartete und lästige Ankunft in Staffordshire letzten Herbst hatte beinahe eine monatelang vorbereitete Ermittlung ruiniert. Jonathan hatte es nicht gestört, dass Hawkeswell und die anderen beiden das Rätsel letztendlich gelöst hatten, noch dazu viel gründlicher, als er selbst es zu hoffen gewagt hatte. Er wollte einfach nur nicht darüber reden. Er konnte nicht über seine Arbeit für das Innenministerium sprechen, geschweige denn zugeben, dass er überhaupt für das Ministerium ermittelte.

»Wart das ihr drei, die diese Intrige aufgedeckt haben? Dann danke ich euch natürlich.«

»Als ob du das nicht wüsstest.« Hawkeswell ließ es glücklicherweise dabei bewenden. »Wirst du dich lange in der Stadt aufhalten?«

»Vielleicht einen Monat lang.«

»Dann müssen wir vier mal zusammen essen. Wir können dir erzählen, wie raffiniert wir jenes Verbrechen aufgeklärt haben, und du kannst so tun, als würdest du die Geschichte noch nicht kennen.«

Da war es wieder. Es war an der Zeit zu gehen. Jonathan stellte seine Kaffeetasse ab und erhob sich. »Ich muss wieder los. Es war schön, wenn auch unerwartet, dich zu sehen.«

»Wenn du Miss Pennifold weiterhin durch die Stadt folgst, Albrighton, wird es nicht lange dauern, bis wir uns erneut unerwartet sehen.«

4

Am Nachmittag des gleichen Tages ging Celia durch das prunkvoll eingerichtete Wohnzimmer im Haus ihrer Mutter in der Orchard Street. Mr Mappleton, der rundliche und allmählich kahl werdende Testamentsvollstrecker, führte nun die schlechten Neuigkeiten weiter aus, die er gestern nur kurz angedeutet hatte, als sie sich vor der Beerdigung getroffen hatten.

»Wie bereits angedeutet, muss das Haus verkauft werden, um Ihre Gläubiger auszuzahlen. Das Anwesen und sein Inventar sollten, dafür ausreichen. Die Kutsche muss ebenfalls abgestoßen werden, aber ich nehme an, dass Sie das Cabriolet und die Fuchsstute behalten können.«

»Und das Haus in der Wells Street?« Sie hoffte inständig, dass seine letzte Kalkulation nicht ergeben hatte, dass sie es ebenfalls verkaufen musste.

»Bis jetzt scheint es so, als würde es verschont bleiben. Doch sollten weitere Schulden auftauchen – nun, wie ich zuvor schon erwähnt habe …« Mr Mappleton tupfte sich die Stirn mit einem Taschentuch ab. Erben mitzuteilen, dass es nur wenig zu erben gab, bekümmerte ihn. »Ich fürchte, dass nicht viel übrig bleiben wird. Ich möchte nur klarstellen, dass ich Ihrer Mutter als ihr Anwalt zu weniger Extravaganzen geraten habe. Immer wieder.«

»Bitte fühlen Sie sich nicht an einer Situation schuldig, die Sie nicht verursacht haben. Und Sie sollten auch nicht denken, dass meine Mutter Ihren Rat ignoriert hat. Doch ihr Gewerbe erforderte diese Extravaganzen einfach. Den Schein von Respektabilität aufrechtzuerhalten ist für eine Frau wie meine Mutter ebenso wichtig wie für eine Herzogin.«

Celia musterte die teuren Wildseidenvorhänge an den Fenstern und die klassischen Möbel. Das Zimmer war eine sorgfältige Komposition von Blau- und Cremetönen. Jedes Stück war ausgewählt worden, um guten Geschmack zu reflektieren, damit sich die besuchenden Herren ganz wie zu Hause fühlten. Es war wichtig, eine Art von Illusion zu erschaffen.

Nichts hatte sich in diesem Raum verändert, seit Celia ihre Mutter und dieses Haus vor fünf Jahren verlassen hatte. Sie und Alessandra hatten sich während ihrer stetigen Entfremdung zwar gelegentlich getroffen, aber niemals hier. Celia hatte das Haus erst wieder betreten, als ihre Mutter bereits im Sterben lag.

»Ist dieses Anwesen bereits in den Händen eines Maklers, Mr Mappleton?«

»Darum wollte ich mich kümmern, nachdem ich Sie über die Einzelheiten informiert habe. Ich werde morgen noch einmal vorbeischauen und eine Inventur vornehmen, um den Wert des Besitzes genau zu ermitteln.«

Celia blieb neben einem Mahagonitisch stehen, auf dem eine Chinavase stand. Sie befand sich nun fast an der gleichen Stelle, wo Anthony ihr behutsam, aber nachdrücklich erklärt hatte, dass sie seine Absichten missverstanden hatte.

Sie hatte gedacht, dass er eine Ehe meinte, als er davon sprach, für immer zusammen zu sein. Sie hatte gedacht, dass er sie aus all dem hier emporheben und retten würde. Sie war eine Närrin gewesen.

Nein, keine Närrin, nur jung und verliebt. Nur immer noch viel zu unschuldig, trotz der Lektionen ihrer Mutter. Das war alles. Erfahrungen über die menschliche Natur lassen sich nicht so einfach erlernen, genauso wenig wie die brutale Art des Lebens, Menschen zu Kompromissen zu zwingen.

Sie schloss die Augen und wartete darauf, die Verzweiflung jenes Tages erneut zu verspüren. Doch sie kam nur als schwaches Echo zu ihr zurück. Celia war schon seit langer Zeit darüber hinweg. Fünf Jahre in Daphnes Heim nahe Cumberworth hatten ihr genug Zeit gegeben, um erwachsen zu werden.

Sie gab Anthony seit Jahren keine Schuld mehr. Natürlich heiratete ein wohlhabender Mann aus guter Familie nicht die Tochter von Alessandra Northrope. Für solche Fälle gab es Regeln. Celia kannte sie inzwischen nicht nur, sondern hatte auch ihre Macht akzeptiert.

»Da das Haus noch nicht zum Verkauf steht, würde ich gerne die persönliche Habe meiner Mutter sorgfältiger durchsehen, als wir es gestern getan haben, Mr Mappleton. Ich werde nichts Wertvolles entfernen. Doch wenn noch private Dokumente wie zum Beispiel Briefe auftauchen, nehme ich sie an mich. Ist das erlaubt?«

»Wenn Sie mir Ihr Wort geben, dass Sie das Haus dabei nicht abreißen.« Er lächelte schwach über seinen Versuch, einen Witz zu machen. »Ich habe in den Unterlagen in der Bibliothek immer noch keine Geschäftsbücher gefunden. Sollte Ihnen so etwas in die Hände fallen, lassen Sie es bitte sichtbar liegen, damit wir es durchsehen können.«

Sie versprach ihm, die Augen offen zu halten. »Ist es notwendig, dass Sie hierbleiben? Ich würde mich gerne allein von ihr verabschieden. Die Beerdigung war eine seltsame Erfahrung. Doch hier hat sie ihr Leben verbracht und ihren letzten Atemzug getan, und hier kann ich auch noch ihre Gegenwart spüren.«

Mr Mappleton sah sie so ernst an, dass sie schon befürchtete, er würde in Tränen ausbrechen. »Das lässt sich wohl einrichten. Miss Pennifold, darf ich sagen, dass Ihre Mutter eine wundervolle, brillante Frau gewesen ist? Und auch wenn ich der Trauerfeier ferngeblieben bin und mich nicht persönlich von ihr verabschiedet habe, hoffe ich, Sie wissen, dass das in keiner Weise den Respekt widerspiegelt, den ich für sie empfunden habe.«

»Ich habe Verständnis für Ihre Abwesenheit, Mr Mappleton. Ich habe darin keine Beleidigung gesehen. Ich danke Ihnen für Ihre freundlichen Worte.«

Er verabschiedete sich. Sobald sie hörte, wie die Tür geschlossen wurde, ging sie in das Schlafzimmer ihrer Mutter.

Sie unterdrückte die Wehmut, die von den vertrauten Gerüchen und Anblicken hervorgerufen wurde. Hier, in der Zurückgezogenheit dieses Raumes, hatten die meisten Lehrstunden stattgefunden. Es war ihr damals ganz natürlich vorgekommen, wenn das Gespräch von Mode und der Kunst, eine gute Gastgeberin zu sein, zu der Anleitung, wie man einen Mann am besten berührte, und anderen intimen Geheimnissen hinüberwechselte.

Doch jüngere Erinnerungen drängten die alten zurück. In dieser Schlafkammer hatte Mama auch gelegen, als sie krank gewesen war. In den letzten Wochen hatte es nicht mehr viele Unterhaltungen gegeben. Doch selbst in diesem Zustand war es ihrer Mutter gelungen, ein paar Lektionen weiterzugeben und ihrer Hoffnung Ausdruck zu verleihen, dass ihre Tochter ihren Platz einnehmen würde. Sie hatte Celia mit Geschichten von Triumph und Ruhm gelockt. Sie hatte ihrer Tochter das Versprechen abgerungen, dass diese zumindest darüber nachdenken würde, bevor sie dem Ort, der auf sie wartete, für immer den Rücken kehrte.

Celia warf einen Blick in die Schubladen des kleinen Schreibtisches. Der Inhalt war nicht weiter bemerkenswert, doch seine Anordnung hatte sie gestern stutzen lassen, als sie und Mr Mappleton nach den Geschäftsbüchern gesucht hatten.

Alessandra hätte ihre Unterlagen niemals so akkurat gestapelt. Die Schränke und Truhen, um die sich nicht die Zofe kümmerte, waren für gewöhnlich ein heilloses Durcheinander gewesen.

Celia stopfte einige Briefe in ihr Ridikül, dann ging sie in das Ankleidezimmer und öffnete dort die Schränke. Alessandras herrliche Kleider, alle von den besten Schneidern, leuchteten im Nachmittagslicht wie ein Blumenbeet auf. Auch sie würden, wie alles andere, verkauft werden.

Die Frisierkommode wirkte ebenfalls untypisch aufgeräumt, aber andererseits hatte Mama sie seit mehreren Wochen nicht mehr benutzt. Doch auch die wenigen Schubladen waren ordentlich, was weniger zu erwarten gewesen war. Celia betrachtete den Schmuck darin und fragte sich, ob etwas davon ein Geschenk ihres unbekannten Vaters gewesen sein mochte. Doch keine der Schachteln gab ihr einen Hinweis.

Das Zimmer war ihr auf der Suche nach seiner Identität keine Hilfe. Sie stieg auf den Dachboden und fand die Speicherräume. Zu ihrer Enttäuschung war dort außer alten Möbeln wenig zu finden. In einer Truhe befand sich nichts als Kleidung, die seit mindestens zwanzig Jahren aus der Mode war. Sie hatte gehofft, ja sogar angenommen, dass in diesem Haus die Geschichte ihrer Mutter nachzuvollziehen wäre, dokumentiert in Unterlagen oder Gegenständen.

Sie ging in die Bibliothek hinunter und setzte sich vor den eleganten Intarsienschrank.

In den Schubladen fand sich nichts von Interesse außer einer Sammlung alter Modezeichnungen, aber erneut bemerkte sie, wie ordentlich alles wirkte.

Hatte ihre Mutter das getan, um ihre Angelegenheiten in Ordnung zu bringen? Vielleicht hatte sie nicht gewollt, dass ihr Anwalt das Durcheinander entdeckte, wenn er nach ihrem Tod seine Inventur machte. Das war die wahrscheinlichste Erklärung. Sie hätte es tun müssen, bevor Celia nach Hause kam, und deutete darauf hin, dass ihre Mutter gewusst hatte, dass ihr Ende bevorstand.

Vielleicht war es auch Celias Vater gewesen. Wenn er nicht wollte, dass seine Identität bekannt wurde, war er vielleicht gekommen oder hatte jemanden geschickt, um in diesem Haus seine Spuren zu beseitigen. Der Gedanke, dass er sich solch große Mühe gegeben haben sollte, nur um sie davon abzuhalten, die Wahrheit zu erfahren, betrübte sie. Wahrscheinlich ging er davon aus, dass sie von ihm Geld verlangen oder seinen Namen missbrauchen würde. In Wahrheit wünschte sie sich doch nur, eine Leere zu füllen, die sie ihr ganzes Leben in ihrer Seele gespürt hatte.

Sie fuhr fort, die Schubladen des Sekretärs zu durchsuchen. Als sie tief in eines der Fächer griff, berührten ihre Fingerspitzen auf einmal etwas. Sie zog ein gefaltetes Blatt Papier heraus, auf dem ihr Name stand.

Neugierig faltete sie es auseinander.

Meine liebe Celia,

wenn du das hier gefunden hast, suchst du zweifellos nach Geld, Schmuck oder vielleicht seinem Namen. Ich kann dir die Zeit ersparen. Du wirst hier nichts von Wert finden, und die Identität deines Vaters zu erfahren wird dir nichts Gutes bringen.

Den notwendigen Stil aufrechtzuerhalten hat mich über die Jahre all die Geschenke gekostet, die ich erhalten habe. Wie ich dir schon oft gesagt habe, besteht dein wahres Erbe in deiner Erziehung, nicht in barer Münze. Du bist viel schöner als ich und auch liebenswürdiger, und du singst wie ein Engel. Du hast bereits bewiesen, dass du für dich selbst sorgen kannst. Wie du das in Zukunft tun wirst, ist allein deine Entscheidung. Ich sorge mich nicht um dich, und das ist mir ein großer Trost.

Bitte sei versichert, dass du bis auf eine unkluge Herzensangelegenheit die einzige Person warst, die ich jemals geliebt habe. Ich hoffe, dass du nach Hause kommst, bevor mich diese Krankheit dahinrafft, aber wenn nicht, verstehe ich das.

Mama

Sie starrte auf den Brief. Während sie die elegante Handschrift mit ihren Fingerspitzen nachzeichnete, überkam sie doch noch die Trauer, die sich ihr tagelang entzogen hatte. Ihre Augen brannten vor Tränen.

Sie *war* nach Hause gekommen, kurz und zum letzten Mal. Wie schrecklich wäre es gewesen, diesen Brief zu lesen, wenn dem nicht so gewesen wäre.

Sie beugte ihr Gesicht tief über den Brief und begann, sich weinend von ihrer Mutter zu verabschieden.

»Du musst zugeben, dass mein Plan gut ist, Daphne. So vergrößern wir das Geschäft ohne Mehrarbeit für dich«, sagte Celia zwei Tage später.

Daphne dachte über das Angebot nach, das ihr gerade gemacht worden war. Ihre grauen Augen wirkten zwar abgelenkt, doch ihr filigranes, makelloses Gesicht unter ihrem schlicht frisierten, hellen Haar blieb ruhig.

»Die Logik deines Plans entzieht sich mir nicht. Ich habe nur niemals daran gedacht, einen Geschäftspartner für The Rarest Blooms zu haben; das ist alles. Außerdem war ich davon ausgegangen, dass ich dich nur für ein paar Tage hier abgesetzt hätte, damit du entscheidest, was du mit diesem Haus machen möchtest. Doch nun klingt es so, als ob du vorhättest, dich dauerhaft hier einzurichten.«

Sie standen in einem kleinen Zimmer in Alessandras Haus in der Wells Street. Sonnenlicht strömte durch die nach Süden gewandten Fenster und betonte den Schimmer von Daphnes blasser Haut. Selbst an bewölkten Tagen würde dieser Raum hell sein. Und wie Daphne schon an jenem ersten Tag bemerkt und Celia sicherlich ebenfalls gesehen hatte, machten die Fenster und die Lage diese Stube perfekt für die Lagerung von Pflanzen.

Im letzten Jahr war Daphnes Geschäft, The Rarest Blooms, äußerst erfolgreich gewesen. Inzwischen bezogen einige der besten Häuser in Mayfair ihre Pflanzen und Blumen aus Daphnes Gärten und Gewächshäusern nahe Cumberworth.

Doch all dieses Grün zu transportieren war mittlerweile zu einer mühseligen Aufgabe geworden. Wenn es eine Filiale hier in London gäbe, wo die Waren zwischengelagert werden könnten, wäre es viel einfacher, die Bestellungen auszuführen.

»Dieser Raum wäre selbst im Winter warm genug für die Pflanzen. Schnittblumen könnte man in der Vorratskammer und während des Sommers im Keller aufbewahren«, sagte Celia.

»Ich stimme dir zu, dass dieses Haus unseren Erfordernissen entspricht. Ich zögere nur deswegen, weil ich nicht möchte, das du das Risiko einer Partnerschaft auf dich nimmst«, sagte Daphne. »Wir könnten deinen Plan auch ohne dieses Detail ausführen.«

»Ich würde es vorziehen, wenn du das Geld annähmest, das ich von den finanziellen Zuwendungen meiner Mutter gespart habe, und mich zu einem Partner machst. Selbst wenn ich nur einen kleinen Anteil habe, wird es mir ein Einkommen verschaffen, das ich benötige, um hier leben zu können. Du kannst das Haus benutzen, und ich kümmere mich um die Auslieferung der Pflanzen.«

Daphne setzte sich in einen der Korbsessel. Normalerweise blieb sie stets gefasst, doch nun zogen sich ihre Brauen zusammen, und sie sah Celia sorgenvoll an. »Es ist nicht dein Angebot, dem ich mich verweigere. Ich weiß, dass es gut ist. Doch mein Herz …« Sie blickte traurig auf. »Du bist also entschlossen, uns zu verlassen?«

Celia ging um den Sessel herum, beugte sich vor und umarmte von hinten Daphnes Schultern. Dann legte sie ihre Wange gegen das kühle Gesicht ihrer guten Freundin. »Ich war viel zu lange von dir abhängig. Ein Jahr wurde zu dreien, und drei zu fünf. Ich werde dir für das Zuhause, das du mir gegeben hast, immer dankbar sein, aber es ist an der Zeit, meinen eigenen Weg zu gehen.«

»Das tust du doch alles nur, weil die Leute tratschen. Es ist mir egal, was sie sagen, und ich werde nicht zulassen, dass du …«

»Du kannst die Welt nicht verändern, Daphne. Dein Geschäft wird weiter Schaden nehmen, solange bekannt ist, dass ich bei dir lebe. Ich werde ein stiller Teilhaber sein, dadurch sowohl dein Geschäft als auch die Reputation deines Hauses bewahren und gleichzeitig meinen Lebensunterhalt verdienen.«

Daphne antwortete nicht, und Celia wusste, dass sich ihre Freundin immer noch sträubte. Daphne missfiel es, Ungerechtigkeiten nachgeben zu müssen.

»Ich bin dreiundzwanzig. Ich habe nun dieses Haus und muss ohnehin in die Welt zurückkehren. Das hätte ich auch getan, wenn mein Name nicht durch die Todesanzeige mit dem von Alessandra in Verbindung gebracht worden wäre. Doch wir werden uns auf jede andere Art und Weise nah bleiben.«

»Wenn The Rarest Blooms bankrottgehen sollte, könnte es sein, dass du dieses Haus verlierst.«

»Wir werden nicht bankrottgehen. Wir werden Erfolg haben.«

Daphne legte ihre Hand auf Celias Arm. Celia konnte zwar nicht sehen, wie ihre Freundin die Fassung zurückgewann, doch sie spürte es in ihrer Umarmung.

»Es wird viel einfacher sein, die Pflanzen von einem zentralen Ort auszuliefern«, sagte Daphne.

Celia trat um den Sessel herum, ergriff Daphnes Hände und zog ihre Freundin auf die Beine. »Du wirst es nicht bereuen. Keiner von uns beiden. Du kannst von meiner Investition ein weiteres Gewächshaus bauen, und wir verkaufen die Früchte, die wir außerhalb der Saison darin anpflanzen, zu lächerlich hohen Preisen. Wenn wir zusätzliche Blumen haben, können wir sie mit dem Wagen zum Covent Garden bringen und sie an die Blumenmädchen dort verkaufen. Wir können …«

Daphne tätschelte Celias Wange. »Zuerst ging Audrianna, dann Verity und nun du. Ich habe Angst, ganz alleine zu sein, Celia, und das war der einzige Grund, warum ich gegen deinen hervorragenden Plan war.«

»Wir werden uns so oft sehen, dass es dir vorkommen wird, als wäre ich niemals gegangen. Außerdem hast du doch immer noch Katherine und Mrs Hill bei dir.«

»Da hast du wohl recht.« Daphne nahm ihr Ridikül. »Und jetzt sollte ich zu ihnen zurückkehren. Ich werde meinen Anwalt schriftlich über die Partnerschaft informieren und ihn bitten, die Sache offiziell zu machen, sobald es die Abwicklung des Testaments deiner Mutter erlaubt.«

Celia brachte ihre Freundin zur Tür. Dort blieb Daphne stehen. »Ich akzeptiere deine Gründe, hier zu wohnen, aber es gefällt mir nicht, dass du ganz allein bist, Celia. Ich wünschte, ich hätte meine Pistole mitgebracht, damit ich sie dir zum Schutz dalassen kann.«

»Ich werde nicht lange allein sein, und bis dahin wird es wohl sicher sein.« Sie fühlte sich ein wenig schuldig, weil sie Daphne nicht von Mr Albrighton erzählt hatte. Doch das würde nur zu weiteren Fragen führen, die nicht alle beantwortet werden konnten.

Daphne gab ihr einen Abschiedskuss auf die Wange. Celia sah zu, wie sie in den Einspänner stieg.

Celia vermutete, dass schon bald nicht mehr nur Katherine und Mrs Hill in dem kleinen Haus in Middlesex leben würden. Daphne hatte die Angewohnheit, gestrandete Frauen ungewisser Ehrbarkeit und Vergangenheit aufzunehmen.

Zweifellos würde sie weitere von ihnen finden, auch wenn Celia manchmal dachte, dass es besser wäre, wenn nicht. Mit siebenundzwanzig Jahren war es für Daphne vielleicht an der Zeit, ihr selbstgewähltes Exil zu verlassen.

»Sind Sie sicher, dass Sie das Regal so wollen, Miss Pennifold? Es wird seltsam aussehen.«

Thomas, ein Bursche von fünfzehn Jahren, hielt das Brett für das zweite Regal und runzelte die Stirn über die gewünschte Position. Obwohl ihm Celia Sinn und Zweck erklärt und ihm die Zeichnung gezeigt hatte.

»Genau so, Thomas. So werden sowohl Wärme als auch Licht gleichmäßig an die oberen und unteren Pflanzen herankommen.«

Er zuckte mit den Schultern und nagelte das Brett an die von ihr gewünschte Stelle.

In den letzten Tagen hatte sich Celia in den Läden der Nachbarschaft umgehört und bekannt gemacht, dass sie auf der Suche nach einem jungen Mann war, der sich mit Zimmermannsarbeiten auskannte. Thomas' Vater, der einen Textilhandel betrieb, hatte seinen Sohn für diese Arbeit gerne ausgeliehen.

Celia bemerkte, dass Thomas mehr Nägel für die Arbeit verwendete, als sie eingeplant hatte. Sie hatte sparsam eingekauft und würde nun weitere besorgen müssen. Während sie die Anzahl im Kopf überschlug, verrieten ihr leise Geräusche vom Dachboden, dass Mr Albrighton dort umherging.

Er hatte ihr zwar versichert, dass sie ihn kaum bemerken würde. Doch ihr war klar geworden, dass sie seine Anwesenheit in diesem Haus nicht einfach ignorieren konnte. Sie mochte ihn vielleicht nicht oft sehen, aber er war einfach sehr präsent.

Sie wusste zum Beispiel, dass er tagsüber meistens im Haus blieb. Sie hörte seine Schritte auf den Dielen. Sie erinnerten sie stetig daran, dass sie weder vollkommene Ungestörtheit noch totale Isolation genoss.

Wenn sie ihn sah, schwang jedes Mal ein gewisses Maß an Vertrautheit mit, das sich nicht vermeiden ließ. Sie lebten schließlich im gleichen Haus. Ihre Seelen teilten sich diesen Raum, auch wenn ihre Körper selten im gleichen Zimmer waren. Und er hatte sie schon zweimal berührt. Und diese Berührungen waren wie Öltropfen, die, einmal verschüttet, nie wieder ganz weggewischt werden konnten.

Jeden Morgen kam er gegen zehn Uhr herunter, um sein Wasser zu holen. Sie war dazu übergegangen, auf seine Schritte auf der Treppe zu horchen. Nach dem ersten Tag war er nie wieder so nachlässig gekleidet erschienen, doch war er auch nie vollkommen bekleidet. Er trug natürlich kein Halstuch, da er sich noch nicht rasiert hatte. Auch keine Weste. Meistens trug er jedoch einen Morgenmantel, sodass er nur halb so unanständig wirkte.

Es erinnerte noch viel an seine verbrachte Nacht, wenn er gegen zehn Uhr unten auftauchte. Sein langes Haar war noch nicht zusammengebunden, sein Nacken lag frei und sein Kinn war von einem Bartschatten verdunkelt. Seine Erscheinung erinnerte sie daran, dass er jede Nacht, während sie schlief, in der Nähe war. Und sie fühlte sich durch seine Gegenwart gleichzeitig getröstet und beunruhigt.

Die Schritte wurden ein wenig lauter. Schon bald würde er seinen kleinen Gang in den Garten antreten. Die Unannehmlichkeiten, ihr Mieter zu sein, schienen ihm nichts auszumachen. Ihre Hoffnung, dass er als Folge ihrer Reserviertheit gehen würde, schien sich nicht zu erfüllen.

»Ich brauche mehr Nägel, Thomas. Ich habe falsch eingeschätzt, wie viele du brauchen wirst. Hier hast du etwas Geld. Bitte geh zu Mr Smith und kaufe noch ein paar.«

Thomas legte seinen Hammer nieder. Er streckte seine junge, schwielige Hand nach dem Geld aus und verließ das Zimmer mit dem schlaksigen Gang eines Fohlens.

Sobald er weg war, ertönten Schritte auf der Treppe. Celia beschäftigte sich gedanklich mit der Frage, welche Farbe die Regale bekommen sollten. Grün? Weiß? Sie bemühte sich, nicht daran zu denken, wie ihr Blut mit jedem seiner Schritte pulsierte.

Zu ihrer Verärgerung musste sie sich eingestehen, dass sie sich inzwischen auf Mr Albrightons kurze Auftritte freute. Sie wollte, dass er verschwand, gleichzeitig aber wiederum auch nicht. Dass er ihre kleinen Listen, um ihn zu vertreiben, vereitelte, machte ihr nicht so viel aus, wie es das eigentlich sollte. Sie genoss ihre kurzen Gespräche und die sinnliche und gewagte Art und Weise, wie er aussah, bevor er sich ausgehfertig machte.

Sie lachte über sich selbst. Diese alberne Vorfreude war das Merkmal einer Frau, die zu viel allein war. Sie würde bald eine Haushälterin einstellen müssen, wenn auch nur, um nicht von solch unbedeutenden Begegnungen abhängig zu werden.

»Wie ich sehe, bauen Sie etwas.« Er stand auf der Schwelle und musterte die beiden unteren Regalbretter. Dann betrat er den Raum und hob den Hammer an. »Machen Sie das alleine?«

»Ich habe einen Jungen eingestellt. Er kauft gerade mehr Nägel. Hat das Hämmern Sie aufgeweckt?« Sie hatte Thomas im Morgengrauen beginnen lassen, natürlich auch, um Mr Albrighton zu stören.

»Nein. Ich bin sowieso früh aufgestanden.«

»Was haben Sie denn vor?«

»Wenn Sie neugierig sind, können Sie gerne heraufkommen und es sich selbst ansehen. Ich glaube, Sie haben seit dem ersten Tag keinen Fuß mehr in das Stockwerk gesetzt.«

Die Erinnerung an jenen Morgen tauchte in ihren Gedanken auf, und sie spürte, wie ihre Wangen zu brennen begannen. Sie hatte nicht vergessen, wie unangebracht sie sich verhalten hatte und wie gebannt sie von ihm gewesen war.

»Ich war sehr beschäftigt.« Sie deutete auf die Regale.

»Ah. Ich dachte schon, dass ich Ihnen vielleicht Angst eingejagt hätte.«

»Warum sollte ich Angst vor Ihnen haben?«

Er zuckte mit den Schultern. »Einige Frauen haben das.«

Vielleicht hatten sie Angst davor, wie er eine Frau ansehen konnte, so, wie er es jetzt gerade tat. Ihr Blut raste schneller, während seine dunklen Augen intensiv in ihre blickten.

Sie sollte es ihm nicht gestatten, sie so durcheinanderzubringen. Denn das war genau seine Absicht. Er fand es amüsant, sie wegen jener Begegnung aufzuziehen. »Vielleicht haben sie vor Ihrem Haar Angst. Es ist so unmodisch, dass Sie damit wie ein Schurke wirken.«

»Wollen Sie, dass ich es mir abschneide? Ich möchte nicht, dass Sie mich für einen Schurken halten.«

»Natürlich möchten Sie das. Aber schneiden Sie es sich nicht wegen mir. Wie ein Mieter sein Haar trägt, spielt in meinem geschäftigen Leben keine Rolle. Ich wage sogar zu behaupten, dass ich es gar nicht bemerken würde, wenn Sie es täten.«

»Sie kränken mich, Miss Pennifold. Dabei dachte ich eigentlich, dass Sie jeden Morgen hier warten, um mich zu begrüßen.«

Erneut spürte sie, wie ihr Gesicht ganz heiß wurde. Er warf ihr einen befriedigten Blick zu und trug seinen Eimer die Gartentür hinaus.

Er hatte recht. Sie hatte den Dachboden gemieden, weil er sich dort aufhielt. Doch was er für ein arroganter Mann sein musste, um das anzunehmen. Jetzt, wo sie richtig eingezogen war, musste sie sich bald oben blicken lassen. Sie wollte sehen, welche Besitztümer ihrer Mutter sich oben in den Zimmern befanden, in denen Mr Albrighton sich nicht aufhielt.

Sie sah zu, wie er in den hinteren Teil des Gartens ging und einen Busch umrundete, wo sich alles Nötige befand. Dann erblickte sie sein dunkles Haar am Brunnen. Mit dem Eimer in der Hand schlenderte er ganz locker zum Haus zurück, gedankenverloren und ohne zu wissen, dass sie ihn beobachtete.

Er war ein gut aussehender Mann, so viel stand fest. Aber irgendwie auch gefährlich, durch diese nicht greifbare Tiefe, über die er verfügte. Doch in seinen Augen wartete die Vertrautheit eines alten Freundes. Diese lockte sie so stark, dass sie sich immer wieder in Erinnerung rufen musste, dass er in Wirklichkeit ein Fremder war.

Außerdem enthüllten diese Augen trotz ihrer Wärme und Vertrautheit nichts über den Verstand dahinter.

Nun, eine Sache schon. Seine männlichen Gedanken waren deutlich sichtbar. Sie kannte inzwischen das schwache Glimmen der Begierde. Nicht nur ihr Blut raste, wenn sich ihre Blicke trafen.

Er war gut darin, diese Dinge zu verbergen. Doch sie sah es trotzdem. Sie sah und spürte es. Sie kannte männliches Begehren in all seinen Formen und Manifestationen und konnte es genauso fühlen, wie manche Leute Regen riechen konnten.

Sie war schließlich von einer Expertin unterrichtet worden, wie man es erkannte, es fühlte und es für die eigenen Zwecke einsetzte.

Eine halbe Stunde nachdem Mr Albrighton gegangen war, drang Lärm von der Straße ins Haus. Schreie und Pfiffe störten den friedlichen Tag.

Celia ging in den vorderen Salon und sah hinaus. Thomas stand mit rotem Gesicht und abwehrender Körperhaltung auf der Straße, um ihn herum andere Burschen. Es war nicht klar, ob er kämpfen oder in Tränen ausbrechen würde.

»Eine Besorgung für sie, sagst du?«, höhnte einer seiner Peiniger. »Oder sollst du es *ihr* besorgen?« Er lachte schallend über seinen eigenen Witz, und seine Freunde stimmten mit ein.

»Da hast du dir eine Feine geschnappt, Tommy Boy«, rief ein anderer. »Ihre Mutter war anscheinend eine von der ganz kostspieligen Sorte. Teure Kutschen und so was. Aber ich glaube, du bist noch zu grün hinter den Ohren, um was mit ihr anzufangen. Wahrscheinlich wirst du Hilfe dabei brauchen.« Er wackelte mit den Augenbrauen und grinste anzüglich.

Sie verspotteten Tom weiter und ließen ihn nicht aus ihrer Mitte. Es waren nur Jungs, die einander aufzogen, doch Celias Herz wurde von Angst erfasst.

Jemandem in der Nachbarschaft war klar geworden, wer sie war, und hatte es weitererzählt. Nun wusste jeder, dass die Tochter der berüchtigten Alessandra Northrope unter ihnen lebte. Jetzt würde sich alles verändern.

Sie schloss die Augen und bemühte sich, ihre Verzweiflung zu überwinden. Sie wusste seit Jahren, dass sie allein durch ihre Geburt grausamer Beurteilung ausgesetzt sein würde. Doch bis heute hatte sie es nicht erleben müssen. Natürlich nicht, während sie bei Daphne gewohnt hatte.

Doch jetzt, wo sie darüber nachdachte, nicht mal während ihrer Zeit bei Mama. Sie hatte gewusst, dass es geschah, wenn sie damals mit der Kutsche durch den Park gefahren waren, aber sie hatte es nicht persönlich mitbekommen. Doch Mama hatte sie gewarnt, dass sie die Verachtung eines Tages aus erster Hand miterleben würde. Celia hatte einfach nur nicht erwartet, wie erschreckend die Wirklichkeit sein würde.

Hatte Alessandra einen anderen Namen benutzt, wenn sie die Läden besucht hatte? Vielleicht hatte sie sich auch überhaupt nicht unter diese Leute gemischt, sondern war immer im Haus geblieben.

Die Halbstarken begannen Tom herumzuschubsen. Sie spielten mit ihm, um eine Schlägerei zu provozieren. Sie wünschte sich, dass sie Tom das ersparen könnte, und bedauerte, ihn eingestellt zu haben. Er hatte diesen anderen Jungen nichts entgegenzusetzen und konnte lediglich versuchen zu fliehen.

Plötzlich bemerkte sie aus dem Augenwinkel, wie eine weitere Person hinzutrat. Es war kein Nachbar, sondern ein großer Mann in feiner Kleidung. Es war Mr Albrighton, der mit entschlossenem Schritt auf die Gruppe zuging.

Als er an den Burschen vorbeigegangen war, blieb er kurz stehen. Ihr Geschrei zog seine Aufmerksamkeit auf sich. In genau diesem Moment löste sich einer von ihnen aus ihrem Kreis und marschierte auf Celias Tür zu. Seine Freunde verloren das Interesse an Tom und feuerten ihn an.

Plötzlich erschien ein Arm wie eine Eisenstange und versperrte dem Jungen den Weg.

»Wohin soll's denn gehen, junger Mann?«

»Ich habe dort etwas zu erledigen, also nehmen Sie Ihren Arm weg, wenn Sie nicht wollen, dass ich ihn breche.«

»Du hast in diesem Haus nichts zu suchen, wenn es nicht dein Zuhause ist. Verschwinde jetzt!«

»Verschwinden Sie doch. Wir mögen hier keine Fremden. Sie wollen sich mit mir anlegen, noch dazu wegen einer Hure?«

Mr Albrighton ließ seinen Arm sinken. Triumphierend machte der Bursche einen weiteren Schritt nach vorn. Doch eine Hand auf seiner Schulter stoppte ihn.

Celia konnte nicht genau sehen, was diese Hand tat. Sie schien lediglich auf der Schulter des Jungen zu liegen. Und doch riss der Halbstarke die Augen auf und seine Knie gaben nach. Sein Gesicht war schmerzverzerrt.

Im nächsten Moment wurde er wie eine Stoffpuppe in Richtung seiner Freunde geschleudert. Die anderen fingen ihn auf, und er fand sein Gleichgewicht wieder. Mit vor Wut weißem Gesicht und gefletschten Zähnen starrte er zu dem Mann, der ihn besiegt hatte, ohne groß die Hände zu heben.

»Diese verdammte Hure«, fauchte er. »Mein Geld ist genauso gut wie das von irgendjemand anderem, und ich werde …«

»Du wirst gar nichts tun, das die Bewohner dieses Hauses beleidigen könnte. Und jetzt geh weiter und komm nicht hierher zurück, sonst werde ich ebenfalls zurückkommen.«

Die Halbstarken zogen weiter. Tom ging zum Haus, legte die Nägel und das Wechselgeld auf die Stufe vor der Haustür und lief davon. Mr Albrighton hob beides auf und klopfte an.

Celia bemühte sich, ihre Scham und Aufgewühltheit so gut es ging zu überspielen, und öffnete die Tür. Sie konnte sehen, dass die Jungs vom Ende der Straße aus zusahen.

»Das hier hat man für Sie abgegeben.« Mr Albrighton versuchte, die unangenehme Situation mit einem Lächeln zu überspielen, doch sie hatte das Gefühl, Mitleid in seinem Blick zu entdecken. Das beschämte sie nur noch mehr. Mit Mühe erwiderte sie sein Lächeln und spielte ihm gute Laune vor.

Sie nahm die Nägel entgegen und sah zu den Halbstarken. »Wie es scheint, nimmt die ganze Welt an, dass ich in jeglicher Hinsicht die Tochter meiner Mutter bin.«

»Ihr Mieter nimmt nichts dergleichen an. Und anders als unreife Jungen fällt er auch keine vorschnellen Urteile über die Entscheidungen, die eine Person in ihrem Leben trifft, ganz gleich, wie sie aussehen mögen.« Er zog eine Visitenkarte aus seiner Manteltasche und reichte sie ihr so, dass die Jungen es sehen würden. »Wenn Sie mit Ihnen noch einmal Probleme bekommen sollten, lassen Sie es mich wissen.«

Sie hielt die Karte hoch, sodass sie von den Beobachtern nicht übersehen wurde. Er verbeugte sich und ging davon. Die Jungen verschwanden ebenfalls in einer Seitengasse.

Sie warf einen Blick auf die Karte. Bis auf seinen Namen stand nichts darauf. Ungeachtet ihrer hohen Qualität enthüllte sie fast nichts. Ein wenig wie der Mann, der sie ihr gerade überreicht hatte.

5

Das Kaffeehaus in der Nähe von Gray's Inn war um zwölf Uhr mittags überfüllt. Anwälte und ihre Lehrburschen, deren Kanzleien in der Nähe lagen, lasen Zeitung und rauchten Zigarren. Klirrende Tassen fügten dem Dröhnen der Unterhaltungen eine musikalische Note hinzu.

Jonathan erspähte Edward auf einem Diwan am anderen Ende des Raumes und setzte sich zu ihm. Edwards Begrüßung bestand aus fragend hochgezogenen Augenbrauen.

»Mein Auftrag ist um ein paar unerwartete Elemente ergänzt worden«, sagte Jonathan. »Die Tochter ist in das Haus in der Wells Street eingezogen. Sie geht kaum aus. Es kann noch Tage dauern, bevor ich Alessandras Sachen in Ruhe durchsuchen kann.«

Edward wusste nichts von der Dachbodenkammer, wo Jonathan heimlich lebte. Niemand wusste etwas. Die Geheimhaltung seines Wohnorts hatte als Vorsichtsmaßnahme während des Krieges begonnen und war zu einer Gewohnheit geworden, die ihm seine Privatsphäre sicherte. Jonathan zog es vor, andere Menschen in ihren Welten zu treffen, anstatt sie in seine persönliche einzuladen.

»Anders gesagt, du bist also überhaupt nicht weitergekommen«, sagte Edward.

»Ich habe den Dachboden zum größten Teil durchsucht. Dort war nichts von Interesse.

»Und das andere Haus?«

»Ich war in der Nacht vor der Beerdigung dort, aber jemand muss mir zuvorgekommen sein. Zum einen die Tochter und noch jemand anderes, denkt sie. Es ist unmöglich zu wissen, ob ihr Verdacht zutrifft. Doch das Fehlen wichtiger Unterlagen führt mich zu der Annahme, dass sie recht hat. Oder Alessandra hat einfach nichts Bemerkenswertes in dem Haus aufbewahrt. Sie wusste, dass es zumindest von einem Testamentsvollstrecker durchsucht werden würde.«

Edward nahm einen Schluck der dunklen Flüssigkeit aus seiner Tasse und runzelte die Stirn. »Und was glaubst du?«

Jonathan dachte über die weltgewandte Frau nach, mit der er sich gelegentlich unterhalten hatte. Wie viele andere hatte ihm auch Alessandra manchmal etwas anvertraut, aber darunter war nichts, was ihm bei seinem derzeitigen Auftrag helfen würde. »Ich glaube, dass sie alles, was auf ihr wahres Wesen hindeutete, entweder verbrannt oder versteckt hat, da sie wusste, dass sie sterben würde. Laut ihrer Tochter sind selbst die Geschäftsbücher unauffindbar, wenn sie überhaupt welche geführt hat.«

»Diese Tochter muss das andere Haus irgendwann verlassen, aber du kannst ja wohl kaum im Garten zelten und darauf warten. Seltsam, dass sie sich entschlossen hat, dort zu leben. Sie könnte wahrscheinlich relativ mühelos den Platz ihrer Mutter einnehmen. Sie war ein sehr hübsches Mädchen. Die Männer standen schon Schlange für den Tag, an dem ihre Mutter sie einführen würde.«

»Du weißt ja eine ganze Menge über sie.«

Edward lief bis zum Haaransatz rot an. »Oh bitte. Das weiß doch jeder, einschließlich dir. Alessandra hat der guten Gesellschaft ein ganzes Jahr lang den Mund wässrig gemacht, das Mädchen herumgezeigt, Angebote gesammelt und ein Vermögen vom ersten Gönner verlangt. Als sie davonlief – die Tochter, meine ich …«

»Ihr Name ist Celia.«

»Ja, Celia, richtig. Als sie in letzter Minute davonlief, war es das Tagesgespräch in meinen Clubs.« Edward stellte seine Tasse ab. »Sie ist also in die Stadt zurückgekehrt, was? Ich wage zu sagen, dass dies bald ebenfalls das Tagesgespräch sein wird. Es gibt sicher viele, die immer noch interessiert sein werden, auch wenn sie kein junges Mädchen mehr ist.«

»Es ist ein anständiges Haus, und es sieht für mich nicht danach aus, als ob sie vorhat, das Gewerbe ihrer Mutter aufzunehmen. Soweit ich sehen konnte, plant sie, still für sich zu leben.« Nun log er. Celia hatte davon gesprochen, dass andere Frauen in das Haus einziehen würden. Sie hatte Andeutungen gemacht, dass sie ein Bordell eröffnen würde. Er ging zwar davon aus, dass sie das nur getan hatte, um ihn zur Abreise zu bewegen, aber sicher war er sich nicht.

»Warte ein Jahr, dann wird sie wahrscheinlich gestriegelt und gespornt im Theater auftauchen und auf Kundenfang gehen.«

»Was Berufe für Frauen angeht, ist es nicht der schlechteste, wenn man ihn wie Alessandra angeht.«

Das fand Edward amüsant. »Ich vergesse meistens, dass du die Dinge immer ein wenig anders betrachtest. Sogar Huren, wie es scheint.«

»Als Sohn der Mätresse eines einflussreichen Mannes werde ich wohl kaum andere Kurtisanen verurteilen.«

»Natürlich nicht. Ich wollte nicht andeuten …« Erneut errötete Edward und entschied sich, einen weiteren Schluck Kaffee zu nehmen.

»Wo wir gerade von einflussreichen Männern sprechen, wann wirst du den Earl sprechen?«

Edward bemühte sich, seinen Unmut zu verbergen, aber Jonathan kannte die Antwort, sobald er die Frage ausgesprochen hatte.

»Thornridge hat mich erneut vertröstet. Er hat wohl das Thema erraten, das ich anschneiden wollte, und möchte nicht darüber reden.«

»Er hat nie darüber reden wollen. Das ist nichts Neues. Du musst ganz deutlich machen, dass es mir nicht um Geld geht.«

»Das wird er nicht glauben. Er will nicht zugeben, dass du der Bastard des früheren Earls bist, das wissen wir beide. Er hat Angst, dir auch nur den kleinen Finger zu reichen. Er glaubt nicht, dass es dabei bleiben wird.«

Jonathan war äußerlich nichts anzumerken, doch in ihm tobte frustrierte Wut. Thornridges Leugnung war unentschuldbar und nicht aus Unwissenheit heraus entstanden. Er kannte die Wahrheit und hatte sogar die letzten Anweisungen des alten Earls, Jonathans Ausbildung betreffend, ausgeführt. Es hatte eine monatliche Zuwendung gegeben, die Jonathan vor Jahren abgelehnt hatte, weil ihre Fortführung seinen Rückzug erfordert hätte. Thornridge blieb entschlossen, ihm die Anerkennung vorzuenthalten, die selbst dem unehelichen Sohn eines Earls einen leichteren Lebensweg ermöglichen würde.

Edward hatte ihm als einziges Familienmitglied diese Anerkennung gewährt. Und Jonathan war sich darüber bewusst, dass selbst diese Akzeptanz hauptsächlich der erste Zug in einem langen Schachspiel gewesen war.

Das Spiel hatte sich tatsächlich sehr in die Länge gezogen.

»Vielleicht sollte ich mich gar nicht mit einem kleinen Anfang begnügen, Onkel. Vielleicht sollte ich mich gar nicht mit einem kleinen Finger begnügen. Vielleicht sollte ich ihm besser gleich die ganze Hand abhacken.«

Edward verzog sein Gesicht. »Ich bin sicher, dass dir das gefallen würde. Aber ich werde dennoch weiterhin in deiner Sache verhandeln. Du magst vielleicht glauben, dass dem nicht so ist, aber das tue ich.«

»Ich frage mich, ob ich nicht selbst handeln sollte. Ich bin in den letzten acht Jahren ein Experte in diesen Dingen geworden.«

»Es wäre besser, wenn du das lassen würdest. Wenn er auch nur vermuten sollte, dass du nach Zeugen für die Absichten deines Vaters suchst, wird er dich zerstören. Und ich werde ihn nicht davon abhalten können.«

»Er hat diese Macht nicht. Niemand hat das.«

»Du solltest besser als jeder andere wissen, dass manche Männer diese Macht sehr wohl besitzen. Schließlich hast du für einige von ihnen gearbeitet.«

Wieder stieg Wut in ihm auf, aber dieses Mal schwang eine gewisse Lebensmüdigkeit mit. »Nur für die gute Sache.« Nun gut, *hauptsächlich* für die gute Sache, aber leider nicht nur.

»Es gibt andere Männer, die nicht so wählerisch sind. Provoziere ihn nicht. Hab Geduld und gestatte mir, es auf meine Weise zu versuchen.«

Jonathan erhob sich, bevor seine heutige Ration guten Willens verbraucht war. »Fürs Erste werde ich es weiterhin dir überlassen. Aber es wäre gut, bald zumindest seinen kleinen Finger zu haben.«

Er ging in einer düsteren Stimmung hinaus, die darauf hindeutete, dass er trotz aller Bemühungen seine Wut nicht besiegt hatte. Sie flammte stets auf, wenn er zu lange über seine Situation und den Earl of Thornridge nachdachte. Ein vernünftiger Mann hätte die Sache schon lange aufgegeben, seine Niederlage eingestanden und Frieden gefunden.

Draußen vor der Tür stieß er fast gegen einen Diener in kostbarer Livree, der sich gegen die Mauer des Gebäudes lehnte. Als der Bursche ihn sah, stellte er sich gerade hin.

»Mr Jonathan Albrighton?«

Jonathan nickte. Der Diener reichte ihm einen Brief. Jonathan untersuchte Papier und Siegel und faltete ihn überrascht auseinander.

Dienstag. Acht Uhr. Whist.
Castleford

Als Celia am nächsten Morgen erwachte, war der Himmel stark bewölkt. Sie stellte fest, dass sie länger geschlafen hatte als beabsichtigt. Heute gab es viel zu tun. Sie hätte nicht so lange im Bett liegen sollen.

Sie schlüpfte in einen Morgenmantel und legte sich ihren wärmsten Schal um. Nicht nur Mr Albrighton musste sein eigenes Wasser holen. Sie freute sich nicht gerade darauf, bei einem solchen Wetter in den Garten zu müssen, wenn der Wind stark genug war, um an ihren Fensterläden zu rütteln.

Doch als sie ihre Schlafzimmertür öffnete, entdeckte sie davor einen Eimer mit genügend Wasser, um sich zu waschen. Prüfend steckte sie einen Finger hinein. Es hatte lange genug dort gestanden, um nicht mehr ganz eisig zu sein.

Es gab nur eine Person, die den Eimer dort hingestellt haben konnte. Sie fand die Geste gleichzeitig liebenswert und überraschend. Woher wusste Mr Albrighton, dass sie noch nicht aufgestanden war? Die Vorstellung, dass er morgens vielleicht ebenso auf ihre Begegnung wartete wie sie, ließ sie schmunzeln.

Während sie sich ankleidete, hörte sie irgendwo in der Nachbarschaft die entfernten rhythmischen Schläge eines Zimmermanns bei der Arbeit. Sie erinnerten sie daran, dass sie jemanden finden musste, um Tom zu ersetzen. Nach dem gestrigen Vorfall würde er nicht wiederkommen. Das war eine Aufgabe mehr auf der langen Liste der zu erledigenden Dinge an diesem Tag.

Frisiert und mit Haube und Mantel in der Hand stieg sie die vordere Treppe herunter. Mit jedem Schritt wurde das Hämmern lauter. Schließlich wurde ihr klar, dass es aus dem hinteren Teil ihres Hauses drang.

Sie ging in den hinteren Salon. Als sie näher kam, hörte sie die Stimme einer Frau. »Ich denke immer noch, dass es besser gedübelt werden sollte.«

»Sie hat aber entschieden, dass Nägel ausreichend sind«, erwiderte Mr Albrighton.

»Wenn man sie richtig einsetzen würde, vielleicht schon«, kam die geduldige, doch gleichzeitig nachdrückliche Erwiderung.

Die weibliche Stimme gehörte Verity. Welcher Teufel hatte sie geritten, ohne Vorwarnung herzukommen, noch dazu, während Jonathan im Haus war?

Celia betrat das Zimmer. Mr Albrighton stand in Hemd und Weste da, den Hammer in der Hand. Der Bau der Regale war gut vorangekommen. An der Seite saß Celias gute Freundin Verity, die Gattin des Earls of Hawkeswell, in einem saphirgrünen Reitkostüm. Sie hatte Celias Zeichnung auf dem Schoß und schien Jonathan zu beraten.

Verity bemerkte sie. »Da bist du ja. Die Gartentür war auf, also bin ich hereingekommen, um mir dein neues Zuhause anzusehen. Dein Zimmermann hat gesagt, dass du kurz nach oben gegangen bist, also bin ich ihm beim Warten ein wenig zur Hand gegangen.«

Celia ging zu ihr und umarmte sie. »Ich hoffe, dass meine Freundin Sie nicht zu sehr aufgehalten hat, Mr Albrighton. Offenbar sind Sie auf ihre Hilfe nicht gerade erpicht.«

»Laut der Beurteilung der Dame scheine ich für diese Aufgabe nicht besonders kompetent zu sein.« Mr Albrighton setzte ein weiteres Regalbrett mit einer Wucht ein, die Celia vermuten ließ, dass Verity ihm nun schon seit einer Weile »half«.

»Ich habe Sie nur dazu angetrieben, sich stärker anzustrengen, Sir. Jeder Narr kann mit zwanzig Nägeln zwei Bretter zusammenbringen. Da ich weiß, wie sie hergestellt werden, sollte weder die Arbeit des Schmieds noch das Geld meiner Freundin verschwendet werden.«

Jonathan lächelte schwach über die Rüge. Celia nahm an, dass er Verity nun darüber informieren würde, dass er für diese Zimmermannsarbeit nicht angestellt worden war, sondern sie lediglich ausprobiert hatte, um Celia einen Gefallen zu tun.

Stattdessen schien er hinunterzuschlucken, was er gerne erwidert hätte. »Sie haben recht, Madam. Ihre Besorgnis über meinen verschwenderischen Gebrauch von Nägeln ist ein guter Punkt.«

»Da sie eine gute Freundin von mir ist, können Sie sie vielleicht entschuldigen, Mr Albrighton. Ihre Kritikerin ist Lady Hawkeswell, und Gräfinnen können ziemlich pedantisch sein.«

»Bitte entschuldigen Sie, Madam.« Er verbeugte sich. »Als Gräfin sind Sie natürlich fachmännischere Arbeit gewöhnt, als ich sie vollbringen kann.«

»Als Gräfin würde ich den Unterschied zwischen einem Fachmann und einem Laien gar nicht erkennen. Wenn ich pedantisch bin, liegt das daran, dass ich in meiner Jugend in einer anderen Welt aufgewachsen bin als der, in der ich mich nun bewege.«

Er nahm einen der Nägel in die Hand. »In einer weiteren halben Stunde sollte hier alles erledigt sein. Miss Pennifold, wenn Sie Lady Hawkeswell woanders unterhalten möchten, würde mir das nicht das Geringste ausmachen.«

Celia fand, dass dies eine hervorragende Art war, diese unangenehme Unterhaltung zu beenden. Sie setzte ihre Haube auf und band sie sich fest um den Hals. »Lass uns ein wenig im Garten spazieren, Verity, um dem Gehämmer zu entfliehen.«

Celia hatte Verity bereits in den hinteren Teil des Gartens bugsiert, als das Hämmern erneut begann. Immer wieder sah Verity zum Haus zurück. Und jedes Mal runzelte sie die Stirn.

»Komm und berate mich, was ich mit diesem Beet machen soll«, drängte Celia und zog sie weiter.

»Dein Zimmermann ist nicht besonders gut«, sagte Verity. »Du hättest schreiben sollen, dann hätte ich dir einen empfohlen. Hast du ihn angestellt, weil er so gut aussieht?«

»Ich habe gerade vergessen, wie ich auf ihn gekommen bin. Wirklich. Aber sieh mal hier. Wahrscheinlich sind bereits Blumenzwiebeln eingegraben, oder?«

Erneut warf Verity einen Blick zum Haus zurück. Wieder zog sie ihre Augenbrauen zusammen. Dann sah sie Celia an, blickte wieder zum Haus und warf der anderen Frau abermals einen äußerst neugierigen Blick zu.

»Er trug sehr schöne Stiefel. Für einen Zimmermann, meine ich. Auch sein Hemd und seine Weste waren ...«

»Du wirst einen Mann doch sicherlich nicht dafür verurteilen, dass er Wert auf seine äußere Erscheinung legt.«

»Ich mache mir eher darüber Gedanken, wie sich ein Zimmermann mit so wenig Talent diese Dinge leisten kann. Ich denke, wir sollten ihn besser nicht allein im Haus lassen. Vielleicht ist er einer dieser Burschen, die sich als Handwerker ausgeben, nur um sich Zutritt zu Häusern zu verschaffen und diese dann auszurauben.«

»Du bist viel zu misstrauisch. Also, der Grund, warum ich glaube, dass hier bereits Blumenzwiebeln eingepflanzt wurden, ist der, dass die Bäume anderen Blumen das Licht wegnehmen würden, sobald sie ausschlagen. Ich würde gerne im nächsten Herbst neue einpflanzen und brauche deine Hilfe, um zu entscheiden, welche.«

Verity betrachtete die Baumgrenze. Dann richtete sie ihren Blick auf Celia. »Ich glaube nicht, dass ich zu misstrauisch bin. Doch so langsam schwant mir, dass ich ihn vielleicht fälschlicherweise für deinen Zimmermann gehalten habe.«

Celia blickte auf den lehmigen Boden. Ausreden und Erklärungen schossen ihr durch den Kopf, jede davon unglaubwürdiger als die Vorstellung, dass Mr Albrighton ein Zimmermann war.

»Warum ist dieser Mann bei dir, Celia?«

Celia hörte eine Spur von Belustigung in Veritys Stimme. Als sie aufsah, stellte sie fest, dass jegliches Stirnrunzeln aus ihrem Gesicht verschwunden war und ihre Augen schelmisch funkelten.

»Es ist nicht das, was du denkst.«

»Wie schade.«

»Verity!«

Ihre Freundin lachte, überrascht von sich selbst. »Was soll ich sagen? Er sieht wirklich sehr gut aus, und ein hübscher Mann, der seine Hände benutzt – wenn in diesem Fall auch nicht besonders gut – fesselt meine Aufmerksamkeit noch immer, ungeachtet meiner Liebe für Hawkeswell.« Noch einmal blickte sie zum Haus zurück. »Erzähl es mir. Du musst, oder ich werde mir selbst etwas ausdenken.«

»Er ist ein Mieter. Mehr nicht. So lästig und unangenehm es auch sein mag. Ich habe ihn sozusagen geerbt, wie die Möbel des Hauses, und er will einfach nicht gehen, egal, wie unbehaglich ich ihm den Aufenthalt mache.«

»Vielleicht ist es diese Unbehaglichkeit, die ihn hier hält, auch wenn es vielleicht nicht die ist, die du beabsichtigst. Jetzt, wo ich darüber nachdenke, kommt es mir fast so vor, als wäre er sogar noch ein wenig attraktiver geworden, als du das Zimmer betreten hast.«

Also hatte Verity während ihrer kurzen Unterhaltung ebenfalls die aufgeladene Atmosphäre im Raum bemerkt. Celia hatte angenommen, dass sie sich dies nur eingebildet hätte. Genau wie den sanften Schauder, der sie überkommen hatte, als sie Jonathan dort hatte stehen sehen, mit nackten Unterarmen unter hochgekrempelten Ärmeln und die allgemeine Form seines Körpers durch die Weste und die enge Hose betont.

Verity hakte sich bei Celia unter und marschierte mit ihr durch den Garten. »Du musst auf jeden Fall eine ältere Frau mit ins Haus nehmen.«

»Das habe ich vor. Doch es ist nicht meine Schuld, dass ich ein Haus mit einem männlichen Mieter geerbt habe, der im Voraus und für ein paar Jahre bezahlt hat.«

»Nein, das ist es nicht. Doch du musst mit solch einer Entdeckung vorsichtiger umgehen als andere Frauen.«

Celia dachte über die gestrige Auseinandersetzung vor ihrem Haus nach. »Langsam frage ich mich, ob Vorsicht vielleicht ohnehin überflüssig ist. Du warst so freundlich, nicht sofort Vermutungen über ihn anzustellen, und er war so höflich, nichts dazu zu sagen, dass du durch die Gartenpforte statt zur Haustür hereingekommen bist. Aber der Grund für beide Umstände kann nicht ignoriert werden. Ich glaube, dass es wenig Unterschied machen wird, ob ich Alessandras Vermächtnis annehme oder nicht.«

Verity errötete. Tränen schossen ihr in die Augen. »Ich habe nicht angenommen, dass er dein Liebhaber ist, Celia. Wirklich nicht. Ich habe dich nur aufgezogen. Was mein diskretes Betreten des Hauses betrifft, so tut es mir wirklich leid. Ich werde Hawkeswell sagen, dass ich vorhabe, dich im Park zu grüßen und dich wie jede andere Freundin besuchen werde. Es ist nicht gerecht, dass …«

»Das werde ich nicht zulassen. Ich gebe weder dir noch deinem Ehemann die Schuld an dieser Misere. Bitte glaube mir das. Ich wusste immer, wie es sein würde. Ich bin deswegen nicht beleidigt oder böse auf dich. Manchmal entmutigt und ärgert es mich, wenn mir klar wird, dass meine Tugendhaftigkeit so wenig gilt. Mehr sage ich nicht. Ich habe meinen guten Ruf genauso verloren, wie das der Fall gewesen wäre, wenn ich meinen ersten Gönner mit siebzehn akzeptiert hätte.«

Sofort bedauerte sie ihre impulsive Ehrlichkeit. Doch es überraschte sie, dass Verity keine Abscheu ausdrückte, sondern einfach weiterspazierte.

Sie kehrten zu dem Gebüsch in der Nähe des Brunnens zurück. Celia dachte an den Eimer mit Wasser, der vor ihrer Tür gestanden hatte. Es war von Mr Albrighton sehr freundlich gewesen, das zu tun, als er bemerkt hatte, dass sie noch nicht aufgestanden war. Sehr viel freundlicher, als sie zu ihm gewesen war. Wahrscheinlich tat sie ihm leid, nachdem die Halbstarken sie als Hure bezeichnet hatten.

Endlich wandte Verity ihre Aufmerksamkeit dem Blumenbeet zu. »Wir sollten den Frühling abwarten, um zu sehen, was dort wächst, und dann entscheiden, welche neuen Sorten dazukommen sollen.«

»*Jetzt* sprichst du von Blumenzwiebeln, Verity? Hast du nichts zu dem Thema zu sagen, das ich so indiskret angeschnitten habe?«

»Ich bin noch dabei, mich an deine Vergangenheit zu gewöhnen, Celia. Das alles ist immer noch neu für mich.«

»Ich habe lediglich Daphne darüber informiert. Wenn jemand anders davon erfahren hat, war es ein Versehen.«

»Ich nehme es dir nicht übel, dass du es mir verschwiegen hast. Ich bin wohl die letzte Person, die das Recht dazu hätte, in Anbetracht aller Geheimnisse, die ich vor euch verborgen habe.«

Verity spielte damit auf ihre gemeinsame Zeit bei The Rarest Blooms an. Es hatte in diesem Haushalt die Regel gegeben, dass niemand in der Vergangenheit der anderen herumschnüffeln durfte. Daphne war der Meinung, dass Frauen manchmal einen guten Grund hatten, die Vergangenheit hinter sich zu lassen, und das hatte auf eine bestimmte Art auf sie alle zugetroffen.

Doch Verity hatte besonders darauf geachtet, nichts von sich preiszugeben, und war sogar so weit gegangen, einen falschen Namen anzunehmen.

Es war für sie alle ein Schock gewesen, als sie letzten Sommer entdecken mussten, dass die Stillste und Umsichtigste von ihnen den größten Bruch mit der Vergangenheit gewagt hatte. Und so war es ebenfalls eine große Erleichterung gewesen, als Verity, nachdem die Vergangenheit sie eingeholt hatte, sich nicht nur mit ihr versöhnt, sondern auch großes Glück in ihr gefunden hatte.

»Ich versuche nur zu erklären, dass ich immer noch dabei bin, meine eigene Perspektive gerade zu rücken«, fuhr Verity ernst fort. »Ich sehe dich jetzt nicht anders als vorher, liebe Freundin. Doch deine Umstände schon. Und …« Sie biss sich auf die Lippe, zuckte mit den Schultern und fuhr fort: »Und deine Andeutung schockiert mich keineswegs. Genauso wenig, wie sie Daphne schockieren würde, denke ich. Bei den anderen bin ich mir nicht sicher.«

Celia lachte schwach. »Ich weiß nicht, ob ich beruhigt oder beleidigt sein soll.«

»Nicht beleidigt, hoffe ich. Ich bin nicht schockiert, weil du trotz deiner stets guten Laune und deines Optimismus immer auch eine äußerst praktische Weltsicht hattest.« Verity hakte sich erneut bei Celia unter, sodass sie wieder nebeneinander durch den Garten schlenderten. »Ich nehme an, jede praktisch denkende Frau würde ihre Möglichkeiten genau durchdenken. Das ist alles, was ich über dich gehört habe.«

Celia blieb stehen und sah in Veritys blaue Augen. In ihnen lag kein Tadel. Sie hatten sich in Daphnes Haus ohne Vorurteile liebgewonnen, und das prägte immer noch die Art und Weise, wie sie miteinander umgingen.

»Es sind nur wenige Möglichkeiten, die mir offen stehen, und die meisten davon sind nicht besonders verlockend, Verity. Ich habe nun schon seit fünf Jahren darüber nachgedacht. Ich kann für immer bei Daphne bleiben, verborgen vor den Augen der Welt und ihrer Verachtung, aber auch weit weg von ihrer Lebensfreude. Und ich riskiere, den Ruf jeder Frau zu ruinieren, die mit mir zusammenlebt. Oder ich kann fortgehen, meinen Namen ändern und hoffen, dass mich meine Vergangenheit niemals einholt. Vielleicht könnte ich sogar heiraten, wenn ich bereit wäre, einen anständigen Mann zu täuschen.«

»Oder du lebst das Leben deiner Mutter, was nicht ohne Reiz wäre, wie ich annehme.« Verity lächelte freundlich. »Hast du es als Mädchen abgelehnt, weil du es für falsch gehalten hast?«

»Ich habe es abgelehnt, weil es einen Pragmatismus erfordert hätte, den ich mit siebzehn noch nicht aufbringen konnte. Und weil ich meinem Vater, wer immer er sein mag, nicht noch mehr Gründe geben will, mich abzulehnen.« Eine wehmütige Erinnerung überkam sie. Sie wandte sich ab und betrachtete die Büsche, die Bäume und den Himmel. »Und weil es in jenem Leben keine Liebe geben darf. Zuneigung, ja. Aber alles darüber hinaus würde mir das Herz brechen.«

Verity deutete mit einer ausladenden Geste auf das Haus und den Garten. »Also wählt meine kluge, fröhliche Celia einen anderen Weg. Wie typisch für dich, eine vierte Möglichkeit zu finden.«

Celia lachte. »Das ist wahr. Und ich sollte mich wohl besser damit beeilen, wenn die ersten Pflanzen schon diese Woche eintreffen sollen.« Sie legte ihren Kopf schief. »Das Hämmern hat aufgehört. Vielleicht ist Mr Albrighton fertig.«

Verity verdrehte ihre Augen. »Am besten sehen wir uns das mal an. Dein Mr Albrighton meint es zwar gut, aber ich hätte darauf bestehen sollen, dass er *mir* den Hammer gibt, denn selbst ich hätte die Arbeit besser ausführen können.«

Sie waren fast an der Gartentür angelangt, als Verity plötzlich innehielt. »*Albrighton*. Ich wusste doch, dass mir der Name irgendwie bekannt vorkommt, als du ihn das erste Mal erwähnt hast. Und nun weiß ich auch, warum. Ein Mr Albrighton war am gleichen Tag bei uns, als ihr, Audrianna und du, mich besucht habt. Hawkeswell hat es später erwähnt. Das war der gleiche Albrighton, der Friedensrichter in Staffordshire war, als sie dort vor Kurzem diese Unannehmlichkeit hatten. Ich frage mich, ob er vielleicht mit deinem Mieter verwandt ist.«

»Ich glaube viel eher, dass es sich dabei um ein und denselben Mann handelt.« Jonathan hatte an jenem Tag Lord Hawkeswell besucht? Sie waren zur gleichen Zeit in Veritys Haus gewesen?

War es möglich, dass er ihr gefolgt war? Er hatte doch gar keinen Grund dazu. Und doch schien es ein höchst seltsamer Zufall zu sein.

»Denselben? Oje.« Verity sprach sehr leise, als ob sie fürchtete, jemand im Haus könnte mithören. »Dann ist es kein Wunder, dass er so schöne Stiefel hatte. Er ist nicht nur kein Zimmermann, er ist auch kein Ehrenmann, Celia. Laut meinem Gatten ist Mr Albrighton der uneheliche Sohn des verstorbenen Earl of Thornridge. Das hat er wohl während ihrer gemeinsamen Zeit an der Universität zugegeben.«

Als sie das Haus betraten, war Jonathan nicht zu sehen. Der Hammer lag auf einem der tieferen Regalbretter, die er gerade angebracht hatte. Dass er sich die Mühe gemacht hatte, die Aufgabe zu Ende zu bringen, rührte Celias Herz auf die gleiche Weise, wie es der Wassereimer getan hatte. Doch das hätte er nicht tun sollen. Männer von Stand verrichteten keine Arbeit, die die Hände beschmutzte, nicht wahr? Selbst der uneheliche Sohn eines Earls sollte vorsichtiger sein.

»Lass uns deinen Garten von diesem netten Fenster dort betrachten«, sagte Verity. »Dann entscheiden wir, welche Pflanzen entfernt werden müssen, um die Aussicht zu verbessern.«

Während sich Celia an der Planung beteiligte, war ein Teil ihrer Gedanken noch mit Veritys erstaunlicher Enthüllung über

Mr Albrightons Herkunft beschäftigt. Sie wurde von einem seltsamen Gefühl übermannt, das ihre Stimmung verdüsterte.

Das Gefühl war Enttäuschung.

Irgendwie hatte sie gedacht … genau genommen hatte sie gar nichts gedacht. Aber sie hatte in seiner Gegenwart etwas gespürt und die unbestreitbare Anziehung genossen, die zwischen ihnen existierte.

Nun würde sie diese Dinge nie wieder auf die gleiche Weise erleben können. Wenn er tatsächlich der Bastard von Thornridge war, wäre es normal für ihn, auf mehr zu hoffen, als er momentan hatte, sowie auf die gesellschaftlichen Vorteile, die ihm seine Abstammung verschaffen konnte. Er hatte während seiner Schulzeit eine Kostprobe davon bekommen, genauso wie durch die Tatsache, dass er in Häusern wie dem des Earls of Hawkeswell empfangen wurde.

Mr Albrighton würde sich nicht auf etwas einlassen, was ihm seinen gesellschaftlichen Aufstieg verbauen konnte. Er würde die Regeln nicht brechen wollen.

Was bedeutete, wenn zwischen ihnen beiden jemals etwas sein würde, wenn das leise Pochen zwischen ihnen jemals Erfüllung fand, würde sie sich nicht einreden können, dass es sich um etwas anderes handelte als um einen Mann von Stand, der sich mit einer Frau amüsierte, die niemals mehr für ihn sein konnte als das.

Das Beste, was sie erwarten konnte, war das, was Anthony für sie geplant hatte, und das Schlimmste wäre so viel schlimmer. Und genau wie bei Anthony würde alles, was zwischen ihnen war, durch ihre und seine Herkunft bestimmt werden.

6

Der Tag hatte spät begonnen, und durch Veritys Besuch waren Celias Pläne noch mehr verzögert worden. Es war also schon fast sechzehn Uhr, als sie schließlich ihre Haube und den Wollmantel überzog. Sie ging durch den Garten zu der Stallung, wo ihre Stute untergebracht war.

Sie bat gerade darum, das Pferd zu ihrem Kutschenhaus zu bringen, als Mr Albrighton ankam. Er stand etwas beiseite, bis der Stallbursche verschwunden war, doch als sie losging, schloss er sich ihr an.

»Ist es klug, noch so spät mit der Kutsche auszufahren, Miss Pennifold?«

»Genauso klug, wie um diese Uhrzeit mit dem Pferd auszureiten, Mr Albrighton.«

»Mein Pferd ist schneller als Ihre Kutsche, und ich bin im Sattel auch weniger angreifbar als jemand in einem kleinen offenen Einspänner.«

»Ihr gut gemeinter Ratschlag ist vermerkt. Doch ich bin entschlossen, heute eine notwendige Aufgabe zu erledigen. Aber ich werde auf mich achtgeben, vielen Dank.«

Doch er ging nicht wie erwartet zu den Stallungen zurück, sondern weiter neben ihr her. »Gestatten Sie mir, Sie zu begleiten. Die Straßen sind in letzter Zeit nicht mehr den ganzen Tag sicher, und vielleicht finden Sie sich nach Sonnenuntergang allein wieder.«

»Solch eine Mühe kann ich von Ihnen nicht verlangen. Sie haben bereits Ihren Morgen damit verbracht, die Regale zu bauen. Wenn Sie noch mehr tun, werde ich zu sehr in Ihrer Schuld stehen.«

Für den Sohn eines Earls hatte dieser Mann einen entschieden unbekümmerten Zug. Er riskierte seine Hände im Umgang mit einem Hammer, und nun schien es ihm auch noch egal zu sein, in der Öffentlichkeit mit ihr gesehen zu werden. Vielleicht nahm er einfach nur an, dass er dadurch als Mann galt, der sich mit der nächsten Göttin der Halbwelt vergnügte. Was natürlich möglicherweise zutraf.

»Es ist keine Mühe, Miss Pennifold. Ich bestehe darauf, dass Sie meine Hilfe annehmen. Sie wissen auch, dass Sie es besser tun sollten.« Sie blieb vor dem Kutschenhaus stehen. »Wohin wollen Sie überhaupt?«

Sie warf einen Blick zurück. Der Stallbursche führte gerade ihre Stute zu ihnen. »Nach Covent Garden.«

»Nun bestehe ich umso mehr darauf, dass Sie mir gestatten, Sie zu begleiten. Ich möchte keine Widerrede mehr hören. Gestern gab es dort am Fluss noch eine große Demonstration, und in den ärmlicheren Vierteln sind die Gemüter immer noch erhitzt.«

Gemäß seiner Ankündigung ließ er keine Einwände zu. Zehn Minuten später nahm er die Zügel an sich, die zwischen ihm und Celia gelegen hatten, und sie begannen ihren kleinen Ausflug.

»Wohin in Covent Garden soll es denn gehen?«, fragte er.

»Ich weiß es noch nicht. Aber ich werde am Markt beginnen.«

War das ein missbilligendes Stirnrunzeln, das über sein Gesicht huschte? Ja, das schien es tatsächlich zu sein. Sie hoffte, dass Mr Albrighton ihr nicht in die Quere kommen würde.

»Das ist keine Gegend, an der man sich am Abend ziellos herumtreiben sollte, Miss Pennifold.«

»Ich habe nicht vor, mich ziellos herumzutreiben. Die Person, die ich suche, wird sich an einem von drei Orten aufhalten. Ich weiß nur nicht genau, an welchen.«

»Sie wollen gar nicht an einen bestimmten Ort, sondern zu einer Person?«

»Das ist richtig. Sobald wir dort sind, sollten Sie bei der Kutsche bleiben, und ich werde zu Fuß weitergehen. So ist es besser.«

Er schien skeptisch, befragte sie jedoch nicht weiter, bis sie an dem großen Platz angekommen waren, auf dem sich der Markt befand. Celia bat ihn, die Kutsche anzuhalten. Dann stand sie auf und warf von ihrem erhobenen Aussichtspunkt einen Blick in die Menge, die den Marktplatz immer noch füllte.

»Darf ich fragen, nach wem Sie suchen, Miss Pennifold?«

Sie kniff die Augen zusammen, um ein paar Gesichter weiter hinten an ein paar Blumenständen besser erkennen zu können. »Ich suche nach einer Hure.«

»Erlauben Sie mir, Ihnen zu helfen. Es ist immer noch ein bisschen früh, aber … Ah, da ist eine, etwa fünf Meter von dieser Kutsche entfernt. Direkt da drüben, sie trägt eine …«

»Ich suche nach einer bestimmten Hure. Ich bin sicher, dass Sie nicht schockiert sein werden zu erfahren, dass die Tochter einer Prostituierten andere Prostituierte kennt.«

»So, wie Sie es ausdrücken, sollte ich es wohl nicht nur als nicht schockierend, sondern auch als unvermeidlich ansehen. Doch das ist es nicht, besonders wenn die fragliche Tochter mit einer Gräfin befreundet ist. Warum wollen Sie denn heute Abend diese spezielle Hure finden?«

»Ich habe vor, sie zu fragen, ob sie bei mir wohnen möchte.« Das Schweigen neben ihr veranlasste sie, zu Boden zu blicken. »Ach, *jetzt* sind Sie also doch schockiert.«

»Keineswegs. An jenem ersten Abend habe ich noch gedacht, dass Sie scherzen, aber wenn nicht, ist das durchaus verständlich.«

Sie war sich nicht sicher, ob das geheime Abwägen, das sie sich manchmal gestattete, *verständlich* war. »Warum sagen Sie das? Außer Ihnen würde es fast niemand verstehen.«

»Die einzigen Leute, die sich dem Reiz von Sicherheit und Bequemlichkeit entziehen würden, sind die, die bereits über beides verfügen. Es ist nachvollziehbar, dass Sie über diesen Teil Ihres Erbes noch einmal neu nachdenken.«

»Das ist sehr aufgeschlossen von Ihnen.«

»Ich bin die letzte Person, die darüber urteilen wird, für welchen Weg Sie sich entscheiden. Mein Rat ist von anderer Natur. Er hat mit den Maßstäben zu tun, die Sie während unserer Unterhaltung in der Bibliothek erwähnten. Sie werden diese Hure, die Sie heute suchen, nicht retten können, und sie wird Sie nur herunterziehen. Doch zweifellos wird Ihnen Ihre Mutter diese Dinge erklärt haben.«

Natürlich hatte Mama das getan. Genauso, wie sie ihr erklärt hatte, dass der soziale Status ihres ersten Gönners darüber entscheiden würde, ob sie ihr Gewerbe in elegant eingerichteten Räumen oder unter einer Brücke ausüben würde.

Sie dachte noch über Mr Albrightons Offenheit nach, während sie sich wieder in Richtung der Blumenstände umsah. Vielleicht wartete er auf ihre Entscheidung. Wartete darauf, dass sie zu dem Entschluss kam, dass der Luxus, die Sicherheit und der Komfort es wert waren. Würde er ihr dann ein Arrangement anbieten, um dieser belebenden Spannung nachzugehen, die sogar in diesem Moment zwischen ihnen herrschte? Oder wusste auch er, dass diese Maßstäbe, die sie erwähnt hatte, lediglich bedeuteten, dass er niemals geeignet für sie sein würde, selbst wenn er das Blut eines Earls in sich trug?

»Da ist sie ja. Ich sehe sie. Bitte warten Sie hier.« Sie raffte ihren Rock und begann, aus der Kutsche auszusteigen.

Eine Hand schloss sich um ihren Arm. Ihr Hinterteil landete wieder auf dem Sitz.

»Ich werde Sie zu ihr bringen und dort warten, wo ich Sie im Auge behalten kann. Es ist nicht mehr zu früh für die gefährlicheren Subjekte der Nacht.«

Sie fand seine beschützerischen Anwandlungen charmant, aber

unnötig. Sie hatte diese Gegend zu schlimmeren Uhrzeiten als dieser überlebt und wusste, wie man besagte Subjekte abwehren konnte.

Er manövrierte die Kutsche am Rand des Marktplatzes entlang, bis sie ihm sagte, dass er stehen bleiben solle. Er bestand darauf, ihr beim Aussteigen zu helfen, aber zumindest versuchte er nicht, sie bis zu den Blumenständen zu begleiten. So ging sie allein hinüber und stand etwa eine Minute lang vor einem der Stände, bis eine Frau mit flammend roten Haaren, die sich um die Kunden kümmerte, sie sah.

»Celia? Ich dachte schon, ich sehe nicht recht.« Die Frau kam heraus und umarmte sie mit weichen, mütterlichen Armen.

»Es ist schön, dich zu sehen, Marian. Ich weiß, es ist ein paar Monate her.«

Marian winkte diese Monate mit einer Handbewegung beiseite. »Wenn du mir ein paar von deinen Blumen mitgebracht hast, ist es leider zu spät, um sie heute noch zu verkaufen. Wie du siehst, muss ich noch jede Menge loswerden, und die Zeit läuft davon.«

»Ich habe keine Blumen mitgebracht, Marian, sondern ein Angebot.«

Marians grüne Augen spiegelten erst Überraschung, dann Belustigung wider. »Es ist lieb von dir, an mich zu denken, meine Kleine, aber ich bin zu alt und zu derb, wenn du dich schließlich doch entschieden haben solltest, deiner Mutter nachzueifern, und nun andere Tauben für deinen Schlag suchst. Mein Beileid übrigens. Ich wäre um der alten Zeiten willen gekommen, aber …«

»Danke für deine freundlichen Worte, Marian. Aber ich bin nicht hier, um dich so zu rekrutieren, wie du meinst. Du hast mir vor fünf Jahren einen großen Gefallen getan, als du mir von Mrs Joyes und ihrem gütigen Herzen erzählt hast. Und jetzt würde ich dir gerne einen Gefallen tun.«

Marian deutete auf den Blumenstand. »Aber das hast du doch schon, oder nicht? Das Geld, das du mir gegeben hast, um den Stand aufzumachen, und die übrig gebliebenen Blumen, die du mir manchmal vorbeibringst, helfen mehr, als du dir vorstellen kannst. Endlich muss ich mein Geld nicht mehr auf dem Rücken verdienen, sondern kann in der Nachbarschaft bleiben, die ich mein ganzes Leben gekannt habe.«

Nun befürchtete Celia, dass Marians enge Bindung zu dieser Gegend dafür sorgen würde, dass sie das Angebot ablehnte. Und sie glaubte auch nicht, dass Marian nicht mehr als Prostituierte arbeitete. Zumindest nicht langfristig. Sollten die Tageseinkünfte aus den Blumenverkäufen eines Tages nicht für Brennmaterial und Essen reichen, wäre es zu leicht, stattdessen etwas anderes zu verkaufen, wonach immer Nachfrage herrschte. Selbst in ihrem mittleren Alter war Marian noch eine schöne Frau, die den Blick jeden Mannes auf sich ziehen konnte, der auf der Suche nach leichtem Vergnügen war.

»Mein Angebot würde bedeuten, dass du diese Gegend verlassen müsstest, aber du würdest nicht allzu weit entfernt sein, Marian. Du wärst in der Lage, oft hier vorbeizuschauen. Ich brauche jemanden, dem ich trauen kann, und wer sollte besser geeignet sein als die Frau, die sich mit mir angefreundet hat, als ich allein und verloren war?«

»Nicht verloren, meine Kleine. Denn trotz der Tränen in deinen Augen hast du klar genug gesehen, um zu wissen, wo du dich befandest und dass es kein Ort für jemanden wie dich war.«

Diese Tränen damals hatten sie nicht nur für die Gefahren auf dieser Straße geblendet, sondern auch gegenüber der Unmöglichkeit dessen, was sie getan hatte. Fortzulaufen war notwendig gewesen, aber auch närrisch in Anbetracht der Tatsache, dass sie keine Ahnung gehabt hatte, wohin sie gehen oder was sie tun sollte, nachdem sie ihre Mutter verlassen hatte.

Du hast auf diesen Straßen nichts verloren, meine Kleine. Hier lauern an jeder Ecke Zuhälter, um nach jemandem wie dir Ausschau zu halten, und für dein hübsches Gesicht und diese Haare wird einer von ihnen einen guten Preis von der Bordellmadam bekommen, die dich ihm abkauft. Ich habe ein wenig Geld. Wir mieten eine Kutsche und bringen dich nach Hause.

Das hatte die rothaarige Prostituierte gesagt, nachdem sie einen dieser aufdringlichen Zuhälter vertrieben hatte. Als Celia sich geweigert hatte, nach Hause zurückzukehren, hatte Marian ihr von der schönen Witwe erzählt, die manchmal die Blumenstände in Covent Garden aufsuchte, um den ärmsten Verkäuferinnen ihre überschüssigen Blumen zu geben.

»Ich habe ein Haus geerbt, Marian. Ich werde Daphnes Geschäftspartnerin. Ich brauche jemanden, der dort mit mir lebt, und ich habe sofort an dich gedacht. Ich hoffe, dass es ein sicheres Leben werden wird, und ich weiß, dass du perfekt dorthin passen würdest.«

In Marians Augen blitzte Interesse auf, während Celia ihre Pläne weiter beschrieb. Doch als sie fertig war, erlosch es wieder, während Marian ihren Blick über die Menge schweifen ließ.

»Es gibt eine junge Frau, die besser passen würde«, sagte Marian. »Es geht mir jetzt gut. Diese Frau – ich nenne sie Bella – ist kurz vor dem Verhungern. Es ist nur eine Frage der Zeit, bevor sie einen Weg findet, um sich Nahrung zu beschaffen.«

Celia umarmte Marian fest. »Ich werde sie nicht statt deiner auswählen, aber gerne mit dir zusammen bei mir aufnehmen. Wenn du dich so sehr um ihr Schicksal sorgst, um sie als deinen Ersatz anzubieten, hoffe ich, dass du dich genügend sorgst, um die Vertrautheit dieser Gassen zu opfern und ein paar Meilen weiter zu leben.«

Marians Augen füllten sich mit Tränen. Man sah ihr die Angst vor Veränderungen an, aber in der Art, wie sie Celia anblickte, zeigte sich auch verzweifelte Hoffnung. »Es ist nicht angemessen, eine Frau wie mich in Dienst zu nehmen.«

»Niemand wird deine Vergangenheit kennen, Marian. Du wirst nur die vernünftige Frau sein, die für Alessandra Northropes Tochter kocht. Und wenn unser Haushalt Verachtung auf sich zieht, wird das wohl eher an mir liegen.«

Marian richtete sich stolz auf und wirkte nun so beeindruckend wie in jener Nacht, als sie sich diesem Zuhälter in den Weg gestellt hatte. »Ist es momentan so? Wenn mir solches Gerede zu Ohren kommt, werde ich dem ein Ende setzen. Ich werde denen, die so etwas sagen, gehörig den Kopf waschen.«

»Um das zu tun, musst du bei mir sein, also klingt es so, als würdest du mein Angebot annehmen.« Celia lachte, ergriff Marians Hände und begann, einen kleinen Freudentanz zu vollführen, bis auch Marian lachte. Sie stießen gegen Blumeneimer und tanzten, bis sie einander atemlos in die Arme fielen.

»Lass uns schnell deine Sachen einsammeln und Bella abholen«, sagte Celia. »Ich habe eine Kutsche hier und einen Fahrer, der uns helfen wird.« Sie deutete auf das Cabriolet und Jonathan.

Marian blinzelte in seine Richtung. »Ist er im Tageslicht genauso hübsch wie in der Dämmerung?«

»Sogar noch mehr.«

»Er sieht aus wie ein feiner Herr. Was will er von dir?«

Celia drängte Marian vorwärts. »Nichts. Ich werde dir später alles erklären, aber er wollte nicht, dass ich allein und ungeschützt herkomme, das ist alles.«

Marian warf ihr einen Seitenblick zu. »Vertrau mir, meine Kleine, so wie er dich vor einer Minute angesehen hat, will er etwas von dir.«

Gegen viertel nach neun erreichte Jonathan die Tür am westlichen Ende der Picadilly Street. Die Steinfassade des Hauses ragte hoch über ihm auf, durchbrochen von Reihen großer Fenster, deren Licht in die Nacht hinaus leuchtete.

Die Diener, ausstaffiert mit Perücken, Strümpfen, Absatzschuhen und dem Rest von Castlefords Staffage, erwarteten ihn bereits. Einer von ihnen öffnete sofort nach seiner Ankunft die Tür, und ein anderer nahm seinen Hut und die Handschuhe entgegen. Ein dritter, dessen goldbestickter Gehrock ihn als wichtigen Offizier dieser Armee kennzeichnete, führte ihn die Stufen hinauf.

Die Decken des Hauses waren mit goldenem Stuck und Gemälden lustwandelnder griechischer Götter verziert. Wie um zu betonen, dass der Duke of Castleford einer der reichsten Männer Englands war, hing ein Tizian – ein Gemälde, so teuer wie die komplette Sammlung manch anderer Familien – an einer düsteren Stelle der Treppe. Die Botschaft war eindeutig: In den Galerien und Salons hingen noch weitaus bessere Werke des Renaissance-Meisters.

Der Diener eskortierte ihn durch einen dieser Salons, der wie die Uniformen der Diener in einem Stil gehalten war, der während der frühen Jahre der Regentschaft des Königs populär gewesen war. Der derzeitige Herzog hatte nicht viel verändert, seit er den Titel und das Haus geerbt hatte. Nicht, weil es ihm egal war, auch wenn einen seine Gewohnheiten das denken lassen konnten. Castleford genoss einfach den Überfluss dieses kostbaren Salons und die Andeutungen auf Königtum und Privilegien, die er ausstrahlte.

Am anderen Ende des Salons schwangen zwei Diener eine Doppeltür auf und gewährten Jonathan damit Zugang zu einem weiteren Salon. Dieser war von kleinerer Proportion und beträchtlich weniger pompös eingerichtet. Die großen Fenster an drei Wänden ließen darauf schließen, dass es sich in warmen Sommernächten um einen luftigen Rückzugsort handelte, und der Raum tagsüber einen angenehmen Ausblick auf die Stadt und den Fluss gewährte.

Die Diener ließen ihn im Salon allein. Jonathan bedauerte es, nur fünfzehn Minuten und nicht eine halbe Stunde zu spät gekommen zu sein. Seine Bemühungen, mit Castleford nicht alleine zu sein, waren wohl umsonst gewesen.

Der Brief war mehr eine Vor- als eine Einladung gewesen und genauso überheblich wie der Mann, der ihn geschickt hatte. Die bloße Ankunft des Briefes war Überraschung genug gewesen, nicht der herrische Tonfall darin. Zwischen ihm und Castleford war noch eine Rechnung offen, und er hätte niemals erwartet, dass sich der Herzog noch einmal an ihn wenden würde.

Er beschäftigte sich damit, die Gemälde im Raum zu betrachten. Sie waren zwar im klassischen Stil, schienen aber neueren Datums zu sein, also hatte Castleford sie wahrscheinlich nicht geerbt. So extravagant der Herzog auch war, bevorzugte er bei der Kunst, die er kaufte, offenbar doch eine klassischere Linie.

»Sie sind spät dran, Albrighton.«

Jonathan drehte sich um. Neben dem Kamin stand Tristan St. Ives, der Duke of Castleford. Die Holzverkleidung der Wand musste eine Geheimtür verbergen.

Castleford schien seinen Rang und Reichtum stets zu verspotten, auch wenn er ihn gleichzeitig sichtlich genoss. Seiner Haltung und Miene waren anzusehen, dass er von der zu erwartenden Unterwürfigkeit bereits jetzt gelangweilt war.

Er war in einen Gehrock gekleidet, der wahrscheinlich Hunderte von Pfund gekostet hatte, und erinnerte mit seiner wilden Mähne brauner Haare und seinen teuflischen, fast goldenen Augen daran, dass ein Herzog wie er tun und lassen konnte, was er wollte.

Soweit Jonathan gehört hatte, schätzte Castleford hauptsächlich das Herumhuren und Saufen. Glücklicherweise schien er an diesem Abend einigermaßen nüchtern zu sein.

»Offenbar bin ich eher zu früh, Eurer Gnaden, nicht zu spät. Im Brief stand, Sie wollten Whist spielen. Die anderen beiden Spieler sind noch nicht hier, außer Sie wollen Ihren Butler und Ihren Stallknecht dazu bitten.«

»Die anderen kommen gegen halb zehn. Sie wurden früher eingeladen.«

»Ich fühle mich geehrt.«

»Es war nicht meine Absicht, Sie zu ehren.«

»Das versteht sich von selbst.«

»Wenn dem so ist, warum haben Sie es dann gesagt?«

»Um höflich zu sein.«

»Wir sind über solch langweilige Rituale doch längst hinaus, denke ich.«

»Dann habe ich es gesagt, um einen Streit zu vermeiden, bis Ihre anderen Gäste hoffentlich bald eintreffen werden.«

Castleford ließ sich in einen gut gepolsterten Sessel fallen. Seine Haltung blieb lässig, aber sein Blick war wachsam auf Jonathan gerichtet.

Er wäre wohl besser betrunken gewesen, dachte Jonathan.

»Hawkeswell wird zu spät sein. Das ist er immer. Das macht er absichtlich, um zu betonen, dass sein Titel zweihundert Jahre älter ist als meiner und er nicht von mir beeindruckt ist. Summerhays wird wohl am ehesten pünktlich sein, außer natürlich, sie kommen zusammen.«

»Wie nett von Ihnen, uns alle zur gleichen Zeit unter Ihrem prächtigen Dach zu vereinen.«

»Nun, wir hatten vor vielen Jahren unsere gemeinsamen Momente. Und in dieser Angelegenheit im Norden waren wir ebenfalls wieder vereint. Heute Abend wollen wir unseren Erfolg feiern.«

Jonathan hoffte, dass dies nicht wirklich das Ziel des Treffens war. Alle drei hatten angenommen, dass er in einem Auftrag unterwegs gewesen war, als Hawkeswell ihn vor ein paar Monaten zufällig in Staffordshire getroffen hatte. So war es auch gewesen, aber er konnte nicht darüber sprechen. »Ich habe Gerüchte gehört, dass Ihnen das Innenministerium etwas schuldet«, sagte er. »Man sagt, dass die Angelegenheit dank Ihrer Hilfe viel schneller geklärt werden konnte.«

»Dank unserer Einmischung, meinen Sie. Ich nehme an, dass es ohne uns wohl anders ausgegangen wäre. Ich glaube, dass man Sie nicht dorthin geschickt hat, um die Wahrheit herauszufinden, sondern um diese zu verschleiern. Was haben Sie dazu zu sagen?«

»Sie können denken, was Sie wollen, und das werden Sie auch, ganz egal, was ich sage.«

»Was nichts Nützliches sein wird, wie ich sehe. Wie typisch für Sie. Übrigens hat einer der dort ansässigen Adligen es letzte Woche für angebracht gehalten, sich das Hirn wegzuschießen. Man wird es natürlich anders nennen. Einen Unfall oder so etwas. War das ein letztes Detail, um das Durcheinander zu bereinigen, bevor Sie nach London zurückkehrten, Albrighton?«

»Was immer Sie auch von mir halten mögen, ich bin kein Mörder.«

»Genauso wenig wie Soldaten. Doch am Ende sind Menschen wegen ihrer Handlungen tot. Verstehen Sie mich nicht falsch – ich halte Ihnen diese letzte Sache nicht vor. Jemand musste ihn an den ehrenhaften Ausweg erinnern. Ich war bereit, selbst in den Norden zu reisen, um es nötigenfalls zu tun.«

»Und warum haben Sie es nicht getan?«

Castleford unterdrückte ein Gähnen. »Ich hätte nicht gedacht, dass er den Mut haben würde, das Richtige zu tun. Und was dann? Es musste sein, zum Wohle Englands, aber ich wollte nur ungern einer dieser Soldaten sein, falls er Hilfe benötigen würde. Es ist eine Erleichterung, dass er es schließlich doch selbst fertiggebracht hat.«

Außer dass dem nicht so gewesen war, und Castleford vermutete genau jenes.

Der fragliche Mann hatte sich nicht in sein eigenes Schwert stürzen wollen, sondern von Jonathan erwartet, dass er sich darum kümmerte. So wie er sich schon um so vieles in dieser traurigen Angelegenheit gekümmert hatte. Doch es gab Grenzen dessen, was ein Mann vor sich selbst rechtfertigen konnte, ganz egal, wie gerecht die Sache war. Selbst eine dunkle Seele wie seine hatte ein paar Momente moralischer Klarheit.

Jonathans Weigerung war für den Feigling, der bei einem »Unfall« hatte sterben wollen, der seinen guten Namen intakt gelassen hätte, ein Schock gewesen. Jonathan wusste nicht, wer sich schließlich erbarmt hatte, auf den Abzug zu drücken, nachdem er den Mann und die nach Verzweiflung stinkende Bibliothek verlassen hatte. Er nahm an, dass es ein Diener oder sogar die Ehefrau gewesen war.

»Sie behaupten also, Ende gut, alles gut, ganz egal, wie dieses Ende zustande gekommen ist?« Ihm gefiel die Verbitterung nicht, die er in seiner eigenen Stimme bemerkte. »Ich bin erfreut, dass Sie mich so früh hergebeten haben, damit ich mich Ihrer Zustimmung versichern konnte.«

Goldene Augen starrten ihn an. Das Lächeln verhärtete sich. Castleford war der Sarkasmus nicht entgangen. »Eigentlich habe ich Sie deswegen früher bestellt, um Ihnen zu sagen, dass ich Ihnen nicht die Schuld daran gebe, was vor zwei Jahren in Frankreich geschehen ist. Seit damals gab es nur wenig Gelegenheiten, um das zu tun.«

»Sie meinen eher, dass Sie mir nicht *länger* die Schuld daran geben?«

»Verdammt, das habe ich nie getan.«

»Ich hoffe, dass Sie es sich stattdessen nicht selbst vorwerfen. Es gab keine andere Wahl.«

»Es gibt immer eine andere Wahl«, fauchte er. Dann entspannte er sich wieder und zuckte mit den Schultern. »Aber die Pflicht rief und so weiter.«

»Ja. Und so weiter.«

Dankbarerweise kam in diesem Moment Summerhays an, kein bisschen zu spät. Castlefords Laune besserte sich bei seinem Anblick schlagartig. »Ich hoffe, du hast jede Menge Geld mitgebracht, Summerhays. Ich habe vor, mit Albrighton als Partner zu spielen, und wenn ich mich richtig erinnere, trinkt er beim Kartenspiel niemals, um einen rasiermesserscharfen Verstand zu behalten.«

»Bedauerlicherweise kann er jedoch nicht allein antreten, sondern wird gezwungen sein, dein unberechenbares Spiel mitzutragen«, stichelte Summerhays. Er begrüßte Jonathan herzlich. Sie hatten sich seit Jahren nicht gesehen. Lord Sebastian Summerhays war ein weiterer Freund aus Studienzeiten und wusste als Bruder eines Marquess und wichtiges Mitglied des Unterhauses genug über Jonathans Aktivitäten, um nicht danach zu fragen.

»Ich habe gehört, dass du schon seit fast einem Jahr aus Frankreich zurück bist«, sagte Summerhays.

»In England, ja. Aber nur selten in London.«

»Aber nun wirst du erst mal in der Stadt bleiben?«

»Zumindest für eine Weile.«

Summerhays ließ sein berühmtes Lächeln aufblitzen, das die Frauen in Ohnmacht fallen und die Männer ihren Geldbeutel überprüfen ließ. »Du musst unbedingt vorbeikommen und meine Frau Audrianna kennenlernen. Sie hat bereits nach dir gefragt.«

Jonathan konnte sich nicht vorstellen, warum dem so sein sollte. Seine Verwirrung musste sich in seinem Gesicht widergespiegelt haben, denn Summerhays fügte hinzu: »Sie ist gut mit Lady Hawkeswell befreundet, die ein wenig über dich weiß. Mehr als ich derzeit, wenn man die Neugier in meinem Heim betrachtet.«

Summerhays wartete darauf, dass ihn Jonathan auf den neuesten Stand brachte und damit auch seine eigene Neugier befriedigte. Jonathan fragte sich, was Lady Hawkeswell über ihren Besuch bei Celia gesagt oder verschwiegen hatte.

Die Stille wurde von Castleford unterbrochen. »Ah, da ist Hawkeswell, damit wir endlich zur Sache kommen können. Du und Summerhays, ihr könnt euch Zeit ersparen, indem ihr eure Geldbörsen direkt in meine Kasse legt, Hawkeswell.«

Statt ihm zu antworten, wandte sich der Earl of Hawkeswell an Jonathan. »Wir können die Partner auslosen, wenn du möchtest, Albrighton. Es wäre ungerecht, ihn dir aufzuzwingen, da du dir die Verluste nicht leisten kannst, die durch sein versoffenes Hirn entstehen werden.«

»Er kommt mir eigentlich recht nüchtern vor. Ich denke, ich werde es riskieren.«

»Vielen Dank«, entgegnete Castleford. Er sah Hawkeswell streng an. »Heute ist Dienstag, hast du das etwa vergessen?«

»Oh, Dienstag«, höhnte Hawkeswell mit weit aufgerissenen Augen.

»Dienstag? Was bedeutet das?«, fragte Jonathan.

Summerhays reichte ihm ein Glas von dem Brandy, den ein Diener anbot, damm setzte er sich an den Kartentisch. »Tristan trinkt dienstags nicht mehr. An diesem Tag reißt er sich zusammen und erledigt all seine Pflichten. Den Rest der Woche …« Er zuckte mit den Schultern.

»Bilde dir bloß nicht ein, dass das etwas ändert«, sagte Hawkeswell. »Den Rest der Woche säuft er genug, dass ein Tag Abstinenz auch keinen Unterschied macht. Mach dich auf ein bizarres Spiel und große Verluste gefasst. Du solltest wirklich darauf bestehen, die Partner auszulosen.«

Castleford nahm den Spott mit Humor. Allerdings hatte der Herzog seinen Ruf schon immer genossen.

Jonathan setzte sich auf den Platz gegenüber seinem Gastgeber. »Wenn ich mich recht erinnere, war sein halber Verstand immer noch besser als der ganze vieler anderer, also werde ich es riskieren. Es war sehr gütig, dieses Spiel auf einen Dienstag zu legen, Castleford, damit ich zumindest eine kleine Chance habe, dem Ruin zu entgehen.«

»Oh, er hat den Dienstag nicht wegen dir ausgesucht«, sagte Summerhays, während er die erste Runde gab. »Sondern wegen der Huren.«

»Dienstag ist der einzige Tag der Woche, an dem sie sich nicht hier herumtreiben«, erklärte Hawkeswell und warf einen Blick auf sein Blatt. »An jedem anderen Tag begegnen Besucher irgendwo im Haus mindestens einem zur Unzucht bereiten nackten Hintern, für den Fall, dass unser Freund hier vorbeikommen sollte. Da Summerhays und ich nun beide verheiratet sind, hätten wir abgelehnt, wenn er uns an einem anderen Tag als Dienstag eingeladen hätte.«

Castleford blickte mitleidig zu Summerhays und Hawkeswell. Dann sah er über den Tisch zu Jonathan.

»Mir liegt eine äußerst kluge Erwiderung über Ehefrauen und nackte Hintern auf der Zunge. Aber ach, ich wage sie nicht auszusprechen, weil …«

»Weil es zu einem Duell führen könnte«, beendete Summerhays den Satz.

Castleford seufzte dramatisch. »Sehen Sie? Die beiden sind so langweilig geworden; es ist ein Wunder, dass ich sie überhaupt noch ertrage. In Wahrheit lade ich sie nur deswegen dienstags ein, weil ich da selbst immer ziemlich langweilig bin.« Er grinste, wie ein Teufel, der freudig den potenziellen Dämon in einem anderen Mann abschätzte. »Doch Sie dürfen vorbeikommen, wann immer Sie wollen.«

Jonathan hatte nicht erwartet, dass sich diese alte, fast vergessene Freundschaft so einfach wieder herstellen würde. Er dachte, dass man es ihm wohl nachsehen konnte, wenn er ein wenig misstrauisch war. Dem Blick, den sich Summerhays und Hawkeswell zuwarfen, entnahm er, dass es ihnen ähnlich ging.

»Ich fühle mich geehrt. Ich weiß nicht, was ich sagen soll.«

»Ihre erste Ansage wird genügen. Ich hoffe, es ist eine gute, damit wir die beiden fertigmachen können.«

7

»Dann ist es also abgemacht«, verkündete Marian. »Ich übernehme das Kochen und kümmere mich um die Küche, und Bella wird putzen und dir bei deiner Arbeit helfen.« Sie sah fragend zu Bella.

Celia tat das ebenfalls. Bella hatte nicht viel gesagt, seit die Frauen den Keller unter dem Schreibwarengeschäft betreten hatten, um sie dort herauszuholen. Bellas Versuche, sich hier ein Heim zu schaffen, hatten die Finsternis und Feuchtigkeit nicht vertreiben können. Als Marian ihr gesagt hatte, sie solle ihre Sachen zusammenpacken und ihnen nach draußen folgen, hatte sie dem nichts entgegenzusetzen gehabt.

Bella hatte dunkelblonde Haare und war auf eine ungesunde Weise dünn und blass, die auf Nahrungsmangel schließen ließ. Still war sie ihnen gefolgt, ohne Freude oder Unmut zu zeigen. Mr Albrighton, der die beiden Frauen in den Keller begleitet hatte, war Bella gegenüber äußerst freundlich gewesen. Er hatte den Sack mit ihren wenigen Habseligkeiten getragen und ihr ermunternd zugeredet. Vielleicht hatte er das Gefühl gehabt, sie könnte das gebrauchen.

Nun saß Bella auf einem Schemel vor dem Kamin, und die Wärme ließ ihr Gesicht ekstatisch leuchten. Sie hatte noch nichts zu der Diskussion über die Haushaltsaufgaben beigetragen, aber sie stimmte Marians Verteilung nickend zu.

»Wir beide sollten bald nach oben gehen«, sagte Marian zu ihr. »Da ist ein ziemlich großes Zimmer, das wir uns teilen können. Es liegt am Ende des Ganges gegenüber dem Zimmer, in dem der Herr schläft.«

Marian war überrascht gewesen, als sie erfahren hatte, dass Mr Albrighton ebenfalls hier wohnte. Marian, die Männern im Allgemeinen kein großes Vertrauen schenkte, würde nun vermutlich die Rolle der Anstandsdame übernehmen.

»Bevor du dich zurückziehst, würde ich gerne noch über ein paar Hausregeln sprechen«, sagte Celia. »Ihr werdet sie vielleicht ein wenig seltsam finden, aber meiner Erfahrung nach sorgen sie für ein friedliches Zusammenleben unter Frauen. Es sind die gleichen Regeln, nach denen wir bei Daphne gelebt haben.«

Marian nickte. »Wenn Mrs Joyes nach ihnen lebt, werden sie für uns ebenfalls angemessen sein.«

»Die erste Regel lautet, dass wir unsere Nase nicht in die Vergangenheit und das Leben der anderen stecken. Das bedeutet, Bella, wenn du mir niemals etwas von deiner Familie oder warum du allein hier gestrandet bist, erzählen willst, werde ich dich auch nie danach fragen.«

Bella schien über das Recht, diese Dinge für sich zu behalten, überrascht zu sein.

»Jede von uns wird, so gut sie kann, etwas zu diesem Haushalt beitragen. Indem ihr angeboten habt, Haushaltspflichten zu übernehmen, habt ihr das bereits getan. Und wenn wir das Haus verlassen und vorhaben, länger als gewöhnlich fortzubleiben, werden wir die anderen informieren, damit sich niemand Sorgen macht.«

»Das klingt vernünftig«, sagte Marian.

»Als unabhängige Frauen müssen wir einander beschützen und lernen, uns selbst zu schützen«, erklärte Celia einen weiteren wichtigen Grundsatz, nach dem sie fünf Jahre lang mit Daphne gelebt hatte.

»Kein Problem. Ich bin sehr geübt darin, mich zu verteidigen, und Bella habe ich auch schon ein-, zweimal verteidigen müssen. Stimmt doch, Bella, oder?«

»Dann sind wir uns über die Grundregeln einig«, sagte Celia. »Es gibt noch ein paar andere, die weniger wichtig sind. Diese werde ich später erklären.«

Marian erhob sich. »Dann bereite ich uns mal heißes Wasser zum Baden vor. So können wir uns am besten von der Vergangenheit reinwaschen, bevor wir morgen früh unser Leben neu beginnen.«

»Ja, das wäre gut«, sagte Bella. Es war ihr erster Beitrag zur Unterhaltung. Celia hoffte, dass Bella nun ihre Angst überwunden hatte.

Bella wollte Marian zur Tür folgen, hielt dann aber plötzlich inne. Sie eilte zurück, ergriff Celias Hand und hob sie an die Lippen. Sie schloss die Augen, während sie einen Kuss auf Celias Hand presste. Dann eilte sie hinter Marian die Treppe hinauf.

Die Geräusche aus der Küche wurden schließlich abgelöst von Gekicher und Schritten auf der Hintertreppe. In der Bibliothek legte Celia ihr Buch beiseite und lauschte darauf, wie Marian und Bella den Dachbodenflur zu der Kammer entlanggingen, die sie sich teilen würden.

Neben ihrem Zimmer und dem von Mr Albrighton gab es noch andere Räume dort oben. Einer wurde als Lagerraum benutzt. Celia hatte einen Blick hineingeworfen, als sie Marian die verschiedenen Zimmer zur Auswahl gezeigt hatte. Sie hatte ihren Schlüssel einsetzen müssen, um hineinzukommen, und in der Dunkelheit bemerkt, dass nur eine alte Truhe darin stand.

Morgen oder übermorgen würde sie endlich hinaufgehen und nachsehen, was ihre Mutter in dieser Kammer zurückgelassen hatte. Vielleicht fand sich ja dort ein Hinweis auf die Identität ihres Vaters.

Es war ein anstrengender Tag und ein langer Abend gewesen, und Celia wusste, dass sie ebenfalls ins Bett gehen sollte.

Mr Albrighton war noch nicht wieder da, doch er würde darauf achten, alle Türen zu verschließen, wenn er zurückkam.

Aber die Ereignisse des Tages ließen Celia zunächst keinen Schlaf finden. Das Haus, das in den letzten Tagen nahezu leer gewesen war, fühlte sich nun mit seinen neuen Bewohnerinnen fast zu voll an. Sie nahm ihren Mantel vom Haken, wickelte sich gut darin ein und verließ das Haus, um ein wenig im nächtlichen Garten spazieren zu gehen.

Sie schlenderte zu dem Gebüsch in der Nähe des Brunnens und dem brachliegenden Beet davor. Verity hatte wahrscheinlich nur einen Blick darauf werfen müssen und sofort gewusst, was im Frühling hinzugefügt werden musste. Ihre Freundin hatte bei The Rarest Blooms wahrhaftig ihre Bestimmung gefunden. Zuerst hatte sie alles von Daphne gelernt, was diese ihr beizubringen vermochte, dann hatte sie sich Büchern und Magazinen zugewandt und mit ihren eigenen Experimenten begonnen. Ihr Gatte gestattete ihr, diese Beschäftigung fortzuführen, und Lady Hawkeswell führte eine rege Korrespondenz mit Gartenbauexperten in ganz England.

Verity hatte freundlicherweise nicht darauf hingewiesen, dass dieser ganze Garten vernachlässigt war. Zweifellos hatten Mamas kurze Aufenthalte eine regelmäßige Pflege nicht zugelassen. Es würde im Frühling eine Menge zu tun geben.

Sie überlegte, was sie verbessern könnte. Nach ein paar Minuten wandten sich ihre Gedanken dann ihrer Mutter zu. Sie stellte sich das Haus in der Stadt vor und erinnerte sich an die Nachmittagssalons in französischer Manier, die Mama so gerne veranstaltet hatte, und an die Abendgesellschaften, bei denen sie Celia hatte singen lassen.

Die anwesenden Männer stammten entweder aus guten Familien oder waren sehr wohlhabend gewesen, ob sie nun Titel trugen oder nicht. Daran hätte sie früher denken sollen. Wenn

Jonathan dabei gewesen war, hatte er sich sicherlich mit der ein oder anderen Frau eingelassen. Sie versuchte zu ignorieren, wie dieser Gedanke sie seltsam traurig stimmte. Es war albern, so zu reagieren. Sie kannte ihn ja kaum.

Und doch schien die Intimität zwischen ihnen, als sie sich dieses Haus noch alleine teilten, nun ruiniert. Die Aufregung und dieses Knistern zwischen ihnen würde sich niemals wieder so sorglos und frei entfalten können. Es gab Regeln in der Welt, die er bewohnte, wenn er dieses Haus verließ. Ein Mann in seiner Situation würde diese Regeln wahrscheinlich stets im Hinterkopf haben und genau überlegen, was er tat.

Sie zwang ihre Gedanken zu den Gesellschaften ihrer Mutter zurück. Die Gästeliste hatte bei diesen Veranstaltungen zwar immer anders ausgesehen, aber einige Namen waren immer wieder aufgetaucht. Sie versuchte sich an ihre Gesichter zu erinnern und fragte sich, ob einige von ihnen über einen langen Zeitraum teilgenommen hatten. War es möglich, dass ihr Vater nicht nur in Mamas Vergangenheit existiert hatte? War sie ihm vielleicht bei einer dieser Gelegenheiten begegnet?

Sorgfältig ging sie ihre Erinnerungen durch, während sie zum Haus zurückkehrte. An der Hintertür angelangt bemerkte sie, wie sich rechts auf einer Bank ein Schatten bewegte. Als sie näher kam, sah sie Mr Albrighton dort sitzen. Seine Augen waren im schwachen Schein des Halbmonds nicht mehr als dunkle Flecken.

»Es ist zu kalt, um nachts im Garten zu sitzen«, bemerkte sie, nachdem sie ihn begrüßt hatte.

»Es ist zu kalt, um nachts im Garten spazieren zu gehen«, erwiderte er.

»Sind Sie gerade erst zurückgekommen?« Sie blickte zum Haus. »Marian und Bella schlafen inzwischen bestimmt, wenn Sie befürchteten, dass die beiden in ihrer ersten Nacht hier vor Aufregung zu laut sein würden.«

»Ich bin schon eine Weile hier. Sie sind an mir vorbeigegangen, als Sie herauskamen. Sie waren so tief in Gedanken versunken, dass ich Sie nicht stören wollte.«

Celia setzte sich neben ihn auf die Bank und schlang ihren Mantel enger um sich. »Ich war gar nicht so vertieft. Dort, wo ich zuvor gelebt habe, bin ich oft spätabends spazieren gegangen. Der Garten war sehr viel größer, wegen der ländlichen Gegend. Aber das Haus lag nicht weit von London entfernt. Wir haben Blumen und tropische Pflanzen für den Verkauf gezüchtet. Das Anwesen gehört meiner lieben Freundin Daphne, aber wir haben ihr alle so gut geholfen, wie wir konnten.«

»Haben Sie sich dort aufgehalten, seit Sie das Zuhause Ihrer Mutter verlassen haben?«

Sie nickte. »Die letzten beiden Jahre hat sich Verity zu uns gesellt. Und Audrianna – sie ist nun Lord Sebastian Summerhays' Gattin – war eine Zeit lang auch bei uns, bevor sie geheiratet hat. Daher kenne ich diese feinen Damen, falls Sie sich gefragt haben, warum mich die Frau eines Earls besucht.«

Dann erzählte sie ihm alles über Daphnes Gewächshäuser und Gärten und die seltsame Familie, die sich in jenem Haus gebildet hatte.

»Und nun sind Sie alle fort«, stellte er fest. »Zwei, um zu heiraten, und Sie, um was zu tun?«

Sie lachte über seine Frage. »Sie haben heute nicht mal eine Augenbraue gehoben, als ich Marian und ihre Freundin eingesammelt habe. Und doch fragen Sie sich, was ich vorhabe. Ich habe an jenem ersten Abend wohl zu den schlimmsten Spekulationen eingeladen. Machen Sie sich keine Sorgen, Mr Albrighton. Sie werden nicht über einem Bordell leben müssen.«

»Ich habe mir keine Sorgen deswegen gemacht.«

Was nicht bedeutete, dass er es für unmöglich gehalten hatte. »Ich werde mich an Daphnes Geschäft beteiligen. Dafür sind die Regale gedacht – für Pflanzen.« Sie beschrieb ihren Plan. Sie konnte seinem Blick ansehen, dass er aufmerksam zuhörte.

Er war ein guter Gesprächspartner. Es strömte alles aus ihr heraus, ihre Pläne für das Haus und die Teilhaberschaft und ihr Wunsch, sich ein eigenes Leben aufzubauen. »Ich bin zu Daphne gekommen, als ich noch sehr jung war. Nun bin ich älter, und es war an der Zeit zu gehen. Ich denke, dass sie es versteht, selbst wenn es ihr lieber gewesen wäre, ich wäre bei ihr geblieben.«

»Es war sehr gütig von ihr, Sie aufzunehmen. Sie hat Sie wahrscheinlich für ein zauberhaftes Mädchen gehalten, das ihre Hilfe brauchte.«

»Haben Sie das damals von mir gedacht? Dass ich ein Kind bin?«

»Ja. Ein sehr unschuldiges, wunderschönes Kind. Zu unschuldig für das, was seine Mutter für es geplant hatte.«

»Mit siebzehn war ich bereits älter als manch andere junge Frau in diesem Gewerbe. Es wird allgemein als gutes Alter zum Heiraten angesehen.«

»Einige der Mädchen, die mit siebzehn zu Ehefrauen oder Kurtisanen werden, sind ebenfalls kindlich. Andere nicht. Das ist keine Frage des Alters.«

Ihr Gesicht brannte. Sie wusste, warum er das sagte. »Sie erinnern sich daran, wie ich damals geweint habe. Ich bin etwas enttäuscht, dass Sie mich deswegen für kindlich gehalten haben.«

Sie war in ihn hineingerannt, als sie vor Anthony davongelaufen war. Mr Albrighton war gekommen, um sich von Mama zu verabschieden, weil er wieder fortgehen musste. Blind vor Tränen war sie auf ihrer Flucht direkt gegen ihn geprallt.

Er fing sie auf, bevor sie stürzen konnte. Dann setzte er sie auf die Treppe und fragte, warum sie weinte. Sie erzählte es ihm damals, dem Fremden mit der seltsamen Gabe, ihr Vertrauen zu erwecken. Es war einfach aus ihr herausgeströmt, während er es mit seinem unergründlichen Blick aufgenommen hatte.

Jetzt tat er nicht so, als wäre es niemals passiert oder als hätte er es vergessen. »Man kann Ihnen diese Enttäuschung verzeihen, ganz gleich, was das über Ihre Reife von damals aussagt, Miss Pennifold.«

»Meine Mutter hatte gerade ein Jahr damit verbracht, mir beizubringen, mich keinen Illusionen hinzugeben, und mich dafür gescholten, die wichtigste Lektion vergessen zu haben.«

»Nichts zu fühlen hätte bedeutet, dass Sie bereits abgestumpft gewesen wären. Ein verhärtetes Herz und die Sicht eines Kindes sind weit voneinander entfernt.«

»Sehen Sie in mir manchmal immer noch dieses Kind?«

Er drehte sich zu ihr um und sah sie direkt an. »Ganz und gar nicht. Ich sehe nur eine wunderschöne und begehrenswerte Frau, die mit ihrer bloßen Anwesenheit die nächtlichen Gartenwege erhellt. Das Leuchten des Mondes lässt Sie wie eine weiße Blume erstrahlen. Selbst als Sie da hinten an diesem Gebüsch standen, waren Sie noch gut zu sehen.«

»Sie haben mich die ganze Zeit beobachtet? Warum?«

»Sie wissen, warum.«

Ja, das tat sie. Sein Eingeständnis änderte alles und verlieh ihrer Unterhaltung sogleich eine neue Tiefe. Wieder spürte sie diese köstliche Spannung zwischen ihnen, voller sinnlicher Verlockung und verbotener Erregung.

»Vielleicht bedauern Sie ja auch, dass ich kein anderes Unternehmen plane«, neckte sie ihn, um die Stimmung zu lockern, die eine gefährlich verführerische Note angenommen hatte. Und doch fragte sie sich immer noch, ob er vielleicht darauf gewartet hatte, um zu sehen, wie viel des Erbes sie antreten würde, so, wie er es am ersten Abend angedroht hatte.

»Vielleicht ein wenig.«

Da hatte sie es. Sie konnte nicht behaupten, sie wäre nicht gewarnt worden. Auch wenn ihr das in diesem vertraulichen Moment mit seinem warmen Körper an ihrer Seite nicht besonders wichtig vorkam. Er war, da hatte Verity ganz recht gehabt, zu attraktiv, um über irgendwelche Konsequenzen nachzudenken.

Er drehte sich erneut zu ihr um und sie bemerkte, wie sein Lächeln in einen anderen Gesichtsausdruck überging, der ihr herrliche Schauer über den Rücken laufen ließ. Sie genoss das Gefühl und all die anderen kleinen Reaktionen auf die Energie, die zwischen ihnen pulsierte. Zu ihrer Erleichterung war die Stimmung zwischen ihnen durch die Ereignisse des Tages doch nicht verdorben worden. Es mochte eine gesellschaftliche Kluft zwischen ihnen geben, doch diese Energie schien eine zumindest vorübergehende Brücke zu sein.

Seine Hand begann sich zu bewegen, zögerte, dann legte er sie an ihre Wange. Seine Berührung war warm und angenehm. Ihr stockte der Atem, als sie spürte, wie sich das elektrisierende Knistern zwischen ihnen noch verstärkte.

Lass sie immer erst um Erlaubnis fragen. Sie dürfen es sich niemals einfach herausnehmen. Besonders beim ersten Kuss.

Sie ignorierte Mamas Lektionen. Sie spürte, dass Jonathan sie küssen wollte, und ließ ihn nicht darum bitten, damit Worte nicht diese knisternde Stimmung zerstörten.

Sein Mund legte sich auf ihren. Ihr Herz machte einen Sprung, und all die Aufregung bündelte sich zu einem inneren Jubilieren. *Achte auf die Signale deines Körpers. Genieße die Lust. Kämpfe nicht dagegen an, dann wird es keine Pflicht sein, sondern das süßeste Spiel.* Sie hätte ohnehin nicht dagegen ankämpfen können, selbst wenn sie gewollt hätte. Sie musste sich nicht konzentrieren, um die Lust zu finden. Sie wurde geradezu von ihr überschwemmt.

Der Kuss war sehr lang. Viel länger, als er sein sollte, zumindest für einen verstohlenen Kuss im Garten. Seine Hand auf ihrer Wange führte und steuerte sie sanft. Etwas Dunkles und Unbekanntes erfüllte und umgab sie und verführte sie dazu, stärker zu reagieren, als die Situation es erlaubte.

Sie wusste, dass es zu nichts Ernsthaftem führte. Wusste, dass es nicht weitergehen würde, auch wenn ihr Körper immer empfindsamer wurde und auf mehr hoffte. Während er sie verzauberte, wusste sie gleichzeitig doch, dass dieser Kuss kein impulsiver Zufall gewesen war, sondern ein kalkulierter Schritt. Nur ein erster Schritt, und vielleicht würde es auch keine weiteren geben.

Sie war nicht überrascht über das, was geschah und was nicht, was er nahm und nicht nahm. Der Kuss endete, wie er begonnen hatte, langsam, verführerisch und ohne Worte. Schließlich lag nur noch seine Hand auf ihrer Wange und er blickte ihr in die Augen.

Sie war froh, dass er nichts sagte. Er sprach nicht die obligatorischen Entschuldigungen aus, die Männer zu anständigen Frauen sagten, als ob diese Entschuldigungen einen Unterschied machten. Sie war erleichtert, dass er nicht so tat, als sei sie etwas anderes als das, was sie war, und auch nicht so tat, als ob dieser Kuss ihre Verdammung besiegelt hätte.

Er verabschiedete sich und ließ sie allein auf der Bank zurück. Sie hielt sich so lange an die glückliche Wärme, wie sie konnte, während sie in den dunklen Garten blickte und sich fragte, ob das Mondlicht sie in der Nacht wirklich fand.

Jonathan erwachte mit schlechter Laune. Dieser Kuss hatte ihn die ganze Nacht lang gefoltert.

Im Bett liegend hatte er gewartet, bis Celia gestern Abend endlich hineingekommen und die Hintertreppe hinaufgestiegen war. Er hatte sich nicht gerührt, während er auf jeden einzelnen ihrer Schritte gelauscht hatte. Sein Körper drängte darauf, dass sie weiter hinaufstieg, zum Dachboden und zu seiner Tür. Er wusste, dass sie es nicht tun würde, doch das hielt ihn nicht davon ab, noch lange, nachdem ihre Schritte in Richtung ihrer eigenen Kammer verschwunden waren, frustriert die Zähne zusammenzubeißen.

Als der Morgen endlich anbrach, war er zu dem Entschluss gelangt, dass dies der unvernünftigste Kuss gewesen war, den er in seinem ganzen Leben einer Frau gegeben hatte. Doch sie hatte ihn vollkommen verzaubert, wie sie im nächtlichen Garten gesessen und ihm von ihrem Leben und ihren Plänen erzählt hatte.

Er bewunderte es, dass sie sich etwas Eigenes aufbauen wollte, um sich ein Einkommen zu verschaffen, das ihre Unabhängigkeit sichern würde. Es sprach für sie, und sie hatte aufrichtige Vorfreude auf ihren Plan gezeigt. Und daraufhin hatte er seinen Verstand in die Wüste geschickt und sie geküsst. Aus dem einfachen Grund, dass er es gewollt hatte. Nein, gebraucht.

Sie hatte ihn mit ihrer unerfahrenen, impulsiven Art, mit ihrem Vergnügen an diesem harmlosen Kuss vollkommen verrückt gemacht. Er hatte bestimmt noch nie eine Frau geküsst, die so vollkommen frei von Schuldgefühlen, Zögern, Angst, Erwartungen oder Bedauern gewesen war. Er bezweifelte, dass sie wie er die Nacht über wachgelegen und sich den Kopf darüber zerbrochen hatte. Und selbst wenn, war er davon überzeugt, dass sie es nicht für einen Fehler gehalten hatte. So dachte sie nicht. Sie war nicht wie andere Frauen erzogen worden.

Als er seine Tür öffnete, fand er einen Eimer mit lauwarmem Wasser davor. Es hatte zwar keine perfekte Temperatur, war aber viel besser, als eiskaltes Wasser am Brunnen zu holen. Er fragte sich, ob das bedeutete, dass Celia seine Anwesenheit hier nun nicht mehr ganz so furchtbar fand.

Als er sich nach dem Eimer bückte, fiel sein Blick auf eine andere Tür im Flur. Ein großes Schloss hing daran. Er hatte schon mehrmals darüber nachgedacht, dieses Schloss zu knacken.

Celia war oft genug aus dem Haus gewesen, sodass er die

unteren Räume hatte durchsuchen können. Doch dabei fand er weder Unterlagen noch Geschäftsbücher oder sonst etwas, das darauf hindeutete, dass Alessandra eine Liste ihrer Liebhaber geführt hatte. Und dieses verschlossene Zimmer diente wahrscheinlich als Lagerraum. Sein Auftrag wäre erst dann erledigt, wenn er sah, was sich darin befand.

Den Schlüssel hatte Celia. Er glaubte, dass sie den Raum ebenfalls noch nicht untersucht hatte, aber wahrscheinlich hatte sie schon einmal einen Blick hineingeworfen. Vielleicht würde sie das Zimmer schon bald erneut betreten, vielleicht mit ihren beiden neuen Angestellten, um es auszuräumen. Er sollte ihr wirklich zuvorkommen.

Die rothaarige Marian steckte ihren Kopf aus ihrem eigenen Zimmer am anderen Ende des Flurs. In ihrer Hand befand sich ein feuchter Lappen.

»Das Wasser ist inzwischen ein wenig abgekühlt, Mr Albrighton. Werden Sie meistens um diese Zeit aufstehen, Sir? Es ist schwer, warmes Wasser für einen Mieter bereitzuhalten, wenn man seine Gewohnheiten nicht kennt.«

Das Wasser war also nicht Celias Werk gewesen. Natürlich nicht. Es war schließlich nur ein Kuss gewesen.

»Ich bin schon seit ein paar Stunden wach. Da ich nicht damit gerechnet habe, dass mir Wasser gebracht wird, habe ich nicht früher nachgesehen.« Er hatte sich daran gewöhnt, gegen zehn Uhr selbst zum Brunnen zu gehen, um Celia ein wenig Privatsphäre am Morgen zu gönnen.

»Dann ist Ihnen acht Uhr recht? Ich selbst stehe im Morgengrauen auf. Ich bin nicht an das ganze Licht hier gewöhnt.« Sie ging den Flur entlang. »Bella und ich waschen später Ihre Laken. Wir werden sie holen und Ihr Bett frisch beziehen, wenn Sie das wünschen. Wenn Sie uns nicht in Ihrem Zimmer haben wollen, können Sie sie auch vor die Tür legen. Wie Sie möchten.«

»Kommen Sie ruhig herein, aber berühren Sie nicht den Tisch, nicht mal, um Staub zu wischen. Ich könnte etwas verlieren, wenn die Dinge dort durcheinandergebracht würden.«

Sie warf einen Blick um ihn herum in das Zimmer und auf den Schreibtisch vor dem Fenster, auf dem sich Bücher und Unterlagen stapelten. »Sie sind wohl einer dieser Gelehrten, was?«

»Eher neugierig als gelehrt.«

Kritisch musterte sie den Raum – und ihn. »Sie haben keinen Diener. Ich hatte angenommen, dass Sie einen haben würden.«

»Ich reise viel. Ein Diener würde mich nur aufhalten.« Außerdem würde ein Diener niemals die Bedingungen akzeptieren, unter denen er die letzten acht Jahre gelebt hatte. Auch Diener hatten ihre Ansprüche.

»Dann stellen Sie wohl jeweils vor Ort einen an«, sagte Marian. »Solange Sie hier sind, können Bella und ich diese Dinge für Sie erledigen, wenn Sie möchten. Ihre Kleidung waschen und all das. Es ist natürlich nicht so gut wie ein Diener. Wir werden Ihnen nicht beim Baden und Rasieren helfen, aber für zehn Pence schrubben und bügeln wir Ihre schönen Hemden.«

»Das ist besser, als sie woanders hinzubringen.«

Sie einigten sich wegen der Wäsche und anderer Aufgaben. Als sie fertig waren, durchbrach jäher Lärm von unten die Stille des Hauses.

Marian hing ihren Lappen an die Klinke des Lagerraums und wischte sich ihre Hand an der Schürze ab. »Das sind wohl die Pflanzen. Ich muss nachsehen, ob Miss Pennifold Hilfe benötigt.«

Alles war voller Pflanzen. Überall standen sie herum. Celia sah sich im Salon um. Sie war furchtbar aufgeregt, dass ihr Plan wortwörtlich in Erfüllung gegangen war.

Der untere Treppenabsatz war voller Blumentöpfe. Neben dem Eingang zum Salon stand eine Palme, die so groß war wie sie selbst. Verity, gekleidet in ein elegantes rotes Ensemble, das ihrem dunklen Haar und der hellen Haut schmeichelte, nahm Töpfe an, die Marian ihr weiterreichte, und überlegte sich für jeden den besten Platz im Regal.

Daphne stand mitten im Raum und hielt ein aufgeschlagenes Geschäftsbuch in der Hand. Sie hatte die erste Lieferung begleitet, um sicherzugehen, dass nichts schiefging. Groß, schmal und blass wie das Licht einer winterlichen Morgendämmerung stand sie da und betrachtete mit ihren grauen Augen, wie die Pflanzen ihre neue Heimat fanden, während sie sich Notizen machte.

Schwere Schritte erklangen im Flur. Ein Arbeiter schleppte unter Mühen einen Zitronenbaum in einem großen Topf hinein.

»Den sollten wir sofort ausliefern«, sagte Daphne. »Wie willst du dieses Ungetüm aus dem Haus bekommen, Celia?«

»Du hast gesagt, die Robertsons wollen den Baum erst nächste Woche, nicht diese. Ich werde eine Hilfe einstellen, Daphne. Ich habe nicht vor, diese Pflanzen selbst zu tragen.«

Der Mann wischte sich die Hände ab. »Das wäre die letzte, Mrs Joyes. Jetzt bleiben nur noch die Blumen.«

»Bringen Sie sie in den vorderen Salon«, sagte Celia. »Dort ist es im Winter kühl genug, um sie einen Tag lang frisch zu halten. Im Sommer werden wir den Kühlraum neben der Küche unten benutzen.«

Der Mann schlurfte davon, um die Blumen zu holen.

Celia machte sich wieder daran, die Töpfe in die neuen Regale zu stellen, während sie Daphne gut im Blick behielt. Unglücklicherweise war die Lieferung aus Middlesex eingetroffen, während Jonathan noch im Haus war.

Verity bemerkte Celias Blick. Nachdrücklich sah sie zu Daphne, dann hinauf zur Decke, und hob ihre Augenbrauen. Celia schüttelte den Kopf. Nein, sie hatte Daphne noch nichts von ihrem Mieter erzählt. Doch wie es schien, würde sie das heute noch tun müssen, außer Jonathan entschloss sich, noch eine Stunde länger in seinem Zimmer zu bleiben. Manchmal tat er das. Es gab Tage, an denen ging er gar nicht aus. Vielleicht …

Auf der Treppe waren Schritte zu hören. So viel zu vielleicht.

Verity sprach und bewegte sich lauter. Marian begann eine ebenso laute Unterhaltung, indem sie sich nach dem heutigen Speiseplan erkundigte. Doch die Schritte auf der Treppe wurden immer unüberhörbarer.

Innerhalb des turbulenten Salons entstand plötzlich eine Insel der Stille. Ihr Zentrum und ihre Quelle war Daphne. Sie sah von ihrem Geschäftsbuch hoch und blickte erstaunt Richtung Treppe.

Jonathan stellte sich in die Tür des Salons. Er war für einen Ausritt angekleidet und sah teuflisch gut aus. Daphne starrte ihn lange an, dann warf sie Celia einen fragenden Blick zu.

»Ich befürchte, dass wir Ihnen mit den ganzen Kübeln den Weg zugestellt haben, Mr Albrighton«, meinte Celia entschuldigend.

»Ich verspreche, keinen umzuwerfen.« Er hielt sein Wort, auch wenn das ein paar seltsame Verrenkungen bedeutete, doch schließlich stand er im Raum.

Höflich begrüßte er Verity und betrachtete das Durcheinander an Pflanzen.

»Daphne, dies ist Mr Albrighton, ein Mieter. Mr Albrighton, dies ist meine liebe Freundin Mrs Joyes.«

»Er ist einer von Hawkeswells Freunden«, sagte Verity schnell. »Ist das nicht ein Zufall? Mein Ehemann erzählt viel Gutes von Ihnen, Mr Albrighton.

»Vielen Dank, Madam. Ich fühle mich geehrt.«

Daphne lächelte freundlich. Doch Celia ließ sich nicht täuschen. Sie sah, wie ihre Freundin den Mann von oben bis unten abschätzte und ein wenig misstrauisch wurde, ganz egal, mit welchen Earl er befreundet war.

»Ein Mieter, Celia? Wie geschäftstüchtig von dir.«

»Sie hat mich leider zusammen mit dem Haus geerbt«, erwiderte Jonathan.

»Und wie ich sehe, haben Sie sich entschlossen zu bleiben. Ein Umzug ist so unbequem, nicht wahr? Auch wenn es für einen Mann wie Sie seltsam ist, in dieser Gegend zur Untermiete zu wohnen, Mr Albrighton. Ziemlich abgelegen und nicht besonders schick. Würden Ihnen die Annehmlichkeiten von Albany nicht eher zusagen?«

»Ich bin nicht oft genug in London, dass es sich für mich lohnen würde, dort eine Wohnung zu unterhalten, nicht mal, um eine bessere Adresse zu haben. Die Nachbarschaft hier dient meinen Zwecken, aber vielen Dank für Ihr Interesse.«

»Abgelegen und anonym dient Ihren Zwecken?«

»Wie vielen anderen auch, Mrs Joyes. Ob nun eine Straße westlich des Bedford Square oder ein kleines Anwesen in Middlesex, es gibt viele Gründe, warum sich einige von uns der Gesellschaft lieber entziehen.«

Daphnes Blick wurde hart. Auf ihren blassen Wangen zeigte sich ein Hauch von Farbe. Celia war davon überzeugt, Daphne niemals zuvor erröten gesehen zu haben.

»Ich beziehe mich damit natürlich auf Miss Pennifold«, fügte er hinzu. »Das haben sie und ich gemeinsam, diesen Wunsch nach einem Rückzugsort.«

Daphne gewann den Bruchteil ihrer Fassung wieder, den sie verloren hatte. »Dieses Haus haben Sie ebenfalls gemeinsam, wie es scheint.«

Celia bekam langsam das Gefühl, dass sich Daphne und Mr Albrighton gleich streiten würden. Verity schien das ebenfalls zu denken, so gebannt, wie sie der Unterhaltung folgte.

»Ihre Besorgnis ist bewundernswert, Mrs Joyes«, versuchte Jonathan sie zu besänftigen. »Doch Miss Pennifold hat sich an meine Anwesenheit bereits gewöhnt. Wenn Sie sich um Ihre Freundin sorgen, kann ich Ihnen versichern, dass sie durch mich hier sehr sicher ist und die Damen keine der Unannehmlichkeiten befürchten müssen, die für alleinlebende Frauen üblich sind.«

Er verbeugte sich und ging in den Garten hinaus. Daphne sah ihm mit zusammengekniffenen Augen nach.

Schließlich wandte sie sich vom Fenster ab und schlug ihr Geschäftsbuch wieder auf. »Kein Wunder, dass du nicht mehr auf dem Land leben wolltest, Celia.«

»Ich bin nicht wegen Mr Albrighton hergezogen, wenn du das damit andeuten willst. Ich habe ihn wirklich nur als Mieter von meiner Mutter übernommen. Die Angelegenheit war eine vollkommene Überraschung und seine fortgesetzte Anwesenheit hier ein stetiges Ärgernis.«

»Ich habe nie bezweifelt, dass sein Anrecht auf dieses Zimmer eine Überraschung war.« Sie lächelte. »Wirklich.«

»Er ist der Sohn eines Earls«, bemühte sich Verity, die Wogen zu glätten. »Der uneheliche Sohn des letzten Earl of Thornridge.«

»Verity, da du selbst dein Glück bei dem Sohn eines Earls gefunden hast, denkst du vielleicht, dass sie alles anständige Männer sind. Bedauerlicherweise hat meine Erfahrung gezeigt, dass ein Titel weder einen guten Vater voraussetzt noch einen respektablen Sohn. Doch wenn unsere Celia denkt, dass er ein anständiger Mann und sie hier mit Marian und Bella sicher ist, ist das alles, was zählt.«

»Ich bin mir sicher. Und auch wenn seine Anwesenheit immer noch störend ist, hat er sich doch nicht als so aufdringlich entpuppt, wie ich zunächst gedacht hatte. Eigentlich ist er sogar kaum da.«

»Wie praktisch.«

»Er hat diese Regale gebaut«, legte Verity erneut ein gutes Wort für ihn ein.

»Das erklärt wahrscheinlich die vielen Nägel. Er scheint die Sorte Mann zu sein, dem es wichtig ist, dass die Dinge auf seine Art erledigt werden.«

»Ich habe keine Lust mehr, über ihn zu sprechen«, verkündete Celia. »Der heutige Tag markiert den Beginn unserer Partnerschaft, Daphne, und das ist viel interessanter. Verity, ich denke, wir sollten diese großen da noch ein Regalbrett weiter nach unten stellen.«

Daphne sah zu, wie sie und Verity die Pflanzen umstellten. Und die ganze Zeit spürte Celia den Blick ihrer älteren Freundin auf sich.

»Hat er versucht, mit dir anzubändeln, Celia?« Die Frage kam eine halbe Stunde später aus dem Nichts.

»Anzubändeln? Wer?«

»Als ob du das nicht wüsstest.«

»Oh, du meinst Mr Albrighton. Natürlich nicht. Ich bin doch nicht dumm, Daphne. Und auch kein Kind mehr.«

»Das ist wahr – du bist weder dumm noch ein Kind. Du bist eine junge Frau, die das Leben stets mit fast unbarmherziger Ehrlichkeit betrachtet hat. Ich habe nur aus Neugier gefragt, nicht, um dich zu kritisieren oder zu verurteilen. Nicht mal, um dir einen Rat zu geben. Ich habe mich nur gefragt, ob dieser gut aussehende Mann mit dir angebändelt hat.«

»Das hat er nicht.« Sie war sich nicht sicher, was Daphne mit »anbändeln« meinte, aber sie entschied, dass ein Kuss nicht zählte.

»Wie schade«, sagte Daphne, während sie etwas in ihrem Geschäftsbuch notierte. »Ich stelle mir das durchaus angenehm vor.«

Celias riss ihren Mund auf. Sie sah zu Verity. Beide warfen einen schockierten Blick zu Daphne. Dann begannen alle drei zu lachen.

8

Celia stieg die Stufen zum Dachboden hinauf, in der Hand einen großen Schlüssel. Auf der obersten Stufe hielt sie inne.

Die Tür, zu der sie wollte, lag dem Zimmer von Mr Albrighton direkt gegenüber. Das war der einzige Raum, den sie in diesem Haus noch nicht sorgfältig durchsucht hatte. Nachdem nun die Pflanzen gebracht worden waren und sie einen Mietwagen bestellt hatte, um sie während der nächsten Woche auszuliefern, hatte sie Zeit, sich dieser notwendigen Aufgabe zu widmen.

Aber sie gab zu, dass es nicht nur der Zeitmangel gewesen war, der sie aufgehalten hatte. Sie sehnte sich danach, endlich zu erfahren, was sich in diesem Raum befand, fürchtete aber auch die mögliche Enttäuschung. Vielleicht erfuhr sie wie erhofft die Wahrheit über ihren Vater, vielleicht aber auch gar nichts. Den Gedanken an Letzteres konnte sie kaum ertragen, besonders da sie keine andere Idee hatte, wie sie seinen Namen erfahren sollte, wenn sie der Nachlass ihrer Mutter nicht weiterbrachte.

In der Kammer lag der für unbenutzte Dachböden so typische trocken-staubige Geruch. Die Winterkälte, die durch Fenster und Dach drang, tat nichts, um diese stickige Atmosphäre aufzulockern.

Sie ließ die Tür einen Spaltbreit offen, um ein wenig frische Luft hineinzubringen, dann betrachtete sie die in der Kammer gelagerten Gegenstände. Dort stand viel mehr als erwartet, nicht nur die Truhe, die sie bei ihrem letzten Besuch erspäht hatte.

Auf dem Boden lag ein zusammengerollter Teppich. Sie zog an dessen Rand, bis sie das Muster erkannte. Es war ein Aubusson, der früher Alessandras Zimmer in der Orchard Street geschmückt hatte. Ihre Mutter war sehr stolz darauf gewesen.

Hinter dem Teppich lehnten zwei große gerahmte Aquarelle an der Wand. Auch sie hatten einst in dem anderen Haus gehangen. Es waren Geschenke von Liebhabern gewesen. Es handelte sich um vage Skizzen französischer Künstler, die am Ende des letzten Jahrhunderts populär gewesen waren. Eines zeigte ein nacktes Modell, das einer jungen Alessandra sehr ähnlich sah.

Sie trat um ein paar Stühle und Blumensäulen herum, sodass sie einen Blick in die größte der drei Truhen werfen konnte, die in den kleinen Raum gestopft worden waren. Sie hob den Deckel und erstarrte. Auf einem Kleiderstapel lag ein herrlicher Pelzmantel. Eine kurze Prüfung ergab, dass diese Truhe eine weitaus kostbarere Garderobe enthielt als die, die im anderen Haus gefunden worden war.

Sie machte sich an die nächste Truhe. Darin befanden sich weitere Kleider, die aber weniger prachtvoll waren. Mit ihnen waren kleine, dekorative Gegenstände aus Porzellan und Glas sowie andere persönliche Habseligkeiten ausgepolstert, die für ihre Besitzerin vielleicht einen sentimentalen Wert gehabt hatten.

Die dritte Truhe überraschte sie am meisten. Sie starrte auf den Inhalt, während sich Nostalgie mit Erschütterung mischte.

Dies waren ihre eigenen Sachen. Ordentlich gefaltet lag darin ihre Garderobe, die in jenem Jahr so sorgfältig ausgesucht worden war, um sie im Park und bei den Nachmittagssalons zu tragen. Als sie die Kleidung durchging, fand sie auch Kleider und Mäntel, die sie niemals angehabt hatte. Es handelte sich um die Sachen, die für das Debüt einer jungen Frau in einer sehr speziellen Gesellschaft maßgeschneidert worden waren.

Der Inhalt der Truhe rief Erinnerungen daran wach, wie sie Modezeichnungen studiert und Stoffe beim Schneider ausgesucht hatte. Sie zog das Abendkleid heraus, welches sie am liebsten getragen hatte. Bei der letzten Anprobe hatte sie sich vorgestellt, darin eine Gesellschaft als Anthonys Frau zu geben. In ihrer Erinnerung waren alle Gesichter um sie herum bis auf seines verschwommen.

Ein Geräusch riss sie aus ihrer Tagträumerei. Sie sah zur Tür und erblickte Mr Albrighton, dessen Hand immer noch auf der Klinke lag.

Er betrat die Kammer, und sein Blick nahm schnell ihren Inhalt auf. »Das ist also der Lagerraum. Ich habe gedacht, dass Sie ihn vielleicht ebenfalls vermieten oder für die Angestellten nutzen wollen.«

Sie faltete ihr Kleid wieder zusammen und glättete den Satin mit ihren Fingerspitzen. »Es war höchste Zeit nachzusehen, was sich hinter dieser Tür verbirgt. Als ich einmal kurz hineingeschaut habe, konnte ich ein, zwei Truhen erkennen. Das hier hätte ich niemals erwartet.« Sie deutete auf die Seite des Zimmers, die am weitesten von der Tür entfernt lag und die sie gar nicht hatte sehen können, als sie ihren Kopf damals flüchtig durch die Tür gesteckt hatte.

Er stand neben ihr und blickte auf den Satinstoff in ihren Fingern.

»Das sind meine Sachen«, sagte sie, auch wenn sie das nicht erklären musste. »Als sie nicht im anderen Haus waren, dachte ich, dass Alessandra sie verkauft oder weggegeben hätte.«

»Das ist eine ungewöhnliche Farbe. Ein sehr helles Beige.«

Die Beschreibung war sehr zutreffend und besser, als sie es hätte formulieren können. »Das war eines der sittsameren Kleider für die Öffentlichkeit.«

»Es gibt noch andere?«

»Oh ja. Ich wurde schließlich nicht darauf vorbereitet, eine Braut zu sein. Ich war mir darüber im Klaren, und doch habe ich mir, wie Sie ja wissen, vorgestellt, dass es anders enden könnte.«

Er lächelte freundlich, um ihre furchtbare Enttäuschung an jenem Tag anzuerkennen. Seine tiefliegenden Augen fesselten ihre Aufmerksamkeit, und einen zeitlosen Moment lang ließ sie sich in seinem Blick treiben.

»Zum Beispiel das hier.« Sie sah wieder zur Truhe und ging die Kleidung durch, bis sie auf einen geranienroten Seidenstoff stieß. Sie zog das Kleid heraus. »Nicht gerade eine zurückhaltende Farbe, aber sehr modisch und an sich auch nicht skandalös. Doch …« Sie hielt das Kleid hoch, sodass es sich auseinanderfaltete. Das Oberteil bestand aus durchsichtiger Spitze und sonst nichts. »Nur eine Närrin würde die Zukunft vergessen, die ihr bevorsteht, wenn ihre Mutter ihr so etwas kauft, oder nicht?«

»Wenn Sie annahmen, dass Spitze eine angemessene Wahl sei, dann lagen Sie gar nicht so falsch. Diese Spitze wäre angemessen, egal, welches Leben Sie führen würden. Nicht alle Ehemänner behandeln ihre Gattinnen wie ewig errötende Jungfrauen.«

Sie lachte und legte das Kleid beiseite. »Dann werde ich es vielleicht an Verity oder Audrianna weitergeben. Ich bezweifle, dass einer der beiden Ehemänner besonders schockiert sein wird.«

»Hawkeswell und Summerhays? Ich kann Ihnen versichern, dass Sie damit recht haben.«

Sie ging auf die Knie, um weiter in der Truhe zu stöbern. »Also für beide eines. Ich bin mir sicher, dass sich hier noch ein weiteres mit ähnlicher Wirkung befindet.«

Er kniete sich neben sie und streckte seinen Arm aus, sodass sie die teuren Stoffe darüber hängen konnte, statt sie auf den staubigen Boden zu legen. Sie stapelte sie bis zu seinem Kinn hoch, bevor sie das weiche perlmuttfarbene Kleid fand, das sie gesucht hatte. Sie faltete es auseinander und betrachtete den tiefen Ausschnitt und das fast durchsichtige Leibchen.

»Ich denke, das würde zu Verity passen«, sagte sie. »Stimmen Sie mir zu?«

»Es wäre unangebracht, mir Lady Hawkeswell darin vorzustellen.«

»Sie können zumindest zugeben, dass ihr die Farbe stehen würde.«

»Ich glaube, Ihnen würde die Farbe noch besser stehen.«

Sie warf ihm einen Blick zu und sah in seinen dunklen Augen sich selbst in diesem Kleid, umgeben von Kissen und Vorhängen aus anderen herrlichen Seidenstoffen – und einem großen düsteren Mann voller Geheimnisse, der den erotischen Anblick, den sie bot, bewunderte.

Celia spürte die Wärme in ihren Wangen und anderen Körperteilen. Schnell verwandte sie ihre ganze Aufmerksamkeit auf das Zusammenfalten des Kleides, während die Möglichkeiten und Erwartungen in angespannter Stille zwischen ihnen pulsierten.

Sie wollte gerade nach seinem Kleiderstapel greifen, da fiel ihr Blick auf etwas in der Truhe. Nachdem sie eine graue Wollpelisse beiseitegeschoben hatte, entdeckte sie eine Mappe im Folioformat, die auf dem Boden der Truhe gelegen hatte. Sie schlug sie auf.

»Ihre Gemälde und Zeichnungen«, stellte sie fest. »Die Mappe ist sehr dick. Vielleicht sind sie alle hier.«

Er warf einen interessierten Blick hinein. Sein Betrachtungswinkel brachte ihn noch näher an Celia heran. So nah, dass sie die Seife riechen konnte, mit er sich wusch. So nah, dass sie erkennen konnte, wie dicht seine Wimpern waren. Ihr Herz schlug schneller und sie befürchtete, wie ein Schulmädchen zu stottern.

Sie nahm ihm die Kleider aus der Hand und legte sie schnell wieder in die Truhe zurück. Dann untersuchte sie die anderen Gegenstände im Zimmer, während sie zu ignorieren versuchte, dass er immer noch auf ein Knie gestützt auf dem Boden vor ihr hockte. Sie stellte sich vor, wie er sie wieder berührte, den nächsten Kuss, und …

Unbesonnene, dumme Gedanken. Er war nicht für sie und sie nicht für ihn vorgesehen, zumindest auf keine respektable Art und Weise. Und doch scherte sich ihr Körper überhaupt nicht darum, und ihre Gedanken waren keineswegs anständig. Stattdessen schoben sich ihr immer wieder die Dinge in den Kopf, die Mama ihr beschrieben hatte. Und einige davon kamen ihr zum ersten Mal ansprechend vor.

Sie drängte die skandalösen Bilder aus ihren Gedanken. »Ich muss den Testamentsvollstrecker wahrscheinlich darüber informieren, nicht wahr? Dieser Teppich ist sehr wertvoll, und in einer der anderen Truhen liegen ihre Pelzmäntel.«

Er zuckte mit den Schultern. »Schicken Sie ihm den Teppich zu, wenn Sie sich ansonsten schuldig fühlen. Was den Rest angeht, so hat getragene Kleidung, die vielleicht nicht mehr der neuesten Mode entspricht, keinen besonders hohen Wert. Nicht genug, um einen Unterschied zu machen. Die Sachen in der einen Truhe gehören ohnehin Ihnen, also sind sie nicht Teil von Alessandras Nachlass.«

»Ich frage mich, warum diese Dinge hier sind. Ich hatte angenommen, dass sie all ihre Habseligkeiten in dem anderen Haus aufbewahrte.«

»Vielleicht war das Alessandras Art, die Dinge für Sie zu erhalten, welche sie am meisten schätzte. Wenn der Testamentsvollstrecker nicht wusste, dass sie gelegentlich hier lebte, würde er auch nicht auf die Idee kommen, den Inhalt dieses Hauses zu inventarisieren.«

Konnte er damit recht haben? War dies ein bewusstes Vorgehen von Alessandra gewesen, um ihr neben einem beschädigten Ruf und einer äußerst speziellen Ausbildung noch etwas anderes zu hinterlassen?

»Ich denke, dass ich selbst eine Inventur machen muss, aber hier auf dem Dachboden ist es zu kalt dafür. Ich werde die Truhen in mein Zimmer schaffen, um sie dort durchzusehen, wie es mir beliebt.«

Jonathan erhob sich und schloss die Truhe. »Erlauben Sie mir, Ihnen zu helfen. Sie sind zu schwer für sie, selbst mit Marians Hilfe.«

Er folgte ihr ins Stockwerk darunter und in ihr Zimmer. Dort stellte er die Truhe ab. »Vielleicht sollten Sie lieber eine nach der anderen ausräumen. Wenn alle drei hier stehen, werden Sie kaum noch Platz zum Laufen haben.«

Da war etwas Wahres dran. Ihr Schlafzimmer war nicht besonders groß, und die anderen Truhen waren ziemlich massiv. »Das wäre wohl am besten. Vielen Dank.«

Sein Blick schien ebenfalls eine Art Inventur ihres Zimmers durchzuführen. Das letzte Mal hatte er nicht viel sehen können, da es zu dunkel gewesen war. Plötzlich fiel ihr auf, dass vor ihm noch nie ein Mann in ihrem Schlafzimmer gewesen war. Niemals, nicht mal als Kind. Und dieser ließ seine Männlichkeit nicht draußen vor der Tür. Seine Anwesenheit hier schuf eine seltsam intime Atmosphäre.

»Es ist nicht das, was ich von Ihrer Mutter erwartet hätte«, sagte er und betrachtete den weißen Musselin, der als Material für die Vorhänge am Fenster und um das Bett diente.

»Vielleicht haben Sie roten Satin erwartet?«, neckte sie ihn. Sie befürchtete, dass ihre Stimme zu grell klingen würde, doch sie war ganz ruhig.

»Nein, sondern mehr Stadt und weniger Land. Ich finde die anonyme Schlichtheit dieser Vorhänge irgendwie beruhigend, teilweise auch deshalb, weil kein bestimmter Geschmack durchschimmert. Außerdem sind sie sehr praktisch, auch wenn man das nicht denken würde. Man kann sie waschen wie ein Männerhemd.«

Sein Blick wanderte zu den Fenstervorhängen, dann zu denen

am Bett, schließlich zum Bett selbst. Schließlich blieb sein Blick auf ihr ruhen. Das Zimmer schien durch die Dominanz seiner Anwesenheit fast zu zittern.

»Denken Sie, dass diese Kammer auch jetzt nichts über ihre Bewohnerin verrät, Miss Pennifold? Ich finde, dass sie höchst eloquent von der Frau erzählt, die hier lebt.«

Sie war nicht sicher, ob es sich um ein Kompliment handelte oder nicht, auch wenn die Art, wie er sie ansah, darauf hindeutete, dass es als solches gemeint war.

Sie standen länger als nötig vor der Truhe, in der sich die Überbleibsel ihres Jahres mit Mama befanden. Oder vielleicht war es auch gar nicht lang. Vielleicht sorgte ihr beschleunigter Herzschlag nur dafür, dass es ihr so vorkam.

»Überlegen Sie gerade, ob Sie mich erneut küssen sollen?«, fragte sie.

»Wollen Sie das denn?«

»Natürlich nicht.«

»Natürlich nicht? Haben Sie sich eingeredet, dass Sie es nicht mochten? Und ich habe Sie für eine der wenigen Frauen gehalten, die darüber nicht lügen.«

Er hatte sie erwischt. Ihr schnelles Leugnen war dumm gewesen, da sie den Kuss wirklich genossen hatte. Das konnte er kaum übersehen haben. »Ich meinte damit nur, dass ich keinen weiteren Kuss möchte.«

Er lachte leise in sich hinein und schien ihre erröteten Wangen amüsant zu finden. »Also haben Sie es vielleicht doch genossen, aber natürlich wollen Sie nicht, dass ich Sie erneut küsse.«

»Ja … nein … ich bin mir nicht sicher«, gab sie zu. »Aber ich wünschte, ich wäre es. Es ist ein netter Kuss gewesen.«

»Dann werde ich es nicht tun, wenn Sie sich nicht sicher sind.«

Sie zuckte mit den Schultern und hoffte, dass sie weltgewandt wirkte und nicht wie das alberne Schulmädchen, als das sie sich fühlte. »Es war nur ein Kuss. Ein weiterer würde keinen Unterschied machen, selbst wenn ich mir sicher wäre.«

Er legte wie im Garten seine Hand auf ihre Wange. Sein Daumen strich über ihre Lippen und rief damit ein Kribbeln hervor, das sich in ihrem ganzen Körper ausbreitete. Er war voller Verlangen. Sie sah es an seinem angespannten Ausdruck.

Nur ein Kuss mehr. Jetzt. Er würde …

»Es kann nicht nur ein weiterer sein, Celia. Es kann niemals wieder nur ein weiterer Kuss sein. Geben Sie nicht vor, Sie wüssten das nicht.«

Dann ging er. Doch das Zimmer wirkte nicht mehr so wie zuvor. Etwas von ihm blieb, wie ein Duft, der nicht so schnell verfliegen würde, als ob die Möbel und Wände etwas von seiner Lebensenergie absorbiert hätten und von seinem Eindringen hier nun tagelang widerhallen würden, um sie an die Erregung zu erinnern, die sie erwartete, sobald sie sich sicher war.

Wieder betrachtete sie die unschuldig weißen Vorhänge. Was hatte er in ihnen gesehen, das etwas über sie verriet? Jungfräuliche Reinheit? Undurchsichtige Leere, genau wie seine Visitenkarten?

Vielleicht hatte er auch nur die Symbole einer Frau gesehen, die erst noch entscheiden musste, welche Farben und Muster zu ihrem Leben passten.

Während der nächsten zwei Tage verließ Celia das Haus nicht. Das wusste Jonathan so genau, weil er es ebenfalls nicht tat. Er blieb in seinem Zimmer und wartete darauf, dass sie nach dem Cabriolet rufen ließ, um Freunde zu besuchen oder Besorgungen zu erledigen. Mit ein wenig Glück würde sie das zur gleichen Zeit tun, in der Marian und Bella zum Markt gingen. So hätte er genügend Zeit, um in Ruhe den Lagerraum zu durchsuchen.

Solange er wartete, konnte er in Ruhe die Zeitungen und Magazine durchlesen, die sich während seiner Abwesenheit von London angesammelt hatten. Er wusste, es war töricht, solche Druckerzeugnisse zu abonnieren, wenn man nicht die Muße hatte, sie zu genießen. Die französischen Zeitungen waren zwar interessant und lehrreich gewesen, behandelten Nachrichten aus England und Schottland jedoch nur sehr oberflächlich, sodass er es nie bereute, nach Hause zu kommen und die vollständigen Berichte auf Englisch nachlesen zu können. Die Druckerei, die seine Post sammelte, war froh gewesen, als er endlich gekommen war, um den großen Stapel abzuholen, der sich dort angehäuft hatte. Nun türmten sich die Magazine in seiner Kammer, und er arbeitete sie systematisch ab. Die meisten Artikel behandelten chemische Experimente oder Prozesse in der Natur, ein paar beschrieben neu entdeckte Spezies, und einige berichteten von industriellen Entwicklungen.

Er bevorzugte die Untersuchungen, die sich mit reiner Wissenschaft befassten, wenn auch ihre Anwendbarkeit ihn nicht langweilte. Er hatte Sicherheit immer schon anziehender gefunden als Ungewissheit, und betrachtete das sich ständig weiterentwickelnde Verständnis der Naturgesetze als faszinierend. Die Verlässlichkeit der Wissenschaft, die kleinen, aber sicheren Entdeckungen, die immer wieder belegt werden konnten, standen in krassem Widerspruch zu allem anderen in der Welt, das er kannte.

Am dritten Tag arbeitete er sich gerade durch eine längere Abhandlung. Sie war schlecht geschrieben, was ihn für gewöhnlich aber nicht störte. Doch heute ermutigte dieser Umstand seine Gedanken dazu, abzuschweifen, hauptsächlich zu einem Bild von Celia in diesem hauchdünnen Seidenkleid.

Es war nicht schwer, sie sich darin vorzustellen. Ihr goldenes Haar zu einem losen Knoten gebunden, der ihn förmlich anflehte, ihn zu lösen, und die sanfte Farbe der Seide, die ihre blasse

Haut betonte. Der Stoff spannte über ihren Brüsten, drückte sich erotisch gegen dunkle, harte Brustwarzen. Die Hand eines Mannes, seine Hand, strich über diese Seide und ließ ihre Brüste schwer und fest und empfindlich werden. Ihre Augen funkelten vor Lust, und sie …

Geräusche im Haus rissen ihn aus seinem Tagtraum. Er hörte, wie Marian von unten nach Celia rief, die herunterkommen und sich angucken sollte, was gerade draußen angekommen war.

Neugierig legte er seine Lektüre beiseite und ging selbst nachsehen, während unter ihm weibliche Schritte auf der Treppe erklangen. Sein Zimmer lag zum Garten hinaus, also ging er in den Lagerraum auf der anderen Seite des Flurs. Sie hatte vergessen, die Tür wieder zu verschließen, nachdem er die Truhe in Celias Schlafkammer getragen hatte. Und er hatte sie auch nicht daran erinnert. Wenn sie nur endlich mal das Haus verlassen würde, hätte er seinen Auftrag schnell erledigt.

Unter ihm vor dem Haus hielt eine große Kutsche. Es handelte sich um die Art von Fortbewegungsmittel, die beeindrucken sollte. Nicht mehr als ein paar hundert Familien, die solche Kutschen besaßen, blieben den Winter über in London. Davor schnaubten und stampften zwei hübsche, farblich aufeinander abgestimmte Pferde, geführt von einem livrierten Kutscher.

Jonathan öffnete das Fenster, um besser sehen zu können. Der Diener klappte den Ausstiegstritt nach unten. Ein blonder Bursche stieg aus und setzte sich seinen Hut auf. Bevor die Krempe die Sicht verwehrte, erkannte Jonathan das Gesicht.

Es war Anthony Dargent, der Celia einen Besuch abstattete.

9

Schnell nahm Celia ihre Schürze ab und glättete ihre Haare. Dann drapierte sie sich auf dem Kanapee im vorderen Salon. Marian betrat das Zimmer mit der Karte. Celia bemerkte, dass in ihrem Blick eine Mischung aus Besorgnis und Neugier lag.

»Bring ihn herein, Marian. Er ist ein alter Freund.«

Während Marian tat, was ihr aufgetragen worden war, musterte Celia nervös ihre Umgebung. Die Polster wirkten im heutigen Licht recht verblichen. Das hatte sie zuvor nicht bemerkt. Die Möbel in diesem Haus waren allgemein eher schlicht, verglichen mit denen in dem anderen, das Alessandra gehört hatte.

Sie vernahm Schritte. Mit jedem weiteren schlug ihr Herz schneller. Fünf Jahre war es nun her. Ein kleiner Teil ihres Lebens war vorbeigegangen, seit sie an jenem Tag mit gebrochenem Herzen und desillusioniert aus dem Salon geflohen war.

Plötzlich stand Anthony auf der Schwelle. Bei seinem Anblick beruhigten sich ihre Nerven ein wenig. Er hatte die jugendliche Frische von damals verloren. Doch die fünf Jahre hatten ihn höchst schmeichelhaft reifen lassen, und er war nun sogar noch hübscher. Selbst sein Haar hatte mitgespielt und war zu einem Ton nachgedunkelt, der weniger strohblond als golden wirkte.

Es war ihr sicherlich nachzusehen, dass sie sich gewünscht hätte, er wäre schlechter gealtert. Sie hätte es bevorzugt, wenn sein Gesicht schlaff geworden wäre und er nicht immer noch so regelmäßige und scharf geschnittene Züge besessen hätte.

Er verbeugte sich. Sein Benehmen war stets tadellos gewesen, sowohl im Umgang mit ihrer Mutter als auch mit ihr.

Dann ging er plötzlich vorwärts, bis er direkt vor ihr stand und sie so ernst ansah, dass sie Angst bekam.

»Celia.« Er sagte ihren Namen, als ob er ein Wort ausspräche, das er viel zu lange hatte für sich behalten müssen. Unvermittelt nahm er ihre Hand in seine beiden und küsste sie.

Sie entzog sich seinem Griff so sanft sie konnte. »Anthony. Was für eine angenehme Überraschung, Sie zu sehen. Möchten Sie sich nicht setzen?«

Er schien zu überlegen, sich neben sie zu setzen. Sie erkannte das und deutete auf einen in der Nähe stehenden Sessel. Er folgte ihrer Anweisung und nahm Platz.

»Wie haben Sie mich gefunden?«, fragte sie.

»Ich nahm an, dass Sie in die Stadt kommen würden, um den Nachlass Ihrer Mutter zu regeln, also habe ich Mappleton nach Ihnen befragt. Stellen Sie sich mein Erstaunen vor, als er mir sagte, dass Sie sich hier niedergelassen hätten.« Er sah sich um und war sichtbar unbeeindruckt. »Wo haben Sie gesteckt? Ich habe immer wieder Ihre Mutter nach Ihnen befragt, aber sie sagte mir nur, dass Sie nicht mehr im Lande wären. Sie hat mir nie erklärt, ob sie das wörtlich meinte oder ob es nur bedeutete, dass Sie sich nicht mehr in London aufhielten.«

»Ich war nicht weit weg und habe die Stadt in den letzten Jahren auch regelmäßig besucht. Und Sie, Anthony? Haben Sie viel Zeit in London verbracht?«

»Meine Pflichten zwingen mich zu ausgedehnten Aufenthalten auf dem Land. Ich habe das Anwesen dort übernommen.«

»Und geheiratet haben Sie auch. Ich habe die Bekanntmachung gelesen. Meine besten Wünsche für eine sicherlich wunderbare Verbindung.«

Er machte ein langes Gesicht. Anthony war nie besonders gut darin gewesen, seine Gedanken und Emotionen zu verbergen. Darum war sie ja so überzeugt davon gewesen, dass er sie liebte.

Was hätte denn diese ganze schmerzerfüllte innige Sehnsucht sonst bedeuten können?

Er errötete, wodurch ein wenig seiner alten Jungenhaftigkeit zurückkehrte. »Es ist eine hervorragende Verbindung, aus all den üblichen Gründen. Jedoch …« Das Rot seiner Wangen vertiefte sich. »Die Wahrheit ist, dass Sie nie ganz aus meinen Gedanken verschwunden sind, Celia. Manchmal höre ich Sie nachts singen, so, wie Sie es an jenem ersten Nachmittag getan haben, an dem Stratton mich zu einem der Salons Ihrer Mutter mitgenommen hat. Ich wäge die Schönheit jeder Frau gegen die Ihre ab und komme stets zu dem Schluss, dass niemand Ihnen gleichkommt. Sie haben mich während der letzten fünf Jahre weiterhin gefesselt, ohne überhaupt in meinem Leben anwesend zu sein.«

Es war eine sehr gute Ansprache, besonders für Anthony, der nicht gerade für seine Eloquenz bekannt war. Celia fand, dass eine solche Rede ein guter Einstieg in einen Heiratsantrag wäre. Abgesehen davon, dass Anthony nicht mehr die Möglichkeit hatte, einen solchen zu machen, nicht wahr?

»Sie schmeicheln mir zu sehr.« Sie achtete darauf, dass ihr Lächeln freundlich, aber förmlich war. »Sie sollten besser danach streben, von der guten Frau gefesselt zu sein, die in Ihrem Leben anwesend ist.«

»Das ist nicht das Gleiche. Sie hat meine Zuneigung und meinen Respekt, aber … sie ist nicht wie Sie.«

»Nach fünf Jahren ist es unwahrscheinlich, dass Sie wissen, wie ich bin, Anthony. Aber es ist nichts Falsches daran, schöne Erinnerungen zu hegen. Die sind uns allen erlaubt, egal, welche Verpflichtungen wir ansonsten eingegangen sind.«

Er lehnte sich zu ihr vor, um die Distanz zu überwinden, die die Position des von ihr ausgesuchten Sessels geschaffen hatte. »Und Sie, Celia? Hegen Sie ebenfalls schöne Erinnerungen?«

Das tat sie tief in sich vergraben wirklich, aber sie waren zu bittersüß, um sie nach dem, was geschehen war, noch einmal wachzurufen. Während er sie mit diesem ernsten Blick bedachte, stiegen die Erinnerungen allerdings unwillkürlich wieder an die Oberfläche. Und doch waren es nur die Erinnerungen, die ihr Herz berührten, nicht sein Blick selbst. Seine Augen, die einst so vertraut gewesen waren, schienen nun die eines Fremden zu sein.

Ihr wurde klar, dass er tatsächlich ein Fremder war. Fünf Jahre waren für sie beide eine lange Zeit gewesen. Keiner von ihnen war noch die gleiche Person wie zuvor. Sie war auf jeden Fall nicht mehr jenes Kind.

»Die Erinnerungen sind inzwischen ein wenig verblasst. Sie stammen aus einem vergangenen Kapitel meines Lebens. Es war jedoch sehr freundlich von Ihnen, mich aufzusuchen, um mich hier in London willkommen zu heißen. Es ist immer nützlich, einen oder zwei Freunde in der Stadt zu haben, an die man sich wenden kann, sollte es Probleme geben.«

Ein nachsichtiges Lächeln. Das gleiche, dass er ihr geschenkt hatte, als er Celia ihr großes Missverständnis seine Absichten betreffend erklärt hatte.

»Ich habe Sie nicht nur aufgesucht, um Sie in der Stadt willkommen zu heißen, Celia. Das muss Ihnen doch klar sein. Die Töchter anderer Frauen können die Kokette spielen, aber zu Ihnen passt das nicht.«

Plötzlich war ihr seine Nähe unangenehm. Sie erhob sich und begann, im Raum umherzugehen. Er stand ebenfalls auf.

»Nein, bitte behalten Sie Platz«, sagte sie. »Lassen Sie uns die Etikette ignorieren. Sie haben meine Mutter erwähnt und Vermutungen über mich angestellt. Und doch wissen Sie, dass ich aus ihrem Haus und vor ihren Plänen für mich geflohen bin. Warum nehmen Sie an, dass ich meine Meinung darüber nun geändert hätte und die Kokette spiele?«

Er lächelte und sah sich nachdrücklich in der bescheidenen Wohnstube um. »Weil das hier nicht zu Ihnen passt. Sie sollten in Mayfair leben, nicht hier. Sie sollten eine gute Kutsche und entsprechende Pferde haben, nicht den Einspänner, in dem man Sie dieser Tage herumfahren sieht. Sie sollten Seide tragen, nicht diese schlichte Wolle. Sie sind kein Mädchen mehr. Bestimmt verstehen Sie jetzt, dass Ehen aus ökonomischen Gründen geschlossen werden. Die Liebe … erfordert häufig andere Arrangements.«

Fast hätte sie laut aufgelacht, schaffte es aber, ihre bittere Belustigung zu unterdrücken. »Ihre Ansichten über den Luxus, den ich verdiene, sind wirklich entzückend. Genau wie Ihre Anspielungen bezüglich der Liebe. Denken Sie wirklich, dass ich die letzten fünf Jahre damit zugebracht habe, mich nach Ihnen zu verzehren?« Sie schenkte ihm ihr eigenes nachsichtiges Lächeln. »Aber Sie haben recht mit der Annahme, dass ich inzwischen gelernt habe, den Lauf der Welt zu akzeptieren. Ich trage Ihnen nicht nach, was geschehen ist. Was ich von Ihnen wollte … von dem ich annahm, dass Sie es ebenfalls wollten … nun, es war naiv. Wenn es Liebe ist, die Sie wollen, sollten Sie sich vielleicht ein anderes vielversprechendes Mädchen suchen.«

Er nahm es nicht gut auf. Kein Mann würde das tun. Mama hatte sie gewarnt, dass viele Männer, insbesondere von seiner Art, es als besondere Ehrung betrachteten, wenn sie eine Frau mit ihrem Interesse bedachten.

Er kniff seine Augen zusammen. Sein Gesicht verzerrte sich wütend. »Ich habe zu lange gewartet, um so leicht entmutigt zu werden.«

»Sie hätten überhaupt nicht warten sollen.«

»Ich hatte keine andere Wahl. Sie sind gegangen, nicht wahr? Nachdem ich Ihrer Mutter die ersten beiden Jahre Ihrer Zuwendungen bezahlt hatte. Sie hat mich wegen Ihnen und dem Geld so lange vertröstet, bis ich wusste, dass ich zumindest Letzteres niemals wiedersehen würde. Doch Sie …«

»Sie haben ihr Geld gegeben und sie hat es Ihnen nicht zurückgegeben, nachdem ich fort war?« Diese Enthüllung war für sie wie eine Ohrfeige. Der Schock erschütterte ihre Fassung.

»Sie war davon überzeugt, dass Sie zurückkehren würden, hat sie gesagt. Es wäre nicht mehr als eine kurze Verzögerung.« Er sah sie freiheraus an.

Ihr drehte sich der Magen um. *Oh, Mama!* Auch ohne Geschäftsbuch wusste sie nun, dass zumindest eine weitere Schuld ausstand. Kein Wunder, dass er hier so kühn aufgetaucht war, seine Vermutungen wie einen neuen Hut getragen und das Thema ohne viel Federlesens angeschnitten hatte.

Wieder sah er sich in dem kleinen Salon um. »In spätestens drei Monaten werden Sie dieses Haus und diese Gegend hassen. Sie wurden für etwas Besseres geboren. Ich werde mich um Sie kümmern, Celia. Es wird Ihnen an nichts fehlen. Alles wird sein, wie es ursprünglich für Sie geplant und seit dem Tag Ihrer Geburt vorgesehen war.«

Er sprach nur aus, was die meisten Leute ohnehin glaubten. Sie spürte, wie ihre Wangen zu brennen begannen, denn manchmal glaubte sie es ebenfalls.

»Ich wurde geboren, wie wir alle geboren werden, Anthony. Nackt und unschuldig. Die Tochter einer Hure kommt nicht mit einem Mal auf ihrer Stirn und ihrer Seele auf die Welt, das sie wie ihre Haarfarbe geerbt hat.«

»Und sind Sie immer noch unschuldig, Celia? Als ich das letzte Mal mit Alessandra sprach, glaubte sie, dass dem so wäre.«

»Wie bitte? Sie haben sie gefragt, ob ich …« Sie hatten über sie gesprochen, am Ende wie am Anfang, wie über einen Gegenstand, den er erwerben wollte. »Wie können Sie es wagen, mir diese Frage zu stellen, um sicherzugehen, dass die Ware nicht beschädigt wurde, als ob ich eine … eine … Das ist einfach zu viel! Ich muss Sie nun bitten zu gehen.«

»Bitte hören Sie mich erst an. Es liegt auch in ihrem Interesse.«

»Sie haben kein Recht darauf anzunehmen, was in meinem Interesse liegt.«

»Es ist dumm von Ihnen, mich zu beleidigen, Celia. Sie haben mir vor langer Zeit aus Liebe Ihre Unschuld geschworen und können nun kaum schockiert sein, dass ich mich nach ihrer Unversehrtheit erkundige. Ich werde Ihr Benehmen Ihrer Überraschung darüber zurechnen, mich wiederzusehen. Ich war vielleicht zu ungeduldig, aber nach fünf Jahren wird man mir das wohl kaum übelnehmen können.«

Sein Ehrgefühl überraschte sie. »Ich muss darauf bestehen, dass Sie jetzt gehen.«

Er stand auf, aber nicht, um sich zu verabschieden. Zu ihrem Schrecken kam er auf sie zu. Sie wich zurück, bis sie mit ihrem Rücken gegen die Wand stieß. Dann waren seine Hände auf ihrem Gesicht und hielten es unsanft fest. Er beugte sich vor, um sie zu küssen. Sie drehte ihr Gesicht so weit weg, wie sie konnte, sodass seine Lippen nur ihre Wange trafen.

»Hören Sie auf, Anthony! Gehen Sie jetzt, ich flehe Sie an«, rief sie.

Sein Griff verstärkte sich, und er zwang ihr Gesicht nach vorne.

»Die Dame hat Sie gebeten zu gehen, Dargent. Wenn Sie ein Ehrenmann sind, wollen Sie sie bestimmt nicht noch weiter bedrängen, sondern ihrem Wunsch nachkommen.«

Plötzlich war sie frei und Anthony stand ein paar Schritte entfernt. Celia wandte sich zu der rettenden Stimme um.

Mr Albrighton stand in der Tür, vom Haar bis zu den Stiefeln dunkel, bis auf das leuchtende Weiß seines Halstuchs und seines Hemdes. Anthony warf ihm einen vernichtenden Blick zu. Seine

Wangen waren errötet, ob vor Erregung oder Zorn, konnte Celia nicht sagen.

Mr Albrightons Ton war durchaus freundlich gewesen. Und doch war nicht zu übersehen, wie seine Präsenz die Luft im Raum mit einer knisternden Energie auflud. Anthony wirkte, als habe man ihn bedroht, wo er doch in Wirklichkeit nicht einmal herausgefordert worden war.

»Dies ist Mr Albrighton«, sagte sie. »Er ist …«

»Ich weiß, wer er ist.« Er sah Mr Albrighton misstrauisch an. »Was tun Sie hier?«

»Ich bin ein Freund der Familie und habe Miss Pennifold besucht, um ihr mein Beileid wegen ihrer Mutter auszusprechen.« Beiläufig stellte er sich neben sie. »Erlauben Sie mir, Sie hinauszugeleiten, Dargent.«

Es war Anthony anzusehen, dass ihn die Unterbrechung verärgerte, aber da er nichts dagegen tun konnte, ging er zur Tür. Er warf erst ihr, dann Mr Albrighton einen wütenden Blick zu. »Ein Freund der Familie? Wahrscheinlich, weil Sie beide aus dem gleichen Holz geschnitzt sind, nicht wahr?«

Jonathan begleitete Dargent bis zur Kutsche. Er konnte kaum widerstehen, den Burschen mit eigenen Händen hineinzuwerfen. Er wartete ab, bis das Gefährt die Straße verlassen hatte. Dann kehrte er ins Haus zurück.

Celia war im Salon geblieben. Sie stand an einem Fenster und hatte die Abfahrt beobachtet. Ihr Anblick ließ ihn innehalten.

Er erforschte das, was er von ihrem Gesichtsausdruck sehen konnte, nach Bedauern oder Kummer wegen dieses Mannes aus ihrer Vergangenheit. Das Licht fand sie, wie es das immer tat, und ließ die Tränen auf ihren Wangen glitzern. Celia sah ihn nicht an. Sie wischte sich mit einer Hand die Tränen fort. Weitere nahmen ihren Platz ein. Dieses stille Weinen rührte ihn.

»Danke, dass Sie mich erneut gerettet haben«, sagte sie erstickt. »Es wäre sonst sehr unangenehm geworden.«

Und möglicherweise auch gefährlich. »Er hat Glück, dass ich nicht dem Impuls nachgegeben habe, ihm Manieren beizubringen.«

»Er glaubt nicht, dass er mir Manieren schuldet. Wenn er sie jemandem wie mir gegenüber zeigt, ist das eine Herablassung, kein Erfordernis. Nun weiß ich das, auch wenn ich es vor Jahren nicht gewusst habe.«

Bei jemandem wie mir. Nun bedauerte er es wirklich, dem Schurken keine Lektion erteilt zu haben. »Sie sind zu nachsichtig. Er ist und bleibt ein dünkelhafter Narr.«

Erneut wischte sie sich die Tränen aus den Augen und atmete tief durch. »Er schien Angst vor Ihnen zu haben.«

»Er wusste, dass er im Unrecht war und eine Tracht Prügel verdient hätte. Er hätte vor jedem Mann Angst gehabt, der ihn in dieser Situation erwischt.«

Endlich blickte sie ihn an. Er sah Entsetzen in ihren Augen. Das verriet ihm, dass ihr dieser Besuch arg zugesetzt hatte.

»Sie klingen ein wenig naiv, Mr Albrighton. Wir wissen doch beide, dass er kam, um ein vollkommen übliches Arrangement vorzuschlagen. Solche Verhandlungen sind oftmals geradeheraus und grob. Gelegentlich kommt es auch zu Handgreiflichkeiten, bis man sich einig ist. Das Angebot hätte sicherlich vielen Frauen den Kopf verdreht.«

»Und ist es auch für Sie verlockend?«

Als sie nicht sofort widersprach, runzelte er die Stirn. Die Vorstellung, dass sie zu Dargent gehen würde, machte ihn wütend.

»Luxus ist für mich genauso verlockend wie für die meisten anderen Frauen«, erwiderte sie schließlich. »Und mir wurde beigebracht, dass Liebe nur eine Handelsware ist. In Alessandra

Northropes Haus wurde Tugendhaftigkeit nicht als Tugend angesehen.« Sie lachte traurig über ihr Wortspiel.

Es war ein melodischer Klang. Das Winterlicht wurde golden, während in ihren Augen kleine Funken aufleuchteten. Sie erwies sich als stark genug, um Dargents beschämende Unterstellungen zu überwinden. Doch unter der Oberfläche konnte er immer noch Schmerz und Verwirrung erkennen.

Er sollte sich jetzt besser zurückziehen. Stattdessen ging er zu ihr, nahm sie in seine Arme und küsste sie.

In dem Moment durchströmte ihn ein Licht, das so hell war, dass es fast schmerzte. Er wollte sie in diesem Moment so sehr, dass er die Zähne zusammenbeißen musste, um seinen Drang zu unterdrücken.

Es war ihr Gesichtsausdruck, der ihn alles andere vergessen ließ. Keine Schatten mehr. Ihr Gesicht leuchtete und ihre Augen verrieten die Erregung, die sie in seinen Armen ganz weich werden ließ. Er küsste sie erneut, auch wenn er wusste, dass er es ausgerechnet heute nicht tun sollte. Der Kuss dauerte zu lang und war zu lieblich, um bei klarem Verstand zu bleiben. Irgendwie gelang es ihm, doch noch ein wenig Vernunft aufzutreiben, um ihren verführerischen Lippen zu widerstehen und aufzuhören.

Als er sich aus der Umarmung lösen wollte, schlang sie ihre Arme um seinen Hals. »Ich weiß, was Sie denken«, sagte sie und ihr Atem kitzelte seinen Hals. »Dass Sie mich durch Taten stärker beleidigen, als er es mit Worten getan hat. Aber es ist nicht dasselbe.«

»Es ist sich ähnlicher, als Sie denken. Begierde ist Begierde, ganz egal, auf welche Weise das Objekt dieser Begierde angestrebt wird.«

Sie lachte unbeschwert, melodisch. Nun lag keine Traurigkeit mehr darin. Ihr Gesicht blieb nur wenige Zentimeter von seinem entfernt, und fast berührten sich ihre Nasen. Seine Arme umfingen sie erneut, er konnte nicht anders, wenn er ihre blauen Augen vor sich sah, die so offen in seine blickten.

»Für mich könnte der Unterschied nicht größer sein«, erwiderte sie. »Er hat mich so weit gebracht, mich dumm zu fühlen, als ob ich seine Beleidigungen verdient hätte. Aber bei Ihnen fühle ich mich herrlich lebendig.«

Spielerisch ließ sie eine Fingerspitze über seine Mundwinkel gleiten. Dann führte sie ihn geschickt über seinen Kiefer bis zu seinem Ohr hinauf.

Ihre Mutter hatte sie das sicher gelehrt. Es war leicht, ihre Ausbildung zu vergessen und den Grund, warum Dargent heute hergekommen war, aber diese kleine Geste erinnerte ihn nur zu gut daran.

Sie fühlte sich so gut in seinen Armen an. Warm und weich und so unendlich weiblich. Ein besserer Mann als er würde sich damit begnügen und hoffen, dass es sie ein wenig von ihrem unangenehmen Besucher ablenkte. Doch als ihre Lippen ihn zu einem weiteren Kuss einluden, wusste er, dass er nicht dieser Mann war.

Wieder brach das Feuer der Leidenschaft in ihm aus und wurde von ihr erwidert. Sie öffnete ihre Lippen ein wenig, sodass er auf Entdeckungsreise gehen konnte, und ermutigte ihn dadurch zu weiteren ungestümen Berührungen. Ihre Hände auf seinen Schultern wurden fordernder, dann ergriff sie seine Arme und zog ihn noch näher zu sich, während sich ihr Körper an ihn drängte. Die Zeit verlor an Bedeutung, dann ihre Umgebung, während die Küsse und Bisse und heißen Atemzüge sie immer höher schweben ließen.

Er wollte sie fühlen, spüren. Seine Hand wanderte über ihre Taille und Hüfte und erforschte ihre geschmeidigen Kurven. Schließlich streichelte er die perfekte Rundung ihrer Brust, und sie stieß einen leisen Seufzer aus.

Vor Begierde entflammt strebte er nun danach, sie ebenfalls so hoffnungslos verrückt nach ihm zu machen. Die Sehnsucht nach Vereinigung war seit seiner Jugend nicht mehr so intensiv gewesen. Er schenkte ihr Vergnügen und nahm es sich selbst, immer am Rande der Rücksichtslosigkeit.

Wieder ließ er seine Hand über ihre Brust gleiten, um sie noch mehr spüren zu lassen. Er rieb über die harte Spitze. Sie genoss die Empfindung mit geschlossenen Augen und leicht geöffneten Lippen.

»Wenn er mir die gleichen Gefühle verschaffen würde, könnte ich wohl über den Rest hinwegsehen«, murmelte sie.

Ihre Erwähnung von Dargent ließ ihn wieder ein wenig zu Verstand kommen. »Und wenn es keinen Rest gäbe, sondern nur das hier?«

»Die Leute denken sich um die Lust herum immer irgendeine Geschichte aus. Die Geschichte einer Ehe oder die Geschichte einer Liebe, oder zumindest eine kurze Geschichte über einen Handel.«

»Nicht immer … manchmal ist es auch einfach nicht mehr als das.«

»Sie meinen, wie in diesem Fall?«

Wie in diesem Fall. Nur dass es hier eben *doch* eine Geschichte gab und er nicht mehr so tun konnte, als würde sie nicht existieren. Hier ging es um Dargents Besuch.

Er hörte mit den Liebkosungen auf und umarmte sie fest. Sie versuchte ihn zu küssen, aber er ließ es nicht zu.

»Vergeben Sie mir, Celia. Ich habe Ihre momentane Verletzlichkeit ausgenutzt.«

Er ließ sie los und trat ein paar Schritte zurück. Ihr Anblick, wie sie ihn mit erröteten Wangen anstrahlte, hätte ihn fast dazu gebracht, sie wieder in seine Arme zu schließen.

»Wenn Sie sich eines Tages entscheiden sollten, dass Tugendhaftigkeit keine Tugend ist, hoffe ich, dass Sie es mich als Erstes wissen lassen.« Er wollte gehen, doch ihre funkelnden Augen ließen ihn innehalten. »Und wenn dieser Schuft zurückkehrt oder Sie auf irgendeine Weise erneut beleidigen sollte, müssen Sie es mir sagen.«

10

Celia sah sich in ihrem Pflanzenzimmer um. Die wenigen verbliebenen Exemplare wirkten ganz verloren in den Regalen. Schon bald würden neue Pflanzen eintreffen, aber fürs Erste hatte sie einen Großteil ihrer Arbeit erledigt.

Nach drei sehr hektischen Tagen fehlte ihr nun plötzlich etwas, womit sie sich beschäftigen konnte. Sie ging in die Bibliothek, um Daphne in einem Brief darüber zu unterrichten, wie diese ersten Auslieferungen gelaufen waren. Sie würde ihrer Freundin versichern, dass sich Mr Drummond, den sie um Hilfe gebeten hatte, als höchst umgänglicher und zuverlässiger Angestellter erwiesen hatte.

Während sie über ihre Wortwahl nachdachte, wurde die Stille im Haus immer bedrückender. Als sie sich draußen am Wagen darum gekümmert hatte, dass die Pflanzen ihre kurze Reise heil überstehen würden, hatte Jonathan das Haus verlassen. Sie war darüber recht froh. So musste sie sich zumindest für heute keine Möglichkeiten einfallen lassen, um ihm aus dem Weg zu gehen.

Vielleicht sollte sie ihm ebenfalls einen Brief schreiben.

Lieber Mr Albrighton,

vielen Dank für Ihre Hilfe vor ein paar Tagen. Sie werden sicher verstehen, dass ich nach dem Schrecken über Mr Dargents Besuch nicht ganz ich selbst war. Ich weiß, dass ein welterfahrener Mann wie Sie ein paar Küssen keine große Bedeutung beimessen wird, die in einem Moment äußerster Bedrängnis gewährt wurden. Dennoch verkompliziert das, was geschehen ist, die derzeitige Situation in meinem Heim. Bestimmt fühlen Sie sich nicht mehr wohl hier. Ich kann es vollkommen verstehen, wenn Sie sich nun eine andere Unterkunft suchen möchten. Ich habe sogar Schritte unternommen, um Ihnen dabei zu helfen. Bitte werfen Sie einen Blick auf die Anzeigen in der Zeitung, die diesem Brief beiliegt, besonders auf diejenigen, die ich markiert habe.

Es war befriedigend, sich den Wortlaut dieses Briefes zumindest auszudenken, auch wenn sie ihn niemals schreiben würde. Ihr gefiel, dass er so kultiviert klang. Ganz anders, als sie sich benommen und gefühlt hatte, als sie ihm das letzte Mal begegnet war.

Sobald der Schreck über Anthonys Besuch nachgelassen hatte, war sie über das, was Mr Albrighton gehört und gesehen hatte, und darüber, wie sie sich dann in ihrer Verzweiflung ihm gegenüber benommen hatte, sehr bestürzt gewesen. Sie würde es nie wieder ungeschehen machen können.

Genauso wenig wie die Erinnerung an ihre Verzweiflung, als er ins Haus zurückgekehrt war, nachdem er Anthony hinausgeworfen hatte. Innerlich war sie dabei gestorben. Sie hatte sich geschämt und gefürchtet. Um wieder etwas Fassung zurückzugewinnen, hatte sie Alessandras gesamte Erziehung heranziehen müssen.

Hatte er es bemerkt? War das der Grund gewesen, warum er sich ihr so genähert hatte? Hatte er sie trösten wollen oder lediglich ihre Verwirrung ausgenutzt, wie er gesagt hatte?

Was musste er nun von ihr denken, nachdem sie ihm solche Freiheiten gestattet, diese sogar ermutigt hatte? Und das nach ihrer Bestürzung über Anthonys Angebot.

Manchmal ist es auch einfach nicht mehr als das. So hatte er über diese Leidenschaft gesprochen. Eine weitere Mehrdeutigkeit von einem Mann, der voll davon zu sein schien.

Vielleicht war es für Männer tatsächlich so einfach. Doch Frauen wurde eine Geschichte der Sinnlichkeit diktiert, wenn sie nicht mutig genug waren, ihre eigene zu schreiben. Und sie war davon überzeugt, dass Jonathan Albrighton in ihrer Geschichte niemals vorkommen durfte. Ein Mann in seiner Situation konnte sich nicht mit ihr einlassen, und er wäre niemals ein geeigneter Kandidat für sie, egal, welches Leben sie letztendlich wählen würde.

Abrupt stand sie auf und ging in den hinteren Salon. Sie nahm ihren grauen Mantel vom Haken und zog ihn über. Dann knöpfte sie ihn mit schnellen, entschlossenen Fingern zu.

Sie war mit den Pflanzen fürs Erste fertig und würde sich nicht länger vor Jonathan verstecken, vollkommen egal, was er oder sonst jemand dachte. Sie würde sich auch wegen Anthonys Besuch nicht mehr gedemütigt fühlen.

Stattdessen würde sie den schönen Tag nutzen und im Park spazieren gehen. Und wenn jemand sie bemerkte, mit dem Finger auf sie zeigen und flüstern würde, dass sie die Tochter dieser Northrope-Person war, würde sie das ignorieren und mit hoch erhobenem Kopf weitergehen, wie sie es immer getan hatte.

Der Hyde Park war nicht überlaufen, doch viele Menschen waren mittags hergekommen, um die Sonne und die leichte Brise zu genießen. Celia fand einen Pfahl, um das Pferd daran festzubinden, und wollte gerade zu diesem Zweck hinuntersteigen.

Behandschuhte Finger griffen auf einmal nach dem Zaumzeug ihres Pferdes. »Bitte gestatten Sie mir.«

Der Herr, dem die Hände gehörten, erledigte schnell die Aufgabe und kam dann zurück, um ihr beim Aussteigen zu helfen.

Er war höflich und freundlich zu einer Frau ohne Diener oder Begleitperson. Und doch wusste Celia, dass ihn nicht allein sein gutes Herz dazu bewegt hatte. Während sie hinunterstieg, sah sie das Interesse in seinen Augen.

Hatte er sie erkannt? Vielleicht nicht. Möglicherweise hoffte er einfach, dass sie die Art Frau war, die in einer solchen Situation den Anstand ablegte. Wenn eine Unterhaltung begonnen wurde, wer konnte schon sagen, wohin sie führen würde?

Sie hatte dieses interessierte Funkeln im Blick schon oft gesehen. Selbst während ihrer Zeit bei Daphne hatten Männer ihr diese Art von Aufmerksamkeit geschenkt. Daphne hatte immer gesagt, dass es hauptsächlich daran lag, dass sie hübsch war. Doch heute hatte sie das Gefühl, dass sie tatsächlich mit diesem Mal auf der Stirn geboren war, dessen Existenz sie Anthony gegenüber noch so vehement geleugnet hatte.

Sie wollte keine Gesellschaft, schon gar nicht von dieser Art. Sie dankte dem Mann und ging davon, um den Park allein zu genießen.

Schon bald wirkte die Sonne Wunder bei ihr. Celia spürte, wie sich in den warmen Lichtstrahlen ihre Stimmung verbesserte. Sie folgte dem Weg am See vorbei und sah überall die kleinen grünen Spitzen von Frühlingsblumen aus der Erde schießen. Sie betrachtete die vorbeifahrenden Kutschen und die modische Kleidung der flanierenden Damen.

Das erste Mal seit vielen Tagen mit sich im Reinen, gestattete sie ihren Gedanken, sich Anthonys Besuch zuzuwenden. Nicht den Beleidigungen und seinem unrühmlichen Abgang, sondern dem, was er ihr gesagt hatte und was es für ihre Zukunft bedeutete. Sie dachte immer noch darüber nach, als ein Schatten die Sonne blockierte. Er folgte ihr ein paar Schritte, bis sie aufblickte, um zu sehen, was ihn verursachte.

Ein Mann auf einem großen Pferd sah zu ihr hinunter, während er die Geschwindigkeit des Tieres an ihre anglich.

»Mr Albrighton. Was für ein Zufall, Ihnen hier zu begegnen.«

»Es ist ein ungewöhnlich schöner Tag für die Jahreszeit«, erwiderte er. »Ich dachte mir, ich sollte ihn nicht ungenutzt verstreichen lassen. Anscheinend haben wir beide das Gleiche gedacht.«

»Entweder das, oder Sie sind mir gefolgt.«

»Warum sollte ich das tun?« Er schwang sich vom Pferd und führte es lächelnd auf sie zu.

»Wie ich sehe, streiten Sie es nicht ab, sondern benutzen eine Ihrer Ausflüchte.«

Sie ging weiter. Er folgte ihr. Sie ließ ihn mit einem scharfen Blick und einem tiefen Seufzen wissen, dass sie seine Gesellschaft nicht wollte. Er ignorierte sie.

»Ich bin Ihnen gefolgt«, sagte er. »Ich wusste, dass Sie mir an diesem öffentlichen Platz nicht so gut ausweichen können wie in Ihrem eigenen Haus. Das haben Sie doch getan, oder? Sie sind mir aus dem Weg gegangen?«

»Wenn Sie das glauben, sind Sie noch eingebildeter als ich dachte.«

»Was nicht bedeutet, dass es nicht wahr ist. Ich bin nicht der Einzige, der jemandem ausweicht.«

Sie blieb stehen und drehte sich zu ihm um. »Ja, ich bin Ihnen aus dem Weg gegangen. Ich war an diesem Tag nicht ich selbst. Ihre Gegenwart ist mir seitdem unangenehm. Des Weiteren bin ich hergekommen, um über Dinge nachzudenken, die für mich von größter Wichtigkeit sind, und nicht, um Sie zu unterhalten.«

»Wollen Sie damit sagen, dass Sie bedauern, was zwischen uns geschehen ist? Wenn dem so ist, werde ich das respektieren und mich erneut dafür entschuldigen, dass ich die Situation ausgenutzt habe.«

Sie seufzte über seine Hartnäckigkeit. Er sah sie einfach zu freundlich und ernst an, um eine launige Erwiderung zu verdienen. Ein hübscher Mann, dachte sie, wie sie es immer tat. Aufregend. Die sinnliche Euphorie, die sie durch ihn erfahren hatte, war in diesen letzten drei Tagen niemals ganz aus ihren Gedanken verschwunden, trotz ihrer Verwirrung und Scham. Nun lag sie zwischen ihnen in der Luft, zwar unterdrückt, aber unbestreitbar anwesend.

»Mir wurde beigebracht, dass Bedauern etwas für Narren ist, also ist es das wohl nicht, oder? Aber ich weiß, dass zwischen uns niemals etwa sein kann.«

Er widersprach ihr in diesem letzten Punkt nicht. Natürlich nicht. Sie ging weiter. Einem solchen Mann musste sie es nicht erklären. Er würde jetzt gehen. Vielleicht würde er auch das Haus für immer verlassen. Das wäre am besten.

Dieser Gedanke stimmte sie ein wenig traurig. Sie tadelte sich für diese Reaktion. Was für ein dummes Mädchen sie manchmal immer noch war!

Sie war etwa fünfzig Meter weitergekommen, als sie seine Schritte erneut neben sich hörte. Sein Pferd schnaubte hinter ihnen, während sie im Sonnenlicht weitergingen.

»Über was für wichtige Dinge denken Sie denn nach, wenn nicht über mich?«, fragte er.

»Über meine Zukunft und darüber, wie sorglos ich mit dem Leben von anderen umgegangen bin, für die ich Verantwortung übernommen habe. Ich habe erfahren, dass noch eine weitere Schuld offensteht, die all meine Bemühungen um Unabhängigkeit zerschlagen könnte.«

»Haben Sie sich heimlich davongeschlichen, um zu wetten, Celia? Wenn nicht, bezweifle ich, dass diese Schuld besonders groß sein kann.«

»Ich bin sicher, dass sie mehr beträgt, als ich zurückzahlen könnte. Wie ich erfahren habe, schuldete meine Mutter Anthony Dargent eine hohe Geldsumme, und wenn diese Schuld nicht beglichen wird, werde ich auf jeden Fall das Haus verlieren.«

Celia ging weiter und zog sich in ihre Gedanken über diese neu entdeckte Schuld zurück. Trotz ihrer Behauptung, seine Gegenwart sei ihr nun unangenehm, schien sie sich jetzt gerade durch ihn nicht unbehaglich zu fühlen. Darüber war Jonathan froh.

Ich weiß, dass zwischen uns niemals etwa sein kann. Er war sich ziemlich sicher, dass er wusste, was sie damit meinte. Die Erziehung ihrer Mutter hatte sie gelehrt, die Welt in dieser Hinsicht ohne Illusionen zu betrachten. Es war ihm wohl nachzusehen, dass er sich wünschte, sie wäre weniger vernünftig.

Der Weg teilte sich vor ihnen. Sie wählte den einsameren Pfad. Er wartete ab, ob ihm Celia nun, wo sie ein wenig mehr Privatsphäre hatten, noch mehr über diese Schuld anvertrauen würde.

»Als sich mein Jahr in London bei meiner Mutter dem Ende zuneigte, bemühte sie sich, alles für meinen ersten Gönner zu arrangieren. Vielleicht wissen Sie davon«, sagte sie, als würde sie seine Frage beantworten, auch wenn er gar keine gestellt hatte.

Er wusste davon. Alle jungen Männer der besseren Gesellschaft hatten davon gewusst und auch viele, die sich, wie er selbst, an ihrem Rande befanden. Edward hatte ganz treffend bemerkt, dass Alessandra der Stadt monatelang mit Celias bevorstehendem Debüt den Mund wässrig gemacht hatte.

Alessandra hatte gespürt, dass Jonathan die Sache nicht guthieß, und ihn wegen seiner Skrupel aufgezogen. Aber es war ihm wie eine Sünde vorgekommen, ein so junges und unschuldiges Mädchen in diese Art Leben zu schicken. Ihre Mutter hatte ihm erklärt – in Anbetracht der Tatsache, dass sie mit einem jungen Mann über etwas sprach, das ihn nicht das Geringste anging, äußerst geduldig –, dass es gerade ihre Jugend und Unschuld waren, die Celias Triumph sichern würden.

»Ich wusste von ihren Absichten Sie betreffend, ja.«

»Nun, Anthony war der Auserwählte. So begann die furchtbare Unterhaltung mit ihm. Die, bevor ich das Haus meiner Mutter verließ. Er teilte mir damals mit großer Freude mit, dass meine

Mutter ihr Einverständnis gegeben hatte. So musste ich erfahren, dass er gar nicht beabsichtigt hatte, mich zu heiraten.«

Jonathan hatte nicht gewusst, dass Alessandra Dargent ausgewählt hatte. Celias Bemerkung, nachdem Dargent vor ein paar Tagen gegangen war, ergab nun mehr Sinn und nahm weitere Bedeutung auf. Dennoch …

»Reich genug ist er ja, aber ich hätte erwartet, dass sie ein Mitglied des Hochadels für Sie auswählt oder den Erben eines Titels.«

»Das hätte sie bevorzugt, aber sie glaubte fest daran, dass ich mitentscheiden sollte. Sie wusste, dass ich Dargent liebte, also nahm sie sein äußerst großzügiges Angebot an.«

»Wie günstig, dass Sie sich in einen der angemessenen Kandidaten verliebt haben. Ich nehme an, Alessandra hätte Sie nicht mitreden lassen, wenn es ein Mann ohne große Erwartungen gewesen wäre.«

»Alessandra hatte viele Monate Zeit, mir zu erklären, warum jemand ohne Geld nicht infrage käme, ob nun als Liebhaber oder als Gönner.«

Was natürlich ein Grund dafür war, dass zwischen ihnen beiden niemals etwas sein konnte.

»Als Anthony mir vor ein paar Tagen einen Besuch abstattete, erzählte er mir, dass diese Verhandlungen viel weiter gegangen waren, als ich mir vorgestellt hatte. Er behauptete, dass er Alessandra die ersten beiden Jahre meiner Zuwendungen im Voraus bezahlt hätte.«

»Hat sie es ihm zurückgegeben, als Sie gingen?«

»Er sagt Nein.«

»Dann ist das wohl die Schuld, die Ihnen Sorgen macht, nehme ich an.«

Sie nickte. »Ich hätte besser warten sollen, bevor ich mit dem Pflanzengeschäft beginne. Oder Marian und Bella ein Zuhause gebe. Nun verliere ich entweder das Haus, wenn er seinen Anspruch auf Alessandras Besitz geltend macht, oder ich verwickle sie in ein anderes Leben als das, welches ich ihnen versprochen habe. Es wäre sogar ziemlich genau das Gegenteil.«

»Haben Sie sich bereits eingeredet, dass Sie keine andere Wahl haben, als Ihre Schuld abzuarbeiten?«

Er bedauerte seinen scharfen Ton bereits, nachdem die Worte ausgesprochen waren, aber ihre kleine Debatte verärgerte ihn. Er verübelte es ihr, wie sie ihn daran teilhaben ließ, als ob er nichts dazu zu sagen hätte. Das stimmte zwar, aber es bedeutete nicht, dass ihm die Sache gefiel. Er konnte regelrecht hören, wie ihr Verstand abwägte, beurteilte und zu äußerst pragmatischen Entschlüssen kam.

Betroffen blieb sie stehen. »Ich versuche nur herauszufinden, was ich überhaupt für Möglichkeiten habe, die guten und die schlechten.«

Auf keinen Fall würde er zulassen, dass sie sich selbst einredete, sie müsse zu diesem Schuft gehen. »Ich frage mich, ob Sie wirklich die Vor- und Nachteile dessen erkennen, was er ihnen anbietet. Sicherheit, ja. Auch Luxus. Ein besseres Haus und mehr Diener und sogar eine Art Stand in seiner Welt. Sicherlich hat Ihnen Ihre Mutter das alles erklärt.«

»Sie hat kaum etwas anderes getan.«

»Hat sie auch erklärt, was passiert, wenn man die Seide wegreißt und sich darunter nicht mehr verbirgt als die Liebessklavin eines Mannes?«

Wütend starrte sie ihn an. »Ich bin nicht dumm. Alessandra hat auch diesen Teil meiner Erziehung nicht vergessen. Sie hat mich gelehrt, wie man Haltung und sich seine Würde bewahrt.«

Fast hätte er aufgelacht. Natürlich hatte Alessandra nicht allzu genau beschrieben, was geschah, wenn eine solche Situation außer Kontrolle geriet. »Sie haben mich um meinen Rat gebeten.

Also hören Sie mich bitte an, während Sie über Ihre Entscheidung nachdenken. Es wird Männer geben, die Sie zuerst glauben lassen, Sie hätten die Kontrolle, weil sie sich bereits auf das Vergnügen freuen, das sie dabei haben werden, Sie zu brechen. In diesem Bereich gibt es nicht nur Ehrenmänner. Nur damit Sie es wissen.«

»Vielen Dank für die Lektion, Mr Albrighton.« Sie wandte sich um und ging in eine andere Richtung davon.

Mit Leichtigkeit schloss er wieder zu ihr auf. Er ertrug ihr gereiztes Schweigen und sagte sich, dass er nicht um seinetwillen so grob gewesen war, sondern nur, um sie zu schützen.

Und doch war es teilweise auch seinetwillen gewesen. Der Gedanke daran, dass sie zu Dargent gehen würde – und das auch noch freiwillig –, weckte in ihm Mordgelüste gegenüber dem Mann.

Er führte sein nächstes Argument ins Feld, um sie davon abzubringen, sich wegen dieser Schuld zu etwas verpflichtet zu fühlen. Doch bevor er sprechen konnte, begann sich vor ihren Augen ein kleines Drama abzuspielen. Eine Frau, die er wiedererkannte, kam ihnen auf dem Weg entgegen. Sie war groß und dunkelhaarig und trug ein grünes Ensemble mit fellbesetzter Samtpelisse. Begleitet wurde sie von einer schlichter gekleideten Frau, wahrscheinlich einer Zofe.

Als die dunkelhaarige Frau Celia und ihn erblickte, blieb sie stehen. Sofort blickte sie nach rechts und links auf das matschige Gras auf jeder Seite, als ob sie nach einem Fluchtweg suchen würde. Als ihr klar wurde, dass es unklug wäre, die Promenade zu verlassen, richtete sie sich kerzengerade auf und ging mit steinerner Miene weiter.

Auf unschickliche Weise genoss Jonathan es, wie die Frauen sich näherten. Es gelang ihm, einen kurzen Blickkontakt herzustellen, auch wenn die Frau ihr Bestes gab, um genau das zu vermeiden. Als Reaktion starrte sie einfach durch ihn und Celia hindurch. Als sie dann an ihnen vorüberging, warf sie ihren Kopf theatralisch nach hinten und streckte die Nase in die Luft.

Celia errötete zutiefst, doch in ihren Augen erschien ein eisiger Blick. Sie sprach erst wieder, als er sie zu ihrer Kutsche zurückbegleitet hatte.

»Ihr Rat zu meinem Problem ist vermerkt, Mr Albrighton, auch wenn er mir wie eine unnötige Lektion vorgekommen ist, die man vielleicht einem Kind erteilen würde.«

»Es war nicht meine Absicht, zu Ihnen wie zu einem Kind zu sprechen, sondern wie zu einer Frau, die ihre zukünftigen Ein- und Ausgaben kalkuliert.«

»Dann war der Umstand, dass uns diese Dame gerade geschnitten hat, nicht besonders günstig für Ihre Zwecke, da er mich daran erinnert hat, dass ich Kosten zu tragen habe, ohne *irgendetwas* dafür zu bekommen.«

Er half ihr auf den Einspänner, dann schwang er sich auf sein Pferd. »Die Schmähung war nicht gegen Sie gerichtet. Wahrscheinlich hatte sie keine Ahnung, wer Sie sind.«

»Wollen Sie damit sagen, dass sie absichtlich zu Ihnen unhöflich war? Kennen Sie sie?«

»Ich kenne sie nur zu gut. Es ist meine Cousine.«

»Es gibt da etwas, das ich mich frage, Onkel«, sagte Jonathan. »Es könnte meine Suche betreffen.«

Sie saßen in Edwards Bibliothek vor dem Kaminfeuer, das ihre Stiefelsohlen röstete. Edwards Frau hatte sich nach dem Abendessen zurückgezogen, wie sie es immer tat, wenn Jonathan zu Besuch war. Sie konnte es ihrem Mann nicht verwehren, Jonathan zu bewirten, aber ihre Bemühungen gingen nicht über die reinen Förmlichkeiten hinaus, die in ihrem Beisein tatsächlich auch sehr förmlich blieben. Sie hatte wohl vor langer Zeit entschieden, dass es wichtiger war, in Thornridges Gunst zu bleiben als in der ihres Ehemanns.

Jonathan war das ziemlich egal. Die sehr privaten Mahlzeiten interessierten ihn weitaus weniger als die Gespräche danach. Edward war nicht gerade die warmherzige Familie, nach der sich Jonathan als Kind gesehnt hatte, aber er war alles, was er hatte.

»Und was wäre das?«, fragte Edward und schenkte Portwein nach.

»Anthony Dargent. Was weißt du über ihn?«

Edward zuckte mit den Schultern. »Entstammt einer guten Familie aus den Midlands. Er hat jede Menge Geld. Sein Großvater hat sich weitaus mehr in Geschäften versucht, als er jemals zugeben wollte, und hat sich damit die Taschen vollgestopft. Hat mit Wolle und Baumwolle gehandelt. Wahrscheinlich auch mit Sklaven. Dargent ist wohl ungefähr siebentausend im Jahr wert.«

Mehr als genug, um sich eine Mätresse mit Stil zu halten. Alessandras Preis für Celia war eine königliche Summe gewesen, die sich nur wenige junge Männer hätten leisten können. Sie glaubte fest daran, dass ich mitentscheiden sollte, hatte Celia gesagt. Wie praktisch für Alessandra und potenziell günstig für Celia, dass ihr Auserwählter auch tatsächlich den Forderungen ihrer Mutter entsprochen hatte.

Er fragte sich, ob Alessandra vorgehabt hatte, die Zuwendung für sich zu behalten. Wohl eher nicht. Nach der Flucht ihrer Tochter war das Geld wahrscheinlich nach und nach versickert.

»Ist sein Name mit irgendeinem Skandal verbunden?«, fragte er.

»Nicht, dass ich wüsste. Er ist ein gutmütiger Kerl, angemessen langweilig und solide. Er hat die Tochter eines ebenso anständigen wie langweiligen Burschen geehelicht, der wiederum die Schwester eines Viscounts geheiratet hat. So ist Dargent in der Welt wohl ein wenig aufgestiegen.«

»Und sein Vater? War er ebenfalls anständig und langweilig?«

»Eher weniger.« Edward zündete sich eine Zigarre an und sah zu, wie der Rauch davontrieb. »Aber es ist nicht das, was du denkst.«

Jonathan hatte noch gar nichts gedacht. Doch das würde er vor Edward niemals zugeben. »Bist du dir sicher?«

»Sein Vater war sehr religiös. Außergewöhnlich religiös. Die Vorstellung, dass er eine Liaison mit Mrs Northrope gehabt haben soll, ist absurd.«

Darauf wäre Jonathan niemals gekommen. Doch irgendjemand hatte diese Idee wohl gehabt, also wurde sie dadurch automatisch interessant. »Hat er während des Krieges für die Regierung gearbeitet? Der Vater, meine ich.«

»Nicht offiziell. Er hat als junger Mann drei Jahre in Frankreich verbracht und dort als eine Art Missionar französischen Bauern gepredigt, die nicht besonders willig waren zuzuhören. Dafür hatten sie ja bereits ihre eigenen Priester, nicht wahr? Aber er lernte die Lage in bestimmten Provinzen ziemlich gut kennen. Deswegen konsultierte ihn gelegentlich die Armee. Du kennst die Art Fragen: Tritt dieser Fluss im Frühling über die Ufer? Ist diese Linie auf der Karte eine ausreichend breite Straße, um Kanonen darauf zu bewegen?« Er zuckte mit den Schultern. »Nichts Dramatisches.«

Außer dass diese Fragen Hinweise auf potenzielle Heeresbewegungen geben könnten. Um ihre wahren Interessen zu verschleiern, stellte die Armee zwanzig Fragen, um die Antwort auf eine zu bekommen, aber jeder, der sich mit militärischen Entwicklungen auf dem europäischen Festland auskannte, hätte wahrscheinlich herausfinden können, welche Frage die entscheidende war.

Dargents Vater mochte für eine Affäre mit Mrs Northrope vielleicht zu religiös gewesen sein, doch der Sohn ging mit seiner Seele nicht so pingelig um. Vielleicht hatte Alessandra neben

Celias Vorliebe und den beträchtlichen Aussichten des jungen Mannes auch noch einen anderen Grund gehabt, um Celia mit Dargent zusammenzubringen. Möglicherweise hatte sie Celia als zusätzliches Paar Ohren für diese nützlichen Kleinigkeiten im Sinn gehabt, die Männer so ausplaudern, wenn sie äußerst zufrieden waren. Alessandra hatte Celia und Dargent vielleicht auch mit diesem Hintergedanken verkuppeln wollen.

»Ich habe heute Miranda gesehen«, wechselte Jonathan das Thema.

Edwards entspannter Gesichtsausdruck verhärtete sich. »Tatsächlich? Wo?«

»Im Park. Wir wären fast ineinandergelaufen.«

»Hat sie dich gegrüßt?«

»Wenn übertriebenes Ignorieren eine Art Gruß ist, dann ja.«

»Tu nicht so, als würde dich das überraschen oder gar kränken.«

»Das tue ich doch gar nicht. Doch sie kommt selten ohne ihren Bruder nach London. Ist Thornridge in der Stadt?«

Edward nahm einen langen Zug an seiner Zigarre. »Ich glaube ja.«

»Ich will, dass du mir eine Audienz bei ihm verschaffst.«

»Das wäre unklug.«

»Unklug für dich?«

Nun trat Edwards Verärgerung offen zutage. »Für uns beide.«

»Ich bin anderer Meinung. Ich glaube, dass ein persönliches Gespräch mit ihm schon lange überfällig ist. Ich könnte auch direkt bei ihm vorsprechen, denke ich.«

»Er wird dich nicht empfangen.«

»Ich werde ihm einen Grund geben, es doch zu tun. Ich sage ihm einfach, dass ich im Auftrag des Innenministeriums unterwegs bin und alle einflussreichen Regierungsmitarbeiter befrage, die während des Krieges eine gewisse Venus aufgesucht haben. Er war auf jeden Fall ein paarmal dort. Ich habe ihn gesehen.«

Edward seufzte resigniert. »Wenn du das tust, wirst du einen Konflikt heraufbeschwören, bevor es nötig ist, und nichts damit erreichen. Wenn du nur andeutest, dass er illoyal gewesen ist, wirst du ihm einen Grund liefern, um das, was du dir aufgebaut hast, zu zerstören.«

»Gestatte mir, die Risiken selbst einzuschätzen.«

»Einen Dreck werde ich. Du lieferst mich damit schließlich auch ans Messer.«

Jonathan hatte sich immer gefragt, ob Edward vor Thornridge Angst hatte. Er vermutete seit Langem, dass der lockere Umgang seines Onkels mit seinem Bastardneffen nur eine Methode war, um seinen anderen Neffen, den Earl, zu beschützen. Nun stellte er bedauerlicherweise fest, dass er damit recht gehabt hatte. Ob nun aus Angst oder Berechnung, Onkel Edward würde wahrscheinlich niemals auf eine Weise für Jonathan eintreten, die Thornridge verärgern könnte.

Warum sollte er auch?

Edward wirkte erschöpft und wütend. Ein beschwichtigendes Lächeln kündigte einen Themenwechsel an. »Wo wohnst du momentan eigentlich?«

»Ich habe für meine Besuche in der Stadt ein Zimmer gemietet.«

»Höchst unpraktisch, dass du kein richtiges Zuhause hast. Was, wenn ich dich kurzfristig benachrichtigen muss?«

»Dann benutze einfach das übliche Postfach.«

Edward stieß eine große Rauchwolke aus. Jonathan blies seine hinzu. Die beiden Wolken hingen in der Luft über ihnen, dann trieben sie auf unterschiedlichen Luftströmen in entgegengesetzte Richtungen davon.

11

»Ich habe nur gesagt, dass du ziemlich neugierig bist, was Mr Albrighton angeht, Celia. Darüber hinaus habe ich nichts angedeutet«, sagte Daphne. Doch ihr Lächeln verkündete etwas anderes.

»Ich bin nicht seinetwegen neugierig, sondern wegen der Frau, die ihn so grausam geschnitten hat. Und warum sollte ich wegen ihm auch nicht neugierig sein? Wenn ich es *wäre*, was ich nicht bin. Er lebt schließlich unter meinem Dach.«

»Wenn es seine Cousine war, könnte es Lady Chesmont gewesen sein«, sagte Verity. »Sie wäre stolz genug, um so etwas zu tun, ist aber ansonsten eigentlich ganz nett, finde ich. Aber ein wenig langweilig und verheiratet mit einem Viscount, der sich nur durch seinen Titel abhebt.«

Verity hatte Celia vom Haus in der Wells Street abgeholt und auch nicht in den Stallungen auf sie gewartet. Es war zwar eine anonyme Mietkutsche gewesen, die sie die ganze Zeit auch nicht verlassen hatte, dennoch hatte Verity sie bis zur Vordertür vorfahren lassen.

Nun saßen sie in Daphnes Salon in ihrem Haus nahe Cumberworth und genossen das gute Licht, das durch das Fenster hinter dem Sofa drang. Celia konnte bis zum Gewächshaus sehen, wo sich Katherine gerade um ein paar Pflanztöpfe kümmerte.

Katherine war der neueste Zuwachs in Daphnes Haushalt, doch sie hatte sich beim Eintreffen der Gäste zurückgezogen. Sie wusste, dass die Frauen, die dieses Haus verlassen hatten, mit Daphne gelegentlich über alte Zeiten plaudern wollten. Sie war nicht gekränkt, wenn das geschah.

»Was deine Rechtfertigung angeht, neugierig auf ihn zu sein, erinnere ich dich daran, dass ich das Zimmer neben deinem hatte und du auf mich überhaupt nicht neugierig warst«, fügte Verity hinzu.

»So ein Unsinn. Natürlich war ich neugierig. Ich habe nur niemals nachgefragt, weil das ja unsere Abmachung war. Mit Mr Albrighton habe ich keine solche Regel festgelegt, und wenn du mich fragst, gibt es eine Menge Gründe, wegen ihm neugierig zu sein.«

»Wie bei jedem gut aussehenden Mann, nehme ich an«, erwiderte Daphne, um ein wenig Öl ins Feuer zu gießen. Sie kehrte zum Sofa zurück und warf Celia einen äußerst direkten Blick zu.

Celia spürte, wie ihre Wangen unter Daphnes Blick ganz warm wurden. »Es liegt nicht daran, dass er gut aussieht. Er ist mir ein Rätsel. Er ist mit Veritys und mit Audriannas Mann befreundet, und Verity sagt, dass er der uneheliche Sohn eines Earls sei. Und doch scheint er als erwachsene Person auf einmal aus dem Nichts aufgetaucht zu sein, so wenig weiß man über seine Familie und Herkunft. Er ist weder Geschäftsmann, noch scheint er reich zu sein. Ich denke, es ist vollkommen normal, dass ich das alles als ein wenig zu mysteriös empfinde.«

»Wenn du darauf bestehst, bin ich bereit, über Mr Albrighton zu reden«, sagte Daphne. »Doch bevor du weitersprichst: Habe ich schon erwähnt, Verity, dass Mrs Hill letztens ein neues Trifle-Rezept ausprobiert hat? In der Creme war ein Hauch Zitrone.«

»Das klingt köstlich«, erwiderte Verity. »Ich liebe Trifle, ich werde sie nach dem Rezept fragen müssen. Wieso es wohl ›Trifle‹ heißt? Mein Vater hat immer behauptet, der Name käme aus dem Französischen.«

»Wie interessant. Was es wohl bedeuten mag? Ich dachte immer, der Name stammt von dem alten Wort ›trufle‹ ab und bedeutet so etwas wie ›Kleinigkeit‹.«

»Könnten wir zum Thema zurückkommen?«, unterbrach Celia pikiert.

Daphne tat vollkommen unschuldig. »Mir war nicht klar, dass es dazu noch etwas zu sagen gibt, Celia.«

Verity und Daphne grinsten sich an. Dann ergriff Daphne Celias Hand. »Also gut, lass uns zum Thema zurückkommen, dem gut aussehenden, aber irgendwie zu geheimnisvollen Mr Albrighton. Doch abgesehen vom Namen seiner Cousine wirst du hier leider nichts erfahren können. Wir sind genauso unwissend wie du.«

»Glaubst du wirklich? Ich nämlich nicht. Es ist ziemlich auffällig, dass sich eine Person vollkommen aus der Unterhaltung heraushält.«

Celia warf dieser Person einen Blick zu. Daphne und Verity sahen ebenfalls in diese Richtung.

Das stumme Objekt ihrer Aufmerksamkeit setzte sich in ihrem Sessel am Kamin ein wenig aufrechter hin. Lady Sebastian Summerhays riss ihre grünen Augen auf wie ein Kind, das man beim Stehlen von Süßigkeiten erwischt hatte.

»Hat Celia recht, Audrianna? Hast du über Mr Albrighton Informationen von Interesse?«, fragte Verity.

Audriannas blickte von einer ihrer Freundinnen zur nächsten. Ihre Wangen röteten sich. Abwesend strich sie sich über ihr kastanienbraunes Haar, was sie immer tat, wenn sie nervös war.

»Eventuell«, murmelte sie. »Aber ich sollte es dir nicht sagen, Celia. Mr Albrighton könnte ungehalten sein, wenn ich es tue. Sebastian hat so etwas angedeutet.«

»Hat Lord Sebastian dir untersagt, mit uns zu sprechen?«, fragte Verity.

»Das hat er nicht. Er hat nur zum Ausdruck gebracht, dass es besser wäre, wenn ich nicht wiederholen würde, was seine Mutter mir gesagt hat.«

»Er hatte unrecht.« Celia kicherte und lehnte sich zu Audrianna. »Was hat sie gesagt? Hör auf, uns auf die Folter zu spannen, und erzähl es.«

Audrianna widerstand nur noch ein paar Augenblicke länger. »Der Earl of Thornridge hat für seine Ausbildung bezahlt. Das hat Albrighton zugegeben, als er mit Sebastian zusammen zur Schule gegangen ist.«

»Das erklärt zumindest diese Sache«, bemerkte Celia. »Die Familie hat also doch ein wenig Verantwortung übernommen. Damit haben sie anerkannt, dass es keine unbegründete Forderung ist. Und doch war seine Cousine absichtlich unhöflich.«

»Der letzte Earl starb, bevor Mr Albrighton geboren wurde«, erklärte Audrianna, die sich für das Thema langsam erwärmte. »Aber seine Mutter trug ihn bereits in sich, und der letzte Earl wusste das und traf einige Vorkehrungen. Daher die Ausbildung. Wie du sehen kannst, war das aber alles nicht besonders eindeutig. Der Titel ging an den Neffen des Earls, der jede Verbindung zu Jonathan abstreitet.«

»Das muss schlimm für ihn sein«, erwiderte Daphne. »Es war bestimmt schwer zu wissen, dass ein Nicken von jemandem den Verlauf seines ganzen Lebens verändern konnte. Selbst als Bastard würden sich ihm viele Türen öffnen, sollte diese Anerkennung jemals kommen.«

Während ihre Freundinnen darüber spekulierten, welche Türen das sein mochten, dachte Celia über diese neue Information nach.

Es erklärte viel. Warum seine Cousine ihn so grausam geschnitten hatte. Warum er so wurzellos zu sein schien. Die Verweigerung der familiären Anerkennung musste ihm in der Tat übel zusetzen. Sie war davon überzeugt, dass er sie ersehnte, selbst wenn sie ihm keine Türen öffnete. Jeder würde das wollen, ganz egal, um welche Familie es sich handelte. Ein Mensch konnte nicht abgeschnitten von allen Familienbindungen existieren. Es war nicht normal.

»Vielleicht wurde er ja auch auf eine andere Art akzeptiert. Eine Tür hat sich ihm möglicherweise geöffnet«, sagte Verity mit gerunzelter Stirn. »Diese Sache im Norden in der Nähe meines Zuhauses. Er war dort Friedensrichter. Das ist keine Stellung, an die man zufällig gerät, besonders wenn man neu in der Gegend ist. Jemand muss seinen Einfluss genutzt haben, damit es so weit kommen konnte.«

Die Unterhaltung erstarb. Celia fand es höchst seltsam, dass Mr Albrighton eine solche Position innegehabt hatte. Und dass er sie nicht lange behalten hatte, ebenso.

»Vielleicht dachte Sebastian deswegen, dass Mr Albrighton nicht gerne mit mir über seine Familie sprechen würde«, mutmaßte Audrianna. »Seht ihr, wie schnell wir ein Geheimnis entdeckt haben? Wahrscheinlich baut Mr Albrighton darauf, dass sich niemand zu sehr für seine Vergangenheit und seine gegenwärtige Situation interessiert.«

»Vielleicht sollten wir es dann dabei belassen und über andere Dinge sprechen«, schlug Daphne vor. »Audrianna, als du schriebst, dass du dich uns anschließen würdest, hast du Neuigkeiten erwähnt. Bitte verrate uns doch, um was es geht.«

Audrianna errötete und lächelte mädchenhaft. »Ich habe die besten Neuigkeiten. Sebastian und ich erwarten im Frühsommer ein frohes Ereignis.«

In der nachfolgenden Aufregung war Mr Albrighton vollkommen vergessen. Das Gespräch wandte sich Säuglingen, guter Gesundheit und Vorbereitungen für ein Kind zu. Doch obwohl Celia sich beteiligte, beschäftigte sich ein Teil ihrer Gedanken weiter mit dem, was sie gerade erfahren hatte.

Jonathan verbarg die Identität seines Vaters nicht. Er hatte Lord Sebastian und Hawkeswell vor Jahren darüber informiert.

Doch stellte er keinen offiziellen Anspruch. Und das konnte er auch nicht, solange sich seine Familie dagegen sträubte. Er musste diese Situation hassen. Er wäre kein Mensch, wenn er es nicht täte.

War es das, was er in London gerade machte? Sein Vorgehen planen, um endlich diese Anerkennung zu erlangen? Wenn er abends ausging, war es, um die wenigen Türen zu durchschreiten, die sich ihm insgeheim öffneten, während die übrigen geschlossen blieben? Er kam ihr nicht wie ein Mann vor, der diese Situation akzeptieren würde.

Oh ja, er hatte Aussichten, auch wenn es sich nicht um die handelte, die sie angenommen hatte. Er trachtete nicht danach, der Gesellschaft zu gefallen, um den kleinen Vorteil zu behalten, der ihm in die Wiege gelegt worden war. Nein, er war ein Mann, der immer noch hart um diesen Vorteil kämpfte. Er hatte mehr zu gewinnen – und zu verlieren –, als sie gedacht hatte.

Kein Wunder, dass von ihm kein Widerspruch gekommen war, als sie geäußert hatte, es könne niemals etwas zwischen ihnen sein. Momentan war keiner von ihnen für den anderen geeignet. Und wenn sie jemals Alessandras Weg folgte, würde er als Gönner niemals genügen, selbst wenn er alles erreichen würde, auf das er hoffte.

Diese harten Fakten verdüsterten ihr den Tag. Sie grübelte nicht weiter darüber nach, aber das Lachen und der Tratsch mit ihren Freundinnen fühlten sich danach irgendwie hohl an. Es war eine Art Hölle, entschied sie, einen Mann so aufregend und anziehend zu finden, aber auch zu wissen, dass sie niemals etwas mit ihm wagen würde.

Erst als sie am späten Nachmittag in Veritys Kutsche saß und nach London zurückfuhr, ließ die Schwermut genug nach, um zu erkennen, dass ihre Grübelei über Jonathans Herkunft albern war.

Denn die andere Information über ihn und der seltsame Umstand, dass er als Friedensrichter fungiert hatte, waren eigentlich viel wichtiger gewesen. Mr Albrighton mochte nützlicher sein, als sie gedacht hatte. Sie war sicher, dass er ihr helfen würde, wenn sie ihn auf die richtige Art darum bat. Was sie wahrscheinlich nicht tun sollte.

Aber auch wenn niemals etwas zwischen ihnen sein konnte, war ein klein wenig Tändelei bestimmt entschuldbar, wenn es einer guten Sache diente.

12

Der Brief kam morgens zusammen mit seinem warmen Wasser. Die Schrift war klar und weiblich, das Papier ordentlich gefaltet. Es war eine Einladung von Celia. Ob Mr Albrighton Interesse hätte, heute Abend mit Miss Pennifold zu Abend zu essen?

Erwartungsvoll verfasste er eine Zusage und schickte sie zu ihr hinunter.

An diesem Abend zog er sich an, als würde er an einer feinen Gesellschaft in Mayfair teilnehmen. Während er mit großer Sorgfalt sein Halstuch band, fragte er sich, ob sie ihn in einem ihrer Seidenkleider begrüßen würde. Es konnte sich ebenso gut um ein zwangloses Dinner handeln. In diesem Fall würde er ein wenig lächerlich wirken. Doch er riskierte es und baute darauf, dass Celia wusste, wie man Wert auf Etikette legte, wenn diese erforderlich war.

Dieses Abendessen diente natürlich nur einem Zweck. Sie wollte etwas von ihm. Es war ihm sicher nachzusehen, dass er sich stattdessen einen anderen Grund wünschte. Es wäre einfach zu schön, wenn sie zu dem Entschluss gekommen wäre, dass Tugendhaftigkeit keine Tugend war, und sie nun noch mehr verstohlene Küsse wollte.

Er lachte über sich selbst, als er die Vordertreppe hinunterstieg. Als er an Celias Zimmer vorbeikam, blieb er kurz stehen. Durch Wand und Tür drang weibliches Flüstern. Einer spontanen Eingebung folgend klopfte er an.

Drinnen trat Stille ein. Dann öffnete sich die Tür einen Spalt und Bella steckte ihren Kopf heraus.

»Sagen Sie Miss Pennifold, dass ich gekommen bin, um sie zum Abendessen zu geleiten.«

Bella warf einen Blick über ihre Schulter. Schon bald kam Celia durch die schmale Öffnung in Sicht. Bella eilte davon.

»Sie sind ja ein richtiger Kavalier, Mr Albrighton«, sagte Celia. Ihr Haar war kunstvoll frisiert, mit vielen kleinen ineinander verschlungenen Zöpfchen. Sie trug das beigefarbene Satinkleid aus der Truhe, das sie sich angesehen hatte, als er in die Dachbodenkammer gekommen war.

Sie sah atemberaubend aus. Kultiviert, elegant und äußerst weiblich. Sie war gekleidet, um die Aufmerksamkeit eines Mannes zu fesseln.

Nun war er hundertprozentig davon überzeugt, dass sie etwas von ihm wollte.

Genau wie er von ihr. Allerdings bezweifelte er, dass es sich dabei um die gleiche Sache handelte. Verführungsstrategien schossen ihm durch den Kopf, damit sie sich am Ende des Abends doch noch einig waren.

»Bella, mein Tuch bitte.«

Hinter ihr erschien Bellas Hand, die ein venezianisches Schultertuch hielt. Es war cremefarben, mit einem dunkelblauen Blumenmuster. Celia trug keinen Schmuck. Er überlegte, ob er sich leisten könnte, die weiche Haut unter ihrem Hals mit Saphiren zu schmücken, wenn er alles, was er besaß, verkaufen und den Rest seines Lebens in einer Einöde verbringen würde.

Geduldig wartete sie darauf, dass er beiseitetrat. Schließlich besann er sich und bot ihr seinen Arm an.

»Marian kocht, also erwarten Sie keine französische Küche«, sagte sie, während sie die Treppe hinunterstiegen. Der fließende Satinstoff ihres Rockes berührte seine Beine. Es fühlte sich wie ein Streicheln an, auch wenn der Stoff seine Haut nicht direkt berührte.

»Ich bin sicher, dass es viel besser werden wird als meine üblichen Abendessen«, entgegnete er.

»Waren Mahlzeiten ein Teil Ihrer Mietvereinbarungen, die ich vernachlässigt habe? Bitte entschuldigen Sie, wenn dem so sein sollte. Ich wusste es nicht, da ich nie einen Blick auf den Vertrag werfen konnte.« Nachdrücklich zog sie eine Augenbraue in die Höhe.

»Ich werde ihn morgen bei Ihnen vorbeibringen.«

Das Speisezimmer war mit einigen der Pflanzen und Blumen dekoriert worden, die von der letzten Lieferung aus Cumberworth übrig geblieben waren. Die Beleuchtung kam einzig und allein von zwei Kerzenleuchtern zwischen den beiden bereitstehenden Tellern. Celia hatte einige Mühe auf sich genommen, um eine gemütliche und ansprechende Atmosphäre zu zaubern.

Bella und Marian, die saubere Schürzen trugen und sich wie richtige Dienstmädchen verhielten, servierten das Essen. Die Schildkrötensuppe war wahrscheinlich recht gut, doch er bekam nicht viel von dem Geschmack mit. Celia sah in diesem Licht einfach zu schön aus. Es ließ ihre Augen noch größer aussehen, als ob er direkt in ihre Seele blicken könnte, wenn er nur lang genug hinsah.

»Ich habe ein Gerücht über Sie gehört«, sagte sie schließlich, als sie auf den nächsten Gang warteten.

Er war gerade dabei, einen hervorragenden Wein einzugießen, den Celia, wie sie sagte, im Keller gefunden hatte. Er konzentrierte sich auf die rote Flüssigkeit. »Ich bin wohl kaum bemerkenswert genug, um Gerüchte zu verursachen.«

»Es hat etwas mit der Frau im Park zu tun – Ihrer Cousine –, die Sie geschnitten hat. Sie ist die Schwester des Earl of Thornridge, nicht wahr? Lady Chesmont.«

Marian kam mit einem Fisch in einer schmackhaft aussehenden Zitronensauce wieder. Wie es schien, hatte man ein paar

Früchte von dem Bäumchen entfernt, bevor dieses an die Robertsons geliefert worden war.

»Haben Sie mit Summerhays gesprochen? Oder mit Hawkeswell?« Er hatte sie niemals gebeten, seine Verwandtschaft mit Thornridge geheim zu halten, aber irgendwie überraschte es ihn, dass sie es nicht getan hatten. »Mit ihren Gattinnen?«

»Dann ist es also wahr. Es ist sehr grausam von ihnen, Sie nicht anzuerkennen.«

»Ich nehme an, dass sie dafür ihre Gründe haben. Und es ist auch nicht grausam. Höchstens unangenehm.«

Ihr Gesichtsausdruck wurde milder. »Es kam Ihnen doch bestimmt grausam vor, als Sie noch ein Kind waren.«

»Vielleicht. Ich erinnere mich nicht mehr.« Natürlich erinnerte er sich nur allzu gut. Die Ablehnung durch diese Familie war nichts, was man so einfach vergaß.

»Dann wissen sie alle über Sie Bescheid?«

»Oh ja. Das tun sie.« Er sollte es dabei belassen, aber ihre blauen Augen blickten ihn so vertrauensvoll an, und der Wein und ihr Anblick drängten ihn dazu, indiskret zu werden. »Es war nur einmal grausam. Ich war neun Jahre alt. Es ist lange her.«

»Was ist passiert?«

Er antwortete nicht. Sie wartete und sah ihn sehr ernst und interessiert an.

»Meine Mutter brachte mich nach Hollycroft, Thornridges Anwesen. Sie bat darum, mit meinem Cousin zu sprechen, der gerade volljährig geworden war. Er weigerte sich, sie zu empfangen. Wir hatten eine gute Wegstrecke zurückgelegt, und sie wollte seine Zurückweisung nicht akzeptieren. Also setzte sie sich vor seine Tür und erklärte, dass sie dort sitzen bleiben würde, bis er sie empfinge oder sie sterben würde. Ich saß neben ihr.«

Ihr Ausdruck wurde sorgenvoll. »Bitte sagen Sie mir nicht, dass er Sie beide dort hat hungern lassen.«

»Nicht ganz, auch wenn es ihrer bereits angegriffenen Gesundheit bestimmt nicht gutgetan hat. Wir saßen drei Tage und drei Nächte dort. Schließlich gab Thornridge nach. Er erwartete Gäste und wollte sich die Peinlichkeit ersparen.«

»Dann haben Sie ihn also getroffen?«

»Es war das einzige Mal in meinem Leben. Ich erinnere mich nur an wenig. Sie stellte Forderungen, und er war eiskalt. Sie warf ihm Anschuldigungen an den Kopf, während er sie beleidigte. Am Ende willigte er jedoch ein, für meine Ausbildung aufzukommen. Und um sicherzugehen, dass ich keine weiteren Forderungen stellte, gab es dazu noch jahrelang eine kleine Zuwendung.«

Er wandte sich wieder seinem Essen zu, um ihr zu signalisieren, dass es keine weiteren Einzelheiten geben würde. Er erinnerte sich jedoch an mehr Details darüber, was während dieses Treffens zwischen seiner Mutter und seinem Cousin gesagt worden war. Über die Jahre waren ihm immer wieder Sätze seiner Mutter eingefallen, besonders darüber, was sie für Forderungen gestellt hatte. Nein, keine Forderungen. Es waren vielmehr Drohungen.

Celia musterte ihn, während er den Fisch aß. Das, was sie sah, ließ sie die Stirn in Falten legen. »Wovon leben Sie, wenn Sie diese Zuwendung nicht mehr erhalten? Ich sehe keinen Hinweis auf eine Anstellung.«

»Sie wollen ziemlich viel über mich wissen. Gibt es einen Grund dafür?«

»Ich bin nur neugierig. Das ist alles.«

»Weil ich Sie geküsst habe?«

»Weil Sie in meinem Haus leben. Und wegen dieser Sache im Norden und der Tatsache, dass Sie kurzzeitig dort Friedensrichter waren. Das habe ich über Sie gewusst. Ich habe Ihren Namen in einem Zeitungsartikel gelesen, den mir Verity vor ein paar Monaten gezeigt hat.«

Sie hatte also damit begonnen, die Puzzlestücke zusammenzusetzen. Er ignorierte diesen Umstand und wartete ab, um zu sehen, wohin dieses Gespräch führen würde. Es gab ihm einen Vorwand, die Nuancen in ihren Augen und ihrem Gesichtsausdruck zu beobachten und die Art, wie sich das Licht der Kerzen sanft über ihre Haut bewegte.

»Mir wurde klar, dass jemand Wichtiges ein gutes Wort für Sie eingelegt haben musste, um Ihnen diese Position zu verschaffen«, fuhr sie fort. »Ich glaube, Sie haben niemals in dieser Gegend gelebt, also hat man Sie den Ortsansässigen dort besonders empfehlen müssen. Dann erinnerte ich mich daran, wie Sie während des Krieges, als ich bei meiner Mutter wohnte, immer wieder plötzlich verschwanden und unerwartet zurückkamen. Ich habe über all diese Dinge eine Theorie entwickelt.«

Sie lächelte süffisant, und ihre Augen funkelten schelmisch.

»Wenn mir Ihre Theorie Einladungen zu privaten Abendessen einbringt, zu denen Sie Satinkleider tragen, ist es unwahrscheinlich, dass ich sie für falsch erklären werde.«

»Wollen Sie denn nicht mal wissen, wie meine Theorie lautet?«

»Eigentlich nicht. Ich denke, dass Sie sie mir so oder so erläutern werden.«

Zuerst schmollte sie hinreißend über seine Verweigerung, ihr Spiel mitzuspielen. Doch dann erzählte sie ihm ihre Theorie, wie er erwartet hatte.

»Ich denke, dass Sie einer dieser Männer sind, die während des Krieges drüben in Frankreich spioniert haben. Was sagen Sie nun?«

»Ich bin erleichtert, dass mich Ihre Theorie zumindest nicht als Langweiler dastehen lässt.«

»Des Weiteren denke ich, dass Sie von wichtigen Leuten in den Norden geschickt wurden, um herauszufinden, was dort oben vor sich geht. Ich glaube, dass Sie momentan auf einen neuen Auftrag dieser Art warten.«

»Sie verfügen über eine lebhafte Fantasie.«

»Ich habe noch mehr. Ich denke, Sie sind an diese ungewöhnliche Profession geraten, weil jemand anders die Gerüchte vor Jahren ebenfalls mitbekommen hat. Dieser Jemand hat Ihnen diese eine Tür geöffnet, als Ihnen die meisten anderen verschlossen blieben.« Sie legte ihren Kopf schief und warf ihm einen hochmütigen Blick zu. »Was halten Sie nun von meiner Fantasie, Mr Albrighton?«

Marian servierte Geflügel in einer reichhaltigen Sauce. Nachdem sie gegangen war, schenkte Jonathan Celia noch ein Glas Wein ein. »Ich war nur ein paarmal in Frankreich. Die meisten meiner Missionen waren hier in England. Hauptsächlich entlang der Küste. Was den letzten Teil angeht, haben Sie ebenfalls recht. Ein wichtiger Mann hat mir eine Tür geöffnet.« Er hob sein Glas zum Salut.

Sie sah ihn mit erstaunt aufgerissenen Augen an. »Soll das bedeuten, ich habe recht? Ich habe richtig geraten?«

»Das meiste davon.« Sie wirkte so erstaunt, dass er es bereits bedauerte, so offen gewesen zu sein. Eine weiteres Ablenkungsmanöver, und sie hätte das Thema wahrscheinlich gänzlich fallen lassen.

Nur dass er sie eben nicht mehr hatte ablenken oder anlügen wollen, nachdem sie sich so treffend mit dem Thema beschäftigt hatte. Dass sie sich überhaupt darüber Gedanken gemacht hatte, schmeichelte ihm, und vielleicht hatte das bei ihm eigene Türen geöffnet.

Sie sah ihn unverwandt an, ganz offen. Belustigung funkelte in ihrem Blick, doch in ihrem Benehmen lag keine Spur des jungen Mädchens mehr. »Und spionieren Sie jetzt auch gerade? Bei mir?«

Das hatte er nicht erwartet. Verdammt, sie war viel scharfsinniger, als er gedacht hatte. Er verbarg seine Überraschung hinter einem Lachen. »Sie haben mich erwischt. Die Vorsitzenden der nationalen Gartenbaugesellschaften haben den Prinzregenten ersucht, mich herzuschicken, um das Geheimnis Ihrer Pflanzen aufzudecken.«

Sie lachte melodisch. »Es freut mich zu hören, dass Sie momentan mit so unbedeutenden Aufgaben beschäftigt sind. Ich möchte Sie nämlich gerne engagieren.«

Wieder überraschte sie ihn. Durch den Wein und die Schönheit einer Frau hatte er seine Wachsamkeit fallen lassen. Was natürlich genau ihr Plan und der Grund dieses Abendessens gewesen waren.

»Leider muss ich ablehnen, Miss Pennifold.«

»Sie wissen doch noch nicht einmal, was Sie für mich tun sollen.«

Seine Vernarrtheit hielt ihn nicht davon ab zu erkennen, dass ihm Probleme bevorstanden. »Sie können sich meine Dienste nicht leisten. Mein Honorar würde Sie arm machen.«

»So teuer können Sie gar nicht sein. Schließlich wohnen Sie hier. Und nicht in der Park Lane. Sie könnten sich meine Anfrage zumindest anhören, bevor Sie sie ablehnen.«

Schicksalsergeben nickte er. »Vergeben Sie mir. Ich war unhöflich. Sagen Sie mir, was Sie möchten.«

»Es ist ganz einfach. Ich will herausfinden, wer mein Vater ist.«

»Wofür?«

Sie verdrehte die Augen. »Brauche ich dafür einen Grund? Ich will es einfach wissen! Würden Sie es an meiner Stelle nicht wissen wollen? Sie sind ebenfalls ein uneheliches Kind, und selbst Sie kennen Ihren Vater, aber ich tue es nicht.«

»Mein Vater hat mich anerkannt, auch wenn es seine Verwandten nicht tun. Wenn Ihr Vater es vorgezogen hat, Sie nicht anzuerkennen, hatte er wahrscheinlich einen Grund dafür und wird Erkundigungen nicht besonders zu schätzen wissen.«

»Sein Grund wird der gleiche gewesen sein, den alle Leute angeben, die mit mir zu tun haben. Er nahm an, dass ich meiner Mutter nacheifern würde und wollte nicht, dass sein Name damit in Verbindung gebracht wird. Doch falls ich mich gegen ihr Gewerbe entscheide, ändert er vielleicht seine Meinung. Und ich hoffe auch nicht, dass Sie ihn wissen lassen werden, dass Sie ihn ausspionieren, also spielt seine Wertschätzung keine Rolle.«

Falls ich mich dagegen entscheide. Die Frage war also immer noch nicht endgültig entschieden.

»Ich kann keine Information aus der Luft zaubern. Sagen Sie mir, was Sie bereits wissen, und ich entscheide dann, ob es überhaupt eine Aussicht auf Erfolg gibt, falls ich zustimmen sollte.«

»Das ist das Problem. Ich weiß rein gar nichts. Ich hatte gehofft, ein paar Hinweise in ihren Unterlagen und Habseligkeiten zu finden, aber sie hat alles entfernt, was mich zu ihm führen könnte.« Ihre Miene wurde traurig. Ihre gesamte Haltung wurde es. »Ich will doch nur seinen Namen wissen, damit die eine Hälfte von mir nicht mehr diese Leere ist. Es war grausam von ihr, dafür zu sorgen, dass ich ihn niemals sehen würde, nicht einmal von Weitem in einem belebten Park.«

Doch das allein war schon aufschlussreich. Alessandra hätte sich nicht so viel Mühe gegeben, die Identität eines unwichtigen Mannes zu schützen. Und ein bedeutungsloser Mann würde auch nicht über die Macht verfügen, die eine solche Diskretion nötig machte.

Celia betrachtete ihn aufmerksam. Alles Spielerische war aus ihrem Verhalten gewichen, sobald sie mit diesem Thema begonnen hatte. Es war ihr wichtig, den Namen dieses Mannes herauszufinden. Er konnte den Grund dafür verstehen. Sie hatte recht. Jonathan war ebenfalls ein Bastard, aber zumindest kannte er seine Herkunft. Er versuchte sich vorzustellen, wie es ohne dieses Wissen wäre.

Celia war dreiundzwanzig. Ihre Empfängnis musste recht früh in Alessandras Karriere stattgefunden haben. Möglicherweise war ihr Vater dieser französische Emigrant, von dem Edward gesprochen hatte. Oder ein Liebhaber danach, der in seinen Affären diskret sein musste.

Vielleicht fand er den Namen ihres Vaters sogar ganz beiläufig heraus, während er seinen eigentlichen Auftrag ausführte …

Als er nichts mehr sagte, runzelte Celia die Stirn. Entschlossenheit schlich sich in ihren Blick. Langsam erhob sie sich, und das Kerzenlicht wärmte das blasse Beige ihres Kleides. Als sie um den Tisch herumging, warf der Satin fließende Falten.

Sie stellte sich neben seinen Stuhl. Der Geruch von Lavendel umhüllte ihn und der Seidenstoff berührte seine Hand. Sie legte sein Gesicht zwischen ihre weichen Hände und lehnte sich vor, um ihn zu küssen.

Ein freiwilliger Kuss, kunstvoll und gekonnt. Ihre Zunge glitt in seinen Mund und spielte, neckte und erregte. Dies war kein Impuls wie an dem Tag, als Dargent hier aufgetaucht war. Dies war Celia, die gleichzeitig aus Freude und Leid handelte.

Heute Abend gewährte ihm die Tochter von Alessandra Northrope ihre Gunst.

Wenn sie darauf abzielte, ihn wahnsinnig zu machen, funktionierte es hervorragend. Sein Körper reagierte primitiv. Doch das hier war nicht mehr als ein berechnendes Kurtisanenstück, und er würde verdammt sein, wenn er sich damit begnügte.

Er zog sie auf seinen Schoß und in seine Arme. Ihr einstudiertes Gehabe verwandelte sich in überraschtes Staunen. Als er sie zu küssen begann, wollte sie sich sogar noch zurückziehen, doch sobald sein Mund ihre Lippen berührte, schmolz sie dahin. Schließlich legte sie ihren Arm um seinen Nacken.

Sie erwies sich in diesem Kuss als ebenbürtig im Geben und Nehmen und wechselte spielend zwischen Hingabe und Zurückhaltung. Die samtene Geschmeidigkeit ihrer Lippen, die Wärme ihres Körpers in seinen Armen und die Art und Weise, wie sie ihre Hüften instinktiv gegen seinen Schoß drängte und dabei ganz leicht seine Erektion berührte, brachte ihn fast um den Verstand. All seine Gedanken richteten sich darauf, wie sie sich anfühlte, wie sie schmeckte, auf ihre Laute der mädchenhaften Überraschung und ihr schamloses Stöhnen.

Ihr Duft war eine Mischung aus Blumen und Moschus. Ihre Lippen und ihre Zunge folterten ihn und deuteten Sinnesfreuden an, die sie seiner Meinung nach kaum selbst verstand. Ihre Brust, so zart und weiblich unter dem Satinstoff, drängte sich gegen seine Hand, als ob sie sich nach der Berührung sehnte. Ihr Körper bewegte sich auf ihm hin und her, und sie verloren sich beide im Rausch der Leidenschaft. Licht umfing ihn, weiß, rein und unverbraucht. Es erfüllte ihn und ließ ihn die Lust beglückend und vollkommen erleben.

Es gab keine störenden Gedanken mehr. Keine Überlegungen. Sanft berührte er ihre Brust, und sie stöhnte lüstern in seine Halsbeuge. Dieses wunderbar weibliche Geräusch perlte durch den Raum, nahm schnell einen verlangenden und schließlich einen verzweifelten Ton an.

Das Kleid war so entworfen, dass man es schnell ausziehen konnte. Mühelos öffnete er die Haken, die es verschlossen. Während er den Seidenstoff langsam an ihr herunterzog, küsste er sie leidenschaftlich. Das Unterkleid hingegen riss er ihr regelrecht vom Körper.

Er musste die elfenbeinfarbene Haut unter seiner Hand betrachten. Sie tat es ebenfalls, mit leicht geöffneten Lippen und einem funkelnden Blick. Beide sahen zu, wie seine Finger ihre Brust umkreisten. Dabei verschmolzen ihre beiden ungeduldigen

Atemstöße immer mehr. Ein winziges Lächeln verriet ihm, dass auch sie die Neckerei genoss. Ihre Brust hob sich ihm entgegen, um die Berührung zu ermutigen, während sich ihre Hüften nach unten drückten und ihm für einen Augenblick das Gefühl gaben, das Licht würde schwächer werden.

Wieder quälte er sie mit einer flüchtigen Berührung. Sie schloss ihre Augen und seufzte tief. Ihr Gesicht zeigte einen ekstatischen Ausdruck, während er mit ihren Brüsten spielte. Sein Bewusstsein war jetzt nur noch auf diese Lust gerichtet, die ihn hatte anschwellen lassen, auf ihre willige Leidenschaft und auf das, was kommen würde, jetzt gleich, wenn er sie nehmen und sie an sich binden würde, sodass dieses glühende Licht und diese beglückende Leidenschaft nie mehr verloren gehen würden.

Nun begann sie in ihrem Rausch kurzatmig Zustimmung zu flüstern, zu flehen. Er bedachte ihren Hals bis zur Brust hinunter mit Küssen und setzte seine Zunge dabei so teuflisch ein, wie er konnte, damit sie das gleiche primitive Verlangen empfand wie er, die Begierde, die sein ganzes Sein erfüllte.

Das Gefühl war einfach zu himmlisch, trotz des überwältigenden Verlangens. Er sah sich selbst, wie er sie hielt. Der Satin war fort und er spürte ihre Haut an seiner und kostete ihren Geschmack. Seine Liebkosungen folgten seinem inneren Auge, zu ihren Beinen und dem fließenden Satin, dann zu der seidigen Haut darunter. Die Melodie ihrer erstaunten Seufzer wurde schneller und drängte ihn …

Irgendwo in der Ferne waren laute Geräusche zu hören. Goldene Kerzenflammen verschluckten das weiße Licht, bis nicht mehr zurückblieb als tiefe Schatten und ein Tisch. Celias Hand griff nach seinem Arm. Ihre blauen Augen starrten ins Leere und ihr Stöhnen ging in einen tiefen Atemzug über.

Er hörte ein Husten. Eine Frau räusperte sich so laut, dass es die Tür hinter ihm zu erschüttern schien.

Doch sie blieben, wo sie waren, so unbeweglich wie der Raum und die Welt, während die Frau, die ihre Aufmerksamkeit verlangte, langsam in ihr Bewusstsein drang. In ihm tobte eine urwüchsige Wut über die Störung und darüber, dass ihm der Beweis verwehrt bleiben würde.

Celias Ausdruck verriet Ähnliches. Überrascht sah sie auf ihre nackte Brust herunter, als ob ihr Kontrollverlust sie nun bestürzte. Unbeholfen bemühte sie sich, ihren Arm durch das Unterkleid zu stecken. Ihre Wangen waren nun tiefrot, und sie blinzelte heftig, als ob sich die Welt noch nicht wieder richtig gerückt hätte.

Irgendwie gelang es ihnen, Celia wieder anzukleiden. Sie ging zu ihrem Platz zurück. Wie aufs Stichwort öffnete Marian die Tür und servierte einen Kuchen.

Nachdem sie gegangen war, blickte Celia über die Kerzenflammen zu ihm hinüber. Ihr Blick machte ihm klar, dass sie sich vollkommen darüber bewusst war, was sie eben getan hatten. Er erwiderte ihren Blick. Dabei stellte er sie sich von Kopf bis Fuß unbekleidet vor, über diesen Tisch gebeugt, sodass sich ihm ihr hübscher Hintern entgegenreckte.

Celia musste sich eingestehen, dass die Dinge mit Mr Albrighton ein wenig aus dem Ruder gelaufen waren. *Behalte die Kontrolle. Gib nicht zu schnell nach. Werde dir über die Vereinbarung klar, bevor es über ein, zwei Zärtlichkeiten hinausgeht.*

Alessandra drehte sich bestimmt in ihrem Grabe um.

Ihre Tochter vergaß alles, was sie ihr beigebracht hatte. Sie hatte beim Abendessen viel zu schnell nachgegeben und wäre vielleicht sogar noch weitergegangen, wenn Marian nicht so viel Lärm gemacht und sie damit wieder zur Vernunft gebracht hätte.

In der Nacht wartete Celia auf den Mann, der wahrscheinlich vor ihrer Schlafzimmertür auftauchen würde, nachdem alle anderen zu Bett gegangen waren. Sie überlegte, was sie tun sollte, wenn er zu ihr kam. Man konnte es ihm wohl kaum verübeln, wenn er damit rechnete, dass sie ihn nicht abweisen würde.

Sie versuchte, sich nicht vorzustellen, was noch passieren würde, doch während sie in der Dunkelheit lag, war sie aufgeregt und verzaubert. Und ein Teil von ihr hoffte, dass er so kühn sein würde, zu ihr zu kommen. Schmerzhaft sehnten sich ihre Brüste nach ihm und waren sich jeder ihrer Bewegungen überaus bewusst. Ein leichter Film bedeckte ihre Haut. Sie spürte seine Gegenwart im Stockwerk über ihr, wie er überlegte und nach ihr verlangte.

Als klar wurde, dass er nicht mehr kommen würde, trauerte ihr Körper, doch ihr Geist fand ein wenig Erleichterung. So war es natürlich besser. Es gab keine Vereinbarung und kein Arrangement. Und wenn sie ehrlich war und die Sache vernünftig betrachtete, wollte sie auch keines. Er würde ihr niemals ein geeigneter Gönner sein können, sollte sie sich dazu entschließen, einen zu akzeptieren. Bei solchen Entscheidungen musste man praktisch sein und an die Zukunft denken.

Und doch – es war herrlich gewesen, überirdisch. Und sie hatte weder lange nach der Lust in sich suchen oder den Mann aus ihren Gedanken verbannen müssen, um sie zu finden. Er hatte sie völlig natürlich in ihr geweckt, und sie hatte keine andere Wahl gehabt, als sich dem Gefühl hinzugeben. Die Empfindungen hatten sie gelockt und überwältigt, und allein die Erinnerung an seinen Blick, während sie den Kuchen verspeist hatte, ließ sie erneut ganz heiß und feucht werden.

13

Jonathan sprach an Castlefords Tür vor. Der Herzog hatte ihm gesagt, er könne jederzeit vorbeikommen, und nun würde er herausfinden, ob er das tatsächlich konnte.

Er hatte darauf geachtet, dass kein Dienstag war. Er wollte nicht, dass Castleford für eine Unterhaltung zu beschäftigt war. Und er wollte ihn auch nicht zu nüchtern vorfinden, um gesprächig zu sein.

Das Ritual mit den livrierten Dienern begann aufs Neue. Dieses Mal trug der Anführer seine Karte auf einem Silbertablett davon und ließ ihn in dem angenehmen Zimmer mit den Fenstern warten, in dem sie das letzte Mal Karten gespielt hatten.

Abgesehen von den Gemälden an der Wand war er völlig allein und hatte nichts, um sich zu beschäftigen. Seine Gedanken wandten sich Celia zu. Bisher hatte er das vermieden. Genau aus diesem Grund hatte er sich selbst den ganzen Morgen auf Trab gehalten.

Und damit ließen sich auch die weniger angenehmen Gedanken an das gestrige Abendessen nicht mehr fernhalten. Genauso wenig wie Erinnerungen an ihre begeisterte Hingabe an die Lust. Doch die Wahrheit lautete, dass er nicht einmal wusste, warum er es getan hatte. Er fand sie zwar wunderschön und ihre ungewöhnliche Lebensauffassung faszinierend. Doch er hatte kein Interesse an einer Affäre, schon gar nicht an einer, die sie auf einen Pfad brachte, der sie weiteren Männern in die Arme treiben würde.

Er redete sich ein, dass es niemals so weit gekommen wäre, wenn sie ihn nicht geküsst hätte. Doch er wusste, dass er sie dennoch dazu verleitet hätte. In dem Moment, als er sie in diesem Kleid gesehen hatte, war es unvermeidbar gewesen.

Er erinnerte sich, wie eine Hand das Kleid von ihren Schultern gezogen hatte – seine Hand. Das Kleid hatte ihr einfach zu gut gestanden. Als Alessandra es bestellt hatte, war ihr klar gewesen, dass es Celias Schönheit noch verstärken würde.

Celia hatte es *eines der sittsameren Kleider für die Öffentlichkeit* genannt. Sittsam, fast schon spröde. Ohne jegliche Exzesse und mehr als schlicht genug. Und doch war das Kleid wie Wasser über ihren Körper geflossen und hatte ihre Kurven so stark betont, dass man es einfach nicht hatte ignorieren können. Kein Mann konnte sie darin sehen, ohne sie sich nackt vorzustellen, auch wenn das Kleid an sich nicht skandalös war.

Wie Celia selbst verband das Kleid Unschuld und Raffinesse, Anstand und die erfahrenste Sinnlichkeit. Ein Gewand für ein Schulmädchen, aber eines, das durch Alessandras spezielle Schule gegangen war.

»Seine Gnaden wird Sie nun empfangen, Sir.«

Die Aufforderung riss ihn aus seinen Gedanken an Celia und verhieß eine willkommene Ablenkung. Er musste Edwards Auftrag schnell erledigen, so viel stand fest. Es war an der Zeit, London wieder zu verlassen, bevor er dem Impuls folgte, sie zu verführen und erst danach an die Konsequenzen zu denken.

Er folgte der weißen Perücke die Stufen hinauf zu den privaten Gemächern des Herzogs. Dann führte ihn der Diener in ein großes Ankleidezimmer. Dort traf er auf Castleford, der sich überraschenderweise tatsächlich ankleidete.

Zwei Kammerdiener wirbelten um ihn herum. Er stand da wie ein Ritter, dem man seine Rüstung anlegte, und nicht wie ein Adliger, den man in feine Gewänder hüllte. Jonathan nahm auf einem der vielen Sessel Platz und beobachtete das Treiben.

»Schön, dass du vorbeikommst«, murmelte Castleford, während

er sein Kinn in die Luft streckte, damit Kammerdiener Nummer eins den obersten Hemdknopf schließen konnte, ohne den Kragen zu verknittern.

»Du hast mir gesagt, dass ich das tun dürfte, nicht wahr?« Sie waren während des Kartenspiels beim letzten Treffen zu einer vertraulicheren Anrede übergangen, auch wenn es sich für Jonathan immer noch ungewohnt anfühlte.

»Natürlich. Warum auch nicht?«

»Einige Männer erinnern sich nur an nüchterne Äußerungen, wenn sie nüchtern sind.« Was Castleford in diesem Moment nicht war. Er stand zwar einigermaßen gerade da und lallte auch nicht, aber seine Augen waren die eines Mannes, der an diesem Morgen entweder bereits getrunken hatte oder immer noch mit den Folgen der gestrigen Nacht zu kämpfen hatte.

»Ich erinnere mich an alles. Der einzige Unterschied besteht für mich nur darin, ob es mir vollkommen oder nur halb egal ist.«

Der zweite Kammerdiener bot seinem Herrn Reitstiefel an. Castleford signalisierte ihm seine Zustimmung, indem er sich in einen Sessel setzte. Mit flüssigen Bewegungen, die die Anstrengung nicht verrieten, zog der Diener die Stiefel über die wartenden langen Beine.

Der andere Mann kam mit einigen Gehröcken in der Hand auf Castleford zu, doch dieser verscheuchte ihn mit einer Handbewegung und wies beide an zu gehen. Dann streckte er sich aus, legte ein Bein über die Lehne des Sessels, und lächelte Jonathan an wie der Teufel, der die nächste Seele betrachtete, die er zu holen gedachte.

»Du bist zu früh da. Du solltest um zehn kommen. Morgen um zehn wäre gut. Es gibt einen Boxkampf, und danach suchen wir uns ein paar Huren. Ich hoffe, du magst ordinäre Straßenhuren. Ich habe noch nie verstanden, warum manche Männer Hunderte Pfund bezahlen, wenn doch ein Shilling ausreicht.«

»Ich mag sie nicht zu ordinär.«

»Ich schon. Ordinär, wollüstig und amüsant. Und keine traurigen Geschichten darüber, wie sie durch die Armut zur Sünde getrieben wurden. Es gibt jede Menge, die ihr Gewerbe mögen.« Nachdenklich musterte er Jonathan. »Die kleine Katy wäre etwas für dich. Du hast viel Zeit in Frankreich verbracht und dort wahrscheinlich gelernt, deine Zunge richtig einzusetzen. Das gefällt ihr.« Er gähnte und reckte sich. »Also morgen Abend, außer du bist mit deiner derzeitigen Mission beschäftigt.«

Das war das Problem mit einem angetrunkenen Mann. Für ihn war es normal, indiskret zu sein. Auch wenn Jonathan vermutete, dass diese Indiskretion gezielt eingesetzt worden war.

»Der Krieg ist schon lange vorbei. Man macht sich wegen der Küste keine Sorgen mehr.«

»Für Männer mit deinen Fähigkeiten gibt es immer etwas zu tun. Nur dass es dieses Mal nicht das Innenministerium ist, was ich sehr interessant finde.«

»Woher willst du das wissen? Und woher weißt du, ob ich überhaupt an einer Mission arbeite?«

»Ich habe nachgefragt. Sie mögen es nicht besonders, wenn ich das tue. Es bringt so viele Leute durcheinander. Allerdings bekomme ich immer eine Antwort. Man sollte meinen, ich wäre königlicher Abstammung, so sehr bemühen sie sich um mich.«

»Vielleicht befürchten sie, dass du sie umbringen würdest, wenn sie dir nicht antworten.«

»Vielleicht.« Er dachte kurz darüber nach und begann dann zu lachen. »Wahrscheinlich hast du recht. Und ich dachte, es wäre Hochachtung meinem Titel gegenüber.«

»Es ist nützlich, all diese Informationen zu sammeln, die du eigentlich nicht besitzen solltest. Du kennst wahrscheinlich mehr politischen Klatsch als irgendjemand sonst.«

Castleford tat das mit einem Schulterzucken ab. »Es ist amüsanter als das Getratsche in den Salons darüber, wessen idiotische Tochter sich nun wieder hat schwängern lassen.«

»Es kommt mir so vor, als würdest du wissen, in wessen Auftrag ich unterwegs bin, wenn nicht in dem des Innenministeriums. Nicht, dass es einen solchen Auftrag geben würde.«

»Natürlich nicht. Nein, ich weiß nicht, wer dein Auftraggeber ist. Ich habe noch nicht versucht, es herauszufinden. Weißt du, ich habe mich noch nicht entschieden, ob es mir egal ist oder nicht.«

Jonathan hoffte, dass es das nicht war. Wenn Edward ihn nicht im Auftrag des Innenministeriums in Alessandras Vergangenheit herumstochern ließ, wer konnte sonst dahinterstecken? Es missfiel ihm, für jemanden zu arbeiten, dessen Namen er nicht kannte.

»Ich sehe, dass ich zur falschen Zeit gekommen bin«, sagte er. »Bevor ich gehe, würde ich gerne noch wissen, ob du diese nützlichen Informationen, die deine Neugier zusammengetragen hat, anzapfen und mir eine Frage beantworten könntest.«

Castleford sah zur Decke und stöhnte dramatisch. »Du klingst genau wie Summerhays. Er langweilt mich auch immer mit seinen politischen Fragen.«

»Ich verspreche dir, dass es nur eine einzige ist. Weißt du etwas über Anthony Dargents Vater?«

»Dargent? Der Vater hat seine Familie verlassen, um Missionsarbeit zu leisten, nicht wahr? Wahrscheinlich ist der Sohn deswegen zu einem solchen Idioten geworden. War vor ein paar Jahren hinter der Tochter dieser Northrope her. Es gab ein paar, die dachten, er würde sie heiraten, so vernarrt war er in sie. Andere waren wütend, weil er scheinbar zu leichtes Spiel mit ihr hatte.«

»Das war allgemein bekannt?«

»Ich erinnere mich noch gut daran. Alle Männer sabberten der hübschen Jungfrau hinterher. Ich selbst habe nie verstanden, was der Reiz daran sein soll. Aus Erbfolgegründen ist es natürlich angeraten, eine Jungfrau zu heiraten, aber die erste Nacht wird zwangsläufig ziemlich unbeholfen verlaufen.«

»Du warst also nicht interessiert?«

»Verdammt, nein! Auch nicht an der Mutter, obwohl sie tatsächlich das gewisse Etwas hatte. Man konnte sehen, dass sie ihr Gewerbe verstand. Aber wenn ich eine Frau vögeln wollte, die mich zu Gesellschaften und Salons schleift und dafür Diamanten von mir erwartet, könnte ich auch gleich heiraten.«

»Soweit ich gehört habe, denken viele anders darüber. Mrs Northrope war nicht grundlos so bekannt.«

Castleford warf ihm einen unerwartet direkten Blick zu. »Das tust du also. Die Indiskretion eines anderen verschleiern. Nur dass es so klingt, als wüsstest du nicht einmal genau, wessen Indiskretion, und das ergibt keinen Sinn.«

»Richtig, das tut es nicht, und das sollte dir sagen, dass diese Idee lächerlich ist.«

»Das ist sie in der Tat, aber das bedeutet nicht, dass ich falsch liege. Was die vielen anderen angeht, die du mir so geschickt ins Gedächtnis gerufen hast, nehme ich an, dass sie alle einen Titel hatten oder aus adligen Familien stammten. Es hieß, sie sei in dieser Hinsicht sehr streng und würde nur Männer aus bestem Hause akzeptieren.«

»Das lässt immer noch eine Menge Personen auf ihrer Liste stehen.«

»In der Schlange stehen, meinst du wohl. Und einige davon hatten schon etwas mit der Mutter, als du und ich noch kleine Jungen waren. Wenn sie nicht tatsächlich Buch darüber geführt hat, machst du dir vergebliche Mühe.«

Vielleicht nicht, da es bei diesem Auftrag darum ging sicherzustellen, dass es keine Liste gab. Jonathan hatte allerdings seine eigenen Gründe, um sich die Existenz einer solchen zu wünschen.

»Wenn Mrs Northropes Kunden dein Grund für diesen Besuch waren, tut es mir leid, dass ich dir nicht weiterhelfen konnte.« Castlefords Tonfall fehlte der Sarkasmus, den Jonathan erwartet hätte. Also preschte er noch weiter vor, wo er vielleicht hätte zurückrudern sollen.

»Das war reine Neugier, provoziert durch ein paar zufällige Begegnungen. Eigentlich wollte ich dich um einen Gefallen bitten.«

»Natürlich.« Sein Blick zeigte eine Mischung aus Neugier und Resignation. »Der Preis dafür ist der morgige Abend.«

»Aber nur Boxkampf und Alkohol. Die Straßenhuren lasse ich aus.«

Castleford seufzte. »Es ist nicht so, als wäre ihre Vulgarität ansteckend, Albrighton. Schlimm genug, dass man ein Herzog sein muss, bevor man seinen Neigungen frei nachgehen kann.«

»Es ist nicht ihre Vulgarität, mit der ich mich anzustecken fürchte.«

Das erwischte Castleford auf kaltem Fuß. Doch der Moment der Nüchternheit ging schnell vorüber. »Was ist das für ein Gefallen? Ist es etwas Amüsantes oder eine lästige Aufgabe?«

»Ich möchte, dass du mir eine Audienz bei Thornridge verschaffst. Mehr nicht.«

In Castlefords Augen zeigte sich zuerst Überraschung, dann Belustigung. »Du willst ihn also endlich konfrontieren?«

»Ich möchte mich lediglich mit ihm unterhalten.«

Castleford schwang seine Beine wieder auf den Boden und warf Jonathan einen langen Blick zu. Jonathan bekam das Gefühl, dass der Herzog sich gerade entschied, dass seine ursprüngliche Herablassung gegenüber dem Bastard letztendlich doch angemessen gewesen war.

»Unterhalten. Natürlich.« Er grinste. »Was für ein Spaß. Ich werde mir etwas ausdenken, um ihn einzufangen, aber nur, wenn ich dabei sein darf, wenn du mit ihm sprichst.«

Am nächsten Tag verließ Celia schon früh das Haus. Morgen würden weitere Pflanzen geliefert werden, also wollte sie diesen Tag für sich nutzen. Sie nahm ihr Cabriolet und fuhr in die Innenstadt. Dort sprach sie bei Mr Mappleton vor, der ihr geschrieben und sie um diesen Besuch gebeten hatte.

Es gab einige Dokumente über den Nachlass ihrer Mutter, die ihre Unterschrift erforderten. Nachdem sie diese Formalitäten erledigt hatte, erkundigte sie sich nach dem Stand der Schulden.

»Ich freue mich, Ihnen sagen zu können, dass sie alle abgedeckt sind«, versicherte Mr Mappleton.

»Sind keine neuen aufgetaucht? Und es gibt auch keinen Hinweis in ihren Aufzeichnungen auf andere ausstehende Schulden?«

»Darüber habe ich keine Kenntnis. Wie Sie wissen, konnte ich keine Geschäftsbücher finden. Es ist wohl möglich, dass sie einfach alles im Kopf behalten hat.« Auf seinen Wangen erschienen rötliche Flecken. »Das wäre diskreter gewesen.«

»Woher wussten Sie von den Schulden, die jetzt beglichen worden sind?«

»Die Gläubiger und Ladenbesitzer haben mich angeschrieben. Sie präsentierten Schuldscheine. In den meisten Fällen besaß Ihre Mutter ihre eigenen Duplikate davon. Auch wenn sie keine Geschäftsbücher führte, hat sie doch Unterlagen hinterlassen.«

»Aber wenn Ihnen als Nachlassverwalter eine Schuld präsentiert wird, woher wissen Sie dann, dass sie nicht bereits beglichen wurde?«

»Nur ein Dummkopf würde eine Schuld begleichen und keine Quittung darüber aufbewahren.«

Und Alessandra war kein Dummkopf gewesen.

Sie verabschiedete sich. Als sie aus dem Gebäude kam, trat lächelnd ein großer blonder Mann auf sie zu.

Anthony nahm seinen Hut ab und verbeugte sich. »Celia, was für ein glücklicher Zufall.«

Sie sah sich auf der Straße um. Seine Kutsche wartete ein paar Meter vom Haus entfernt.

»Ein Zufall, Anthony? Wohl kaum. Ich glaube viel eher, dass Sie mich heute und vielleicht auch an anderen Tagen haben beschatten lassen. Das kann ich nicht tolerieren.«

»Ich wäre niemals so unhöflich. Ich habe nur zufällig von Mr Mappleton erfahren, dass er Sie für heute erwartet.« Auf seinem Gesicht machte sich das Lächeln breit, das sie einst als warmherzig empfunden hatte. »Ich habe daran gedacht, Sie erneut in der Wells Street zu besuchen, aber nach der Störung letztes Mal … Ich muss mit Ihnen sprechen, Celia. Und ich wollte Ihnen etwas zeigen.«

»Es sieht nach Regen aus, Anthony. Ich muss wirklich schnell wieder nach …«

»Ich will Ihnen den kleinen Vertrag zeigen, den Ihre Mutter mit mir geschlossen hat. Ich habe ihn Mappleton bis jetzt noch nicht gegeben oder auf Rückzahlung gedrängt, weil ich fand, dass wir beide erst einmal darüber reden sollten.«

Sie hatte ihren Tag genossen, doch nun war er ruiniert. Sie wollte davongehen, wagte es aber nicht, falls er die Wahrheit sagen sollte.

Er deutete einladend auf seine Kutsche.

»Ich habe meine eigene dabei, vielen Dank. Ich würde es vorziehen, Ihnen zu folgen, damit es keinem von uns beiden Umstände bereitet.«

»Wie Sie wünschen. Ich werde den Kutscher anweisen, langsam zu fahren, damit wir Sie nicht verlieren.«

Die Kutsche blieb nördlich des Grosvenor Square an einer Straße mit hohen Häusern stehen. Celia fuhr hinter ihm an den Straßenrand. Einer von Anthonys Lakaien sprang hinunter und kam, um ihr die Zügel abzunehmen.

»Hier leben Sie also nun?«, fragte sie Anthony, während sie den Kopf in den Nacken legte, um die helle Fassade zu betrachten.

Er lächelte und nickte, dann begleitete er sie zur Tür. Er benutzte einen Schlüssel, um hineinzukommen, was sie seltsam fand.

Sobald die Tür aufschwang, verstand sie es jedoch. Das Haus war leer. Ihre Schritte hallten in den hohen Räumen laut wider.

»Es ist ein schönes Haus, in der besten Gegend. Ihre Frau wird es sehr angemessen finden«, sagte sie.

»Sie macht sich nicht viel aus der Stadt.«

»Dann werden Sie es angemessen finden.«

»Das hoffe ich.«

Sie schlenderte durch die Bibliothek, dann weiter zu einem Zimmer, das einen guten Morgensalon abgeben würde. Es war kein großes Haus, aber ausreichend, um Gäste einzuladen. Man würde keine Bälle abhalten können, doch Abendgesellschaften oder kleinere Veranstaltungen. Die Anordnung der Zimmer erinnerte sie an das Haus ihrer Mutter in der Oxford Street. Es gab in der Nähe des Salons sogar einen Raum, der als Musikzimmer dienen konnte.

Sie spürte, wie Anthony ihre Reaktion beobachtete. Sie blieb vor den Fenstern mit einer guten Aussicht auf einen hübschen Garten stehen.

»Haben Sie es gekauft?«, fragte sie.

»Das habe ich vor.«

»Bitte tun Sie es nicht für mich, sollten Sie das im Sinn haben.«

Er blieb stumm und rührte sich auch nicht. Sie wagte es nicht, ihn anzusehen. Die Atmosphäre im Raum erstarrte auf die unangenehmste Art und Weise, als ob das ganze Haus den Atem anhalten würde.

»Erwarten Sie von mir, dass ich Ihnen hinterherlaufe, Celia? Dann möchte ich Ihnen in Erinnerung rufen, dass ich das bereits getan habe.«

Sie drehte sich zu ihm um. »Ich erwarte rein gar nichts von Ihnen. Ich will nichts von Ihnen. Das habe ich bereits erklärt.«

»Dieses Haus wird auf Ihren Namen eingetragen sein, Celia. Und ich werde Ihnen außerdem eine hübsche Summe Geld übertragen.«

Ihr Blick wanderte zu den Decken und Wänden. Sie wünschte sich, das Angebot wäre nicht so verlockend, doch es war ein sehr schönes Haus, das eine Menge wert war, und sie war eine äußerst praktische Frau. *Immobilien, Juwelen und Geld, Celia. Verlange nur Dinge, die Bestand haben.*

»Warum, Anthony? Sie könnten sich für viel weniger Geld äußerst stilvoll eine Mätresse halten. Ich bin sicher, dass es viele Frauen gibt, die sich glücklich schätzen würden, diese Rolle zu übernehmen.«

Er marschierte mit der ihm eigenen Intensität auf sie zu, sie erstarrte und wich einen Schritt zurück. Er musste ihre Vorsicht bemerkt haben, denn sie hielt ihn zurück. Er blieb ein paar Schritte von ihr entfernt stehen und betrachtete ihr Gesicht, als müsse er sich jeden Zentimeter einprägen.

»Sie waren meine erste große Leidenschaft, Celia, und sind immer noch meine einzige. Seit Jahren stelle ich mir unsere erste gemeinsame Nacht vor, und die Zeit hat nichts getan, um dieses brennende Verlangen abzukühlen. Eher im Gegenteil. Ich sagte, dass wir für immer zusammen sein würden, und das ist weiterhin meine Hoffnung und Absicht – Ihr erster Liebhaber zu sein. Und Ihr einziger.«

Wieder diese hübschen Worte. Sie hörte jedes einzelne und viele weitere, die nicht ausgesprochen wurden, aber viel weniger liebevoll waren. »Und wenn Sie nicht mein erster Liebhaber wären?«

Er reagierte genauso, wie sie es sich gedacht hatte. Er bemühte sich vergeblich, die Wut in seinem Gesichtsausdruck zu verbergen. Der Erste und Einzige zu sein, schien ihm äußerst wichtig zu sein.

Mama hatte ihr von solchen Männern erzählt. Um genau zu sein, hatte Mama auf den Eifer genau dieser Männer gezählt, als es darum gegangen war, ihre Tochter an den Meistbietenden zu verhökern. Nur dass dieser hier offenbar ziemlich fanatisch geworden war, was ihre Jungfräulichkeit anging. Und das war kein gutes Omen für die Zukunft, was die Art und Weise anging, wie er sie nach ihrer ersten Nacht behandeln würde.

»Wollen Sie damit sagen, dass es einen anderen gegeben hat?« Seine Stimme klang gefährlicher, als durch schlichte Wut erklärt werden konnte. »Ich habe Sie das bereits in Ihrem Haus gefragt, doch Sie sind einer Antwort ausgewichen.«

»Genau wie ich ihr jetzt ausweichen werde. Spielt das wirklich eine Rolle, Anthony? Als Sie mich besucht haben, sprachen Sie von Liebe. Wenn ich Ihre einzige, wahre Leidenschaft bin, ist das doch sicher ein unbedeutendes Detail.«

Er presste die Lippen aufeinander. »Ich habe ein Recht darauf, es zu erfahren.«

»Nein, das haben Sie nicht, weil ich mich weder von diesem Haus noch von einer Geldzahlung überreden lassen werde.« Sie hätte das natürlich gleich zu Beginn sagen sollen. Aber es war wirklich ein sehr schönes Haus, und angesichts seiner Begeisterung hätte sie eine äußerst ansehnliche Summe aushandeln können. Man musste diese Dinge zumindest kurz durchdenken, bevor man sie ablehnte. Das hatte sie ihrer Mutter versprochen.

Doch er sah es offensichtlich anders. Mit vor Kränkung und Wut hochrotem Gesicht griff er in seinen Mantel und zog ein gefaltetes Blatt Papier heraus. Mit einer schnellen Handbewegung hatte er es auseinandergefaltet und reichte es ihr.

»Sie sind dafür natürlich nicht verantwortlich. Doch Ihre Mutter war es, was sich auf ihren Nachlass auswirkt.«

Sie nahm das Blatt Papier und betrachtete die kunstvolle Handschrift. Bei den Worten, die sie lesen musste, wurde ihr schlecht, und innerlich verfluchte sie die Gedankenlosigkeit ihrer Mutter.

Es war kein Kaufvertrag. Dafür war Anthony zu raffiniert gewesen. Stattdessen hatte es die Form eines Kredits an Alessandra angenommen, über achthundert Pfund, in barer Münze oder Naturalien zurückzuzahlen. Mit »Naturalien« war zweifellos Celias Gunst gemeint.

»Offenbar sind Sie sich nicht zu schade dafür, mir Ihren Willen aufzuzwingen, Anthony.«

»Das hat nichts mit Ihnen zu tun. Ich werde zu Mappleton gehen und es durch den Nachlass regeln lassen.«

Sie stellte sich vor, wie es sein würde, Marian und Bella erklären zu müssen, dass das Haus verloren war. Marian würde überleben und auf die Straßen, die sie so gut kannte, und vielleicht auch zur Prostitution zurückkehren. Und Bella – Celia nahm an, dass sie beide bei Daphne unterkommen konnten. Zwei obdachlose, hilflose Frauen, die bei The Rarest Blooms um eine Zuflucht baten.

Sie war dort glücklich gewesen und konnte es wahrscheinlich wieder sein. Sie sollte Anthony sagen, dass es ihr egal sei, was er tat. Sie sollte ihm sagen, dass er erst zu Mappleton und dann zur Hölle fahren solle.

Sie betrachtete das Blatt in ihrer Hand, dann den feinen Stuck an der Decke. Sie stellte sich vor, wie die Jahre in Daphnes Haus verfliegen würden, während andere Frauen kamen und gingen, sie jedoch blieb, erstarrt wie ein Insekt im Bernstein.

»Ich muss darüber nachdenken, Anthony. Gewähren Sie mir bitte eine Woche, um das zu tun.«

14

Jonathan blätterte die letzte Seite des Magazins um, das er las. Sobald er das getan hatte, rückten die Schatten wieder näher.

Er zweifelte nicht daran, dass Castleford einen Weg finden würde, um ihn und Thornridge zusammenzubringen. Onkel Edward würde wütend sein, aber es war an der Zeit, diese Angelegenheit ein für alle Mal zu klären.

Die Aussicht auf dieses Treffen rief immer wieder Erinnerungen an seine letzte Begegnung mit dem Earl wach. Er war hungrig, erschöpft und bis auf die Knochen durchgefroren gewesen, bevor sein Cousin endlich eingewilligt hatte, Jonathans Mutter zu empfangen.

Thornridge hatte sich in einer riesigen Bibliothek die Forderungen und Drohungen von Jonathans Mutter angehört und dabei mit seiner ernsten Miene und den kalten, finsteren Augen viel älter gewirkt als seine damaligen einundzwanzig Jahre.

Jonathan legte das Magazin beiseite und ging zum Fenster. Einen Großteil des Treffens hatte er heute nur noch bruchstückhaft in Erinnerung. Doch ein paar andere Dinge waren ihm lebhaft im Gedächtnis geblieben. Er erinnerte sich an all die Bücher in der Bibliothek, ihre Rücken wie farbenprächtige Juwelen, Reihe an Reihe davon. Er erinnerte sich, dass der Earl eingewilligt hatte, für die Erziehung aufzukommen, die sein Vorgänger versprochen hatte. Und ebenso erinnerte er sich an einige der Drohungen, die seine Mutter ausgesprochen hatte. Diese hatten erst viele Jahre später für ihn Sinn ergeben.

Nun würde er also eine erneute Audienz bei seinem Cousin

erzwingen. Er hatte noch nicht entschieden, ob er dieses Mal seine eigenen Drohungen aussprechen würde.

Diese Möglichkeit abzuwägen beschäftigte ihn, während er im Licht des Fensters stand. Es lenkte ihn so sehr ab, dass er kaum die Bewegung im Garten bemerkte, bis Celia fast schon am Haus angelangt war. Doch sobald er das tat, verschwanden alle Gedanken an das bevorstehende Treffen mit Thornridge aus seinem Kopf.

Er konnte sie nicht sehen, ohne sie zu begehren. Selbst jetzt, aus dieser Entfernung, ließen ihn die Erinnerungen an ihre unbeschwerte Leidenschaft hart werden. Er war nicht an die unvollendete Sinnlichkeit gewöhnt, die sie miteinander geteilt hatten, und sie trieb ihn in den Wahnsinn.

Sie schien ebenso tief in Gedanken versunken zu sein, wie er es gewesen war, und über eine ebenso schwierige Entscheidung zu grübeln. Er bezweifelte, dass sie sich überhaupt ihrer Umgebung bewusst war, während sie langsam, fast steif, den Weg zum Haus entlangging.

Sie blieb stehen, entfernte ihre Haube, als ob ihre Schleife sie beengen würde. Dann hob sie den Kopf und betrachtete mit einem traurigen Gesichtsausdruck das Haus.

Dann wanderte ihr Blick nach unten. Eine tiefe Verstörtheit ergriff sie. Sie bewegte sich nicht. Sie stand einfach nur da, und anstatt dass das Licht sie fand, schien es so, als würden es die Schatten im Garten tun.

Er beobachtete sie und wartete darauf, dass sie wieder zu sich kam, wartete auf die Lebensfreude, die ihr Gesicht verwandelte, selbst wenn sie nicht lächelte. Doch sie blieb unbewegt und ähnelte ihrer Mutter dabei mehr als jemals zuvor.

Das Haus und der Garten kamen ihr fremd vor, unbekannt. Das Gefühl eines Heims, dass sie hier erfahren hatte, war verschwunden.

Sie gehörte nicht hierher. Ihre Entscheidung, dies zu ihrem Zuhause zu machen und Daphnes Geschäftspartnerin zu werden, war aus Verwirrung, nicht Klarheit entstanden.

Sie war nicht wie Daphne Joyes oder Audrianna. Sie hatten nicht die gleiche Vorgeschichte oder Erziehung genossen. Daphne hatte sich ihre elegante Genügsamkeit über viele Jahre angeeignet. Ihre gute Abstammung erhöhte selbst eine solch schlichte Existenz wie ihre zu etwas Edlem.

Die Tochter von Alessandra Northrope war zu anderen Dingen erzogen worden, mit anderen Absichten und Werten. Sie betrachtete die Proportionen des Hauses. Sie dachte an die leicht abgenutzten Polstermöbel. Ein Jahr lang würde sie sich vielleicht damit zufriedengeben Die Begeisterung über ihre Unabhängigkeit würde sie eine Weile stärken.

Doch sie war für eine andere Art Leben geschult worden, und das Versprechen materieller Dinge hatte stets eine starke Anziehungskraft auf sie ausgeübt. Selbst Schande war eine Art Berühmtheit. Die letzten fünf Jahre hatte sie praktisch nicht mehr existiert. Sie hatte es ertragen, weil es vorübergehend war.

Während sie das Haus betrachtete, fragte sie sich, ob sie nicht besser dran wäre, wenn sie Mamas Plan und Anthony als ihren ersten Gönner endlich akzeptierte. Sie stellte sich vor, wo sie in zehn Jahren sein würde, wie sie in diesem Haus Pflanzen herumschob und sich fragte, ob Mr Albrighton dieses Jahr nach London zurückkehren würde.

Versprich mir, dass du an deine Zukunft denken wirst und daran, und was du durch jede Entscheidung gewinnst oder verlierst. Versprich mir, dass du alles ehrlich abwägen wirst, ohne vorzugeben, jemand anderes als meine Tochter zu sein.

Es war so leicht gewesen, ihrer sterbenden Mutter dieses Versprechen zu geben. Und sie hatte bis jetzt auch gedacht, dass sie es eingehalten hätte. Doch nun, wo sie Gewinn und Verlust so deutlich vor sich sah, wurde ihr klar, dass sie es nicht getan hatte.

»Sie wirken ein wenig verloren, Miss Pennifold.«

Erschrocken drehte sie sich um. Nicht weit von ihr entfernt stand Jonathan. Sie hatte nicht mal gehört, wie er sich ihr genähert hatte.

»Vielleicht bin ich das«, erwiderte sie. »Ein Geistlicher würde sagen, dass meine Gedanken zur schlimmsten Art, verloren zu sein, führen könnten, auch wenn ich glaube, dass er damit falsch läge.«

»Wünschen Sie sich, dass Sie ebenfalls dieser Meinung wären?«

»Es würde meine Entscheidung vielleicht leichter machen.« Sie lächelte, als sie das zugab. Wenn sie glauben könnte, dass Anthony die Verdammung ihrer Seele repräsentierte, würde sie vielleicht nicht an ihrem Weg zweifeln.

Die Wärme in seinen Augen verlockte sie dazu, sich ihm anzuvertrauen. Sie fühlte, wie sich die Worte in ihr anstauten. Er hatte eigentlich kein freundliches Gesicht. Sie würde seine Züge vielleicht sogar als schroff bezeichnen, die nicht wie bei zahlreichen Männern in seinem Alter durch zu viele gesellschaftliche Festgelage verweichlicht worden waren. Es war ein durchaus attraktives Gesicht, zumindest für sie, aber vielleicht zu sehr vom Leben gezeichnet für einen Mann, der nicht älter als dreißig sein konnte.

Doch diese Augen veränderten die allgemeine Wirkung seines Aussehens. Sie sah Freundschaft in ihnen, das Versprechen von Diskretion und aufrichtiges Interesse, als ob ihre nächste Äußerung für ihn das Wichtigste auf der Welt sein würde.

»Ich denke über mein Erbe nach, so, wie ich es meiner Mutter versprochen habe. Es ist höchste Zeit, dass ich das tue. Bevor ich einen Pfad zu weit entlangschreite, sollte ich mir die anderen Wege wenigstens genauer ansehen.«

Sein Blick verfinsterte sich. »Ich hoffe, dass mein unentschuldbares Verhalten nicht der Grund dafür ist.«

»Es ist wohl kaum unentschuldbar. Wir wissen beide, dass ich Ihnen die beste Entschuldigung geliefert habe. Ich verspreche, dass Sie mich nicht auf Abwege geführt haben. Doch Ihre Worte an dem Tag, als Anthony auftauchte, haben mich ein wenig verwirrt.«

»Welche Worte?«

»*Manchmal ist es auch einfach nicht mehr als das*, haben Sie da gesagt. Ich denke, Sie haben damit die Sicht eines Mannes enthüllt. Die Vorliebe eines Mannes. Viele der Gönner meiner Mutter waren wahrscheinlich auch nur auf das Eine aus. Andere hingegen wollten ihre große Liebesgeschichte ausspielen. Aber sie ließ niemals zu, dass es nur das Eine war. Sie bestand auf einer Geschichte, die all diese teuren Geschenke erforderte. Ohne eine wie auch immer geartete Geschichte gewinnt eine Frau gar nichts.«

»Wenn Sie das glauben, sind Sie immer noch unwissend, trotz aller Lektionen Ihrer Mutter.«

Sie fand es charmant, dass ihn ihre Bemerkung offenbar in seiner Männlichkeit gekränkt hatte. »Sie haben keine Ahnung, wie gründlich die Lektionen meiner Mutter waren. Ich nehme an, Sie sprechen von Lust, die eine Frau gewinnt. Aber ich weiß, dass ich keinen Mann brauche, um sie zu erfahren, nicht mehr, als Sie eine Frau dazu benötigen.«

Ihre Andeutung schien ihn ein wenig zu schockieren. Genug, dass sie ein Lachen unterdrücken musste. Doch im nächsten Moment begann ihre Kehle zu brennen. Der Drang zu lachen hatte sich so gut angefühlt, dass sie der Gegensatz zu ihrer sonstigen Stimmung schmerzte.

»Ihre Mutter hat diesen Männern nicht nur Lust geboten. Wenn das alles gewesen wäre, worauf sie aus gewesen wären, hätten sie irgendeiner Frau ein paar Pence zahlen und es hinter sich bringen können.«

»Ah. Also liege ich falsch. Vielleicht brauchten sie die Geschichte sogar noch dringender als meine Mutter.« Sie verzog ihr Gesicht. »Ich weiß nicht genau, ob ich dieses ganze Theater und die Heuchelei will, auch wenn ich wahrscheinlich so leben könnte, wenn es notwendig wäre.« Auf keinen Fall wollte sie Anthonys Plan vom »Ersten und Einzigen«. Was nicht bedeutete, dass sie die Rolle, wenn erforderlich, nicht spielen konnte.

Plötzlich wirkte er sehr förmlich. Die Wärme wurde oberflächlich und sein Blick abwesend. »Wahrscheinlich haben Sie recht. Selbst mit mir wäre es wahrscheinlich mehr als nur das Eine.«

»Mit Ihnen? Meine Güte, machen Sie mir etwa ein Angebot, Mr Albrighton?«

Sie scherzte natürlich, aber er schien es nicht zu verstehen.

»Wenn Sie sich dazu entschlossen haben sollten, Angebote anzunehmen, muss ich Ihnen leider sagen, dass ich Sie mir niemals leisten könnte. Sie werden es so machen, wie Ihre Mutter es Sie gelehrt hat. Auf die schlaue Art und Weise.«

Natürlich würde sie das, aber sie hätte nicht gedacht, dass er es so offen aussprechen würde. Was auch immer zwischen ihnen begonnen hatte, es war noch nicht vorbei. Oder war es das doch? War es jetzt und hier im Garten zu Ende gegangen?

Sie stellte sich vor, wie sie sich für ihren ersten Liebhaber fertig machte. Für Anthony. Sie konnte das. Sie würde sogar Lust dabei empfinden, so wie Alessandra es ihr beigebracht hatte. Doch Begeisterung würde sich nicht einstellen, so wenig wie Freude. Was immer sie fühlte, Anthony würde kein Teil davon sein, sondern nur der Überbringer. Sie stellte sich vor, was ihr Herz und ihre Seele empfinden würden, während sie auf Anthony wartete, und es war das besonnene Kalkül einer äußerst praktisch veranlagten Frau.

Sie schob die langweiligen Überlegungen beiseite und musterte den Mann vor sich. Sein bloßer Anblick ließ ihr Blut singen. Er hatte sie an jenem ersten Abend erregt und tat es seitdem ununterbrochen. Ihre Affäre wäre kurz und voll erdrückender Diskretion gewesen, aber zumindest wäre es vielleicht ein Abenteuer geworden.

Sie ging ein paar Schritte auf Mr Albrighton zu. Auf Jonathan. Auf seine warmen Augen und seine düstere, geheimnisvolle Ausstrahlung. Sie wollte die Distanz zwischen ihnen überbrücken, die er hier im Garten geschaffen hatte, zumindest für einen letzten Moment.

Er sah auf sie hinunter. Sein Gesichtsausdruck wirkte verschlossen, vielleicht sogar zornig. Sehr sanft legte sie ihre Fingerspitzen auf sein Halstuch.

»Leider wird es immer mehr sein«, sagte sie.

Er presste ihre Hand gegen seine Brust. Celia konnte seinen harten Körper und den Pulsschlag darin spüren. Sie hätte ihre Hand jetzt nicht mehr wegziehen können, selbst wenn sie gewollt hätte.

»Es klingt, als ob Sie in Ihrer Entscheidungsfindung schon recht weit gekommen sind. Weit über die Frage hinaus, ob Tugendhaftigkeit eine Tugend ist, Celia.«

Wie immer faszinierte sie die Wärme seines Blickes. Eine Wärme, die in so krassem Gegensatz zu der latenten Gefahr stand, die er ausstrahlen konnte. Es war eine vollkommen andere Welt als die der kalten Zweckmäßigkeiten von Anthony. Reue schnürte ihr die Kehle zu und machte es schwer, zu antworten.

»Ja, sie ist recht weit fortgeschritten.« Weiter, als ihr bis zu diesem Moment klar gewesen war.

»Sie werden also zu diesem Dummkopf gehen?

»Er ist nicht dümmer als viele andere und wird dabei großzügiger sein als die meisten.«

»Den Teufel werden Sie.« Plötzlich tauchte dieses gefährliche Element in ihm auf, diese Dunkelheit.

Sie versuchte, ihre Hand aus seinem Griff zu befreien. Er drückte fester zu, damit es ihr nicht möglich war. Die Wärme seines Körpers ging durch die Berührung auf sie über. Sie konnte die Erregung, die dabei mitschwang, nicht ignorieren.

Sie war geschult worden, diese Dinge zu fühlen, nicht zu verleugnen. Sie sehnte sich nach mehr Kontakt, mehr Lust, und danach, die unbeschwerte Melodie in ihrem Blut zu einer gewaltigen Arie erklingen zu lassen. Bevor sie sich für einen der Wege entschied, wäre es schön gewesen, all die sinnliche Leidenschaft zu erfahren, die nur erreicht werden konnte, wenn man sie wahrhaftig mit seinem Partner teilte.

Nun war er aufgebracht. Die kalte Wut war ihm anzusehen. »Ich will verdammt sein, wenn ich das zulasse.«

»Es ist meine Entscheidung. Sie haben kein Mitspracherecht.«

»Doch, das habe ich.«

Er warf ihr einen finsteren Blick zu, sagte aber nichts weiter. Sie ging auf die Zehenspitzen, um seine Wange zu küssen. Es sollte eine Geste der Freundschaft sein, in Anerkennung dessen, was sie miteinander geteilt hatten.

Er hielt seinen Kopf so, dass sie es nicht konnte. »Ein letzter Kuss, Celia?«

»Ein freundschaftlicher Kuss, Jonathan.« Aber ja, auch ein letzter. Für sich selbst, um sich zu erinnern.

»Ich habe Ihnen gesagt, dass es niemals wieder nur ein weiterer Kuss sein kann. Wofür Sie sich auch entscheiden mögen, dies hat sich nicht geändert.«

Jonathan ging davon. Er ließ sie allein im Garten zurück, trauriger und bestürzter, als sie erwartet hatte.

Viele Männer werden denken, dass es wie bei einer Pferdeauktion abläuft. Du musst ihnen klarmachen, dass du mehr bist als der Preis für den höchsten Bieter, und dass jede Affäre allein deine Entscheidung ist.

Deine Entscheidung. Wie es schien, hatte sie ihre gerade getroffen, zum Guten oder Schlechten, egal, was Jonathan darüber denken mochte. Es war unausweichlich gewesen, sobald sie ihren Platz in der Welt und das Brandzeichen ihrer Geburt akzeptiert hatte. Sobald sie aufgehört hatte, gegen die Regeln der Welt anzukämpfen. Alessandra hatte nie daran gezweifelt, dass ihre Tochter zu dieser Entscheidung kommen würde, wenn sie sich unvoreingenommen mit der Wahrheit beschäftigt hatte.

Sie sollte mit ihrer Entscheidung zufrieden sein und dazu stehen. Sie sollte sich auf die Kleider, den Luxus und die Annehmlichkeiten eines eleganten Hauses freuen und darauf, Marian und Bella und vielleicht auch anderen wie ihnen ein Zuhause bieten zu können.

Doch stattdessen brannte Trauer in ihrem Herzen, und Tränen verschleierten ihre Sicht so sehr, dass sie sich von der Sonne abwenden musste.

Er musste das Haus verlassen. Er konnte an diesem Tag einfach nicht mehr dort bleiben. Er war sich ihrer Gegenwart und jedem kleinen Geräusch, das sie verursachte, viel zu bewusst. Er war davon überzeugt, dass sein Verlangen und seine Wut das ganze Gebäude wie einen unsichtbaren Nebel überzogen hatten. Jede Minute innerhalb dieser Wände war eine Folter.

Er verließ das Haus und besuchte Summerhays. Während der Stunden, die sie miteinander sprachen, hörte er kaum, was dieser sagte. Doch als Ergebnis schlossen sich Summerhays und Hawkeswell ihm an, als er Castleford am Abend zum Boxkampf traf. Der Herzog war nicht besonders erfreut, feststellen zu müssen, dass Jonathan nicht allein gekommen war. »Warum zur Hölle hast du diese beiden Tanten mitgebracht?«

Summerhays lachte.

Hawkeswell hingegen nicht. »Wir werden deinem Spaß schon nicht in die Quere kommen. Du kannst so viel saufen, bis du umfällst, und wir werden dich dabei noch anfeuern.«

»Es wird nicht das Gleiche sein.«

»Wie bitte? Willst du damit sagen, dass die Anwesenheit von halbwegs verantwortungsbewussten Personen deinen totalen Mangel an eben jener Eigenschaft beschämend macht?«

»Nein, aber wenn zwei Engel in Albrightons eines Ohr flüstern, wird er wohl nicht mehr hören können, was ich ihm ins andere flüstere.«

Sie positionierten sich so, dass sie einen guten Blick auf den Kampf hatten. Während sie zwischen den anderen brüllenden Männern standen, gaben sie ihre Wetten bei dem umherstreifenden Buchhalter ab, besorgten sich Getränke und zündeten sich Zigarren an.

Summerhays ließ sein berühmtes Lächeln aufblitzen. »Sind wir denn als deine Schutzengel hier, Albrighton? Deine Einladung war ziemlich drängend, wenn ich mich richtig erinnere.«

»Nicht als Schutzengel. Aber vielleicht als Entschuldigung, damit dieser Abend nicht zu einer Feier wird, die bis zum Morgen anhält.« Er sah zu Castleford, der sich von seiner Verärgerung erholt hatte und gerade damit beschäftigt war, Hawkeswell zu erklären, welcher der beiden Boxer gewinnen würde. »Vielleicht habe ich in der Annahme falschgelegen, dass die Ehe euch vor dem Morgengrauen nach Hause treibt.«

»Nicht immer, aber da wir wissen, was Castleford in den letzten Nachtstunden vorhat, werden wir uns viel früher verabschieden.«

»Ich ebenso. Ich habe es ihm gesagt, aber er ist felsenfest davon überzeugt, dass er mich noch umstimmen wird.«

»Brauchst du uns, um standhaft zu bleiben?«

»Keineswegs.« Aber vielleicht würden sie ihn davon abhalten, so früh zu gehen, dass der Herzog beleidigt war. Er wollte überhaupt nicht hier sein. Ein nicht unwichtiger Teil von ihm war das auch nicht, sondern in seinem Zimmer, wo er sich von der Nähe zu einer Frau foltern ließ, die ihm heute gesagt hatte, dass ihre gemeinsame Leidenschaft nicht in ihre Pläne passte.

Wenn sie gedacht hatte, dass er das einfach akzeptieren und aufgeben würde, hatte sie sich getäuscht.

»Mit Huren kennt er sich wirklich aus, wenn man denn eine haben wollte. Ich wage zu behaupten, dass er ein ganzes Buch darüber schreiben könnte«, sagte Summerhays.

Aber ich will keine von seinen Huren.

Castleford hatte Summerhays' Bemerkung gehört. »Das ist eine hervorragende Idee. Du predigst mir doch immer, dass ich meine Position für das öffentliche Wohl einsetzen soll, Summerhays. Ich denke, du hast gerade einen Geistesblitz gehabt, wie ich das tun kann.«

»So eine Art Stadtführer, aber über Dirnen?«, fragte Hawkeswell.

»Genau, und jetzt brauche ich nur noch einen guten Titel«, erwiderte Castleford. »Etwas poetisch Klingendes.«

»Wenn er zu poetisch ist, wird der durchschnittliche Londonbesucher nicht wissen, worum es in dem Buch geht.«

Castleford dachte darüber nach. »Der Titel kann warten. Der Inhalt hingegen beschäftigt mich schon jetzt brennend. Es hat keinen Sinn, die berühmtesten Kurtisanen aufzulisten, da sich die Männer, die mein Buch kaufen würden, diese ohnehin nicht leisten könnten. Um wirklich nützlich zu sein, dürfen darin nur Frauen aufgeführt sein, die wirklich jeden nehmen, der ein paar Münzen in der Tasche hat.«

Hawkeswell blickte zu Summerhays und Jonathan. »Verdammt, er kommt mir plötzlich fast nüchtern vor. Ich glaube, dass er ernsthaft darüber nachdenkt.«

»Natürlich tue ich das. Ein solches Buch würde der Menschheit einen großen Gefallen erweisen. Ich wünschte, jemand hätte mir so etwas gegeben, als ich in dieser Stadt zum ersten Mal nach Frauen gesucht habe.«

Der Gedanke an sein Buch beschäftigte Castleford den ganzen Boxkampf über. Jonathan fragte sich, ob er sich, während er die Kämpfer anfeuerte, auf die er gewettet hatte, in Wirklichkeit mit den Kapiteln seines Stadtführers beschäftigte. Der Blick des Herzogs wirkte in der Tat nüchterner als zuvor, als ob ein Teil seiner Gedanken auf dieses neue literarische Unterfangen gerichtet blieb.

Jonathans eigene Gedanken beschäftigten sich ebenfalls mit etwas anderem als den Schlägen, die vorne im Ring ausgeteilt wurden. Während die Minuten vergingen, stellte er sich vor, wie die Frauen im Haus ihren üblichen Tätigkeiten nachgingen. Er sah Marian vor sich, die das Abendessen servierte, dann Bella, die den Abwasch machte. Er sah die strahlend schöne Celia, die über allem thronte und die anderen zum Lachen brachte.

Der letzte Kampf endete nach Mitternacht. Castleford bedrängte ihn, an den Spielchen teilzunehmen, die die nächsten Stunden füllen sollten. Er lehnte ab und verabschiedete sich zusammen mit Summerhays und Hawkeswell. Seine Freunde gingen mit einer gewissen Zufriedenheit nach Hause zu ihren Gattinnen. Jonathan hingehen kehrte zu einer Frau zurück, die zu verführen er entschlossen war.

15

Celia legte noch einen Holzscheit ins Kaminfeuer und begann dann damit, die Seidenkleider zusammenzufalten, die auf ihrem Bett lagen. Dieses Mal hatte sie ihre skandalöse Garderobe vollkommen nüchtern untersucht und beim Berühren des Stoffes kein sinnliches Vergnügen empfunden. Stattdessen hatte sie jedes Kleidungsstück auf Beschädigungen überprüft, während sie innerlich die Lektionen ihrer Mutter wiederholt hatte.

Auf dem kleinen Sekretär wartete ein unbeschriebenes Blatt Papier. Daneben stand ein Tintenfass bereit. Sie sammelte ihre Entschlossenheit, ließ die Kleider auf dem Bett zurück und setzte sich an den Sekretär. Es war an der Zeit, Anthony zu schreiben.

Celia verfasste eine einfache Nachricht, in der sie ihn einlud, sie zu besuchen. Dann setzte sie ihren Namen darunter. Sobald er den Brief las, würde er wissen, dass er gewonnen hatte.

Sie sah sich in ihrem Zimmer um. Würde es hier geschehen? Er würde nicht warten wollen. In ihrem Kopf hörte sie die Stimme ihrer Mutter. Nein, nicht hier. Noch nicht. Bevor sie ihm gab, was er wollte, musste das Arrangement getroffen werden. Zuerst musste er das Haus auf ihren Namen erwerben und einrichten. Und wenn es dann endlich dort geschehen war, würde der Vertrag, den ihre Mutter unterschrieben hatte, auf dem Kaminsims darauf warten, verbrannt zu werden.

Sobald alles abgemacht war, gab es kein Zurück mehr. Sie würde andere Briefe schreiben müssen, an Verity und Audrianna und wahrscheinlich auch an Daphne. Möglicherweise würden sie sich immer noch heimlich und sehr diskret mit ihr treffen, sobald sie den Schritt getan hatte. Sie hoffte inständig, dass es so sein würde. Wenn nicht, wären diese vergangenen Freundschaften ein großer Verlust und der wahre Preis für ihre Entscheidung.

Ein seltsamer Schmerz erfüllte ihr Herz. Einer, der zu umfassend war, um sich durch bloße Tränen zu erleichtern. Er saß tief in ihr und würde dort bleiben, während sie in den nächsten Tagen die Tatsache, wer sie war, annehmen und die Illusionen darüber, wer sie zu sein versucht hatte, loslassen musste.

Sie kehrte zum Bett zurück und beendete das Zusammenlegen der Kleider. Während sie das tat, änderte sich die Stille im Haus gerade genug, um ihre Aufmerksamkeit zu erregen. Leise Geräusche von unten drangen zu ihr herauf. Schritte waren zu vernehmen.

Jonathan war zurückgekehrt.

Sie lauschte auf die Geräusche seiner Anwesenheit. Irgendwie trösteten sie Celia, auch wenn sie das nicht tun sollten. Sie schloss ihre Augen und sah ihn, wie er am Morgen wütend im Garten vor ihr gestanden hatte. Dann dachte sie an sein Gesicht, bevor er sie zum ersten Mal geküsst hatte. Dieser Kuss war so betörend gewesen.

Sie schreckte aus ihren Gedanken hoch. Die Schritte folgten nicht dem normalen Weg zum Dachboden hinauf. Sie kamen auf dem Flur in diesem Stockwerk näher. Panik ergriff sie.

Schritte von Stiefeln erklangen vor ihrer Tür. Sie hielten inne. Stille folgte. Kein Klopfen, keine Stimme. Sie spürte ihn durch das Holz. Fühlte die Energie und Intensität, die er ausstrahlte.

Sie wartete. Nichts. Vielleicht hatte er es sich anders überlegt, aus welchem Grund er auch hergekommen war. Während die Zeit verstrich, hielt sie praktisch den Atem an.

Sie ging zur Tür. Um ihre Fassung zurückzugewinnen, atmete sie tief durch, dann machte sie auf.

Dort stand er, mit verschränkten Armen an den Türrahmen gelehnt.

»Wollten Sie die ganze Nacht da stehen?«, fragte sie.
»Ich dachte nicht, dass ich das müsste.«
Er wusste, dass sie ihn hören würde, wenn sie noch wach war. Sie hätte sich gerne eingeredet, dass er aus Rücksicht nicht geklopft oder gerufen hatte, aber er wirkte momentan nicht gerade fürsorglich und liebenswürdig. Ganz im Gegenteil.
»Haben Sie mir etwas zu sagen? Warum sind Sie hier?«
Er trat über die Türschwelle. Instinktiv wich sie zurück. Sie sah sein Gesicht im Schein des Kaminfeuers, als er ihr Zimmer betrat. Er beantwortete ihre Frage mit einem direkten Blick, der keine Worte benötigte. *Du weißt, warum ich hier bin.*
Sein Blick wanderte zu den Kleidern auf dem Bett. Er trat vor und hob eines an. Der weiche Stoff ergoss sich wie ein Wasserfall über das Laken. Das Kleid war in Form und Farbe ein krasser Kontrast zu seiner maskulinen Hand. »Ich dachte, dass es nur zwei dieser Kleider gibt und dass Sie sie an Ihre Freundinnen weitergeben wollten.«
»Es gab noch mehr. Ich habe sie für mich selbst aufgehoben.«
Sein Blick wanderte über ihre Brüste und Hüften ihren Körper hinab, wie der Wasserfall aus Seide, den er hielt. Unwillkürlich berührte sie den Batiststoff des Morgenmantels, den sie trug.
»Ich würde Sie gerne mal in einem davon sehen. Aber nicht heute Nacht.«
Sie sollte ihn fortschicken. Und doch beanspruchte er den Raum so sehr für sich, dass sie die Worte kaum aussprechen konnte. Verity hatte ihn attraktiv genannt. Wenn sie nur wüsste, wie unzulänglich dieses Wort war. Wie in diesem Moment. Er kam ihr gefährlich vor, aber auf eine unwahrscheinlich anziehende Art und Weise. Als Reaktion auf seine männliche Stärke begann ihr verräterisches Herz zu pochen.
Er trat an den Sekretär. Der Brief, der darauf lag, zog seine Aufmerksamkeit auf sich. Sein Kopf neigte sich, während er ihn

las. Dann drehte er sich mit dem Blatt Papier in der Hand zu ihr um.

»Das werden Sie nicht tun. Nicht jetzt. Noch nicht.«

Gütiger Himmel, er war gekommen, um es ihr auszureden. Um sie zu retten.

Sie fand ihre Fassung wieder, ungeachtet der Art, wie er das Zimmer dominierte. Ihr Zimmer. Sie wollte sich ihm gegenüber nicht rechtfertigen müssen, denn schließlich ging es um ihr Leben.

»Wie ich schon heute Nachmittag erklärt habe, werde ich das tun, wozu ich mich entschließe. Sie sind die letzte Person, von der ich erwartet hätte, dass sie mich dafür verurteilen würde. Sie haben sogar selbst ein paarmal behauptet, dass Sie es nicht tun würden.«

»Ich verurteile Sie nicht, Celia, ich sage nur, dass Sie nicht jetzt auf das Angebot dieses Dummkopfs eingehen werden.« Er wedelte mit dem Brief.

»Ich werde nicht gestatten, dass Sie …«

»Nein.« Er warf den Brief ins Kaminfeuer. Sofort fraßen die Flammen die Ränder und begannen, den Rest zu verzehren.

Wütend marschierte sie auf ihn zu. »Eine schöne Geste, aber leider bedeutungslos. Ihre anmaßende Art ist vermessen und Ihre Kritik beleidigend. Ich bin keine Idiotin, die auf eine einfache Methode gestoßen ist, um sich neue Kleider leisten zu können, Jonathan. Ich denke darüber seit mehr als fünf Jahren nach.«

Er blickte angespannt und ernst zu ihr hinab. Seine Augen wirkten warm, unergründlich und voller Intensität, die ihr den Atem stocken ließ. Abrupt zog er sie an sich und hielt ihr Gesicht, so, wie er es im Garten getan hatte. »Ich widerspreche Ihrer Entscheidung nicht, Celia. Ich sage nur, dass es nicht dieser Mann sein wird.«

Er küsste sie, bevor sie antworten oder ihn zurechtweisen konnte. Sie kämpfte hart dagegen an, dass dieser Kuss eine Wirkung auf sie hatte. Ihre Gedanken rasten umher, während zahllose Empfindungen ihren Körper durchströmten. Ein geheimes Bedauern brach aus ihrem Herzen und drohte, ihre Vernunft und den rationalen Entschluss hinwegzuschwemmen.

Wir dürfen nicht! Es wird alles ruinieren. Mich ruinieren, weitaus schlimmer, als Anthony das jemals tun könnte. Hatte sie es ausgesprochen, in den kurzen Momenten, in denen seine Lippen nicht auf ihrem Mund, sondern an ihrem Hals brannten? Sie konnte es nicht sagen. Es wirkte nicht so, als wenn er es gehört hätte. Oder es war ihm egal.

Lass sie immer um Erlaubnis fragen, Celia. Selbst beim ersten Kuss. Dieser Mann würde nicht um Erlaubnis bitten. Das hatte er noch nie.

Seine Umarmung fühlte sich zu gut an. Zu willkommen. Seine Stärke erwies sich einfach als zu aufregend. Sie hatte sich dagegen entschieden, sich dem Verlangen hinzugeben, das sie füreinander empfanden, aber sie konnte ihm doch nicht widerstehen. Sein Feuer begann ihren Willen zu verzehren, genau wie die Flammen das Stück Papier vernichtet hatten.

Fordernd und besitzergreifend streichelte er ihren Körper, ihre Brüste. Er hielt sie so, dass sie sich gegen ihn pressen musste. Seine Küsse forderten, dass sie mit ihm brannte. In ihrem Inneren sang die Lust. Es war keine Melodie, sondern ein primitives Lied, pulsierend und heiß, dessen Rhythmen mit jedem Augenblick schneller wurden.

Sie konnte diesen Puls nicht ignorieren. Sie konnte nicht so tun, als sei sie nicht froh, diese herrliche Leidenschaft erneut zu verspüren. Sie sollte es nicht genießen – dafür gab es viele Gründe –, aber inzwischen war sie so weit, dass sie es nicht mehr aufhalten konnte.

Sie gab den Kampf gegen sich selbst auf. Sie kapitulierte, und als sie das tat, stieg ihr Herz voller Erleichterung und Freude empor. Ja, einmal, nur ein einziges Mal verdiente sie es zu erfahren, wie es sein konnte.

Du musst die Kontrolle behalten. Du musst es würdevoll halten. Doch sie hatte nun keine Würde, keine Selbstbeherrschung mehr. Bei diesem Mann kontrollierte sie gar nichts. Sie hätte ihn irgendwie fortschicken sollen. Sie hätte ihn niemals …

Seine Hände verließen ihren Körper, um ihren Kopf für einen weiteren stürmischen Kuss zu halten. Sie verfiel in eine fiebrige Benommenheit. Ihr entglitten die Gedanken und der letzte Rest von Widerstand. Sie drängte sich immer näher an ihn, um mehr von ihm und von allem zu spüren.

Sie griff nach dem Band in seinen Haaren und löste es, sodass die Strähnen sein Gesicht nun einrahmten, was ihm ein wildes Aussehen verlieh. Ihre Hand glitt über seinen Nacken bis zu seinem Kinn und knüpfte dann sein Halstuch auf. Der Kuss wurde wilder und sie schnappte nach Luft, als er von ihren Lippen abließ und ihren Hals und ihr Dekolleté mit kleinen Bissen in Flammen setzte. Währenddessen fanden seine Hände ihren Körper wieder und liebkosten diesen auf eine Weise, die sich anfühlte, als wäre der Stoff ihres Kleides verschwunden.

Wunderbares Vergnügen. Köstliche Erregung. Die Empfindungen stiegen so sehr an, dass sie gleichzeitig stöhnen, weinen und singen wollte. Ihr Körper und ihr Geist wurden von einem besonderen Hunger ergriffen, und leidenschaftlich erwiderte sie seinen Kuss, damit er nicht zu lange damit wartete, dieses Verlangen zu beantworten.

Ein Sturm der Raserei ergriff beide. Ein Wirbelwind aus Hitze und Härte, die alle Gedanken verschwinden ließen. Als er sie zum Bett schob, frohlockte ihre Begierde triumphierend, und ihr Körper flehte ihn stumm an, sie darauf zu werfen und die schmerzende Leere zu erfüllen, die in ihr pulsierte. Verzweifelt bettelte sie um Erleichterung, so sehr, dass es sie fast wahnsinnig machte.

Stattdessen gab er sie frei, setzte sich auf das Bett und zog seine Stiefel aus. Wankend stand sie da und konnte kaum glauben, dass er nicht ebenso ungeduldig war wie sie.

Er legte seinen Gehrock ab und zog sie an sich. Er war wohl doch nicht so geduldig, wie sie befürchtet hatte. Celia setzte sich rittlings auf seinen Schoß. Sie befanden sich im Auge eines Orkans, auch wenn sich äußerlich nichts verändert hatte. Die Stürme des Verlangens heulten nicht nur in ihr, sondern auch in ihm, das konnte sie spüren. Und doch gab es keinen Grund zur Eile, und seine Geste hatte sie daran erinnert, dass dies Rituale waren, die man genießen konnte.

Also knüpfte sie in Ruhe sein Halstuch weiter auf. Er ließ sie gewähren und streichelte währenddessen ihre Beine. Seine Hände schoben ihren Morgenmantel immer weiter hinauf, bis Haut auf Haut lag. Als sie das Tuch von seinem Hals zog, breitete sich der Stoff zwischen ihnen wie ein Wasserfall aus, und seine Hände liebkosten ihre nackten Beine.

Das lenkte sie genug ab, um sich mit viel weniger Konzentration um seine Weste und das Hemd zu kümmern. Während sie die letzten Knöpfe des Hemdes öffnete, glitten seine Hände die Innenseite ihrer Schenkel hinauf. Jedes Mal, wenn er sich ihrer Scham weiter näherte, stockte ihr der Atem.

Sie zog ihm das Hemd von den Schultern und lehnte sich vor, um eine Reihe von Küssen von seinem Ohr bis zu seinem Oberarm zu platzieren. Dabei ließ sie ihre Zunge hervorschnellen, um den Geschmack seiner Haut zu kosten, dann lehnte sie sich wieder zurück und streichelte seine Brust. Sie entschied, dass es sich um ein besonders schönes Exemplar handelte. Er war schlank und muskulös, als ob er ein sehr aktives Leben führen würde. Und er wirkte viel stärker, als sein Anblick in Kleidung das vermuten ließ. Fasziniert glitt sie mit ihren Fingerspitzen über die Erhebungen.

Er musterte ihr Nachtgewand. »Es wird vorne geschlossen.«
»Das macht es einfacher.«
Seine Hände bewegten sich über ihre Oberschenkel. »Ich bin beschäftigt.«
Er wollte, dass sie es tat. Unbeholfen machte sie sich an die Verschlüsse – sie war viel zu abgelenkt, um es elegant aussehen zu lassen. Eine seltsame Schüchternheit mischte sich in ihre Raserei, die sie eigentlich nicht empfinden sollte. Ihr wurde klar, dass ihr wichtig war, was er dachte und ob er zufrieden war.
Sie zog ihr Nachtgewand auseinander und entblößte damit ihre Brüste. Zwischen ihnen entstand ein Moment innigster Sinnlichkeit, während seine Hände ihre Beine liebkosten und sein Blick den ihren einfing. Sie schmiegte sich enger in seinen Schoß, sodass sie die Beule seiner Erektion auf herrlich qualvolle Weise spüren konnte.
Seine Hände legten sich auf ihren Hintern. »Hoch.«
Sie kniete auf seinem Schoß, nahm sein Gesicht zwischen ihre Hände und küsste ihn mit aller Kunstfertigkeit, die sie aufbringen konnte. Seine Hände machten sich an seiner Kleidung zu schaffen, und als sie sich wieder setzte, war er nackt und ihr Nachtgewand bis zur Taille hochgeschoben. Dieses Mal drängte er seine Härte unmittelbar gegen sie, was ihr nicht nur eine vage Erleichterung, sondern auch heiße Schauer tief in ihr verschaffte.
Zärtlich liebkoste er ihre Brust, so wundervoll, so belebend. Ein Taumel aus Empfindungen baute sich wellenförmig in ihr auf, und jede dieser Wellen war erregender. Weicher Stoff wurde hochgezogen und blendete sie vorübergehend, während er ihr das Nachtgewand auszog. Dann war sie nackt und ergötzte sich an seinem intensiven Blick und muskulösen Körper, fasziniert von seinem Anblick und seinem Duft und zitternd durch das, was er mit ihr anstellte.
Sie konnte fast nicht ertragen, wie sehr er sie erregte, aber

gleichzeitig befürchtete sie, dass es allzu schnell vorbei sein würde. Sie lehnte sich zurück und stützte sich mit ihren Händen auf seinen Knien ab, sodass er ihre Brüste noch konzentrierter streicheln würde. Er tat, was sie von ihm wollte, und jede Liebkosung ließ ihr Innerstes stärker erzittern.

Er begann ihren Bauch mit Küssen zu bedecken. Seine prickelnde Anspannung war praktisch greifbar und erfüllte nicht nur seine Berührungen und seine Küsse, sondern die ganze Atmosphäre im Raum.

Sie trieb in einem sinnlichen Nebel davon und spürte alles so intensiv wie möglich. Dabei fragte sie sich, ob es eine Möglichkeit gab, sich immer so fühlen. Eine zeitlos wirkende Weile vergaß sie sich selbst, während die Lust sie erfüllte und sich seine Hände in besitzergreifender Weise über ihren Körper bewegten, so männlich und fest, dass sie immer mehr und mehr davon wollte.

Flüsternd meldeten sich Alessandras Lektionen zu Wort. Es war nicht richtig, die Lust nur zu empfangen. Sie musste sie auch zurückgeben. Also setzte sie sich wieder aufrecht hin, doch sehr unsicher, zu erregt, um sich über Scham oder Zurückhaltung den Kopf zu zerbrechen. Sie sah ihm direkt in die Augen und erblickte das harte Licht männlichen Verlangens, das so viel potenzielle Gefahr in sich barg.

Sie sah an sich hinunter, dorthin, wo sich ihre Körper trafen, auf seinen Schoß und ihre Scham. Nun bewegte sie sich so weit zurück, dass sie seine Erektion zwischen ihre Hände nehmen konnte. Sie wusste, wie man so etwas tat. Es war sehr leicht gewesen, diese Dinge zu lernen.

Sie streichelte den Schaft erst sanft, dann nachdrücklicher. Sie umkreiste die Spitze und umschloss sie schließlich ganz. Dabei beobachtete sie, wie sich sein Gesicht anspannte, er seine Lippen aufeinanderpresste und sich der Blick dieser wunderschönen Augen vertiefte.

Dieses Mal bat er sie nicht, sich zu erheben, sondern packte einfach ihren Hintern und hob sie hoch genug, damit er mit seinem Mund an ihre Brust kam. Sein Phallus drängte sich gegen ihren Oberschenkel, doch nun war es seine Hand, die gegen ihre Mitte presste, seine Finger, die geschwollene, empfindliche Haut berührten, welche bei jedem Kontakt aufschrie.

Hilflos klammerte sie sich an seine Schultern und schluchzte auf. Von der unnachgiebigen Art, wie er an ihren Brüsten saugte, und der überwältigenden Lust, die er ihr mit seiner Hand verschaffte. Nichts existierte mehr außer ihren beiden Körpern und dem beharrlichen Verlangen, dass er sie fühlen ließ.

Sie konnte sich kaum gerade halten. Der Nebel überwältigte sie, und die Begierde raubte ihr den Verstand. Sie hörte sich selbst flüstern, betteln, um mehr flehen, immer mehr. Sie versprach sich, ihren Körper, ihre Seele, alles, wenn er ihr nur den Wunsch nach Erleichterung erfüllen würde, den er in ihr geweckt hatte.

Feste Hände packten ihre Hüfte und senkten sie langsam, unendlich langsam, zuerst viel zu langsam. Dann spürte sie, wie seine Härte gegen sie presste, und sie wusste, warum, aber dennoch ließ ihre Ungeduld es zu einer Folter werden. Dann ein Spannen, ein Schmerz, aber der Nebel löste sich nicht auf, und der Schmerz fühlte sich fast gut an. Keuchend packte sie seine Arme und drängte sich sogar noch weiter nach unten.

Er zog sie in eine tiefe beschützende Umarmung. Sie kämpfte gegen den Nebel, um alles zu spüren – ihn in ihr und um sie herum, sein beruhigendes Geflüster – und sich das alles für immer einzuprägen. Sie spürte sein schmerzlich zurückgehaltenes Verlangen und wollte ihm zeigen, dass es nicht verwehrt wurde.

Als er sich und sie zu bewegen begann, spürte sie ihn wieder und wieder, wie er ihren Körper und ihre Sinne ausfüllte und ihr den letzten Rest an Zurückhaltung nahm. Und während die Intimität ihr Herz ertränkte und seine Stärke sie schwach und wehrlos machte und sie weitaus mehr gab als ihre Jungfräulichkeit, wusste sie in ihrer Seele, dass Alessandra Northrope es niemals gebilligt hätte, dass sich ihre Tochter diesem Mann so sehr ausgeliefert hatte.

Sie war noch Jungfrau gewesen.

Er wollte sich einreden, dass ihn das überrascht hätte. Er könnte Gründe dafür finden, warum er es hätte sein können. Nur dass er es sich bereits gedacht hatte, und es hatte ihn nicht aufgehalten.

Er sollte sich wahrscheinlich schuldiger fühlen. Außerdem gab es Dinge, die er jetzt sagen sollte, wenn er sich weiterhin einen Ehrenmann nennen wollte. In der strahlenden Glückseligkeit seiner Befriedigung, während sie auf ihm lag, ihre Knie immer noch an seine Hüften gepresst und ihre Körper immer noch vereint, kam es ihm tatsächlich wie eine gute Idee vor, sie auszusprechen.

Er stützte sich genügend auf, um die Kleidung vom Bett zu schieben und die Decke aufzuschlagen. Dann legte er sie hinein und stand auf, um mehr Holz ins Feuer zu legen.

Sie sah ihn an, als er zum Bett zurückkehrte. Ihre Augen glänzten noch, und ihr Gesicht strahlte. Es würde noch eine Weile dauern, bevor sie zu dem Schluss kam, dass dies ein Fehler gewesen war.

Sie kam ihm so wunderschön vor, so blass und leuchtend. Er legte sich zu ihr und nahm ihre seidige Wärme in seine Arme, sodass die strahlende Helligkeit, die er in ihr empfunden hatte, nicht allzu bald verschwand.

»Habe ich dir wehgetan?«

Sie drehte sich so, dass sie auf ihn hinabblickte. Ihre Fingerspitzen strichen sanft über seine Lippen. »Nur ein wenig. Ich habe Schlimmeres erwartet.«

Das war doch schon mal etwas.

Sie schien seine Gedanken zu erraten. »Du warst dir nicht sicher, aber du warst auch nicht überrascht, oder? Und auch nicht abgeschreckt. Man konnte wohl sagen, dass ich so oder so nicht mehr unschuldig war.«

»Offiziell schon.«

»Und nun hast du dafür gesorgt, dass ich es offiziell nicht mehr bin. Du hast dafür gesorgt, dass es kein Arrangement mit Anthony geben wird.«

Der anklagende Ton in ihrer Stimme entging ihm nicht. »War deine Unschuld für den Handel entscheidend? Dann ist er ein noch größerer Idiot, als ich dachte.«

»Es klingt nicht, als würde es dir leidtun, dass du alles ruiniert hast. Vielleicht wird dir dein Gewissen ja etwas anderes sagen, wenn wir alle aus diesem Haus geworfen werden.«

»Er wird dieses Haus nicht bekommen.«

»Du kannst nichts dagegen tun.«

Das würden sie noch sehen.

»Es tut mir überhaupt nicht leid, Celia. Wenn du dieses Leben willst, kann ich dich nicht aufhalten, aber zumindest wirst du nun nicht zu ihm gehen. Das Letzte, was ich gerade im Kopf habe, ist Bedauern darüber, dass ich mich in deine Entscheidung darüber eingemischt habe. Er hat dich erpresst.« Das klang sehr harsch, also fügte er hinzu: »Du hast gesagt, dass es deine eigene Entscheidung sein muss. Und das war es heute Abend, und du hast dich nicht für ihn entschieden.«

»Nein, sondern für dich, auch wenn es von deiner Seite aus eine unbillige Menge Ermunterung gegeben hat.«

Auf keinen Fall würde er sich dafür entschuldigen. Und doch … er hatte sie verführt. Es gab keine andere Bezeichnung dafür. Und sie war unschuldig gewesen, zumindest in der Hinsicht, die in diesen Dingen zählte.

Sie stützte sich auf ihrem Arm auf und blickte auf ihn herab. Im

Schein des Feuers sah sie so wunderschön aus, dass ihm fast das Herz stehengeblieben wäre. Aber er sah auch, dass der Nebel fort war und sie nun darüber nachdachte, was geschehen war.

»Sag nicht nur das, wozu du dich gezwungen fühlst«, sagte sie, als ob sie seine tiefsten Gedanken sehen könnte. »Benimm dich jetzt nicht übertrieben anständig oder schuldig, wenn dir diese Dinge noch vor einer Stunde vollkommen egal waren.«

»Vor einer Stunde habe ich nicht klar denken können. Ich wusste nichts mehr, außer dass ich dich will.«

»Und nun hattest du mich. Es ändert nichts. Ich werde immer noch meinen eigenen Weg gehen. Ich will nicht, dass du jetzt anfängst, dir eine Geschichte für uns auszudenken. Es gibt keine, die für uns angemessen wäre. Wie du gesagt hast, war es einfach nur, was es war, mehr nicht.«

Die meisten Männer würden für eine solch unkomplizierte Intimität töten. Er hätte es in der Vergangenheit oft genug ebenfalls getan. Also warum wollte er nun widersprechen und ihr erklären, dass es in Wahrheit immer mehr als das war, außer es trafen sich zwei Fremde in der Dunkelheit?

Sie schien davon überzeugt, ihn von jeder lästigen Schuld freigesprochen zu haben, und schmiegte sich an ihn. »Ob mich Marian wohl tadeln wird?«

»Wenn sie es errät, vielleicht schon. Sie wird wahrscheinlich sagen, dass du sorglos gewesen bist.«

»Zumindest wird sie nicht von Sünde sprechen. Was den Vorwurf der Sorglosigkeit angeht, wäre das nicht das Wort, das ich wählen würde.«

»Mutig?«

»Ich nehme an, das ist irgendwie angemessen. Aber das war es in meinen Gedanken nicht in erster Linie.«

Er rollte sich herum, sodass sein Körper gegen ihren drängte und sie zu ihm aufsah. »Also verführerisch?«

»Ich war nicht diejenige, die verführt hat. Erinnerst du dich?«

»Du warst sehr verführerisch. Das warst du von Anfang an. Still, subtil und sehr effizient.«

Sie dachte darüber nach und zuckte mit den Schultern.

»Verführerisch, bezaubernd und brillant«, sagte er. »Normalerweise verliere ich wegen einer Frau nicht jegliche Zurückhaltung, Celia. Zumindest sollst du wissen, dass dies etwas Besonderes war.«

Sie schien zu erröten. »Brillant soll ich gewesen sein. Was für eine seltsame Wortwahl.«

»Damit meine ich sowohl deinen Verstand als auch deine Ausstrahlung.«

»Vielen Dank, Jonathan. Das ist sehr poetisch von dir.«

Er hätte gelacht, wenn sie nicht so aufrichtig gerührt gewirkt hätte. Poetisch hatte man *ihn* noch nie genannt, so viel stand fest.

Sie betrachte sein Gesicht ganz genau, während sie ihre Fingerspitzen über seine Wange gleiten ließ. Sie musterte ihn so genau, wie er noch nie betrachtet worden war, während ihr Gesichtsausdruck ganz ernst wurde.

»Worüber denkst du nach?«, fragte er.

»Ich versuche, mir alles einzuprägen. Wie du aussiehst und wie ich mich fühle. Ich will mich an all das hier genau erinnern.«

Es gefiel ihm nicht, wie sie darüber sprach, als könnte es nicht mehr zwischen ihnen geben. Und er wollte auch nicht darüber nachdenken, wohin sie nach ihm gehen würde.

Er senkte seinen Kopf und küsste sie. Dann zog er die Bettdecke beiseite. »Ich werde jetzt gehen, damit ich nicht in Gefahr gerate, einzuschlafen und von Marian oder Bella hier erwischt zu werden.«

»Du kannst morgen Nacht wiederkommen, wenn du willst.«

Oh, wie sehr er das wollte. Er freute sich über die Einladung, aber er hätte wohl nicht auf sie gewartet, wenn keine gekommen wäre. Am liebsten hätte er sie gleich jetzt erneut genommen, aber das wäre rücksichtslos gewesen. Sie hatte gesagt, dass er ihr nur ein wenig wehgetan hatte, aber dennoch hatte er es getan.

Sie legte sich auf die Seite und sah zu, wie er sich wieder anzog. Ihre Nacktheit beschämte sie nicht. Die Silhouette ihres Körpers von der Schulter bis zu ihrem Knie formte eine faszinierende Kurve. Er betrachtete diese Kurve und ihre Brüste und das Gesicht, das stets gute Laune widerzuspiegeln schien. Er betrachtete ihre Brillanz.

Er beugte sich vor und küsste sie, eine Hand unter ihr Kinn gelegt. Alle möglichen erotischen Bilder kamen ihm in den Sinn. Fast hätte er zumindest eine von ihnen in die Tat umgesetzt. Doch stattdessen riss er sich selbst vom Bett hoch und kehrte in seine Mönchszelle zurück, um sich bis zur nächsten Nacht zu quälen.

16

Marian wusste es.

Am nächsten Morgen brachte sie Celia das Frühstück ans Bett, was sie niemals zuvor getan hatte. Mit unbewegter Miene stellte sie das Tablett auf dem Tisch ab, warf einen Blick auf Celias nackte Schultern, die aus der Bettdecke herauslugten, und musterte dann die Satinkleider, die am Abend zuvor vom Bett geworfen worden waren.

»Die hübschen Dinger«, sagte sie, während sie sich vorbeugte, um ein paar aufzuheben. »Zu schade, um am Boden zu liegen.«

»Ich habe sie nach Beschädigungen untersucht, als … als …«

»Als du ein wenig abgelenkt wurdest?«

»Ja. So was in der Art.«

»Wirklich seltsam. Es muss etwas in der Luft liegen. Mr Albrighton wirkte heute Morgen ebenfalls sehr abgelenkt.« Ein verschmitztes Lächeln spielte um ihre Lippen, während sie die Kleider zusammenlegte.

»Wie seltsam.«

»Wo wir gerade von Ablenkungen sprechen, Mr Albrighton ist in der Küche und badet. Als Nächstes erhitzen wir das Wasser für dich.« Sie legte das achtlos zu Boden geworfene Nachtgewand ans Fußende.

Celia war froh, dass sie gegenüber Marian nicht so tun musste, als sei nichts gewesen. Als das Bad fertig war, ging sie hinunter. Das Haus wirkte anders an diesem Morgen. Irgendwie hatte sich nicht nur das Licht verändert, sondern auch die Art, wie sich ihr Körper durch die Räume bewegte. Aber natürlich war ihr klar, dass es nicht das Haus war, das sich verändert hatte, sondern sie selbst.

Während sie die Treppe zur Küche hinunterstieg, packte sie jemand und drückte sie gegen die Wand des Treppenhauses. Es war Jonathan, der sich kurz umsah und lauschte. Dann küsste er sie auf eine Weise, die zeigte, dass die letzte Nacht nichts dazu beigetragen hatte, sein Verlangen nach ihr abzuschwächen.

»Du siehst wunderschön aus«, murmelte er zwischen den Küssen. »Mir gefällt dieser Morgenmantel.«

»Der ist wohl kaum besonders hübsch«, antwortete sie lachend.

Er betrachtete sie. »Ich will verdammt sein. Du hast recht. Ziehen wir ihn dir schnell wieder aus. Nein, warte, nicht hier. Marian und Bella sind direkt um die Ecke. Ist es falsch von mir, dass ich mir wünsche, sie würden woanders leben?«

»Ich denke, man kann es dir wohl dieses eine Mal nachsehen.« Sie erwiderte seine Küsse etwas gemäßigter, aber dennoch ausgedehnt. »Und nun muss ich mein Bad nehmen. Du hattest deines ja bereits.«

»Ich komme mit und helfe.«

»Das wirst du nicht. Du wirst dich deinen Angelegenheiten widmen, so wie ich mich den meinen.«

»Ich werde vollkommen nutzlos sein. Schick sie fort, komm zu mir nach oben, und wir verbringen den Rest des Tages im Bett.«

Sie gab ihm einen spielerischen Klaps. »Am frühen Nachmittag kommt eine neue Ladung aus Cumberworth. Willst du, dass uns Daphne im Bett überrascht? Sie besitzt eine Pistole.«

Er küsste sie erneut, trat dann widerwillig zurück und gab sie frei. »Dann ab mit dir zu deinem Bad und deinen Pflichten. Ich werde einen anderen Weg finden, um zu überleben. Vielleicht gelingt es mir, zumindest ein paar Minuten lang nicht an dich denken.«

Sie setzte ihren Weg zur Küche und der Badewanne fort und war froh darüber, dass er sie abgefangen hatte, ihr erneutes Treffen nicht unangenehm gewesen war und er ihr ein paar romantische Dinge gesagt hatte.

Das warme Wasser regte ihre Sinne an und umhüllte sie wie die Erinnerung an die Lust der vergangenen Nacht. Zum ersten Mal in ihrem Leben dankte sie ihrer Mutter für ihre Erziehung, die sie gelehrt hatte, dass eine Frau sinnliches Vergnügen ohne Schuldgefühle empfinden durfte. Natürlich gab es Sünden in der Welt, auch große, aber Sinnlichkeit gehörte nicht dazu.

Die nächsten paar Stunden war sie in eine angenehme Wolke der Glückseligkeit gehüllt. Gedanken an Jonathan und sogar Mama, an letzte Nacht und die kommende, vermischten sich in ihren Gedanken. Auf eine seltsame Art und Weise fühlte sie sich an diesem Tag Alessandra näher als jemals zuvor. Möglicherweise auch ebenbürtiger, da sie nicht länger unwissend war.

Später, während Celia auf die neue Ladung Pflanzen wartete, öffnete sie die Truhe, die Jonathan vom Dachboden heruntergetragen hatte. Die Kleider und anderen Textilien waren schon lange inspiziert und in ihrem Schrank untergebracht worden.

Sie hob die große Mappe im Folioformat an, die immer noch auf dem Boden lag. Sie hatte die obersten Zeichnungen vor ein paar Tagen durchgeblättert, aber nun wollte sie jede einzelne genau studieren und sich vorstellen, wie ihre Mutter sie gezeichnet oder gemalt hatte. Sie wollte ihre Nostalgie über Alessandra stillen und durch ihre Kunst möglicherweise mehr über sie erfahren.

»Was hast du denn da?«, fragte Marian, die das Zimmer mit frischen Bettlaken über dem Arm betrat. Celia hatte zwar nicht stark geblutet letzte Nacht, aber doch ein wenig.

»Die Zeichnungen und Aquarelle meiner Mutter.« Sie legte die Mappe auf den Sekretär neben dem Fenster und schlug sie auf. »Die hat sie im Laufe der Zeit alle angefertigt.«

Marian warf einen Blick über Celias Schulter. »Das hier könnte im Schaufenster eines Ladens hängen.«

»Sie war sehr talentiert.« Celia wurde klar, dass das fragliche Aquarell den Garten dieses Hauses im Spätsommer zeigte. Mama musste auf der kleinen Terrasse gesessen haben, als sie es gemalt hatte.

»Wenn ich so gut malen könnte, würde ich versuchen, ein paar Bilder zu verkaufen«, sagte Marian.

»Vielleicht hat sie das ja. Es gibt so viel, das ich nicht von ihr weiß.« Sie drehte die Blätter um, eines nach dem anderen, und bewunderte gemeinsam mit Marian die kleinen Landschaften und Skizzen.

»Das sind ja eine ganze Menge«, bemerkte Marian. »Ich lasse dich mal wieder allein, damit du sie dir anschauen kannst. Ich nehme Bella gleich zu den Läden mit und lasse sie das Einkaufen übernehmen. Sie muss endlich lernen, ihre Schüchternheit zu überwinden.«

Marian ging, und Celia bewunderte die Bilder ihrer Mutter weiter. Die Aquarelle wurden von Zeichnungen abgelöst, die meisten davon Landschaften, aber auch einige schnelle Skizzen von Personen. Fast auf dem Boden des Stapels erblickte sie aber plötzlich ein Bild ganz anderer Art.

Es war ein sorgfältig mit Bleistift gezeichnetes und danach koloriertes Wappen. Auf dem nächsten Blatt war ein ganz ähnliches Motiv zu sehen, aber ohne die Farben. Neugierig blätterte sie die restlichen Zeichnungen durch. Auf allen waren Wappen zu sehen, von denen sie einige auch erkannte. Zehn von ihnen waren koloriert.

Sie drehte ein Blatt nach dem anderen um. Bei der ersten Zeichnung entdeckte sie, dass sich auf der Rückseite eine Reihe von Zahlen befand. Sie sah bei den anderen nach und entdeckte diese Ziffern auf allen Blättern. Auf einigen waren nur ein paar davon, auf anderen lange Zahlenkolonnen zu sehen. Auf den Rückseiten der kolorierten Zeichnungen befanden sich jedoch nur zwei Zahlen, eine am oberen und eine am unteren Rand.

Stirnrunzelnd betrachtete sie die jeweils sechsstelligen Nummern. Dann wurde ihr plötzlich klar, was sie bedeuteten.

Die Entdeckung bestürzte sie. Immer wieder ging sie die Zeichnungen durch, bis Marian rief, dass die neue Lieferung eingetroffen sei.

»Kommt mit. Ich muss euch etwas zeigen«, sagte Celia, nachdem die Pflanzen hereingebracht und verstaut worden waren. Sie führte Daphne die Treppe hinauf. Verity und Audrianna, die heute ebenfalls vorbeigekommen waren, um Daphne zu sehen, folgten ihnen.

»Was für ein hübsches Zimmer«, bemerkte Verity nach dem Eintreten. »Es ist so erfrischend in seiner Schlichtheit.«

»Könnt ihr euch vorstellen, dass meine Mutter es selbst eingerichtet hat?«, fragte Celia. »Es ist so vollkommen anders als das Haus, in dem sie die meiste Zeit gelebt hat.«

»Vielleicht hat es sie an ihre Kindheit erinnert«, überlegte Daphne, während sie die Musselinvorhänge befühlte. »Wenn ja, kam sie bestimmt vom Land.«

Die Bemerkung ließ Celia zusammenzucken. Wie typisch für Daphne, aus dem Haus Rückschlüsse zu ziehen, die ihr selbst verborgen geblieben waren. Ihre Mutter war für sie immer noch die Venus, weil sie Alessandra nicht anders gekannt hatte. Aber Daphne hatte wahrscheinlich recht, und dieses Haus repräsentierte die wahre Alessandra, die im Inneren dieser berühmtberüchtigten Frau gelebt hatte. Die Frau, die ihre Tochter gar nicht kennengelernt hatte.

Sie versammelte ihre Freundinnen um den Sekretär und öffnete die große Zeichenmappe. Die meisten Aquarelle und Zeichnungen lagen inzwischen auf ihrem Bett und nur die Wappenbilder befanden sich noch darin. »Seht mal, was ich gefunden habe. Hier, auf den Rückseiten. Ich bin sicher, dass jede dieser Zahlen für ein bestimmtes Datum steht.«

Sie steckten ihre Köpfe zusammen und blätterten ein paar durch.

»Ist es eine Art Buchführung?«, fragte Audrianna erstaunt. »Oder so etwas wie ein Tagebuch? Was denkt ihr?« Sie blätterte hin und her. »Dieser Lord, in diesen Nächten? Meine Güte, ich kenne ein paar dieser Wappen. Es wird schwer sein, mich normal zu benehmen, wenn ich mit Sebastians Mutter demnächst wieder ein paar ihrer Freundinnen besuche.«

»Sobald mir klar wurde, dass es sich um Daten handelt, war ziemlich offensichtlich, was sie bedeuten«, erwiderte Celia.

Verity hob eines der Blätter hoch. »Ach du meine Güte. Dieser Baron ist als besonders aufrecht und sittenstreng bekannt. Er hält immer lange Reden über die Moral.« Sie drehte das Blatt um und betrachtete die Zahlen. »Das scheint er vor sieben Jahren ein paarmal vergessen zu haben.«

Sie sahen einander an und unterdrückten ein Lachen.

»Sollte das jemals herauskommen, wird es zum Stadtgespräch werden«, überlegte Audrianna. »Seht mal hier. Denkt ihr, das bezieht sich auf den Vater oder den Sohn?« Sie deutete auf eines der Wappen.

»Eine gute Frage«, antwortete Daphne. »Vielleicht sollten wir besser annehmen, dass es der Erbe war.«

Audrianna kicherte. »Du bist eine solche Spielverderberin, Daphne. Mir gefällt der Gedanke irgendwie, dass dieser spezielle Viscount gesündigt hat. Ich mag ihn nicht besonders, weil er so arrogant ist. Seine unausstehlich eingebildete Frau wäre wahrscheinlich furchtbar schockiert, sollte sie davon erfahren. Sie ist felsenfest davon überzeugt, dass er nur sie verehrt.«

»Wir können uns die übrigen später ansehen«, sagte Celia, während sie auf die Zeichnungen deutete. »Aber das hier sind diejenigen, die mich besonders interessieren. Sie sind koloriert. Sie stechen heraus. Und es sind die einzigen ohne eine ganze Reihe von Daten. Seht ihr, nur diese beiden. Eines am oberen Rand und eines am unteren. Ich glaube, dass es sich bei diesen um lang dauernde Affären handelte und dass die Daten den Anfang und das Ende davon bezeichnen.«

Sie breitete die kolorierten Blätter aus, legte dann ein paar wieder beiseite, sodass nur noch drei auf dem Schreibtisch lagen. »Diese hier stammen aus der Zeit, in der ich empfangen wurde. Ich glaube, dass einer der drei mein Vater ist.«

Alle vier blickten auf die kunstfertig gezeichneten Wappen. Verity deutete mit einem blassen Finger auf eine Zeichnung. »Das ist das Wappen des Marquess of Enderby, Celia. Er hat das richtige Alter.« Sie berührte eine zweite. »Dies ist der Baron Barrowleigh. Und dieser letzte ist der Earl of Hartlefield. Er ist jetzt nicht älter als fünfundvierzig Jahre, aber er hat den Titel sehr früh geerbt.«

»Ich kann ihn wegen seiner Jugend nicht aussortieren. Zu der Zeit war auch Mama nicht viel älter.«

»Woher weißt du so viel über Heraldik, Verity? Enderby habe ich erkannt, aber die anderen nicht«, wunderte sich Audrianna.

Verity schürzte die Lippen. »Ich musste sie mal auswendig lernen. Das war Teil meiner Ausbildung. Die Frau meines Cousins wollte sichergehen, dass ich mir nicht durch Unwissenheit eine Möglichkeit entgehen lasse, Eindruck zu schinden.«

»Wie willst du herausfinden, welcher von ihnen es ist?«, fragte Daphne. »Drei sind immer noch zwei zu viel. Außerdem weißt du nicht, ob der richtige Mann überhaupt davon Kenntnis hat, dass er dein Vater ist.«

»Ich glaube, dass er es weiß. Ich gehe davon aus, dass er Alessandra das Versprechen abgenommen hat, es geheim zu halten.«

Sie legte die anderen Zeichnungen in die Mappe zurück und klappte diese zu. Dann sah sie ihre Freundinnen an. »Ich dachte, ihr könntet mir vielleicht ein wenig dabei helfen.«

»Natürlich werden wir tun, was wir können, Celia«, sagte Audrianna.

»Ich bin erleichtert, dass gerade du das sagst, Audrianna. Summerhays' Mutter liebt Klatsch und war damals in der Gesellschaft äußerst beliebt. Vielleicht hat sie wichtige Dinge erfahren, die sie durch ein wenig Nachfragen mit dir teilen würde.«

»Sie sieht es nicht als Klatsch an, sondern als Unterricht«, bemerkte Audrianna. »Um das zu erreichen, werde ich mehrere Tage mit ihr verbringen und ihre Gesellschaft ertragen müssen. Aber wenn sie sich an irgendwelche Gerüchte erinnert, wird sie mir davon erzählen, um der ordinären Frau ihres Sohnes einen angemessenen Stand in der Gesellschaft zu ermöglichen.«

»Ich werde ebenfalls mein Nötigstes tun und hier und da diese Namen erwähnen, wenn ich Besuch bekomme«, bot Verity an. »Außerdem wird Hawkeswells Tante demnächst in die Stadt kommen, um Kleider für die nächste Saison zu bestellen. Vielleicht weiß sie ja auch etwas.«

»Ich kann leider nichts beitragen«, sagte Daphne. »Ich habe keine weibliche Verwandtschaft, die ich ausfragen könnte.«

Celia umarmte jede ihrer Freundinnen. »Vielleicht kommt ja gar nichts dabei heraus, aber es ist zumindest ein Anfang. Zum ersten Mal in meinem Leben schöpfe ich Hoffnung, seine Identität vielleicht zu erfahren.«

»Und was wirst du tun, wenn du sie kennst?«, fragte Daphne.

»Das weiß ich noch nicht.« Aber tief in ihrem Herzen wusste sie es natürlich doch.

Die Aufregung über diesen kleinen Fortschritt allein bewies ihr, dass nur eine Möglichkeit blieb, nachdem sie seinen Namen erfahren hatte. Dieser Mann mochte vielleicht für den Rest ihres

Lebens für sie verloren sein und alle Verbindungen ablehnen. Doch bevor das geschah, würde sie zumindest eine einzige Unterhaltung mit ihm führen, von Tochter zu Vater.

Manchmal ist es auch nicht mehr als das.

Diese Worte kamen Jonathan während des Tages immer wieder in den Sinn. Sie ertönten, während er sich Celia vorstellte, wie sie am Abend zuvor ihr Nachthemd geöffnet hatte, um ihre Brüste zu entblößen. Ihre Augen hatten gefunkelt, und ihre Erregung war gleichzeitig unschuldig und verrucht gewesen.

Während er auf den Einbruch der Nacht wartete, wurde er schier wahnsinnig. Er zwang sich dazu, die Gedanken an sie auf Abstand zu halten und suchte ohne viel Erfolg nach Ablenkung. Doch am frühen Abend fand diese Ablenkung dann ihn.

Er ging gerade die Straße entlang, um sich durch körperliche Ertüchtigung auf andere Gedanken zu bringen, als eine große Kutsche plötzlich aus dem Verkehr ausscherte und direkt vor ihm zum Stehen kam. Verärgert stellte er fest, dass ein anderer Kutscher sein Ziel verfehlen und ihn bei dem Manöver hätte töten können.

Als er an der Kutsche vorbeigehen wollte, öffnete sich die Tür.

»Steig ein.«

Im Inneren saß Castleford, neben sich eine Frau, die ihre Arme um ihn geschlungen hatte.

»Vielleicht ein anderes Mal.«

»Ach verdammt, jetzt steig schon ein. Wenn du dich jetzt als Vikar aufspielst, sind wir geschiedene Leute.« Im Halbdunkel des Innenraums raschelten Röcke. Eine Münze blitzte auf. »Da hast du, mein Täubchen. Mein Fahrer wird dir eine Droschke besorgen.«

»Du hast gesagt, dass du mich nach Hause fahren würdest«, beschwerte sich eine weibliche Stimme. »Du hast mir eine Fahrt in deiner Kutsche versprochen.«

»Und die hast du bekommen. Ich muss mit diesem Burschen hier sprechen. Man wird dich angemessen nach Hause bringen.«

Ein hübsches Gesicht tauchte in der Tür auf, gefolgt von einem sinnlichen Körper in einem Abendkleid. Einer von Castlefords Dienern schob sich an Jonathan vorbei, um der Frau hinunterzuhelfen.

Sobald sie auf der Straße stand, drehte sie sich um. »Denk dran, dass du versprochen hast, mich in deinem Buch zu erwähnen. Das wirst du doch nicht vergessen, oder?«

»Du bist auf dem Weg, dein eigenes Kapitel zu bekommen, meine Teuerste. Und jetzt fort mit dir. Wir werden uns schon bald wiedersehen.«

Zufrieden mit ihrem Handel marschierte die Dirne mit dem Diener davon. Jonathan stieg in die Kutsche.

»Praktisch, dass ich dich gerade auf der Straße entdeckt habe«, bemerkte Castleford statt einer Begrüßung. »Ich habe Neuigkeiten für dich.«

Der Herzog lag immer noch halb ausgestreckt auf der Bank und wirkte kaum richtig wach. Der Innenraum roch so intensiv nach dem, was gerade hier geschehen war, dass Jonathan das Fenster öffnete.

Castleford sah ihn an. »Wie unhöflich von mir. Ich hätte sie hierbehalten sollen, damit sie …«

»Das ist wirklich nicht nötig.« Die Andeutung war genug, um ihn hart werden zu lassen. Allerdings hatte ihn die Erinnerung an letzte Nacht und die Erwartung der kommenden schon den ganzen Tag über nicht zur Ruhe kommen lassen. »Was gibt es für Neuigkeiten?«

Castleford kratzte sich am Kopf, was seine Haare nur noch wilder erscheinen ließ. Offensichtlich hatte sich heute kein Kammerdiener um ihn gekümmert. Er sah aus, als habe er in seiner

Kleidung geschlafen. Auf dem Boden rollten drei leere Weinflaschen umher.

Castleford bemerkte Jonathans tadelnden Blick und lachte. »Ich habe die ganze Nacht und den ganzen Tag hier drin verbracht, falls du dich das gefragt hast. Ich betreibe Recherche für mein Buch. Wusstest du, dass du eine Frau in einer Kutsche auf sechs verschiedene Arten vögeln kannst, ohne dich selbst oder andere zu verletzen?«

»Sechs Arten, sagst du? Ich bin beeindruckt. Ich kann mir nur drei vorstellen, meinetwegen vier, wenn ich die Definition von Vögeln etwas ausdehne.«

»Das dachte ich mir auch. Sie sagte mir, dass sie es auf sechs Arten macht. Natürlich musste ich überprüfen, ob das auch stimmt.«

»Natürlich.«

»Missbilligst du das, Albrighton? Dein Blick erinnert mich gerade sehr an den meines Schulmeisters.«

»Ich habe in meinem Leben selbst zu viel gesündigt, um das Verhalten anderer Männer zu verurteilen. Schon gar nicht, wenn es ums Vögeln geht.«

Es war die Wahrheit, besonders was den letzten Punkt anging. Er konnte die Tatsache nicht ignorieren, dass der Mann, der ihm gegenübersaß, die letzten zwölf Stunden wahrscheinlich damit zugebracht hatte, sich in seiner Kutsche Ausschweifungen hinzugeben. Aber er hatte niemals eine Unschuldige verführt. Was Jonathan gerade getan hatte und wieder zu tun gedachte.

Außerdem glaubte er trotz Castlefords Vorliebe für Dirnen nicht daran, dass er jemals eine Frau in dieses Gewerbe getrieben hatte. Was Jonathan letzte Nacht vielleicht ebenfalls getan hatte.

Nichts davon spielte eine Rolle, solange Celia ihre Schlafzimmertür für ihn öffnete. Wenn er sich ein wenig wie ein Schulmeister benahm, lag das bestimmt nicht an Castlefords Benehmen.

»Die Neuigkeiten?«, fragte er nach.

Castleford gähnte und schloss die Augen. »Warum bist du hier entlanggegangen? Stell dir meine Überraschung vor, als ich dich im entscheidenden Moment meiner Ekstase durch die Fensterläden erblickt habe. Wo ist dein Pferd?«

»Ich habe es vor einer Taverne gelassen, weil ich ein wenig spazieren gehen wollte. Warum hast du in genau diesem Moment aus dem Fenster geblickt?«

»Ich wollte sichergehen, dass sie nicht nur so tut. Das machen sie manchmal. Es war reiner Zufall, dass ich dich gesehen habe, als ich in Richtung ihres Gesichtes blickte und die Fensterläden dahinter sich gerade bewegten.«

Jonathan lachte. »Bitte entschuldige, aber ich stelle mir gerade vor, wie du genau im Moment deines Höhepunkts jemanden entdeckst – also trotz beachtlicher Ablenkung – und dem Kutscher laut zurufst, dass er anhalten soll.«

Castleford schien von der Bemerkung verblüfft zu sein. »Kein Wunder, dass sie danach zusammengesunken ist, als wäre sie tot. Verdammt, sie hat bestimmt gedacht, dass ich sie anbrülle.« Castleford brach in Gelächter aus. »Stehen bleiben, Mann, sofort stehen bleiben!« Er wischte sich Tränen aus den Augen. »Die arme Frau. Nun bekommt sie auf jeden Fall ihr eigenes Kapitel. Ich werde es wohl mit dem Titel ›Denkwürdigkeiten‹ überschreiben, um ihr gerecht zu werden.«

Er befahl dem Kutscher weiterzufahren. »Wir werden umdrehen und dich zu deinem Pferd bringen.«

Sie rollten weiter. Jonathan wartete eine Minute, bevor er erneut nachhakte. »Die Neuigkeit? Geht es dabei um Thornridge?«

»Noch nicht. Der Kerl ist schwer zu fassen. Er ist momentan wieder auf dem Lande. Das könnte ein paar Wochen dauern. Nein, es geht um etwas anderes. Was war es denn noch mal?«

Stirnrunzelnd bemühte er den nüchternen Teil seines Gehirns. »Ach ja. Dargent.«

»Vater oder Sohn?«

»Beide. Vater Dargent hat während des Krieges tatsächlich mit dem Militär gesprochen und wurde über das französische Terrain befragt. Die Neuigkeit ist, dass der Sohn oft dabei war. Der Vater wusste, dass er krank war, und wollte dafür sorgen, dass sein Erbe für zukünftige Verhandlungen gewappnet war.«

»Wussten viele davon?«

Castleford zuckte mit den Schultern. »Ich nehme an, dass es jeder wusste, der ein wenig aufmerksam war. Es war kein Geheimnis, wurde aber auch nicht öffentlich bekannt gemacht.«

Also hatte Anthony gehört, wie man seinem Vater diese Fragen gestellt hatte. Das war recht nachlässig von der Regierung gewesen, aber auch nicht vollkommen überraschend. Vater und Sohn waren ehrenhaft und loyal, und wer hätte erwartet, dass sich daraus Probleme ergeben würden? Es war ja nicht so, als ob das Militär seine Strategien preisgegeben hätte.

Dennoch war es nicht die Neuigkeit, die Jonathan hatte hören wollen. Wie viel besser wäre es gewesen, wenn Alessandra keinen Hintergedanken dabei gehabt hätte, ihre Tochter und Anthony zusammenzubringen. Er rief sich ins Gedächtnis, dass die Mutmaßungen nur Gerede gewesen waren, aber seine Instinkte – die er ansonsten bereitwillig ignorierte, wenn es ihm in den Kram passte – sagten ihm nun etwas ganz anderes.

Er hatte angenommen, dass seine Ermittlungen Alessandra entlasten oder die Frage zumindest offenlassen würden. Doch das würde nun nicht mehr passieren.

17

Er hatte sich vorgenommen, bis dreiundzwanzig Uhr zu warten, bevor er an diesem Abend zu Celia ging. Er schaffte es bis zehn.

Er hörte, wie Marian und Bella zu Bett gingen und lauschte auf das Geräusch der sich schließenden Tür. Danach fühlte sich jede Minute wie eine Ewigkeit an.

Die Diskretion war wahrscheinlich unnötig. Marian wusste offensichtlich, was die Nacht davor geschehen war. Der Gesichtsausdruck, mit dem sie am nächsten Tag sein Bad vorbereitet hatte, war sehr aussagekräftig gewesen. Er fragte sich, ob sie Celia für ihre Sorglosigkeit gescholten hatte. Vielleicht dachte sie aber auch, dass es ihr aufgrund ihrer eigenen Vergangenheit nicht zustand.

Er ging die Treppe hinunter und den Flur entlang zu Celias Zimmer. Er hatte sich den ganzen Tag nach ihr verzehrt, und mit jedem Schritt warf er seine übliche Zurückhaltung ab. Das Verlangen brachte ihn fast um, als er endlich die Tür erreicht hatte.

Er klopfte nicht an. Sobald er angekommen war, sprach ihre Stimme leise seinen Namen aus. Er öffnete die Tür und erblickte eine äußerst verlockende Szene.

Celia saß vor dem Kaminfeuer, das das Zimmer erwärmte. Sie trug eines ihrer speziellen Satinkleider. Der hinreißende Rosaton verlieh ihrer Haut einen schönen Schimmer. Das Oberteil bestand aus einem hauchdünnen Stoff, durch den ihre Brüste sichtbar waren. Sie trug ihr Haar offen, und ihr Gesicht strahlte. Neben ihr wartete ein zweiter Stuhl, und auf einem kleinen Tisch stand eine Flasche Wein.

»Setz dich doch«, lud sie ihn ein.

Doch er wollte nicht sitzen. Er wollte sie packen, sie auf das Bett werfen und …

Er setzte sich. Sie schenkte ihm etwas Wein ein. Er nahm einen Schluck. Sich der Häuslichkeit der Situation anzupassen dämpfte sein quälendes Verlangen etwas. Während sie so dasaßen, an der dunklen Flüssigkeit nippten und das Feuer im Kamin tanzte, wurde ihm klar, dass sie genau das beabsichtigt hatte. Immer wieder vergaß er, dass man jahrhundertealtes Wissen über den Umgang mit Männern an sie weitergegeben hatte.

Sie schien zu wissen, in welchem Moment der Sturm beherrschbarer wurde. Sie stellte ihr Weinglas beiseite und erhob sich. Er streckte seinen Arm nach ihr aus, doch sie bedeutete ihm mit einer sanften Geste, einzuhalten. »Bleib da, Jonathan. Dir wird alles, was du willst, bald gehören. Und noch mehr.«

Sie trat ein paar Schritte zurück und streifte ihre Hausschuhe ab. Er war davon überzeugt, noch nie etwas Erotischeres gesehen zu haben.

Sie knöpfte ihr Kleid an den beiden Schulterverschlüssen auf und sah ihn dabei kühn an. Ihr Blick sagte ihm, dass sie genau wusste, was sie mit ihm anstellte, und dass sie ihn mit jeder langsamen Bewegung folterte. Endlich war das Kleid geöffnet und glitt ihren Körper hinunter, bis sie nackt vor ihm stand, eingehüllt in das goldene Licht des Feuers, und ihn mit großen, aufgeregten Augen ansah.

Wieder folgte ein erotischer Schritt mit ihren hübschen nackten Füßen, dieses Mal vorwärts, nicht zurück. So stand sie wunderschön vor ihm, und der Duft ihrer Erregung war nicht zu ignorieren und ließ ihn wissen, dass sie bereit war.

»Ich habe zwei Stunden lang hier gesessen und an nichts anderes gedacht als daran, dich heute Nacht hier zu haben«, sagte sie.

»Ich habe den ganzen Tag lang an nichts anderes gedacht.« Er strich mit seinen Fingerspitzen von ihrer Schulter ihren Körper hinab. Zu seiner Überraschung legte sie ihre Hand auf seine und führte sie zu ihrem Venushügel.

»Nur ein wenig«, sagte sie und spreizte die Beine. »Nicht zu viel.«

Er drehte seine Hand und begann sie langsam zu streicheln. Lust durchströmte sie und veränderte ihren Gesichtsausdruck. Sie erlaubte ihm, sie zu beobachten, verlangte es sogar, bis seine eigene Erregung wieder in ihm tobte.

Dann überraschte sie ihn, vielleicht zum letzten Mal. Anmutig und elegant kniete sie sich vor seinem Stuhl hin. Sie zupfte an den Knöpfen seines Hemdes, bis sie seine Brust entblößt hatte. Dann lehnte sie sich vor. Ihre herrlichen Brüste lagen in seinem Schoß, und ihr nackter Rücken beschrieb eine Kurve, die in ihren verlockenden Hüften endete. Sie küsste seine Brust, dann begann sie zu streicheln und zu necken, während er sich anspannte, hart wurde und jeglichen Gedanken vergaß.

Ihre Liebkosungen bewegten sich tiefer, und ihre Finger machten sich erneut an die Arbeit, dieses Mal an den Knöpfen seiner Hose. Hoffnung keimte in ihm auf, wurde zu gieriger Entschlossenheit und einem unbeirrbaren Verlangen. Die erste Berührung ließ ihn in Sphären reinster Empfindung gleiten. Dann wanderten auch ihre Küsse immer tiefer und ihre Lippen umfingen ihn. Er schloss die Augen und ergab sich ihrer köstlichen Folter.

»Woher kanntest du sie eigentlich, meine Mutter?«

Sie lag aufgestützt auf einen Arm, während sie diese Frage stellte. Jonathan war nackt, und seine Kleidung war überall im Raum verstreut. Sie lagen auf ihrem Bett zwischen den Laken, Haut an Haut. Das Feuer war schon weit heruntergebrannt und schickte tanzende, blasse Lichter durch die Schatten.

»Warum fragst du?«

»Kannst du nicht einfach mal auf eine Frage antworten, Jonathan? Musst du immer ausweichen? Ich frage, weil ich heute viel über sie nachgedacht habe.«

»Meinetwegen?«

Sie lachte. »Meine Güte, bist du eingebildet.« Doch sie wusste, was er gemeint hatte. Und was er wohl befürchtete, wie sie annahm. »Vielleicht auch ein wenig deinetwegen. Aber mir ist klargeworden, wie wenig ich über sie weiß. Über dieses Haus, zum Beispiel. Über ihre Vergangenheit.«

Er zog sie in seine Umarmung zurück. »Sie kannte meine Mutter. Als diese krank wurde, kam sie vorbei. Als meine Mutter gestorben war, war Alessandra eine der wenigen, die bei der Trauerfeier anwesend war. Jahre später hat sie mir mal erzählt, sie habe meiner Mutter gesagt, dass es schön und gut ist, einen Earl zu lieben und seine Geliebte zu sein, aber dass man vorher eine Vereinbarung treffen müsse. Wie es scheint, hat meine Mutter ihren Rat absichtlich ignoriert. Ich habe keine Ahnung, warum.«

Ich aber schon. Seine Mutter hatte nicht die Hure des Earls sein wollen. Entweder hatte sie auf mehr gehofft, oder sie hatte es vorgezogen, es bei einer üblichen Affäre zu belassen.

Doch das würde sie Jonathan nicht erklären. Das brauchte er nicht zu wissen.

»Nachdem ich die Universität verlassen habe, schrieb mir Alessandra, dass ich sie besuchen solle, wenn ich jemals einen Freund brauchen würde. Da ich damals nur wenige Menschen in London kannte, tat ich es.«

»Sie bot dir zwar einen ungewöhnlichen Zugang zur Gesellschaft, aber einen ausreichenden, nehme ich an. Du warst so in der Lage, all diese wichtigen Männer in ihren Salons und bei Abendgesellschaften kennenzulernen.«

»So sah sie es jedenfalls. Es war sehr gütig von ihr, sich nach all den Jahren überhaupt noch an mich zu erinnern.«

Das erklärte viel, dachte Celia. Warum dieser junge Mann dabei gewesen war, auch wenn er als Gönner niemals akzeptiert worden wäre. Warum Alessandra das Dachbodenzimmer an ihn vermietet hatte. Sie hatte dem Sohn einer alten Freundin geholfen, die im Namen der reinen Liebe dumm genug gewesen war, keine Vorkehrungen für ihn zu treffen.

»Wusste sie von deiner Arbeit für die Regierung? An der Küste und so weiter?«

»Ich glaube, sie hat es vermutet. Sie hat mich niemals gefragt, wohin ich ging, wenn ich mich von ihr verabschiedete. Es war, als hätte sie genau gewusst, dass ich ihr keine Antwort geben würde.« Nun stützte er sich ebenfalls auf einen Arm auf. Seine andere Hand begann sie zu streicheln. »Du hast viel über diese Sache nachgedacht. Viel zu viel für eine Nacht. Ich glaube, du brauchst ein wenig Ablenkung.«

Seine langsame Berührung ließ das Nachdenken ohnehin schnell unmöglich werden. Sie schloss die Augen und gab sich ganz der Wonne hin, die er ihr verschaffte.

»Wer hat dich gelehrt, deinen Mund so einzusetzen, wie du es getan hast, Celia?

Überrascht öffnete sie ihre Augen. »Sie natürlich.«

»Du hast das noch niemals zuvor wirklich getan?«

»Wärst du eifersüchtig, wenn doch?«

Er blickte auf seine Hand, während sie seinen Gesichtsausdruck beobachtete. »Ja.«

Sie konnte sich nicht entscheiden, ob sie das charmant oder ärgerlich finden sollte. Sie entschied sich für Ersteres, allerdings wurde diese Ansicht von seinen Zärtlichkeiten unterstützt. Eifersucht war besser als Schuldgefühle. Sie nahm an, dass er zu Letzterem neigte. Wahrscheinlich lehrte man Männer an der Universität alles über Schuldgefühle.

Sein Blick durchbohrte sie. »Willst du es mir nicht sagen?«

»Es war nicht zu übersehen, dass du zumindest in einer Hinsicht mein erster Liebhaber warst. Der Rest geht dich nichts an.«

Er schmunzelte, und sein Blick funkelte amüsiert. »Du bist nicht so raffiniert, wie du glaubst, Celia. Das allein sagt schon viel aus. Den Rest kann ich an deinen Augen ablesen und an deinem Stöhnen hören. Es ist eine Sache, über solche Dinge Bescheid zu wissen, aber eine ganz andere, sie zu tun. Denkst du, dass ich den Unterschied nicht bemerke?«

»Ich glaube, dass du überhaupt nicht viel bemerkt hast.«

Er neigte seinen Kopf und küsste ihre Brüste. »Oh, und ob. Wenn dir beigebracht wurde, dass ich nichts bemerke, hat man dich etwas Falsches gelehrt.« Er nahm ihre Hände und legte sie nach hinten über ihren Kopf. »Ich werde dafür sorgen müssen, dass du ebenfalls alles bemerkst, für den Fall, dass man dir beigebracht hat, den Mann zu ignorieren, mit dem du zusammen bist.«

Woher wusste er von dieser Lektion? Vielleicht hatte er nur erraten, dass es für viele Frauen nicht nur nützlich war, sondern oft schlichtweg eine Notwendigkeit.

Er würde für gar nichts sorgen müssen. Sie konnte nicht ignorieren, mit wem sie zusammen war. Er war in den warmen Schein des Kaminfeuers getaucht, und das Haar fiel ihm ins Gesicht, während er sie streichelte. Selbst mit geschlossenen Augen, selbst als sie aufstöhnte, während er sie mit seinem Mund an ihren Brüsten erregte und seine Hände über ihren ganzen Körper glitten, selbst als die Welt zu einem dunklen Ort quälender Begierde und Ungeduld, zu pulsierendem Verlangen wurde, war er da.

Die ganze Zeit über hielt er ihre Hände über ihrem Kopf zusammen, sodass sie nur empfinden und sich unterwerfen konnte, ohne etwas zu tun, um sich von der wachsenden Raserei befreien zu können. Am Ende hielt er ihre Beine mit seinen fest aufs Bett gedrückt, während er hingebungsvoll ihre Scham streichelte und sie damit zu Explosionen der Sinne führte, jede Berührung intensiver als die zuvor, bis sie vollkommen verrückt war, verloren, wimmernd und stöhnend. Als sein Körper den ihren bedeckte, zog sie ihn an sich, und er brachte ihre Knie in die richtige Stellung, um ihn zu empfangen.

Was dann folgte, war das Paradies, reinste Perfektion. Sie konnte nicht glauben, wie gut es sich anfühlte, so von ihm ausgefüllt zu sein. Sie staunte darüber, wie richtig sich alles anfühlte. Während er sich in ihr bewegte, sich über ihr abstützte, während seine Kraft sie dominierte und neue Wonneschauer in ihr hervorrief, konnte sie wieder nur empfangen, es akzeptieren, nach mehr, nach Erleichterung flehen, nach dem erschreckenden Drang der Lust, das Ende zu finden, nach dem sie zu verlangen schien. Als sie diesen Gipfel erreichte und in einem gigantischen Höhepunkt zerbrach, dann und erst dann nahm sie seine Anwesenheit nicht mehr wahr. Genauso wenig, wie sie sich selbst und die Welt um sie herum wahrnahm.

Sein eigener heftiger Höhepunkt war danach wie eine Labsal. Sie liebte es, wie er sich anfühlte, so hart, so fest, und die Art, wie er am Ende vor Erleichterung erzitterte. Sie schlang ihre Beine um ihn und hielt ihn an sich gepresst, während sein schneller Atem über ihre Haare fuhr und sie in seiner Umarmung die festen Muskeln spürte. Sie hielt ihn auf diese Weise, so lange sie konnte, während ihr ganzer Körper ihn berührte, und erlaubte sich, alles von ihm zu spüren, selbst die schmerzende Intensität, die gefährlich werden konnte.

Am nächsten Tag taten sie so, als hätte die Nacht zuvor niemals stattgefunden.

Jonathan fand es ein wenig lächerlich, Marian dieses Theater vorzuspielen. Bei Bella war es etwas anderes. Sie glich einem verschreckten Mäuschen, und er vermutete, dass sie ein schweres Leben gehabt hatte. Sie vergötterte Celia, und das war wahrscheinlich der Grund, warum sie vor ihr diskret blieben.

Doch das war sehr schwer. Celia und er konnten kaum die Freude verbergen, als sie einander am nächsten Morgen begrüßten. Die Formalitäten wurden zu einem Witz.

»Der Tisch hier ist sauber und Marian hat die Frühstückspfannen noch nicht abgewaschen, wenn Sie etwas essen möchten, Mr Albrighton.« Celia deutete auf ein kleines Tischchen in ihrem hinteren Salon, während sie Mr Drummond ein paar Pflanzen reichte.

»Ich habe keine Verpflegung erwartet, Miss Pennifold.«

»Es ist äußerst klug, nichts zu erwarten, wofür man nicht bezahlt hat, Sir. Ein bescheidenes Auftreten lässt Großzügigkeit umso willkommener erscheinen.«

»Ich habe gerade noch letzte Nacht gedacht, wie äußerst großzügig Sie sind, Miss Pennifold.« Und er nahm ihre Großzügigkeit an diesem Morgen genauso an, wie in der Nacht zuvor. Er setzte sich und sah zu, wie sie Mr Drummond erklärte, welche vorgetriebenen Blumenzwiebeln wohin geliefert werden mussten.

Gerade als sie diese Aufgabe beendet hatte, kam das Frühstück. Sie setzte sich zu ihm, während er aß. Sie sprach nicht, aber es war unmöglich, die letzte Nacht aus den Blicken, die sie sich zuwarfen, zu vertreiben. Die Erinnerungen hingen zwischen ihnen, ohne das auch nur ein Wort gesprochen wurde. Doch er spürte, dass Worte benötigt wurden. Sie wollten sich formen, seit er im Morgengrauen Celias Seite verlassen hatte.

»Gehen Sie heute aus, Mr Albrighton?«, fragte Celia, als Bella das Geschirr abräumte.

»Das hatte ich vor.«

»Vielleicht könnten Sie davor noch ein paar Minuten für mich erübrigen. Ich würde Ihnen gerne etwas zeigen.«

Höflich folgte er ihr in die Bibliothek. Sie schloss die Tür hinter ihnen, stellte sich dann auf die Zehenspitzen und küsste ihn.

Das war nicht mehr genug. Das würde es von nun an niemals sein. Er nutzte die Ungestörtheit, um Celia zu umarmen und ausgiebig zu küssen. »Du wirst mir wohl mehrfach am Tag etwas in der Bibliothek zeigen müssen«, sagte er.

»Es war kein Vorwand für geheime Küsse, Jonathan. Es gibt wirklich etwas, das ich dir zeigen wollte. Sieh mal hier.«

Sie ergriff seine Hand und führte ihn an einen Tisch. Dort lag eine Foliomappe aus marmorierter Pappe. Als sie diese aufschlug, sah er einen beträchtlichen Stapel Blätter. Das oberste war ein Aquarell des Gartens. Sie hob ein paar der Blätter an, um zu zeigen, was sich noch im Stapel befand. Weitere Zeichnungen kamen zum Vorschein, die alle Wappen zeigten.

»Sie befanden sich in Mamas Truhe. Erinnerst du dich an den Tag, als ich die Mappe am Boden gefunden habe? Die hier waren unter den Aquarellen. Ich glaube, dass sie einen Hinweis auf meinen Vater enthalten. Du hast gesagt, dass du mir vielleicht helfen könntest, wenn du mehr Informationen hättest. Die habe ich nun.«

Sie deutete auf einige Zahlen auf den Rückseiten und erläuterte ihre Theorie, dass es sich um Daten handelte. Sie zeigte, dass die zehn kolorierten auf lange Affären hindeuteten, und dass drei davon vor ihrer Geburt stattgefunden hatten.

Er starrte auf die Wappen, die dazugehörigen Daten und die Namen, die sie enthüllten. Verdammt! Celia war über die Liste von Alessandras Liebhabern gestolpert, die er für Edward finden sollte.

»Denkst du, dass das helfen könnte?«

»Wobei?«

»Herauszufinden, wer mein Vater ist?«

»Ich werde die Zeichnungen mit in mein Zimmer nehmen und sie mir genauer anschauen.«

Verwundert legte sie ihren Kopf schief. »Warum ist das nötig? Ich weiß, wer diese drei Männer sind. Enderby, Barrowleigh und Hartlefield. Verity hat die Wappen erkannt. Was die anderen angeht …« Sie deutete auf den unkolorierten Stapel. »Sie sind unwichtig.«

Oh, das waren sie nicht. Er musste sich genau mit diesen Zeichnungen und ein paar Büchern über Wappenkunde beschäftigen. Er wollte sehen, auf welchen von ihnen Daten vermerkt waren, die nicht so lang zurücklagen wie Celias Geburt. Daten von vor etwa fünf Jahren, als er sich auf der verhängnisvollen Mission an der Küste von Cornwall befand. Er musste …

Jonathan bemerkte, dass Celia ihn musterte, als würde sie mehr sehen, als sein Gesichtsausdruck verriet.

Er sah in ihre fragenden, beunruhigten Augen, dann auf die Zeichnungen. In den Wappen steckten Antworten, davon war er überzeugt. Die Wahrheit über Alessandra und wahrscheinlich ein Hinweis auf den Mann, dessen Indiskretion in diese Falle geführt hatte. Mit diesen Zeichnungen würde er in ein oder zwei Tagen möglicherweise alles wissen.

Und was dann? Diese Frage drängte sich ihm auf.

Er stellte sich vor, wie desillusioniert das wunderschöne Gesicht vor ihm wirken würde, wenn sie die Wahrheit erfuhr. Was würde sie denken und fühlen, wenn sie erfuhr, dass ihre Mutter dieses Land und während dieser Verhandlungen mit Anthony vielleicht sogar ihre eigene Tochter verraten hatte?

»Wenn sie unwichtig sind, solltest du sie vielleicht verbrennen«, sagte er.

»Warum sollte ich das tun? Sie sind wie ihr Tagebuch. Es war ihre eigene Hand, die sie gezeichnet hat. Sie hat mir sehr wenig hinterlassen, besonders was persönliche Dinge angeht.«

»Sie könnten für einige der Männer, mit denen sie eine Affäre hatte, beschämend sein.«

In ihrem Blick tauchte ein Funkeln auf. »Nur, wenn die falsche Person sie sieht und durchschaut, wofür diese Zahlen auf den Rückseiten stehen. Ich bezweifle, dass das passieren wird.« Ihre zarten Finger blieben auf dem obersten kolorierten Bild liegen. »Was diese drei angeht …«

»Du denkst, dass du die Möglichkeiten eingegrenzt hast, aber du kannst dir nicht sicher sein.«

»Lass uns annehmen, dass ich das habe. Kannst du mir mit dieser kleineren Auswahl helfen?«

Er blätterte die drei Zeichnungen durch. Es waren unbestreitbar drei Namen. Mehr als er normalerweise bei seinen Missionen hatte.

»Wenn ich dir helfe, was wirst du tun, wenn du erfährst, wer es ist, Celia?«

»Das habe ich dir doch schon gesagt. Ich will nur seinen Namen kennen.«

»Das denkst du jetzt, aber sobald du ihn hast, wird das nicht mehr reichen. Ich glaube, dass du dann auch unbedingt mit ihm sprechen willst.«

Sie erstarrte und bedachte ihn mit einem weniger freundlichen Blick. »Und wirst du mir deine Hilfe verweigern, um das zu verhindern?«

Sie stritt es nicht ab. Also wusste sie, dass er recht hatte. »Wenn du diesen Mann zur Rede stellst, wird er dich wahrscheinlich beleidigen. Ich befürchte, dass es dir am Ende das Herz brechen wird, wenn ich dir dabei helfe, seine Identität zu erfahren.«

Ihre starre Körperhaltung wankte. Ihre Augen funkelten, aber vor Tränen. »Aber das wäre zumindest etwas. Er wird mit mir sprechen müssen, um das zu tun. Er wird sich mit mir treffen, mich sehen und zugeben müssen, dass ich zu ihm gehöre. Ich werde ein gebrochenes Herz riskieren, Jonathan, wenn er dafür ein paar Minuten lang anerkennt, dass ich lebe.«

Er wollte argumentieren und es ihr ausreden. Er wollte ihr sagen, dass es das nicht wert war. Auch wenn er wusste, dass er das Gleiche tun würde. Zu wissen, dass sein eigener Vater ihn als Sohn anerkannt hatte, war für ihn wie eine Verankerung seiner Herkunft. Celias Bedürfnis, den Namen dieses Mannes zu kennen, war keine Kleinigkeit, die man einfach so beiseiteschieben konnte.

»Ich werde mal sehen, was ich herausfinden kann«, sagte er schließlich.

Sie stellte sich auf die Zehenspitzen, um ihn zu küssen. »Vielen Dank. Ich verlange nicht, dass du etwas Offensichtliches tust oder ihn dazu bringst, dir zu schaden. Ich dachte nur, dass du dich vielleicht unauffällig umhören könntest.«

Er umarmte sie. Zwar bezweifelte er, dass er viele Fragen stellen konnte, bevor die fraglichen Männer davon erfuhren. Doch es war möglich, dass eine Unterhaltung mit Onkel Edward einen oder sogar zwei ausschließen würde.

Er hielt ihren weichen, warmen Körper in seinen Armen und ließ sich dadurch von seiner Sorge darüber ablenken, was sie seine Zustimmung tatsächlich kosten würde. Sein Blick fiel auf die Bilder auf dem Tisch hinter ihr.

»Lass die Mappe hier, Celia. Ich will mir die Zeichnungen deiner Mutter genauer ansehen. Vielleicht kann ich durch sie noch mehr erfahren.«

18

»Ich brauche deinen Rat, Jonathan.«

Die Worte trieben durch die Nacht, durchdrangen die innige Zufriedenheit, die es in ihm erzeugte, sie in der Dunkelheit zu halten. Sein Körper war von hinten an sie geschmiegt, und seine Hand lag auf ihrer Brust. Ihr Höhepunkt war heftig und wild gewesen, und sie hatte ihn mit sich gerissen, bis er schließlich ebenfalls vor Lust zerborsten war.

Ihre Stimme half ihm nun, die Stücke wieder zusammenzusetzen, doch die Ekstase verweilte. Sie war noch zu lebhaft, um schon zu einer Erinnerung zu werden. Es formten sich Worte, um das zu beschreiben, Worte, die vor ein paar Minuten noch unmöglich gewesen wären: Perfekt, erstaunlich, makellos. Der Moment war voller Dinge gewesen, die ein Mann nicht einfach so loslassen konnte.

»Wegen deiner Pflanzen?«, murmelte er. »Ich fürchte, ich bin als Gärtner genauso unfähig wie als Zimmermann.«

»Wegen etwas anderem. Ich habe gestern spät am Tag einen Brief von Audrianna erhalten«, erklärte sie. »Sie bat mich darum, sie heute zu besuchen. Doch sie hat mir keine Hinweise gegeben, wie ich das auf diskrete Weise tun kann. Sie will doch sicherlich nicht, dass ich sie besuche, als ob ich wie ihre anderen Freunde wäre.«

»Es klingt so, als würde sie genau das tun.«

»Ich will ihr aber keinen Ärger bereiten, weder mit ihrem Mann noch mit dessen Mutter.«

»Vielleicht solltest du es ihr gestatten, selbst zu entscheiden, ob du ihr Ärger bereiten würdest und wie viel sie davon ertragen kann.«

Einen Augenblick lang verstummte sie. Er spürte, dass die Einladung sie beunruhigte.

»Sie hat durch Zufall von meiner Mutter erfahren, kurz nach ihrer Hochzeit«, sagte sie. »Ich erinnere mich an den Tag, an dem sie nach Cumberworth zurückkehrte und mir sagte, dass sie nicht mehr öffentlich mit mir befreundet sein könne. Sie hat furchtbar geweint, aber ich habe natürlich nichts anderes erwartet. Ich fand es großzügig von Sebastian, dass er ihr überhaupt erlaubt hat, mich weiterhin zu kennen.«

»Wenn sie ihm damals gehorcht hat, wird sie jetzt nicht damit aufhören. Sebastian scheint seine Meinung geändert zu haben.«

»Oder sie hat ihn davon überzeugt.« Sie kicherte. »Ich frage mich, wie sie das geschafft hat.«

»Vielleicht war sie ungewöhnlich großzügig.« Er küsste ihre Schulter. »Ich habe mit dem Gedanken gespielt, Sebastian heute einen Besuch abzustatten. Warum begleite ich dich nicht einfach dorthin?«

Sie drehte sich in seinen Armen um und sah ihn an. »Würdest du das tun? Ich gebe zu, dass schon der Gedanke, mich dieser Tür allein zu nähern – ich stelle mir immer wieder vor, was passieren würde, wenn ich etwas missverstanden habe und …«

»Du bist genauso würdig, dich ihrer Tür zu nähern, wie jede andere Frau, die sie kennt. Das hat sie so in ihrem Brief zum Ausdruck gebracht, und so ist es auch. Wir werden deine Kutsche nehmen und heute Nachmittag hinfahren.«

»Das ist viel zu auffällig. Wenn du zu viel mit mir gesehen wirst, wird dein Name mit meinem in Verbindung gebracht werden.«

»Niemand wird zwei unbedeutende Leute in einem Einspänner bemerken, Celia. Und wenn doch, wird es in deinem Alter deinem Ruf auch nicht schaden.«

»Ich bin nicht um meinen Ruf besorgt, Jonathan. Deine Aussichten sind viel besser, als meine jemals sein werden. Du bist derjenige, der vorsichtig sein muss.«

Er drehte sich herum, sodass er auf ihr lag und auf ihr Gesicht hinunterblicken konnte. »Mein Ruf wird nicht dadurch beschädigt werden, dass man uns zusammen sieht. Das ist absurd.«

Sie begann zu sprechen, doch hielt dann inne. Sie wendete ihren Kopf ab und wich seinem Blick aus. Das ersterbende Kaminfeuer spendete nur noch wenig Licht, und ihr Gesichtsausdruck war nicht klar zu erkennen, aber er hatte das Gefühl, dass sie eher traurig als verärgert wirkte.

»Dennoch werden wir uns eine geschlossene Kutsche mieten. Vielleicht wird die Welt auf diese Weise gar nicht erfahren, wie töricht du und Audrianna euch verhaltet.«

»Wie nett von deinem Mieter Mr Albrighton, dich zu begleiten«, sagte Audrianna an diesem Nachmittag, nachdem sie Celia und Jonathan willkommen geheißen hatte.

Sie waren allein in ihrem persönlichen Salon. Jonathan hatte nach Sebastian gefragt, und beide Männer waren sofort in der Bibliothek verschwunden.

»Er ist inzwischen mehr als mein Mieter geworden …«, sagte Celia.

Audrianna lächelte. »Nun, was Liebhaber angeht, hättest du es wohl schlechter treffen können, denke ich.«

»Du solltest eigentlich schockiert sein.«

»Und doch bin ich es nicht. Stell dir das nur vor.«

»Wegen meiner Mutter?«

Audriannas Lächeln verschwand. »Was für eine dumme Frage, Celia. Ich bin nicht schockiert, weil du eine Frau bist und er ein stattlicher Mann und weil deine Ansichten über sinnliche Intimität, seit ich dich kenne, eine gewisse … wie soll ich es nennen … Ironie in sich getragen haben.«

»Vergib mir. Du hast vollkommen recht. Es war eine dumme Frage. Seit öffentlich bekannt wurde, dass ich die Tochter von Alessandra Northrope bin, vermute ich allzu schnell Beleidigungen, wo manchmal gar keine beabsichtigt sind.«

Nun wirkte Audriannas liebliches Gesicht besorgt. »Aber manchmal sind sie beabsichtigt?«

»Natürlich. Ich bin dankbar, dass du mich heute offen empfängst, aber ich befürchte, dass du dafür wohl einen Preis zahlen wirst.« Sie sah zur Tür. »Weiß deine Schwiegermutter, dass ich hier bin?«

Audrianna glättete mit der Hand ein paar ihrer kastanienbraunen Locken, während sie mit geneigtem Kopf dasaß. »Sie ist gerade heute zufällig aufs Land gereist. Ich bezweifle, dass sie vor Beginn der Saison zurückkehren wird.«

»Dann wirst du wohl um den Preis dafür, mich zu empfangen, herumkommen.«

»Oh, sie weiß es. Wir hatten gestern einen heftigen Streit, bevor ich dir diesen Brief geschrieben habe. Ich habe ihr Fragen über deine Mutter und den alten Klatsch gestellt, und schließlich wurde ihr klar, dass mein Interesse bedeutete, dass ich immer noch mit dir befreundet bin, und, nun ja …« Sie zuckte mit den Schultern.

»Genau das meine ich! Unsere Freundschaft bereitet dir schon Schwierigkeiten, selbst wenn wir diskret sind. Wie viel schlimmer wird es sein, wenn wir nicht …«

»Nein, ganz im Gegenteil! Lass mich dir erklären, was geschehen ist. Sie versuchte, Sebastian in den Streit hineinzuziehen, was, wie sie jetzt weiß, ziemlich ungeschickt von ihr war. Er hat sich auf meine Seite gestellt und gesagt, dass ich dich in Zukunft offen empfangen würde und dass sie das entweder akzeptieren oder das Haus verlassen müsste.« Audrianna entschied, dass ihr Haar nun ausreichend geglättet war. Ihre Hände sanken wieder in ihren Schoß und sie blickte ihre Freundin unschuldig an. »Also hat Sebastian mir sozusagen befohlen, dich offen zu empfangen, und seine Mutter damit aus dem Haus getrieben.«

»Ich verstehe. Wie praktisch.«

»Ja, nicht wahr? Ich glaube, Sebastian ist recht stolz auf diesen brillanten Einfall.«

»Wo wir gerade von deiner Schwiegermutter sprechen – ist ihr vor ihrer Abreise eingefallen, was damals über meine Mutter geredet wurde?«

»Sie hat sich an mehr erinnert, als ich erwartet hatte, aber die Männer sind wohl das Interessanteste für dich, oder? Sie erwähnte beiläufig, dass Hartlefield weder einen Erben noch eine Tochter hatte, obwohl er bis zu seinem Tod dreimal verheiratet gewesen war.«

»Auch wenn es möglich ist, dass er das Unglück hatte, drei unfruchtbare Frauen zu heiraten, scheint es doch eher …«

»Es gibt einige Leute, die aufgrund solcher Fälle der Meinung sind, dass die Ursache tatsächlich beim Mann liegen kann. Wenn dem so ist und du mit diesen Zeichnungen recht hast, ist der Mann, den du suchst, entweder Barrowleigh oder Enderby.«

»Hat sie über diese beiden etwas Interessantes gesagt?«

»Sie sagte, dass Enderbys Affäre mit Alessandra heftig, aber kurz gewesen wäre, weil er sich in eine andere Frau verliebt und diese kurz darauf geheiratet hat. Was Barrowleigh angeht, hieß es, dass er Alessandra heiraten wollte, ganz egal, was die Leute sagen, dass sie ihn aber nicht als Ehemann akzeptiert hat. Vielleicht hat er ihr diesen Antrag gemacht, weil er wusste, dass sie sein Kind in sich trug?«

»Vielleicht.« Doch nicht notwendigerweise. Es war nicht der

einzige Heiratsantrag, den Alessandra über die Jahre bekommen hatte. Die Lust konnte Männer dazu bringen, impulsiv zu handeln.

Barrowleigh oder Enderby. Sie würde alles über die beiden herausfinden müssen. Es war aufregend, endlich so kurz vor einem Durchbruch zu stehen. Vielleicht würde sie Jonathans Hilfe gar nicht mehr brauchen.

»Sie wusste noch mehr Dinge, Celia. Andere Gerüchte.« Audriannas Tonfall hatte seine Leichtigkeit verloren.

»Was für andere Dinge?«

Sie seufzte. »Man erzählte sich, dass einer der ersten Liebhaber deiner Mutter ein Franzose war. Ein Emigrant. Angeblich soll er während des Krieges seine Ohren für Frankreich offengehalten haben.« Sie lehnte sich vor, legte ihre Hand auf Celias und drückte sie leicht. »Es hieß außerdem, dass sie das ebenfalls getan hätte.«

Celia betrachtete den besorgten Ausdruck ihrer Freundin, dann die Hand, die ihre beruhigend und beschwichtigend hielt.

Sie konnte nicht anders und begann zu lachen. »Alessandra eine Spionin? Audrianna, das ist lächerlich. Warum sollte sie das tun? Sie stammte aus Yorkshire, um Himmels willen! Man konnte es immer noch an ihrer Sprache hören, so sehr sie es auch zu verbergen suchte. Warum sollte sie so etwas tun?«

»Für Geld. Oder aus Liebe.«

»Ich kann das einfach nicht glauben. Das ist doch nichts als Klatsch alter Weiber. Der bloße Gedanke daran ist mehr als lächerlich.«

»Das dachte ich auch. Ich bin sicher, dass nichts Wahres daran ist. Ich wollte es dir eigentlich nicht einmal erzählen. Aber ich glaube, dass du es wissen solltest, während du nach deinem Vater suchst.«

»Du denkst, dass es vielleicht gar nichts mit mir zu tun hat, dass er die Vaterschaft verschweigt, sondern mit anderen Umständen?«

»Betrachte es auf jeden Fall als Möglichkeit. Vielleicht hat er diese Gerüchte ebenfalls gehört und will nicht, dass sein Name mit ihrem in Verbindung gebracht wird. Ein Mann von guter Reputation würde wohl nur ungern erklären müssen, seiner Geliebten nichts verraten zu haben, was sie an ihren französischen Freund hätte weitergeben können, oder?«

Wahrscheinlich nicht. Diese Erklärung wirkte einleuchtend, ganz egal, wie wütend sie darüber war, dass der Name ihrer Mutter mit solchen Gerüchten in Verbindung gebracht wurde.

Wenn Audrianna recht hatte, wenn das der Grund dafür war, warum der Name ihres Vaters zu einem Geheimnis gemacht worden war, würde es ihm vielleicht gar nicht so viel ausmachen, wenn sie sich ihm diskret vorstellte.

»Du wirst mir nicht verraten, was du hier willst, oder?« Sebastian stellte die Frage, während er auf dem Kanapee in der Bibliothek saß und ein Buch las. Während er sprach, sah er nicht einmal auf.

»Ich widme mich gerade aus purer Neugier der Heraldik«, sagte Jonathan, während er eine Seite umblätterte. Darauf waren Hunderte Wappen zu sehen, die alle recht ähnlich wirkten. Eine einzelne Farbe konnte eine andere Person bedeuten, und alles, was er zur Verfügung hatte, waren grobe Zeichnungen, die er von Alessandras Bildern abgepaust hatte.

Celia hatte lediglich gesehen, wie er die kolorierten Wappen kopiert hatte. Sie war nicht mehr im Raum gewesen, als er sich den anderen Zeichnungen zugewandt und eine Chronologie von Alessandras Liebhabern erstellt hatte.

»Es ist eine gute Sache, dass Castleford nicht hier ist. Er würde dir sagen, dass du ein Langweiler bist.«

»Und unhöflich obendrein. Gott sei Dank bist du viel zu gut, um mir so etwas vorzuwerfen. Darum benutze ich ja auch deine Bibliothek und nicht seine.«

»Und ich bin außerdem zu gut, um darauf hinzuweisen, dass es einen Ort gibt, an dem du die Antworten viel schneller als in jeder privaten Bibliothek finden würdest.«

»Ich bezweifle, dass mich das College of Arms empfangen und mir diese Antworten geben würde, schon gar nicht, wenn es um reine Neugier meinerseits geht.«

»Die haben doch sonst nichts zu tun.« Er sah von seinem Buch auf. »Außer natürlich, du musst deine Neugier aus irgendeinem Grund geheim halten. Außer du machst das gar nicht aus reiner Neugier.«

Das war direkt auf den Punkt. Und sehr informativ. »Hast du denn einen Grund zu glauben, dass es nicht aus reiner Neugier geschieht?«

»Keinen speziellen, außer dass dies kein Thema ist, mit dem sich ein Mann, der sich für wissenschaftliche Untersuchungen interessiert, normalerweise beschäftigen würde.«

»Ich beschäftige mich mit vielen Dingen.«

Sebastian lachte auf. »Das tust du in der Tat. Normalerweise bin ich mir dieser Dinge aber zumindest flüchtig bewusst. Doch nicht dieses Mal. Hier geht jemand äußerst diskret vor.«

Offensichtlich, wenn weder Castleford noch Summerhays etwas herausfinden konnten. Es war an der Zeit, den guten Onkel Edward zu fragen, wer diese äußerst diskrete Person war.

»Es war nett von dir, deiner Frau zu erlauben, Miss Pennifold zu empfangen«, sagte er, um das Thema von sich selbst wegzubringen.

Sebastian winkte ab. »Ich bezweifle, dass sie die erste Person mit einem solchen Hintergrund ist, die durch die Vordertür geht.«

»Auf keinen Fall. Ich war beispielsweise auch schon hier.«

Sebastian lächelte reumütig. »Das ist nicht ganz das Gleiche.«

»Warum? Weil sich meine Mutter nur an einen Mann gehängt hat und im Hintergrund geblieben ist?«

»Weil es keinen Hinweis darauf gibt, dass du einen Beruf ergreifen wirst, der deinen Ruf unwiderruflich beschädigen wird. Diese Unwahrscheinlichkeit einer dauerhaften Beschädigung ist bei Miss Pennifold keine gesicherte Tatsache. Das Jahr, das sie bei Miss Northrope verbracht hat, ist noch nicht vergessen.«

»Ich habe in meinem Beruf bereits getötet, Summerhays. Wenn das einen Menschen nicht ruiniert, weiß ich nicht, was sonst.«

»Wenn du damit sagen willst, dass die Miss Pennifolds dieser Welt ungerechterweise strenger beurteilt werden als die Mr Albrightons, dann stimme ich dir zu. Doch sowohl deine als auch ihre Vergangenheit und Zukunftsaussichten werden von Gerüchten begleitet. Ihre sind von der schlimmsten Art, deine von der besten. Das macht wohl den Unterschied aus, nehme ich an.«

Jonathan hätte fragen können, warum Summerhays ihm bessere Aussichten bescheinigte, aber das musste er gar nicht. Castleford war wohl indiskret gewesen, was den Plan anging, sich mit Thornridge zu treffen.

In diesem Moment betraten die Damen die Bibliothek. Sie hatten ihre Hauben aufgesetzt und trugen ihre Überkleider. Jonathan erhob sich, um sie zusammen mit seinem Gastgeber zu begrüßen.

»Die Sonne scheint auf die Terrasse, und ich habe Cook gebeten, uns etwas Tee zu machen«, verkündete Lady Sebastian. »Würden sich die Herren uns anschließen?«

Jonathan richtete seine Aufmerksamkeit auf Audrianna, behielt aber auch Celia im Blick, die die Bücher, Regale und Fenster musterte. Gerade als Sebastian die Einladung seiner Frau annahm, fiel Celias Blick auf die Bände, die dort lagen, wo Sebastian und er gesessen hatten.

Er spürte, wie sie zusammenzuckte. Als sie auf die Terrasse gingen, wusste Jonathan, dass sich Celia darüber bewusst war, dass er in einem Buch über Wappenkunde geblättert hatte.

Jonathan ging an diesem Abend wie gewöhnlich aus. Doch zum ersten Mal fragte sich Celia, wohin er ging.

Sie entschied, dass sie nicht annähernd genügend Neugier gezeigt hatte, was ihn anging.

Nach dem Abendessen saß sie in ihrem Zimmer und bemühte sich, einen Brief an Daphne zu formulieren, doch ein Durcheinander von den Eindrücken des Tages lenkte sie ab. Die Informationen von Audrianna waren am beunruhigendsten gewesen. Dass sich Sebastians Mutter an mehr als zwanzig Jahre alte Gerüchte erinnerte, sollte man nicht unterschätzen. Diese Frau mochte für ihren Sohn und seine Frau eine Belastung darstellen, aber niemand konnte ihr in solchen Angelegenheiten die Sachkündigkeit absprechen.

Hatte Alessandra es getan? Indiskretionen von den wichtigen Männern, die sie aufgesucht hatten, zusammenzutragen, um sie dann an ihren französischen Geliebten weiterzugeben? Oder an jemand anderen, einen anderen Mann? Und wenn dem so war, hatte sie es aus Liebe oder wegen des Geldes getan? Vielleicht gab es einen guten Grund dafür, warum die Geschäftsbücher unauffindbar waren.

Celia dachte lange darüber nach, länger als nötig, das wusste sie. Schließlich akzeptierte sie, dass sie damit andere Erinnerungen an den Tag vermied. Sie wollte insbesondere nicht über das Heraldikbuch nachdenken, das sich Jonathan in Summerhays' Bibliothek angesehen hatte.

Er musste die kolorierten Wappen aus der Foliomappe ihrer Mutter nicht nachsehen. Sie hatte ihm die entsprechenden Namen bereits gegeben. Natürlich konnte es immer noch sein, dass er die Richtigkeit ihrer Angaben überprüfen wollte, bevor er weiterforschte. Sie wünschte sich, sie hätte das glauben können. Sie wollte es so sehr.

Sie ging an ihren Schreibtisch und öffnete die Mappe. Die

Aquarelle lagen immer noch auf den anderen Zeichnungen. Sie arbeitete sich durch die Wappen zu den nicht kolorierten vor und begann sie umzudrehen. Vielleicht war an ihnen ja etwas, von dem er glaubte, dass es ihr ebenfalls nützlich sein könnte. Sie fragte sich, was das sein könnte.

Sie musterte die Bilder und ihre Rückseiten. Als sie fast mit dem Stapel durch war, bemerkte sie etwas, das ihrem Herzen einen Stich versetzte. Auf den letzten fünf standen nur Daten, die inzwischen fünf Jahre zurücklagen. Und sie war sicher, dass sie heute Morgen noch nicht so angeordnet gewesen waren.

Diese Wappen hatten nichts mit ihrem Vater zu tun. Dafür waren die Daten noch nicht alt genug. Und doch waren sie für Jonathan interessant gewesen. So interessant, dass er sie aussortiert hatte. War er dann in Summerhays' Bibliothek gegangen, um herauszufinden, welche Männer sich dahinter verbargen?

Die logische Schlussfolgerung drängte sich ihr auf und versetzte ihrem Herzen einen überraschend schmerzhaften Stich. Zu dem Schmerz gesellte sich ein nicht geringer Teil von Demütigung. Sie versuchte sich mit Zorn dagegen zu wappnen, doch das half nicht gegen die Enttäuschung.

Es war dumm von ihr gewesen zu glauben, dass sie für ihre Affäre nicht den Preis zu bezahlen hatte, der das Leben und die Herzen aller Frauen zeichnete. Sie hatte auf naive Weise gedacht, dass sie nichts zu verlieren hätte.

Höchstwahrscheinlich hatte seit dem ersten Abend, an dem sie Jonathan in ihrem Haus getroffen hatte, mehr dahintergesteckt, als sie geahnt hatte. Und nun war es an der Zeit herauszufinden, was das war.

Jonathan betrat das Haus durch die Gartentür, wie er das immer tat. Er hatte keine Lichter darin gesehen, als er von der Straße aus hinaufgeschaut hatte.

Er wurde von Schweigen begrüßt. Nicht nur von dem eines Haushalts, der zur Ruhe gekommen war, sondern von etwas, das noch stiller und allgegenwärtiger war. Er blieb auf der ersten Treppenstufe stehen und lauschte. Normalerweise drangen leise Geräusche aus Celias Zimmer. Heute knarrten nicht mal die Dielen.

Er war zu lange bei Castleford geblieben. Das Entgegenkommen eines Herzogs forderte Gegenleistungen, besonders von jemandem wie Jonathan Albrighton. Am heutigen Abend war Castleford entschlossen gewesen, seinen Gast in seine Exzesse hineinzuziehen. Und es hatte beträchtliche Raffinesse erfordert, um der geplanten Orgie zu entgehen.

In seinem Zimmer zündete er eine Kerze an und zog seinen Mantel aus, während er über den Herzog, dessen Frauen und die Merkwürdigkeit dieser erneuerten Freundschaft nachdachte. Da Castleford ohnehin erwartete, in die Hölle zu kommen, hatte er vielleicht beschlossen, die Reise dorthin mit Jonathan zusammen zu unternehmen.

Er löste den Knoten seines Halstuchs und zog es aus. Als er das tat, bewegte sich die Luft im Raum. Beunruhigt sah er zur Tür.

Dort stand Celia, mit einem einzelnen Kerzenhalter in der Hand. Ihr goldenes Haar war offen und gebürstet. Die weichen Wellen reichten über ihre Schultern bis zu ihrer Brust. Doch sie trug immer noch das, was sie am Tag angehabt hatte, und das Funkeln in ihren Augen wirkte nicht wie Vorfreude.

Er nahm Verärgerung und Enttäuschung wahr und noch etwas anderes, das so schneidend war, dass es ihm den Magen umdrehte. Sie bemühte sich, beiläufig zu wirken, während sie die Tür schloss. Aber er wusste sofort, dass diese Nacht nicht wie die anderen enden würde.

Sie pustete ihre Kerze aus, und die Schatten überfluteten sie. Dann fand das Licht seiner eigenen Kerze sie und das vom Fenster, und sie wurde für ihn wieder zu einer Oase des goldenen Schimmers inmitten einer Wüste aus Dunkelheit.

Sie ging zu seinem Schreibtisch und betrachtete die dort liegenden Magazine und Zeitungen. »Du hast recht breit gestreute Interessen, Jonathan. Das überrascht mich nicht. Auch wenn mir Entdeckungen im Bereich chemischer Bestandteile ein wenig obskur vorkommen. Andererseits finden sich vielleicht für ein paar davon praktische Anwendungen, die du faszinierend findest. Zum Beispiel Gifte.«

So würde es also an diesem Abend sein. Er konnte es ihr nicht verdenken, wenn sie etwas über das Leben, das er geführt hatte, erfahren haben sollte. Doch es gefiel ihm gar nicht.

»Ich habe niemals Gifte verwendet«, erwiderte er.

»Wie man hört, sind sie auch sehr unzuverlässig, also ist das wahrscheinlich klug.« Sie deutete auf ein paar weitere Magazine. »Nichts über Wappenkunde. Ich dachte, das ist ein weiteres deiner Interessengebiete.«

Er streckte seinen Arm nach ihr aus, um das zu beenden. Er wusste nicht, ob er sie beruhigen oder ablenken wollte. Doch sie hob eine Hand, um seine Umarmung abzuweisen, und warnte ihn mit einem Blick davor, sich ihr weiter zu nähern.

»Ich hätte schon lange wieder hierherkommen sollen«, sagte sie, während sie sich im Raum umsah und die Artefakte seines Lebens betrachtete. »Ich hätte dir nicht gestatten sollen, ein solches Rätsel zu bleiben.«

»Dir gegenüber bin ich keines mehr, und das weißt du auch.«

»Das wünschst du dir vielleicht.« Selbst der Zorn konnte ihr liebliches Gesicht nicht entstellen, doch sie trug eine Menge davon in sich, so viel war klar. »Ich dachte, dass du in London nur Zwischenstation machst, bevor es irgendwohin weitergeht. Ich dachte, dass du zwischen zwei Missionen oder Ermittlungen hier wärst. Jetzt ist mir klar, dass es dumm war, so etwas anzunehmen.«

Er konnte es zugeben oder sie anlügen. Oder gar nichts sagen. Die letzte Option war seine übliche Wahl, wenn jemand Fragen über seine Aktivitäten stellte. Jetzt tat er es wieder.

Wut blitzte in ihren Augen auf. »Willst du mich beleidigen, indem du dich weigerst, darüber zu sprechen? Wirst du meine Fragen ignorieren, als ob ich eine Hure wäre, mit der du getändelt hast und die verschwinden soll, sobald der Preis bezahlt wurde?«

»Ich habe dich nicht beleidigt. Du hast keine Fragen gestellt. Du bist zornig, aber ich weiß nicht, weswegen.« Aber das tat er doch. Das Gefühl drohenden Verlustes sagte ihm, dass er es wusste. Es erstaunte ihn, wie leer sich diese Wahrheit anfühlte, und wie sie sich immer weiter ausbreiten wollte, bis sie ihn völlig ausgehöhlt hatte.

»Du weißt es nicht?« Sie trat näher an ihn heran und blickte zu ihm auf. Sie musterte ihn so intensiv, dass man meinen könnte, sie habe ihn noch niemals so genau angesehen. »Ich habe von Audrianna erfahren, dass es über meine Mutter Gerüchte gab. Über sie und einen französischen Liebhaber und über ihre Loyalität. Weißt du davon?«

»Ja. Es sind nur Gerüchte. Nicht mehr.«

»Gerüchte sind in dieser Welt schon genug.« Sie durchforschte seine Augen, als ob sie sich anstrengen müsste, um überhaupt etwas zu sehen. »Jonathan, bist du wegen eines Auftrags hier? Stellst du Nachforschungen über meine Mutter an? Oder über mich?«

»Nicht über dich. Genaugenommen auch nicht über sie. Nachforschungen trifft es nicht ganz.«

»Was trifft es denn sonst?«

»Ich sollte herausfinden, ob sie eine Liste ihrer Affären hinterlassen hat. Es ging nicht darum, irgendjemandem zu schaden, sondern Unschuldige zu schützen.«

Sie verzog ihr Gesicht. Bestürzt wandte sie sich ab. »Dann ist es also wahr. Oh, gütiger Gott.« Sie trat ans Fenster und blickte in den nächtlichen Garten hinab. »Audriannas Schwiegermutter hat ihr von diesen Gerüchten erzählt. Ich hielt sie für absurd, aber wenn du ebenfalls …«

»Es gibt keinerlei Beweise dafür. Keinen Grund, sie für wahr zu halten.«

»Und doch bist du hier.«

»Man hat mich lediglich gebeten, dafür zu sorgen, dass niemand durch die Verbindung zu solchen Gerüchten befleckt wird.«

Sie nickte, aber er fragte sich, ob sie ihn wirklich gehört hatte. Doch sie wirkte sehr ruhig. Er wusste nur nicht, ob das ein gutes Zeichen war.

»Es ging nicht um dich, Celia«, versuchte er erneut zu ihr durchzudringen. »Es sollte ein kleiner Auftrag sein, um den Männern eine Peinlichkeit zu ersparen, die diskret waren und im Gegenzug Diskretion erwartet haben. Solange sie lebte, hat sie ihnen diese Diskretion gewährt. Ich sollte dafür sorgen, dass es dabei bleibt.«

»Natürlich ging es um mich.« Sie warf ihm einen wütenden Blick über die Schulter zu. »Du bist doch hier, oder nicht? Du warst an jenem Abend in diesem Haus und bist geblieben, damit du deinen Auftrag ausführen konntest. Und um das zu erreichen, hast du mich getäuscht. Jetzt hast du, was du wolltest, die Namen der Gönner, die sie im Laufe der Jahre hatte. Ich nehme an, dass du eine Liste der Zeichnungen angefertigt hast.« Sie sah wieder in den Garten. »Da du deinen Auftrag erfüllt hast, wirst du jetzt wohl gehen.«

Sie verfiel in Schweigen und wurde zu einer leblosen Steinfigur.

»Wenn du es wünschst, werde ich gehen.« Es fiel ihm schwer, die Worte auszusprechen. Fast blieben sie ihm in der Kehle stecken. Er wollte lieber mit ihr diskutieren, wusste aber, dass das hoffnungslos wäre.

Sie antwortete nicht einmal.

Also zog er seinen Mantel wieder an und nahm ein paar persönliche Gegenstände vom Tisch. Den Rest würde er später holen.

»Hat sie dieses Zimmer wirklich an dich vermietet, Jonathan? Ich habe niemals einen Mietvertrag gesehen.«

»Das hat sie, aber ich habe keinen Vertrag.«

Endlich drehte sie sich um und sah ihn an. Er stand vor der Tür, wartete und hoffte, dass sie noch etwas sagen würde, auch wenn er wusste, dass es nicht das sein würde, was er hören wollte.

»Was ist vor fünf Jahren geschehen?«, fragte sie. »Du hast ein besonderes Interesse an den Zeichnungen aus dieser Zeit und an den Männern, die sie repräsentieren.«

Er erinnerte sich daran, wie er die Mappe am Nachmittag durchgegangen war. Er hatte nicht nachgedacht und die wichtigen Bilder zusammen liegengelassen. Celia hatte bemerkt, was die meisten anderen Menschen übersehen hätten.

»Es ist eine persönliche Angelegenheit«, sagte er. »Es hat mit einer meiner letzten Missionen während des Krieges zu tun.«

»Und doch dachtest du, dass diese Wappen dir bei dieser persönlichen Angelegenheit helfen könnten«, sagte sie. »Das bedeutet, du denkst, dass die Gerüchte über meine Mutter zutreffen könnten.«

Sie warf ihm einen langen und ernsten Blick zu. Nun wirkte sie nicht mehr wütend. Der Raum verlor seine kalte und gereizte Atmosphäre.

»Das ist doch schon mal etwas«, sagte sie. »Dieser persönliche Teil. Das wirkt auf mich ein bisschen weniger wie ein kalkulierter Verrat, trotz der Schlussfolgerungen, die du damit über die Gerüchte ziehst.«

Er öffnete die Tür. Ihr Gesichtsausdruck wurde traurig, aber sie blieb stumm. Er ging auf sie zu und sein Herz wurde mit jedem Schritt schwerer.

Dann legte er seine Hände auf ihre Wangen und betrachtete sie im Mondlicht. Er prägte sich ein, wie sich ihre Haut unter seinen Händen anfühlte und wie sie dieses Zimmer ganz allein zum Leuchten bringen konnte.

»Es tut mir leid, wenn ich dich enttäuscht habe, Liebste.« Er küsste sie und ließ zu, dass sich der kurze Kontakt in seine Seele einbrannte. Dann ging er davon, in dem Wissen, dass sie nichts mehr sagen würde.

19

»Du siehst ja furchtbar aus, Albrighton. Wach auf, dann kann dir mein Kammerdiener beim Waschen und Rasieren helfen.«

Auf den Befehl hin, der seinen unruhigen Schlaf beendete, öffnete Jonathan die Augen. Castleford sah auf ihn herab. Der Herzog war bereits angekleidet und wirkte ganz anders als das letzte Mal, als Jonathan ihn gesehen hatte.

Nachdem sich seine Gedanken ein wenig sortiert hatten, bemerkte Jonathan, dass er auf einem Kanapee im Ankleidezimmer des Herzogs lag. Plötzlich kamen die Erinnerungen an den vergangenen Abend zurück.

Nachdem er Celia verlassen hatte, war er in dieses Haus zurückgekehrt und von einem Diener zum Hausherrn gebracht worden. Castleford hatte einen Blick auf ihn geworfen und erraten, dass er nicht zurückgekehrt war, um doch noch an der Ausschweifung teilzunehmen, die immer noch im Gange war. Zu Jonathans Überraschung hatte Castleford die Frau in seinem Bett angewiesen zu gehen, einen Morgenmantel übergeworfen und seinen Gast in dieses Ankleidezimmer gebracht. Dort hatte er eine lange Unterhaltung mit ihm geführt, die von zu vielen Gesprächspausen und vielen Gläsern Alkohol begleitet gewesen war.

Er fuhr sich mit den Fingern durch sein Haar. Und erstarrte. »Was zur Hölle …« Er tastete auf seinem Kopf umher und versuchte zu verstehen, was er dort fühlte und nicht mehr fühlte.

»Ich habe dir im Schlaf von meinem Kammerdiener die Haare schneiden lassen«, sagte Castleford. »Es sieht jetzt viel besser aus. Er hat gute Arbeit geleistet.«

Jonathan warf ihm einen vernichtenden Blick zu. »Du bist zu weit gegangen.«

»Ich kann mich in der Stadt nicht mit einem Mann sehen lassen, dessen Haare so altmodisch aussehen. Sobald du es siehst, wirst du mir danken. Die Frauen werden dich umschwärmen.«

Noch einmal berührte Jonathan die kurzen Locken. Seine Wut war mit diesem Kater schwer aufrechtzuerhalten.

»Wie spät ist es?«, fragte er und schaute zu einem Fenster.

»Etwa neun Uhr.«

Jonathan stöhnte auf. Er bemerkte eine Karaffe auf einem Tischchen in der Nähe. Sie hatten diese erst vor höchstens zwei Stunden geleert. »Du hast gar nicht geschlafen, oder?«

»Bedauerlicherweise ist heute Dienstag, also habe ich das nicht. Und wenn ich nicht schlafen kann, wirst du das auch nicht. Schlimm genug, dass du gestern Nacht mit dieser Begräbnisstimmung wiedergekommen bist.«

»Ich nahm an, dass du bis dahin mit deiner Dirne fertig gewesen wärst.«

»Ich bemühe mich, niemals so schnell fertig zu werden. Und jetzt auf mit dir. Ich habe es nicht gerne, wenn es sich ein anderer Mann in meinem Haus bequem macht, wenn ich es nicht kann.«

»Es ist unhöflich von dir, mich einfach hinauszuwerfen, und noch unhöflicher, mir ohne meine Einwilligung die Haare schneiden zu lassen. Ich dachte, Herzöge hätten bessere Manieren.« Er setzte sich auf und stellte erstaunt fest, dass sich sein Kopf anfühlte, als sei er mit Wolle ausgestopft. Und dass jetzt, wo er wieder bei Bewusstsein war, auch die Übelkeit zurückkehrte.

Castleford blickte auf ihn herab, dann setzte er sich neben Jonathan und musterte ihn. Jonathan hatte das Gefühl, dass er diesen prüfenden Blick entweder fürchten oder über ihn verärgert sein sollte, aber er war einfach zu verkatert.

»Als du gestern von hier losgegangen bist, warst du noch dein normales rätselhaftes Selbst, doch als du zurückkamst, warst du so abwesend und verstört, dass ich dir mit Leichtigkeit deine Geldbörse hätte stehlen können. Was ist in der Zwischenzeit vorgefallen? Hast du herausgefunden, dass dein Vater doch nur ein Bauer war und gar kein Earl, wie dich deine Mutter hat glauben lassen?«

Die Frage nüchterte ihn schneller aus als ein Eimer mit kaltem Wasser über den Kopf. Er starrte Castleford an und erwog, ihm einen Schlag ins Gesicht zu versetzen.

»Ah. Das war es also nicht. Und ich dachte schon, ich könnte dich aufheitern, indem ich dir versichere, dass die Ähnlichkeit verblüffend ist.« Plötzlich wirkte Castleford gelangweilt. »Dann muss es wegen einer Frau sein. Hat dich verlassen, was? Wahrscheinlich, weil du so ein alter Langweiler bist.« Er erhob sich. »Ich muss mich nun um meine Pflichten kümmern. Was deinen Vorwurf angeht, ich würde dich hinauswerfen – es gibt hier mindestens dreißig leer stehende Zimmer. Wenn du nicht nur dein Mädchen, sondern auch dein Bett verloren hast, kannst du gerne in einem von ihnen bleiben.«

»Das ist sehr großzügig.«

»Ja, das ist es. Es ist der Inbegriff dessen, was ein edler, großmütiger Herzog tun würde. Sei froh, dass heute Dienstag ist.«

»Aber du solltest wissen, dass ich wahrscheinlich kein weniger großer Langweiler sein werde, nur weil ich hier bleibe. Ich werde dich nicht in die Hölle begleiten.«

Castleford lächelte wie ein Vater, der mit einem unschuldigen Kind spricht. »Natürlich wirst du das, Albrighton. Früher oder später. Wir beide haben unsere Seelen vor langer Zeit verkauft.«

Ein leichter Ruck riss Celia aus dem Schlaf. Als sie ihre Augen öffnete, wurden sie von Licht geblendet. Dann sah sie, dass das Fenster nicht das in ihrem Zimmer war.

Sie blickte auf das Schrägdach und den vollgestopften Schreibtisch. Sofort breitete sich in ihrem Bauch ein elendes Gefühl aus. Sie musste sich in den Schlaf geweint haben.

Sie war unfähig gewesen, die Worte zu sagen, die Jonathan aufgehalten hätten, aber sobald er fort gewesen war, hatte großer Kummer sie überfallen. Es war furchtbar quälend für sie gewesen, in diesem Zimmer zu bleiben, das so voll von ihm und seinem Wesen war, aber sie hatte einfach nicht die Kraft gefunden, es zu verlassen. Und so hatte sie ihren Gefühlen hier freien Lauf gelassen und in das Kissen geweint, das seinen Geruch in sich trug.

Sie hatte es nicht für möglich gehalten, sich so schrecklich zu fühlen. Selbst nachdem Anthony sie damals als Mädchen enttäuscht hatte, selbst als ihr diese Wahrheit ins Gesicht geschleudert worden war, hatte sie sich nicht so verzweifelt gefühlt.

Neben dem Bett stand Marian und sah sie besorgt an. Celia setzte sich auf und wischte sich die vertrockneten Tränen von den Wangen. Sie sah durch die offene Tür, dass die Kammer auf der anderen Seite des Flurs ebenfalls offen war. Daraus drangen leise Geräusche, als würde sich dort ein Tier bewegen.

»Die Tür stand offen«, erklärte Marian. »Als ich heute Morgen Mr Albrightons Wasser brachte, hätte ich nicht erwartet, dich hier zu finden.«

»Er ist fort, Marian. Er wird kein Wasser mehr brauchen.«

Marian setzte sich neben sie und legte mütterlich ihren Arm um ihre Schultern. »Ich wünschte, dass ich etwas sagen könnte, damit du dich besser fühlst. Doch die Wahrheit lautet, dass Männer unbeständige Schweine sind, und wie mir scheint, war dieser hier nicht besser oder schlechter als die anderen.«

Sie legte ihren Kopf auf Marians Schulter. »Du kannst die Männer heute so viel beleidigen, wie du willst. Sag mir nur nicht, dass ich eine Närrin war. Ich fühle mich schon selbst wie eine.«

Aber das stimmte nicht ganz. Sie fühlte sich an diesem Morgen eigentlich gar nicht wie eine Närrin. Genauso wenig wie letzte Nacht, als sie Jonathans Schritten auf der hinteren Treppe gelauscht hatte. Sie fühlte sich hauptsächlich erschöpft, müde und taub.

Sie nahm an, dass dies wahres Herzeleid war, dieses schreckliche Gefühl, das in ihrer inneren Leere wie ein primitives Verlangen widerhallte und ihr erneut die Tränen in die Augen trieb.

Wie es schien, hatte sie sich über Jonathan mehr romantische Illusionen gemacht, als sie gedacht hatte. Trotz ihrer Entschlossenheit, gerade das nicht zuzulassen, hatte er mehr als nur ihren Körper berührt. Sie hatte Mamas Lektionen in der wichtigsten Hinsicht nicht befolgt. Sie hatte ihre gemeinsame Leidenschaft nicht unter Kontrolle gehabt, genauso wenig das, was sie in ihr bewirkt hatte.

Sie betrachtete sein Hab und Gut. Schon bald würde alles fort sein. Eines Tages würde sie vom Besuch bei einer Freundin zurückkehren und das Zimmer wäre so leer, wie sie sich gerade fühlte. Und er wäre vollkommen aus ihrem Leben verschwunden.

Ihr war klar gewesen, dass ihre Affäre nur flüchtig sein würde. Aber doch nicht so flüchtig. Und genauso wenig hatte sie erwartet, dass sie durch einen Verrat verdorben werden würde. Nun konnte sie sich nicht mal mehr den Erinnerungen hingeben, ohne sich zu fragen, was er die ganze Zeit gedacht hatte und ob jeder einzelne Moment durch Lügen beschädigt gewesen war.

Die Geräusche aus dem gegenüberliegenden Zimmer wurden lauter. Sie sah dorthin.

»Bella räumt dort nur auf«, sagte Marian. »Ich habe ihr gesagt, dass sie alles an die Wände schieben soll, um den Boden schrubben zu können. Sobald das Wetter wärmer ist, lüften wir das Zimmer tüchtig aus und …«

Ein lautes, dumpfes Geräusch ertönte, gefolgt von einem Ausruf Bellas.

»Hast du dir wehgetan, Bella?«, rief Marian. »Ich hab dir doch gesagt, dass du nicht versuchen sollst, die Möbel ohne meine Hilfe zu verrücken.«

»Alles in Ordnung«, antwortete Bella, während sie aus dem Raum auftauchte. »Ich habe das eine Ende dieses großen Teppichs angehoben, um ihn zu bewegen, und das hier ist herausgefallen. Es steckte tief in der Teppichrolle versteckt.« Sie betrat das Zimmer mit einer flachen Holzkiste in den Händen.

Celia nahm sie entgegen. Sie legte sie auf das Bett und bewegte den einfachen Haken, um sie zu öffnen.

Darin befanden sich Pinsel, Stifte und Fläschchen mit Farbpigmenten. »Das ist die Malkiste meiner Mutter. Seht mal, mit diesem kleinen Mörser und dem Stößel hier zermahlt man die Pigmente feiner. Und in den kleinen Schälchen hat sie wohl die Farben angerührt.«

»So etwas hab ich mal in einem Schaufenster gesehen«, sagte Bella. »Es hatte sogar eine kleine verborgene Schublade für Papier.« Sie kniete sich hin und warf einen Blick auf die Rückseite der Kiste. »Hier müsste sie sein.« Es gelang ihr, einen Fingernagel in eine versteckte Fuge zu bekommen, und sie zog eine flache Schublade heraus.

Darin lagen Papiere unterschiedlicher Art, alle schwerer als die, auf denen man normalerweise schreiben würde. Bella zog sie fasziniert heraus. Damit enthüllte sie, was sich darunter verbarg.

Celia holte ein schmales Notizbuch heraus, wie man es in Schreibwarenläden kaufen konnte. Als sie es aufschlug, erblickte sie endlose Zahlenreihen in der ordentlichen Handschrift ihrer Mutter.

»Geflügel, Mehl, Salz«, las Marian über ihre Schulter vor. Sie war nicht besonders gebildet, aber jede Frau kannte diese Worte. »Es ist offenbar ein Haushaltsbuch.«

Celia überflog die Seiten. Ihre Mutter hatte hier nicht nur vermerkt, was sie gekauft hatte. Es führte auch ihr Einkommen auf. Einige der Summen ließen sie ihre Augenbrauen hochziehen. Alessandras Gesellschaft hatte die Männer einiges gekostet.

Ihr fiel ein Muster auf. Es gab eine regelmäßige Zahlung auf ihren Namen. Das musste das Geld gewesen sein, das aufs Land zu den beiden alten Jungfern geschickt worden war, die sie aufgezogen hatten. Bevor ihre Mutter diesen Betrag angewiesen hatte, war ein ähnlicher bei ihr eingetroffen.

Bei diesen Einträgen tauchte immer wieder ein bestimmter Name auf, anders als bei den anderen Zahlungen, die Alessandra erhalten hatte. Es war ein Name, den sie wiedererkannte. Er gehörte zu einem der kolorierten Wappen. Es handelte sich um den Marquess of Enderby.

Sie blätterte die Seiten durch, Monat für Monat und Jahr für Jahr, und sah das Geld hineingekommen und hinausgehen. Das konnte kein Zufall sein. Es musste sich um Zahlungen von ihrem Vater handeln und nicht um den Preis für Gefälligkeiten. Er hatte für ihren Unterhalt gezahlt, als sie noch klein gewesen war.

Ihr Verstand raste vor Aufregung über die Entdeckung. Sie würde Jonathan davon erzählen, sobald er …

Ihre Freude erstarb so schnell, wie sie gekommen war. Wieder legte sich der Kummer der vergangenen Nacht auf ihr Gemüt. Sie würde es Jonathan natürlich nicht erzählen oder ihm gestatten, diese detaillierte Buchführung über das Leben ihrer Mutter durchzugehen.

Bella bewunderte die Gegenstände in der Malkiste, hob jedes einzelne Fläschchen mit Farbpigmenten hoch und hielt es gegen das Licht des Fensters.

»Leg die sofort zurück«, tadelte Marian sie.

»Lass sie ruhig«, entgegnete Celia. Sie schloss den Deckel der Kiste. »Nimm die Sachen mit nach unten, Bella. Du kannst die

Pinsel und Farben benutzen, wenn du möchtest. Aber das Heft nehme ich und entscheide später, was damit zu tun ist.«

Sehr geehrter Mr Albrighton,

durch Freunde habe ich erfahren, dass Sie nun bei dem Herzog von Castleford residieren, und ich vertraue darauf, dass dieser Brief Sie dort finden wird. Ich bin sicher, dass Sie es in seinem schönen Haus sehr komfortabel haben, und freue mich, dass Sie dort zufrieden sein werden.

Ich möchte Sie darüber informieren, dass es nicht mehr nötig ist, mir den Gefallen zu erweisen, um den ich Sie gebeten hatte. Ich habe den Beweis, nach dem ich gesucht habe, im plötzlich aufgetauchten Geschäftsbuch meiner Mutter gefunden. Es beinhaltet regelmäßige Zahlungen für meinen Unterhalt an meine Mutter von einem der Männer, der in der engeren Auswahl stand, mein Vater zu sein.

Seien Sie durch Ihr Unvermögen, das Geschäftsbuch vor mir zu finden, nicht entmutigt oder in Ihrem Glauben an Ihre besonderen Fähigkeiten erschüttert, die Sie in diesem Haus einsetzen sollten. Es war gut versteckt, und es enthält nichts, was Sie nicht bereits durch Ihre anderen Ermittlungen wissen, die Sie in den letzten Wochen angestellt haben.

Wie es scheint, wird meine kleine Suche schon bald zu Ende sein, und ich wünsche Ihnen bei der Beendigung der Ihren viel Glück. Wollen Sie denn in der Zwischenzeit nicht Ihre Habseligkeiten abholen? Wenn Sie ein unerwartetes Treffen fürchten, seien Sie versichert, dass ich die Stadt verlassen und für einige Tage nicht zu Hause sein werde.

Miss Pennifold

Jonathan faltete den Brief wieder zusammen und roch daran. Sie hatte ihn nicht parfümiert, und doch kam das Lavendelwasser, das sie benutzte, ein wenig durch.

Er hatte über die Direktheit des Briefes schmunzeln müssen und darüber, dass sie es nicht hatte lassen können, ihm sein Versagen unter die Nase zu reiben, da der Beweis doch die ganze Zeit im Haus gewesen war. *Du hast mich hintergangen und es hat sich nicht mal besonders gelohnt.*

Der Rest des Briefes war weniger amüsant. Besonders der Teil über die regelmäßigen Zahlungen. Celia mochte annehmen, dass es um ihren Unterhalt ging, aber es waren auch andere Erklärungen möglich.

Sich aus Celias Nähe zu entfernen, hatte seine eigenen kleinen Ermittlungen, wie sie es nannte, neu belebt. Er hatte analysiert, was er über Alessandra in den vergangenen Wochen erfahren hatte. Er war immer noch unschlüssig, ob die Gerüchte stimmten, aber wenn sie regelmäßige Zahlungen von jemandem erhalten hatte, besonders von einem früheren Liebhaber, gab es keine Gewissheit, dass diese Zahlungen dafür gedacht gewesen waren, ein Kind der Liebe zu unterstützen. Es konnte genauso gut sein, dass sich jemand Alessandras Schweigen erkauft hatte. Vielleicht sogar der Agent, für den sie gearbeitet hatte.

Die vielen Möglichkeiten beschäftigten ihn, während er zum Park ritt. Edward hatte ihm eine Nachricht zukommen lassen, in der er auf ein Treffen drängte. Der ungeduldige Ton der Nachricht deutete darauf hin, dass jemand darüber verärgert war, dass Jonathans Auftrag nicht schnell genug erfüllt wurde.

Als er am See auf seinen Onkel traf, stellte er sich vor, wie Celia den Mann kontaktierte, den sie nun für ihren Vater hielt. Sie würde es tun, davon war er überzeugt. Vielleicht unauffällig, aber das würde es auch nicht willkommener machen als das kühnste Vorgehen.

Und wenn dieser Mann doch nicht ihr Vater war, sondern jemand, der Alessandra aus anderen Gründen all die Jahre lang Geld gezahlt hatte, was dann?

Edward grüßte ihn, und er trabte zu ihm hinüber.

»Du bist ja zu Fuß unterwegs, Onkel. Ich habe dich gar nicht gesehen.«

»Der Arzt hat mir geraten, jeden Tag einen Spaziergang zu machen. Binde dein Pferd irgendwo fest und geh mit mir ein Stück. Es ist sonst so langweilig und zeitraubend.«

Jonathan tat es und fiel neben ihm in Schritt. »Bist du krank?«

»Nein, es ist nur das Alter. Es fordert seinen Tribut auf viele verschiedene Weisen, bis man daran stirbt.« Edward ging recht zügig und ließ dabei seinen hübschen Spazierstock im Rhythmus seiner Schritte hin und her schwingen. »Ich habe länger nichts von dir gehört. Also dachte ich mir, ich frage mal nach, wie es so aussieht.«

»Ist jemand ungeduldig?«

»Du bist nur ungewöhnlich langsam. Gibt es einen Grund dafür?«

Einen äußerst guten Grund. Er hatte es bisher vermieden, Edward von den Wappen zu erzählen, teilweise, um Celia zu schützen, und teilweise, um genügend Zeit zu haben, selbst Nachforschungen über ein paar Gönner von vor fünf Jahren anzustellen.

»Wenn ich dir gesagt hätte, dass ich alles erfahren habe und im Besitz einer Liste ihrer Kunden bin, was würdest du tun?«

Edward hielt mitten in der Bewegung inne. Ernst studierte er Jonathans Gesicht.

»Hast du eine solche Liste?«

»Das habe ich nicht. Doch ich frage mich, was du mit dem, was ich herausfinden soll, anstellen wirst. Das Innenministerium hat dich dieses Mal nicht zu mir geschickt. Ich bin neugierig, wer dein Auftraggeber ist.«

Edward ging weiter, schneller diesmal. Unter seiner Hutkrempe funkelten seine Augen wütend. »Wer hat dir das gesagt? Ich werde nicht zulassen, dass irgendein Idiot …«

»Es wurde mir von jemandem erzählt, der für gewöhnlich äußerst exakte Informationen erhält.«

»Und du hast dieser Person, wer immer sie sein mag, von deinem Auftrag erzählt? Hast du den Verstand verloren?«

»Ich habe gar nichts erzählt. Meine Aktivitäten sind über die Jahre hinweg nicht unentdeckt geblieben. Ich bin für andere in der Regierung neben dir nicht vollkommen unsichtbar. Aber meine Frage hat dich aufgebracht, also lass es uns vergessen, dass ich gefragt habe.«

»Verdammt, das will ich meinen.«

Sie gingen weiter, und schließlich gewann er seine Fassung zurück. »Ich wollte dich etwas über die Tochter fragen«, sagte er.

»Celia.«

»Ja. Ist es möglich, dass sie etwas herausgefunden hat, was dir entgangen ist?«

»Das wäre natürlich möglich. Es ist aber nicht sehr wahrscheinlich. Selbst wenn, was sollte es ihr sagen?«

Edward dachte stirnrunzelnd darüber nach.

»Warum fragst du?«, hakte Jonathan nach.

»Weil mir meine Frau erzählt, dass Alessandras Vergangenheit bei den Damen eines gewissen Alters plötzlich zu einem Thema von einigem Interesse geworden ist. Man hat fast den Eindruck, als würde jemand eine Zusammenstellung der Gerüchte über sie vornehmen. Summerhays' Mutter hat ein paar alte Freunde befragt, die sich wiederum bei anderen erkundigt haben – nun, es ist höchst sonderbar.«

»Der Grund dafür ist wahrscheinlich einfach nur ihr kürzlicher Tod. Vielleicht hatten zwei Damen eine Unstimmigkeit über ihre Erinnerungen an sie und wollten wissen, wer recht hat.«

»Wie es auch immer dazu gekommen ist, es gefällt mir nicht.« Edward spießte ihn mit seinem Blick regelrecht auf. »Du kennst sie? Die Tochter?«

»Celia. Ja, ich kenne sie. Ich habe als Teil meiner Ermittlungen mit ihr gesprochen.«

»Du musst herausfinden, ob sie etwas erfahren hat. Sei nachdrücklich. Biete ihr etwas Geld an, wenn du musst. Jemand von ihrer Art wird entweder auf Bezahlung oder auf Drohungen reagieren.«

Zwei Damen, die in ein inniges Zwiegespräch vertieft waren, kamen ihnen entgegen. Jonathan ließ sie vorbei, während seine Verärgerung über Edward vor sich hin brodelte. »Was meinst du mit *ihrer Art*?«, fragte er, sobald sie wieder allein waren.

Edward stöhnte ungeduldig auf. »Ich bin nicht in der Stimmung, deine Empfindlichkeiten gegenüber solchen Frauen zu besänftigen, Jon. Ich spreche nicht von deiner Mutter. Das ist nicht das Gleiche. Und selbst wenn es das wäre, würde es keinen Unterschied für mich machen. Das hier ist eine ernste Sache, und du musst zuallererst an deine Pflicht denken. Tu, was nötig ist, um das herauszufinden, was du von ihr wissen musst.« Er lächelte ihn beschwichtigend an. »Du weißt, wie es sein muss.«

»Ich weiß, wie es sein muss, wenn die Mission für England ist. Doch die Tage, an denen eine angreifbare Küste so viel entschuldigte, sind lange her, Onkel. Ich weiß nicht einmal, wer bei diesem verdammten Einsatz mein Auftraggeber ist. Es gibt Grenzen dessen, was ich bei seiner Ausführung zu tun bereit bin. Und Celia Pennifold zu beleidigen oder zu bedrohen liegt weit darüber hinaus.«

Edwards Gesicht lief rot an. Er warf Jonathan einen scharfen Blick zu. »Du protestierst zu viel, mein lieber Junge. Was bedeutet dir diese Frau, dass du so beschützerisch bist? Hat sie dich verführt? Das hat sie, oder?«

»Das hat sie nicht.«

»Dann hast du sie verführt. Streite es nicht ab; ich kann es dir ansehen. Andere vielleicht nicht, aber für mich bist du kein Buch mit sieben Siegeln mehr.« Ungeduldig klopfte er mit seinem Spazierstock auf den Boden. Es war ein schneller, verärgerter Rhythmus. »Bist du wahnsinnig? Eine Affäre mit einer solchen Frau ist …«

»Du kennst sie nicht, als hör auf, so über sie zu sprechen. Eine solche Frau. Jemand von ihrer Art. Verdammt, das ist genug, um mich …«

»Ich muss sie gar nicht kennen. Es ist mir egal, ob sie Tag und Nacht betet. Ihre Mutter hat diesen Weg beschritten, sie wurde für das gleiche Leben herangezogen, und niemand aus der Gesellschaft hat das vergessen. Wenn du dir weiterhin Hoffnungen auf Anerkennung machen willst, solltest du diese Affäre sofort beenden und hoffen, dass niemand etwas davon mitbekommen hat. Mehr braucht dein Cousin nicht; eine weitere Ausrede, um dich zu verleugnen …«

»Verdammt, er verleugnet mich ja ohnehin, also hör auf, mir mit diesem alten Köder vor der Nase herumzuwedeln. Es ist mir egal, was Thornridge davon hält.«

»Ist es das wirklich? Wie ich sehe, hat sie dir vollkommen den Kopf verdreht. Nun, wenn ihre Mutter das konnte, kann sie es sicher ebenso gut.« Er richtete sich auf und schnaubte. »Aber ich sehe, dass sie dich für meine Zwecke zu sehr kompromittiert hat.«

»Was meinst du damit?«

»Ich vertraue dir bei diesem Auftrag nicht mehr. Du bist raus. Ich werde jemand anderen finden müssen, der sich nicht von einem hübschen Gesicht ablenken lässt. Mein Instinkt sagt mir, dass sie etwas weiß, und ich habe vor herauszufinden, was das ist.«

Edward marschierte mit geradem Rücken weiter. Sein Spazierstock bohrte sich mit jedem Schritt in den Boden. Die militärische Härte seines Gebarens verhieß nichts Gutes für Celia. Offenbar war dies doch keine so unbedeutende Angelegenheit, wie Edward damals in der Kutsche behauptet hatte.

Jonathan holte ihn ein. »Hör mir jetzt zu, Onkel, und bezweifle nicht meine Entschlossenheit. Der Krieg ist vorbei und die Vorgehensweisen jener Jahre haben heute keine Berechtigung mehr. Weder für dich noch für den Mann, den du im Sinn hast. Wenn du jemand anderen schickst und diese Person tut etwas, um Celia Pennifold zu schaden oder gar zu verletzen, werde ich dafür sorgen, dass derjenige dafür bezahlt. Sie steht unter meinem Schutz. In jeglicher Hinsicht.«

Edward starrte ihn erstaunt an. »Das würdest du nicht wagen.«

»Oh doch, das würde ich. Und wenn ich mit ihm fertig bin, werde ich mich um dich kümmern.«

Er ließ Edward mit offenem Mund stehen und kehrte zu seinem Pferd zurück. Eine halbe Stunde später sprach er bei Lady Sebastian Summerhays vor, um herauszufinden, wohin Celia gegangen war.

20

Das Herrenhaus verschüchterte sie. Es war von beeindruckender Höhe, grau und sehr breit. Die Auffahrt war so lang, dass sie mit ihrer Kutsche zwanzig Minuten brauchte, um zum Eingang zu gelangen. Das Haus zeugte von Macht und Exklusivität.

Celia übergab die Zügel einem Stallburschen und ließ sich von ihm hinunterhelfen. Ihre Kutsche rollte davon, und sie stand allein vor dem monströsen Bauwerk. Ihr Herz schlug ihr bis zum Hals, und sie fühlte sich vor Aufregung wie erstarrt. Mit Mühe überwand sie ihre Panik und ging zum Eingang.

Ein Diener trug ihre Karte davon. Sie wartete in einem hübschen kleinen Zimmer in der Nähe der Empfangshalle. Lange genug, um die Bodenfliesen zu zählen und zu bemerken, dass die Pflanzen an dem Ende der Auffahrt, das man von dem kleinen Fenster aus sehen konnte, besser gepflegt werden könnten.

Irgendwann kam der Diener zurück, um sein Bedauern darüber auszudrücken, dass der Marquess of Enderby momentan nicht zu Hause weile.

»Erwarten Sie denn bald seine Rückkehr?«

»Wir haben überhaupt keine dementsprechenden Erwartungen.«

»Ich bin bereit zu warten. Ich habe etwas mit ihm zu besprechen.«

»Es wäre unvernünftig zu warten.«

Anders gesagt war Enderby also im Haus, hatte aber entschieden, sie nicht zu empfangen. Normalerweise wäre das nicht weiter überraschend. Doch sie war davon überzeugt, dass er wusste, was es mit ihrem Besuch auf sich hatte. Er wusste, dass er seine eigene Tochter davonschickte.

Sie setzte sich auf einen Stuhl. »Bitte sagen Sie dem Marquess, dass ich eine weite Anreise hatte. Und ich habe nicht vor zu gehen, bevor ich eine Angelegenheit von höchster Wichtigkeit für uns beide besprochen habe.«

Der Diener schien verblüfft. Er war nicht an Personen gewöhnt, die sich nicht an die Regeln hielten. Nach einem kurzen Augenblick verschwand er.

Eine Viertelstunde später kehrte er, begleitet von einem anderen Mann, zurück. Sie wusste, was das bedeutete. »Hat er Sie angewiesen, mich hinauswerfen zu lassen?«

Einer der beiden hatte den Anstand, rot zu werden. »Wir sind hier, um Sie hinauszubegleiten.«

Das kam aufs Gleiche heraus. Sie stand kurz davor, sich dafür zu entscheiden, es ihnen so schwer wie möglich zu machen. Aber da es kein Publikum gab und deswegen niemand schlecht vom Marquess denken würde, schien es das Theater nicht wert zu sein.

Gemäß ihren Worten und ihrer Anweisung eskortierten sie Celia zur Tür, über die Schwelle, durch den Säulenvorbau und die Stufen hinunter. Einer von ihnen signalisierte dem wartenden Stallburschen, ihre Kutsche zu bringen.

Sie blickte zu der grauen Fassade hinauf. Beobachtete er sie von dort oben? Blickte er auf seine uneheliche Tochter hinab, die es gewagt hatte, ein Gespräch mit ihm zu verlangen? Es sollte ein Gesetz geben, das ihn dazu zwang, sie zu empfangen. Kein Mann sollte eine Tochter oder einen Sohn zeugen dürfen, ohne diesem Kind jemals in die Augen blicken zu müssen.

Er erwartete von ihr, dass sie seine Zurückweisung akzeptierte und ging. Doch das würde sie auf keinen Fall tun.

»Sagen Sie dem Stallburschen, dass er die Kutsche stehen lassen kann. Ich benötige sie noch nicht.«

Sie ging zu den Stufen, stieg drei von ihnen hinauf und setzte sich auf die oberste. Dann warf sie einen Blick in den düsteren Himmel und schlang ihren Mantel enger um sich.

»Sagen Sie dem Marquess, dass ich mich nicht von hier wegbewegen werde, bis er mir eine kurze Audienz gewährt. Mehr als fünf Minuten brauche ich nicht. Wenn er mich dieses eine Mal empfängt, werde ich bis zu meinem Lebensende nicht mehr hier auftauchen. Doch wenn nicht, werde ich mich keinen Zentimeter von hier wegbewegen.«

Als die Dämmerung einsetzte, dachte Celia, dass sie ihren Vater nicht besonders mochte. Welche kindische Hoffnung sie auch auf diese Reise gebracht hatte, sie war inzwischen durch die Kälte, die ihr in die Knochen drang, vertrieben worden.

Als ob es sich der Himmel selbst zur Aufgabe gemacht hätte, sie für ihre Anmaßung zu bestrafen, begann es nun auch noch zu regnen. Sie öffnete ihren Sonnenschirm, damit das Wasser, das vom Säulenvorbau tropfte, sie nicht durchnäste.

Die Stallburschen suchten sich Schutz vor dem Regen. Und sie hockte allein und entmutigt auf den Stufen. Was hatte Jonathan ihr über die Nacht erzählt, in der seine Mutter das Gleiche getan hatte? Sie hatten tagelang vor der Tür gesessen, hatte er gesagt. Celia hatte eigentlich nicht erwartet, dass ihr Vater sie ebenfalls dazu zwingen würde.

Weiter hinten auf der Zufahrt bewegten sich auf einmal die Schatten der zunehmenden Dunkelheit. Sie kniff die Augen zusammen, um zu sehen, ob es sich um ein Wildtier handelte. Das wäre zumindest eine vorübergehende Ablenkung.

Stattdessen kam ein Pferd in Sicht. Ein großes, weißes mit einem Reiter darauf. Er kam näher und sie erkannte, um wen es sich handelte. Fast wäre sie in Tränen ausgebrochen, vor Erleichterung und Kälte und ihrem noch immer gebrochenen Herzen.

Jonathan lenkte sein Pferd zielstrebig zum Säulenvorbau und blickte auf sie herab. Ihm schienen Kälte und Feuchtigkeit nichts auszumachen oder die Tropfen, die seinen Hut und Mantel herunterrannen. Sie musste zugeben, dass er großartig aussah. Die Naturelemente waren einem solchen Mann vollkommen gleichgültig.

»Wie lange sitzt du schon hier, Celia? Den ganzen Tag?«

»Ich bin kurz nach Mittag hier angekommen.«

Er stieg ab. »Gott sei Dank. Ich habe schon befürchtet, du hättest schon gestern damit angefangen.«

»Ich habe mir ein Zimmer in einem Gasthaus genommen, damit ich heute frisch beginnen kann. Wie hast du mich gefunden? Hast du erraten, welcher von ihnen mein Vater ist?«

»Ich bin zu Lady Sebastian gegangen, die mir gesagt hat, dass du Mrs Joyes besuchen wolltest. Als ich bei The Rarest Blooms eintraf, wurde mir mitgeteilt, dass du hier bist.«

»Wenn Daphne es dir erzählt hat, muss sie sich wohl Sorgen gemacht haben.«

»Sie schien darüber erleichtert, dass ich dir folgen wollte.« Er stellte einen Stiefel neben ihr auf die Stufe und beugte sich zu ihr vor. »Er wird dich nicht empfangen, Celia. Nicht heute und nicht morgen und auch nicht den Tag danach. Komm jetzt mit mir.«

Sie schüttelte den Kopf. »Wenn ich jetzt gehe, wird gar nichts passieren. Aber wenn ich bleibe, wird er nachgeben müssen, genau wie Thornridge bei deiner Mutter. Wenn er auch nur einen Hauch Ehrgefühl in sich hat, wird er spätestens morgen …« Ihre Stimme zitterte. Sie biss die Zähne zusammen, um die Fassung zu bewahren.

Es wurde nun schnell dunkel. Jonathan reichte ihr sein Taschentuch, dann öffnete er seinen Mantel. »Steh auf.«

Unsicher und mit Wadenkrämpfen kam sie auf die Beine. »Du hast dir die Haare geschnitten. Es gefällt mir.«

»Wenn es dir gefällt, wird es mir vielleicht irgendwann auch gefallen.« Er legte ihr seinen Mantel aus grauer Wolle über ihren eigenen um die Schultern. Dann packte er sie richtig ein und holte etwas aus der Ledertasche an seinem Sattel. Er kehrte mit einem Blatt Papier und einem Stift zurück und setzte sich neben sie.

Er drehte sich, um die Stufe als Unterlage zu benutzen, und schrieb etwas auf. Dann faltete er das Blatt und ging zur Tür.

Ein Diener öffnete.

»Bitte geben Sie das dem Marquess. Sagen Sie ihm, dass es von einem Agenten des Innenministeriums ist.«

Er kehrte zurück und setzte sich wieder neben sie.

»Was hast du geschrieben?«, fragte sie.

»Ich habe ihm geschrieben, dass du im Besitz von Beweisen bist, dass er während des Krieges regelmäßige Zahlungen an Alessandra Northrope geleistet hat. Und wenn sie nicht für den von dir gedachten Zweck waren, würde ich annehmen, dass es sich um etwas anderes handelt, das ich meinen Vorgesetzten melden müsste.«

»Vielleicht hat er ja noch nie von den Gerüchten über meine Mutter gehört. Dann wird dein Brief für ihn gar keinen Sinn ergeben.«

»Ich nehme an, dass ein Marquess von allen wichtigen Dingen hört.«

Trotz ihrer Tränen musste sie lachen. »Jonathan, du erpresst ihn. Das ist nicht besonders nett von dir.«

»Überhaupt nicht nett.« Er griff nach dem Sonnenschirm, öffnete ihn und hielt ihn über sie. »Tu nicht so, als hättest du nicht gewusst, dass ich zu so etwas fähig bin.«

Es dauerte eine ganze Weile, so lange, dass sie bezweifelte, dass es funktionieren würde. Sie saßen schweigend da; ihr Streit weit weg und vergessen. Seine Anwesenheit gab ihr einen unglaublichen Trost und die Nähe, die sie beide verband, verlieh ihr neue Stärke.

Schließlich öffnete sich die Tür erneut. Jonathan erhob sich und half ihr auf.

»Miss Pennifold, der Marquess wird Sie nun empfangen«, sagte der Diener.

Sie drehte sich zu Jonathan um. »Ich sehe bestimmt furchtbar aus.«

Er nahm ihr seinen Mantel von den Schultern. »Du siehst niemals furchtbar aus, Celia. Du bist immer wunderschön.«

Sie zupfte an ihrem feuchten Rock herum. »Er wird wütend sein, nicht wahr? Weil ich ihn dazu gezwungen habe. Wegen dem, was du geschrieben hast.«

»Er wird sehr wütend sein. Nimm dir das, was er sagen wird, nicht zu sehr zu Herzen.«

»Das werde ich versuchen. Ich werde …« Sie befeuchtete ihre Lippen. »Ich habe plötzlich Angst.«

»Es wird schon klappen. Ich warte hier auf dich.« Er lächelte ihr ermutigend zu und brachte sie zur Tür.

Dann war sie plötzlich wieder allein dort drinnen.

Der Diener führte sie tief ins Haus zu einem kleinen Zimmer in der Nähe der für Diener gedachten Hintertreppe. Den ganzen Weg über tropfte sie auf die Böden aus Marmor und Holz.

Dort ließ er sie in einem kleinen Salon mit sehr gewöhnlicher Einrichtung zurück. Sie hatte von einem Marquess etwas Besseres erwartet.

Ein großer Schrank an einer Wand stand leicht offen. Sie warf einen Blick hinein und entdeckte einen silbernen Glanz. Da verstand sie die schlichte Möblierung. Dies war kein Zimmer, das die Familie des Marquess benutzte, sondern die Kammer des Butlers, wo das Silberbesteck aufbewahrt und gezählt wurde.

Das verletzte sie. Mehr als sie bei einer so kleinen Sache während dieses ganzen elenden Abenteuers vermutet hätte. Aber gleichzeitig war ihr auch nach Lachen zumute. Er hätte sie kaum so auf ihren Platz in der Welt verweisen müssen. Sie war schließlich nur hier, weil sie fünf Stunden lang auf einer Steintreppe gesessen hatte.

Wieder ließ er sie warten. Es kamen keine Erfrischungen. Keine heißen Getränke, um sie aufzuwärmen. Kein Diener kam, um das Feuer im Kamin zu entzünden.

Das Ziel, nahm sie an, war wohl zu betonen, dass er zu diesem Treffen gezwungen worden war und dass sie nichts Besseres verdiente. Sie hätte wahrscheinlich verängstigt sein sollen oder beleidigt oder traurig. Doch stattdessen musste sie gegen eine stetig stärker werdende Begeisterung ankämpfen.

Sobald er hier war, sobald sie sich von Angesicht zu Angesicht gegenüberstehen würden, wäre das alles nicht mehr wichtig. Ein Vater konnte gegenüber seinem eigenen Kind doch nicht grausam sein, wenn sie sich zum ersten Mal trafen. Sobald er sie sah, hier in der Ungestörtheit eines Raumes, in dem ihn niemand anders sehen konnte, würde er froh sein, dass sie gekommen war.

Trotz ihrer Bemühungen, ihre Vorfreude unter Kontrolle zu halten, stieg sie sprunghaft an, als die Tür geöffnet wurde. Sie hielt den Atem an, als ein Mann die Kammer betrat. Er blieb direkt an der Tür stehen und starrte sie an.

Er sah überhaupt nicht so aus, wie sie sich ihren Vater all die Jahre vorgestellt hatte. Er war viel kleiner als in ihrer Vorstellung und ein wenig beleibt. Sein Haar war fast weiß, aber sie nahm an, dass es früher einmal golden wie ihres gewesen sein musste.

Doch bei diesem ersten Blick fielen ihr seine Augen am stärksten auf. Darin erkannte sie den erwarteten Zorn und eine gute Menge an Ungeduld und Verachtung. Das machte ihr nichts aus, weil sie ihr gleichzeitig so vertraut vorkamen. Es waren die gleichen Augen, die sie von ihrem eigenen Spiegelbild kannte.

Ihr Herz füllte sich mit Freude und einem anderen Gefühl, das so qualvoll war, dass sie um ihre Fassung rang. Sie sehnte sich danach, ihre Arme nach ihm auszustrecken, und wenn es nur für die physische Verbindung war, den Saum seines Gehrocks zu berühren. Vielleicht würde er ja ebenfalls seine Arme nach ihr ausstrecken, so, wie sie es sich immer erträumt hatte, und sie würden sich umarmen. Sein Zorn würde verschwinden, weil die Liebe eines Vaters ihn fortschwemmen würde.

Er zog eine Taschenuhr heraus und warf einen finsteren Blick darauf. »Sie haben fünf Minuten, Miss Pennifold. Was wollen Sie?«

»Nichts. Ich wollte Sie nur treffen.«

»Sie müssen mich für einen Narren halten, wenn Sie denken, dass ich Ihnen das abnehme. Ihr Name ist mir wohlbekannt.« Sein Mund verzog sich grausam. »Sie hat mir ihr Wort gegeben, dass sie Ihnen niemals von mir erzählen würde. Es war Teil der Abmachung. Wie können Sie es wagen, in mein Haus zu kommen?«

»Sie hat es mir niemals erzählt. Sie hat ihr Wort gehalten. Ich habe in ihrem Nachlass Dokumente entdeckt, die mich zu Ihnen geführt haben.«

»Sie hat es aufgeschrieben?« Die Vorstellung empörte ihn. »Mir wurde versichert, sie hätte nichts dergleichen getan. Es hieß, sie habe nichts hinterlassen, was auf mich hindeuten könnte.«

»So, wie Sie fürchten, hat sie es auch nicht. Ich habe die Zahlungen in ihrem Geschäftsbuch gesehen. Es war versteckt, und der Mann, den Sie damit beauftragt hatten, das Haus danach zu untersuchen, hätte es niemals gefunden.«

Er stritt nicht ab, dass er jemanden geschickt hatte. »In diesem Buch stehen meine Zahlungen neben denen vieler anderer

Männer, nehme ich an.« Er lachte. Es war ein schroffer, wütender Laut. »Wie viele Männer hat sie mit der Drohung eines Skandals geschröpft? Ich war frisch mit einer Frau verheiratet, die ich liebte, sonst hätte ich niemals eingewilligt, dieses Geld zu zahlen, mit dem sie die große Kurtisane spielen konnte. Sie behauptete, das Kind wäre von mir, aber wahrscheinlich hat sie einem Dutzend Männer das Gleiche erzählt und auch von ihnen Geld verlangt. Eine solche Frau erzählt einem doch nie die Wahrheit, oder? Verdammt, ich weiß es immer noch nicht, auch wenn es in Ihrem Interesse liegt, zu glauben, dass dem so ist.«

»Ich glaube es nicht nur. Ich weiß es jetzt ganz sicher.« Sie trat einen Schritt auf ihn zu. »Ist Ihre Brille zu schlecht, dass Sie die Ähnlichkeit nicht erkennen?«

Einen flüchtigen Augenblick lang gestand es sein Blick widerwillig ein, dann wurde er wieder eiskalt. »Alles, was ich sehe, ist der Bastard einer Hure, die einen Weg gefunden hat, um mir auch dann noch Geld aus der Tasche zu ziehen, lange nachdem ihre Gefälligkeiten endeten. Nichts weiter.«

Celia spürte jedes einzelne Wort wie eine Ohrfeige. Mit jeder Beleidigung wurde sie gereizter.

»Da ich Sie wohl niemals wiedersehen werde, Papa, sollte ich Sie wohl besser über einige Punkte aufklären, solange ich die Gelegenheit habe. Wenn sie wusste, dass Sie mein Vater sind, muss das bedeuten, dass es in den wenigen Wochen Ihrer Affäre keinen anderen Gönner gegeben hat. Ich nehme an, dass Sie das von ihr verlangt haben, und Alessandra war eine ehrliche Frau. Was Ihre Zahlungen angeht, hat sie mich damit unterstützt. Mit jedem einzelnen Penny. Ihr Geschäftsbuch zeigt seinen Ein- und Ausgang.«

»Wenn Sie das sagen.«

»Wenn Alessandra Northrope vorgehabt hätte, Sie zu schröpfen, hätte sie viel mehr Geld verlangt als den armseligen Betrag, den sie zweimal im Jahr von Ihnen erhalten hat, nachdem die Affäre vorbei war.«

Er betrachtete sie misstrauisch. »Sie denken also, ihr hätte mehr zugestanden. Und sind nun hier, um es für sich selbst zu fordern?«

»Wie ich sehe, habe ich meine Intelligenz von Alessandra geerbt und nicht von Ihnen, Sir. Ich bin nicht hergekommen, um Sie um Geld zu bitten oder mich Ihrer Verachtung zu stellen, während ich Ihnen mit einem Skandal drohe, um es zu bekommen. Ich bin hier, um einmal im Leben meinem Vater in die Augen zu blicken und zu hören, wie er mit mir spricht. Ich kam her, um die Wahrheit über meine Herkunft zu erfahren, auch wenn Sie behaupten, Sie würden sie nicht kennen.«

Ihre Ansprache erweichte ihn kein bisschen. Die Verachtung wich nicht aus seinem Blick. »Das tue ich in der Tat nicht. Ich kann nichts für die Träumereien, die Sie sich zurechtgesponnen haben, und sie sind mir auch egal. Erleichtert kann ich sagen, dass ich nichts von mir in Ihnen sehe. Dieses Gespräch ist nun beendet. Wagen Sie es nicht, noch einmal hier aufzutauchen. Kontaktieren Sie weder mich noch meine Familie, und verbreiten Sie auch keine Gerüchte. Wenn Sie es doch tun, werde ich meinen Einfluss nutzen, um Sie als Erpresserin hinter Gitter zu bringen.«

Und dies waren seine letzten Worte an sie. Er verließ den Raum genau fünf Minuten, nachdem er ihn betreten hatte.

Sobald er fort war, verließ sie auch ihre Empörung. Und es blieb nichts außer vernichtender Enttäuschung und Demütigung.

Das Geräusch der Haustür riss Jonathan aus seinen Gedanken. Er hatte über Celia und die Dauer ihrer Abwesenheit nachgedacht, die, wie er hoffte, darauf hindeutete, dass das Treffen besser verlief, als er erwartet hatte.

Celia trat hinaus. Sofort schloss sich die Tür wieder hinter ihr und das Licht im Inneren verlosch. Sie stand unbewegt in der Dunkelheit, so still, dass sein Instinkt geweckt wurde.

Er streckte seine Hand nach ihr aus, doch sie schien sie nicht zu bemerken. Er ging zu ihr, legte ihr einen Arm um die Schulter und führte sie durch den Säulenvorbau. Während er das tat, kam ihr Einspänner um die Ecke gefahren.

Er half ihr hinein und band sein Pferd an der Rückseite fest. Dann setzte er sich neben sie und übernahm die Zügel.

»Ich will nach Hause«, flüsterte sie in einem Tonfall so leise und abwesend, dass er eine Gänsehaut bekam.

»London ist zu weit entfernt, Celia. Ich werde dich zu einem Gasthof bringen und …«

»Nicht nach London. Nach Hause.«

Sie musste das Haus von Mrs Joyes nahe Cumberworth meinen. »Das sind mindestens vier Stunden, bei dem Wetter vielleicht sogar mehr. Dir ist kalt und …«

»Bitte, Jonathan. Dort sind Menschen, die mich lieben und mich niemals so verachten würden, wie es dieser Mann hier getan hat.«

Ich habe das auch nie. Er sprach es jedoch nicht aus. Es spielte jetzt keine Rolle, und sie würde es auch nicht glauben. Sie hatte sich heute von ihm helfen lassen, aber das bedeutete nicht, dass sie ihm seine Täuschung vergeben hatte.

»Wenn du dich dadurch erkälten solltest, werde ich das sehr bedauern.«

»Wenn ich mich erkälte, wird das daran liegen, dass ich auf dieser Steintreppe gesessen habe. Und das war seine Schuld, nicht deine«, erwiderte sie teilnahmslos. »Zumindest wäre ich dann zu Hause. Ich kann den Gedanken nicht ertragen, krank in irgendeinem Gasthof zu liegen.«

Er stand auf, zog seinen Mantel aus und legte ihn ihr erneut um die Schultern. Zumindest ließ der Regen nach. Mit ein wenig

Glück würden bald die Wolken aufbrechen und ein wenig Mondlicht würde auf die Straße fallen.

Er nahm die Zügel wieder in die Hand und begann das, was eine lange, bittere Reise zu werden versprach. Celia saß angespannt und still neben ihm. Sie wirkte so unglücklich, dass er davon ausging, sie würde nicht viel von dieser Reise mitbekommen.

Mrs Joyes betrat die Bibliothek, wo sich der durchnässte Jonathan am Kamin aufwärmte. Er hatte sie nicht mehr gesehen, seit sie vor einer Stunde auf sein Klopfen an ihrer Tür reagiert hatte. Nachdem die Frauen mit Celia nach oben verschwunden waren, hatte er die Pferde in den Stall gebracht und sie versorgt. Dann war er ins Haus gegangen und hatte sich ein Kaminfeuer angezündet.

Mrs Joyes betrachtete seinen Stuhl und den Tisch daneben. »Ich bin erleichtert, dass sich Katherine endlich um Sie gekümmert hat, Mr Albrighton. Sie werden mir diesen unhöflichen Empfang sicher nachsehen.«

»Ich habe es komfortabler, als ich unter diesen Umständen erwartet habe.« Er hob ein Glas Brandy, den die stille, dunkelhaarige junge Frau namens Katherine in einem Schrank gefunden hatte. »Geht es Miss Pennifold ein wenig besser?«

Mrs Joyes setzte sich neben ihn und goss sich zu seiner Überraschung ebenfalls ein Glas Brandy ein. Ihr langes, helles Haar fiel über ihren blauen Morgenmantel, und ihr hübsches Gesicht wirkte ungerührt.

»Im Gegenteil. Ich befürchte, dass sie krank ist. Aber sie fühlt sich weder besonders heiß an, noch hat sie Schüttelfrost. Wenn sie tatsächlich erkrankt sein sollte, handelt es sich um etwas Psychisches. Sie drückte große Erleichterung darüber aus, hier zu sein, und doch …«

Er wartete darauf, dass sie ihren Satz vollendete. Doch sie schien noch abzuwägen, was sie sagen sollte.

»Ich glaube nicht, dass sie den Trost finden konnte, den sie hier gesucht hat«, sagte sie. »Meine Gesellschaft konnte sie jedenfalls nicht aus ihrer Melancholie reißen.«

»Vielleicht wird es ihr besser gehen, nachdem sie geschlafen hat.«

»Vielleicht. Oder auch nicht. Celia ist schon immer sehr illusionslos durchs Leben gegangen. Ich hätte sogar gesagt, sie macht sich überhaupt keine. Wie es scheint, gab es schließlich aber doch eine.«

»Meinen Sie damit, dass sie wenig Erfahrung im Umgang mit Enttäuschung hat und darum diese hier vielleicht nicht verwinden kann?«

»Wie treffend Sie die Sorgen, die ich in meinem Herzen trage, in Worte fassen.«

Man musste dieser Frau tief in die Augen blicken, um überhaupt zu bemerken, dass sie besorgt war. Doch es stimmte. Er nahm an, dass ihre äußerliche Gemütsruhe eine Maske war. Vielleicht nahm Mrs Joyes sie für Celia und die anderen Frauen in diesem Haus ab.

»Sie hat mehr Enttäuschungen erlebt, als Sie denken, Mrs Joyes. In der Vergangenheit und vielleicht auch vor Kurzem. Es tut mir leid, dass sie nun auch diese ertragen musste, aber ich bin mir sicher, dass sie darüber hinwegkommt.«

»Wie es scheint, kennen Sie sie in dieser Hinsicht besser als ich. Ihre Worte beruhigen mich ein wenig. Wenn ich richtig informiert bin, mussten Sie in Ihrem Leben etwas Ähnliches erleiden und wissen daher, wovon Sie sprechen.«

Das hatte er nicht erwartet. Er wusste nicht, wohin die Unterhaltung mit dieser Frau führen sollte, aber er nahm an, dass er keine Lust hatte, sie auf dieser Reise zu begleiten. »Das habe ich, und ich hätte es ihr erspart, wenn es in meiner Macht gelegen hätte. Genau wie Sie, davon bin ich überzeugt.« Er stellte sein Glas ab. »Nun ziehe ich mich in einen Gasthof zurück. Wenn Sie gestatten, werde ich morgen vorbeischauen, um zu sehen, wie es ihr geht.«

Mrs Joyes betrachtete ihn, während ihre schlanken, langen Finger das Kristallglas hielten. Sie erhob sich und stellte ihr Glas auf das Tablett zurück.

»Es ist weit nach Mitternacht, Mr Albrighton. Erlauben Sie mir, Ihnen hier ein Zimmer anzubieten, um es dem Wirt des Gasthofs zu ersparen, zu einer solch späten Stunde geweckt zu werden. Bitte protestieren Sie nicht. Es macht keine Mühe, und zumindest können wir so etwas für Sie tun, nachdem Sie sich so aufmerksam um unsere liebe Celia gekümmert haben.«

21

Die Vertrautheit ihres alten Bettes tröstete sie. Genau wie das Zimmer, in dem sie fünf Jahre lang gewohnt hatte. Nichts hatte sich seit ihrer Abreise dort verändert. Vielleicht hatte Daphne ja erwartet, dass sie irgendwann zurückkommen würde.

Sie konnte weder dem Haus noch seinen Bewohnern die Schuld daran geben, dass es sich nicht wie die Zufluchtsstätte anfühlte, die sie erwartet hatte. Das Haus hatte sich nicht verändert, ebenso wenig wie die Frauen darin.

Sie selbst war es, die sich verändert hatte. Das musste der Grund dafür sein, dass ihr die Rückkehr nach Middlesex nicht den Trost gespendet hatte, den sie brauchte. Sie war hier ein Kind geblieben, trotz all der weltlichen und praktischen Ratschläge, mit denen die anderen ihr Anerkennung zollten. Denn eigentlich hatte sie überhaupt keine eigene Lebenserfahrung gehabt. Alles, was sie wusste, hatte sie aus den Lektionen ihrer Mutter gelernt.

Doch nun war es anders. Ihre kurze Zeit in London hatte ihre Seele einige bittere Lektionen gelehrt. Die heutige war womöglich die schmerzhafteste gewesen. Sie vermied es nur dadurch, die Erinnerungen an die Erniedrigung wiederaufleben zu lassen, indem sie ihr Bewusstsein in eine dicke schwarze Decke hüllte.

Sie sehnte die totale Flucht durch Schlaf herbei, aber über dem dämpfenden Nebel, in dem sie schwebte, war sie sich des Zimmers und ihrer selbst, des Fensters und des Hauses noch allzu sehr bewusst. Und so hörte sie die Geräusche im Raum neben ihrem.

Sie rissen Celia wieder in die Gegenwart zurück. Roher Schmerz überkam sie, als sie das tat, und fast hätte sie sich wieder zurückgezogen. Doch die Geräusche faszinierten sie. Es handelte sich um Veritys altes Zimmer. War sie ebenfalls zu Besuch? Das hätte Daphne doch bestimmt erzählt.

Vielleicht hatte sie das. Alles, was Daphne gesagt hatte, während sie Celia aus ihrer feuchten Kleidung geschält hatte, war so weit weg gewesen. Fast so, als würde man einer Unterhaltung zuhören, die in einem Nebenzimmer stattfand.

Sie lauschte auf die Geräusche und stellte erleichtert fest, dass sie sich dadurch wieder ein wenig normaler fühlte und dass sie eine willkommene Ablenkung darstellten. Sie fand sie ungemein eigenartig und interessant.

Celia schlug die Decke zurück, ging zur Tür, öffnete sie und sah hinaus. Der Rest des Hauses war still. Weder aus Daphnes Kammer am anderen Ende des Flurs noch aus Katherines Schlafzimmer drang ein Laut.

Sie öffnete die Tür zu Veritys ehemaligem Zimmer. Sie blickte hinein. Erleichterung durchströmte sie, die so groß war, dass es sie fast schmerzte, sie verbergen zu müssen.

Jonathan stand mit nacktem Oberkörper am Waschtisch und reinigte sich von der Straße und dem Regen. Er kam ihr genauso schön vor wie an jenem Morgen, nachdem sie in das Haus in der Wells Street gezogen war. Er war schlank und stark und wirkte trotz ihrer geteilten Intimität noch geheimnisvoll genug, um ihr Herz bei seinem Anblick schneller schlagen zu lassen. Sie hatte gelernt, dass sich hinter seiner geheimnisvollen Ausstrahlung nicht nur gute Dinge verbargen, aber heute Nacht wollte sie nicht darüber nachdenken. Ihr war nur wichtig, dass seine Gegenwart sie auf so viele verschiedene Arten wärmte und die Celia wieder aufleben ließ, die jung und sinnlich war und keine Angst vor der Welt hatte.

Sie beobachtete ihn, während er sich abtrocknete. In ihr erwachten Erregung und Freude, als er sich umdrehte. Seine feuchten dunklen Locken fielen ihm in die Stirn. Er sah sie an.

»Ich habe hier drin Geräusche gehört. Ich dachte, dass Verity vielleicht auch zu Besuch ist«, sagte sie.

Seine dunklen Augen wirkten so wie immer – zu wissend, zu durchschauend, und sie boten eine überwältigende Vertrautheit an, die nur zu einem Ziel führen konnte.

»Du hast nicht geglaubt, dass es Verity ist, Celia.«

Vielleicht nicht. Vielleicht hatte sie gehofft, dass das Zimmer von der einzigen anderen Person benutzt wurde, die in dieser Nacht nicht in dieses Haus gehörte.

»Hast du nicht gehört, wie ich die Tür geöffnet habe, Jonathan? Ich dachte, dass du dafür ausgebildet bist, diese Dinge immer zu bemerken.«

»Ich habe dich gehört. Ich habe nur darauf gewartet, ob du dich zum Bleiben oder Gehen entschließt.«

Sie hatte es zuvor nicht getan, aber nun hatte sie sich entschieden, oder nicht? Er hatte die Entscheidung zu seinen Gunsten beeinflusst, indem er zugelassen hatte, dass sie ihn beobachtete. Das tat er immer noch, indem er halb nackt vor ihr stand und sein Körper vom Schein des Kaminfeuers sanft geformt wurde. Die Erinnerung an seine muskulösen Arme, die sie umgaben – sie umarmten, sie stützten, sie beherrschten –, ließen sie innerlich erschauern. Nicht nur aus Lust, sondern auch wegen der Sicherheit und des Trosts, den sie bei ihm empfand.

Wenn sie in ihr eigenes Bett zurückkehrte, wartete dort nur betäubender Schmerz auf sie. Doch sie bevorzugte die Art, wie sie in diesem anderen Zimmer wieder zum Leben erwacht war. Zwischen ihm und ihr war noch viel ungeklärt, aber sie nahm an, dass er auf eine Art und Weise verstand, was sie momentan fühlte, die Daphne niemals nachempfinden konnte.

»Ich werde wohl bleiben.« Sie ging zum Bett und kletterte hinein.

Er zog seine übrige Kleidung aus und stieg dazu. Dann legte er seine Arme um sie und zog sie fest an sich.

»Du hast nicht geweint, oder?«, fragte er. »Den ganzen Weg hierher nicht und auch nicht seitdem, glaube ich.«

»Tränen werden nichts ändern. Es ist so, wie es ist.«

»Vielleicht solltest du es trotzdem versuchen. Es ist kein gutes Zeichen, wenn wir anfangen, Verluste ohne Trauer zu akzeptieren.«

Sie fand seinen Ratschlag seltsam und doch potenziell weise. Vielleicht wurde dieses betäubte Gefühl irgendwann verlockend, weil es einen vor Kummer bewahrte. Vielleicht hinterließ es Überreste, die sich mit der Zeit anhäuften, bis man irgendwann Schwierigkeiten hatte, überhaupt noch etwas zu fühlen.

»Weinst du, wenn du traurig bist, Jonathan?« Sie konnte es sich nicht vorstellen.

»Männer weinen eher selten, wenn sie traurig sind. Stattdessen betrinken sie sich. Oder sie sind auf eine Schlägerei aus und verprügeln jemanden oder lassen sich verprügeln.«

»Dann kannst du mir keinen Rat geben. Wenn du Enttäuschungen ohne Tränen bezwingen kannst, warum sollte es für mich anders sein?«

»Weil du keine Erfahrung darin hast, dich zu prügeln oder dich volllaufen zu lassen?«

Sie musste lachen. Es fühlte sich seltsam an, wie dieser Klang aus der Leere in ihr heraufstieg.

Er küsste sie auf ihren Haaransatz. »Das letzte Mal habe ich vor fünf Jahren geweint. Ich war an der Küste unterwegs, und ein Unfall während einer Mission führte zum Tod eines Jungen, der mir dort als Führer diente. Ich war so an die Risiken gewöhnt, dass ich kaum mehr über sie nachdachte. Ich hatte so viel Tod gesehen, dass es mich kaum berührte. Aber dieser Junge … es war ein großer Schock. Als ob es wie ein Schwert meine in Stahl gehüllte Seele durchstoßen würde.«

»Das muss furchtbar gewesen sein.«

»Sein Tod war es. Meine Reaktion hingegen … ich wage es kaum zu erzählen, aber ich habe sie genossen, Celia, weil es bedeutete, dass ich noch nicht zu Stein erstarrt war. In diesem Moment habe ich mich wieder vollkommen lebendig gefühlt, auf eine Art und Weise, die ich davor lange nicht mehr empfunden habe.«

Sie drehte ihr Gesicht zu seinem um. »Handelt es sich dabei um die persönliche Angelegenheit von vor fünf Jahren, wegen der du die Wappen untersucht hast?«

Er öffnete eines seiner Augen und sah sie an. »Entweder bist du zu schlau oder ich bin dir gegenüber nicht vorsichtig genug.«

Sie schmiegte sich wieder an ihn. »Ich werde es keinem erzählen. Ich weiß ja eigentlich auch gar nichts Genaues, oder?«

Darauf erhielt sie keine Antwort. Stattdessen überprüfte er, ob ihr Rücken und ihre Schultern richtig zugedeckt waren. »Du solltest jetzt schlafen. Es war ein langer und anstrengender Tag für dich.«

»Ich traue mich nicht. Wenn Daphne uns morgen früh hier zusammen findet, wird sie es nicht gut aufnehmen.«

»Niemand wird morgen früh dieses Zimmer betreten, Celia. Niemand wird uns zusammen finden. Daphne sieht mit ihren grauen Augen mehr, als du denkst. Ich denke, sie hat mir dieses Zimmer in der Hoffnung gegeben, dass ich dir dabei helfen kann, wieder zu dir selbst zu finden, da sie meint, sie hätte in dieser Hinsicht versagt.«

Hatte sie es arrangiert? Wahrscheinlich. Daphne hatte die Gabe, die Herzen der Menschen zu verstehen.

Doch Celia konnte nicht gut einschlafen. Denn zum einen ließ die sanfte Stimulation, sich an Jonathan zu schmiegen, ihr Blut singen. Des Weiteren bekam sie seinen Ratschlag nicht aus dem Kopf. Je mehr sie darüber nachdachte, desto mehr beunruhigte es sie.

»Jonathan, schläfst du schon?«, flüsterte sie.

»Hmm.«

»Jonathan, was hast du gefühlt, als der Junge … hast du es danach noch einmal empfunden? Oder hast du dich danach nie wieder so lebendig gefühlt?« Sie fand den Gedanken äußerst traurig.

Er seufzte. »Ich wollte heute Nacht aus mehreren Gründen dir gegenüber zurückhaltend sein. Doch da du dich ja zu schlafen weigerst …« Er drehte sie auf ihren Rücken und legte sich so auf sie, dass seine Hüfte zwischen ihre gespreizten Beine passte.

Sie vergaß jeden Gedanken an seinen Rat und seine Enthüllungen. In ihr breiteten sich Wärme und Lust aus.

Er küsste sie zärtlich, als ob er sie auf eine unbekannte Zerbrechlichkeit prüfte. Ganz langsam zog er sie in seine Leidenschaft, und die Lust kam wie eine sanfte frische Brise. Nachdem er in sie eingedrungen war, bewegte er sich erst mal nicht, sondern erfüllte sie nur, während er langsame Küsse auf ihre Lippen und ihren Hals hauchte.

»Zu deiner letzten Frage«, sagte er, während er seine Lippen über ihre streichen ließ. »Ich habe mich seit dieser Nacht an der Küste durchaus wieder lebendig gefühlt. Beim ersten Mal, als ich dich geküsst habe, und beim ersten Mal, als ich mit dir geschlafen habe. Jetzt in diesem Moment und jedes andere Mal, an dem wir uns so nah waren. Du sagst, dass diese Affären immer eine Geschichte haben, und das hier ist meine.« Er küsste sie nun leidenschaftlicher, als ob er mehr forderte als nur ihren Mund. Und er begann sich in ihr zu bewegen. »Ich werde dich nicht so einfach aufgeben, Celia.«

In diesem Moment wäre sie auch nicht in der Lage gewesen, ihn darum zu bitten. Seine Fürsorglichkeit berührte sie. Selbst das Ende kam sanft und bittersüß in einer gemeinsamen Befreiung, die sie wieder miteinander versöhnte, selbst wenn die Gründe für ihren Streit nicht begraben waren. Ihre Lust und Leidenschaft existierten offenbar in einer eigenen Welt. Oder sie brauchte ihn mehr, als sie gedacht hatte.

Sie erwachte im Sonnenlicht und mit einer besseren Stimmung als am Vortag. Der Kummer und die Demütigung waren über Nacht zu einem dumpfen Schmerz geworden, der in Schach gehalten werden konnte. Daphne bemerkte, wie schön sie es fand, dass Celia erholt zu sein schien.

Nach dem Frühstück spannte Jonathan Celias Stute vor das Cabriolet und seinen Wallach dahinter, und sie kehrten nach London zurück. Marian sagte nicht ein Wort, als Jonathan durch die Gartentür hereinkam, nachdem er die Pferde in den Stall gebracht hatte. Sie beobachtete ihn, während er die Stufen zu seiner Dachbodenkammer hinaufstieg.

»Hattest du einen angenehmen Landaufenthalt?«, fragte sie, sobald er nach oben verschwunden war.

»Teilweise angenehm. Teilweise gar nicht.«

»Ich habe mal gehört, die Landluft soll gut fürs Blut sein. Erholend, sagt man. Es scheint dir gutgetan zu haben.«

»Ich fühle mich durchaus erholt.«

»Mr Albrighton sieht auch ziemlich erholt aus, wenn du mich fragst.«

»Das tut er, nicht wahr?«

Bella, die gerade den Herd schrubbte, sah auf. »Er wirkte auf mich gar nicht so viel gesünder.«

Bella hatte nicht mitbekommen, warum Jonathan gegangen war, also kam ihr seine Rückkehr normal vor.

Marian betrachtete Bellas verblüfften Gesichtsausdruck und seufzte erneut. »Nicht gesünder, Bella. Erholt. Irgendwie zufrieden und entspannt.« Sie schüttelte ihren Kopf und ging mit dem Staubwedel in der Hand in den vorderen Salon. »Es ist immer wieder erstaunlich, wie manche Leute nicht bemerken, was direkt vor ihrer Nase geschieht. Manchmal mache ich mir Sorgen um dich, Bella. Wirklich.«

»Wie ich gehört habe, hast du Miss Pennifold einen großen Dienst erwiesen.« Hawkeswells beiläufige Bemerkung kam aus dem Nichts. Sie hatte absolut nichts mit den Gesprächen zu tun, die gerade in Castlefords Bibliothek geführt wurden.

Aber sie beendete wirksam alle anderen. Zwei weitere Augenpaare richteten sich neben Hawkeswells auf Jonathan.

Alte Freunde konnten manchmal ein ganz schönes Ärgernis sein. »Es war wohl kaum ein großer Dienst. Ich habe ihr ein wenig geholfen. Das ist alles.«

»So, wie es meine Frau erzählt, hast du sie davor bewahrt, durch ein Fieber zu sterben.«

In einem glasigen Augenpaar funkelte Neugier auf. »Du hast eine Frau gerettet? Du erweist deiner Herkunft alle Ehre. Ihr Name kommt mir irgendwie bekannt vor. Kenne ich sie?« Castleford runzelte seine Stirn, während er über die Angelegenheit nachdachte.

Er war an der Bibliothek vorbeigewandert und hatte die anderen zufällig entdeckt. Da es ein Freitag war, hatten Summerhays und Hawkeswell nicht Castleford selbst, sondern seinen Gast besucht, doch Castleford hatte sich nun selbst eingeladen, obwohl er vollkommen betrunken und nur halb angezogen war.

Um die komplizierte Situation noch schlimmer zu machen, war Jonathan auch nicht mehr wirklich der Gast des Herzogs. Er war gekommen, um Castleford darüber zu informieren und um ihm für seine Großzügigkeit zu danken. Doch durch einen dämlichen Zufall waren Summerhays und Hawkeswell angekommen, bevor er die Gelegenheit dazu gehabt hatte. Wodurch sie nun alle vier in der Bibliothek saßen, obwohl Jonathan an diesem Nachmittag etwas vollkommen anderes vorgehabt hatte.

»Ich habe nur dafür gesorgt, dass sie sicher nach Cumberworth zurückgelangte. Der übliche Tratsch der Damen hat die Sache nur aufgebauscht.«

»Pennifold, Pennifold …«, murmelte Castleford. Die Anstrengung zu denken war ihm deutlich anzusehen.

»Wie man hört, seid ihr dort mitten in der Nacht angekommen. Ich beneide dich nicht darum, dass du in diesem Gasthof in Cumberworth schlafen musstest, wenn auch nur für ein paar Stunden«, bemerkte Hawkeswell. »Summerhays und ich mussten dort auch mal absteigen, und mir persönlich war es zu rustikal. Den Bettwanzen hat es aber gefallen.«

Summerhays lächelte durchtrieben. »Ich habe gehört, dass er gar nicht in einem Gasthof übernachtet hat.«

»Nein? Ist das wahr? Hat man dich tatsächlich in den verbotenen Teil des Klosters vorgelassen?«

Das zog Castlefords Aufmerksamkeit auf sich. »Kloster? Hast du ein gutes Landbordell gefunden, ohne mir etwas davon zu sagen, Albrighton?«

Schweigen breitete sich aus. Alle sahen ihn an. Castleford lächelte ahnungslos zurück.

Hawkeswell warf ihm einen finsteren Blick zu. »Er spricht von Daphnes Haus in Middlesex, The Rarest Blooms, Castleford. Das Haus, in dem meine Frau zwei Jahre lang gelebt hat und Summerhays' Gattin ebenfalls eine Weile.«

»Ah, du hast das Wort auf diese Art metaphorisch benutzt, und nicht wie man es normalerweise tut. Ich entschuldige mich, auch wenn das Missverständnis nahelag. Du solltest in deiner Wortwahl vorsichtiger sein.«

Summerhays bemerkte, wie verärgert Hawkeswell immer noch

wirkte. »Castleford, solltest du nicht in deinen Gemächern sein? Wer dort auch auf dich warten mag, wird bestimmt langsam ungeduldig.«

»Dort wartet niemand auf mich. Sie ist schon vor Stunden gegangen.«

»Dann musst du dich doch sicherlich für die Anstrengungen der kommenden Nacht ausruhen?«

»Für solche Dinge muss man sich nicht ausruhen, Summerhays. Ich bin immer in bester Form.« Castleford kniff die Augen zusammen und schien über etwas nachzudenken. »The Rarest Blooms … war ich dort nicht schon einmal? Irgendwie kommt mir der Name bekannt vor …« Er riss die Augen auf. »Jetzt fällt es mir wieder ein. Man hat dir erlaubt, dort zu übernachten, Albrighton? Verdammt, mich hat man nicht mal durch die Tür gelassen.«

»Das liegt daran, dass er einem ihrer Mitglieder geholfen und sie beschützt hat, während du sie alle lediglich verführen und sitzenlassen würdest, wenn du die Gelegenheit bekämst«, kommentierte Hawkeswell trocken. »Und danach würde bei zweien der hier anwesenden Männer der Haussegen gewaltig schief hängen.«

»Die Liebe hat dich fast unerträglich gemacht, Hawkeswell. Außerdem wissen wir gar nicht, ob Albrighton nicht zumindest eine von ihnen verführt hat, während er dort war. Ich weiß nicht, warum du davon ausgehst, dass ich ein Schurke bin und er ein Heiliger.«

»Das weißt du wirklich nicht?«

Jonathan warf Castleford einen Blick zu. Dieser blickte unschuldig zurück.

»Ich will natürlich nicht behaupten, dass du eine von ihnen verführt hast«, erklärte Castleford. »Ich wollte nur darauf hinweisen, dass die beiden hier …«, er deutete auf Summerhays und Hawkeswell, »nicht ausschließen können, dass du es getan hast.«

»Natürlich hat er das nicht«, erwiderte Hawkeswell. »Er würde doch nicht die Köpfe seiner beiden Freunde auf den Richtaltar ihrer Ehefrauen bringen, indem er eine ihrer besten Freundinnen verführt. Außerdem ist Mrs Joyes, die Hausherrin, im Besitz einer Pistole, die sie in solchen Situationen liebend gerne einsetzt. Er war lediglich so freundlich, Miss Pennifold aus der Klemme zu helfen, als eine kleine Unternehmung von ihr schiefging, und wir hätten schon längst dafür büßen müssen, hätte er sich danebenbenommen.«

»Pennifold. Da ist dieser Name wieder. Warum kommt er mir nur so bekannt vor?« Wieder runzelte Castleford die Stirn.

Summerhays brachte das Gespräch nun mit Bestimmtheit auf ein anderes Thema: den bevorstehenden Vortrag der Königlichen Gesellschaft. Doch wie Jonathan vermutete, hatte Summerhays bemerkt, dass der einzige Mann, der die Wahrheit kannte, eine Verführung nicht abgestritten hatte.

Kurz danach verabschiedeten sich die beiden Gäste. Summerhays bot Jonathan an, ihn in diese Vorlesung zu bringen, und Hawkeswell warnte ihn vor, dass demnächst eine Essenseinladung von seiner Frau erfolgen würde. Nachdem sie fort waren, machte Jonathan sich daran, sich ebenfalls von der einzigen in der Bibliothek verbliebenen Person zu verabschieden.

Plötzlich wirkte Castleford überhaupt nicht mehr betrunken. In dem Blick, den er Jonathan zuwarf, funkelte wache Intelligenz.

»Endlich ist mir eingefallen, wo ich diesen Namen schon einmal gehört habe. Hast du dich etwa mit der Tochter dieser Northrope eingelassen?«

»Ich habe sie kennengelernt, wenn du das meinst.«

»Ich glaube, dass du sie wahrscheinlich ziemlich gut kennst, wenn du für sie als Jungfrau in Nöten den Ritter in schimmernder

Rüstung spielst. Ich denke, dass sie diejenige ist, die dich hinausgeworfen hat. Wenn es das war, was dich ohne Bett zurückließ …« Er warf einen Blick zur Tür. »Unsere beiden Freunde werden ziemlich wütend sein, wenn sie es herausfinden. Hawkeswell wird dich wahrscheinlich zusammenschlagen, wenn seine Frau dadurch auch nur ansatzweise aufgebracht sein sollte.«

»Dann solltest du deine unbegründeten und unbewiesenen Vermutungen wahrscheinlich besser nicht mit ihm teilen.«

»Ich werde es versuchen, aber er piesackt mich, und es wäre mir ein Vergnügen, ihm unter die Nase zu reiben, wie falsch er liegt.« Er erhob sich. »Zumindest weiß ich nun, warum du so entsetzlich tugendhaft warst. Genieße, was immer du da hast, so lange du noch kannst, denn lange wird es nicht mehr dauern.«

»Das muss nicht unbedingt so sein.«

»Angesichts deiner Ambitionen würde ich das aber schon sagen. Ich bin sicher, dass sie davon weiß und dir deshalb eine Szene ersparen wird. Ihre Mutter wird ihr das neben anderen Sachen bestimmt auch beigebracht haben.« Er gähnte, streckte sich und flanierte zur Tür, wahrscheinlich um sich schließlich doch noch für die Herausforderungen der bevorstehenden Nacht auszuruhen.

Doch bevor er den Raum verließ, hielt er inne. »Wo wir gerade von deinen Ambitionen sprechen: Thornridge wird bald wieder in die Stadt zurückkehren. Die konservative Partei verlangt nächste Woche seine Anwesenheit bei ein paar Treffen. Sobald er wieder hier ist, wird er mir nicht lange aus dem Weg gehen können, also wappne dich für die bevorstehende Schlacht.«

22

»Es ist schon spät. Ich muss aufstehen«, kicherte Celia.

Jonathan ignorierte sie und kitzelte sie weiter mit kleinen Küssen auf ihre Taille.

»Warum musst du aufstehen? Kommt heute neue Ware an?«, fragte er schließlich.

»Erst am Dienstag wieder.«

»Dann kannst du doch hierbleiben, so lange du willst.«

»Das ist viel zu dekadent, Jonathan. Bella und Marian sind schon seit Stunden auf.«

»Sie werden es schon verstehen, besonders wenn sie gleich dein Stöhnen hören.«

Wahrscheinlich würden sie es wirklich verstehen. Celia versuchte nicht mehr zu verheimlichen, was in diesem Haus vor sich ging. Marian machte sogar schlüpfrige Witze darüber. Das war eins der vielen Dinge, die sich mit Jonathans Rückkehr verändert hatten.

»Das wird bis heute Abend warten müssen.« Sie warf die Laken zurück. »Ich habe heute einiges zu erledigen.«

»Was denn zum Beispiel?« Die Küsse hatten inzwischen ihre Brüste erreicht. Er hielt sie mit einer Hand auf ihrer Hüfte fest.

»Ich sorge nicht nur für ein Zwischenlager der Pflanzen. Ich muss auch Käufer für die Sommerblumen finden, die wir haben werden. Ich würde lieber nicht selbst auf dem Markt stehen und sie an die Leute bringen müssen, also muss ich einen Großhandel finden, der sie abnimmt.« Seine Hand bewegte sich ihre Hüfte hinab, dorthin, wo er verdorbene Dinge mit ihr anstellen konnte. Sie nutzte die Gelegenheit, um davonzuschlüpfen.

Doch er hielt ihren Knöchel fest, bevor sie richtig entkommen konnte. Während sie auf einem Fuß balancierte, warf sie ihm einen Blick über ihre Schulter zu.

»Komm zurück«, drängte er mit einem unwiderstehlichen Grinsen. »Du weißt, dass du es willst.«

Das tat sie wirklich, aber sie hatten dieses Bett in den letzten drei Tagen, seit sie aus Cumberworth zurückgekommen waren, kaum verlassen, und es gab Dinge, die sie erledigen musste.

»Heute Abend, ich verspreche es.«

»Was versprichst du?«

Sie lachte und versuchte ihren Knöchel zu befreien. »Was immer du willst. Und jetzt muss ich mich waschen und anziehen.«

Er ließ sie frei. Sie ging zur Tür und öffnete sie. Auf der anderen Seite warteten zwei Eimer mit Wasser. Das war etwas Neues. Sie konnte es Marian kaum verdenken. Warum sollte sie Jonathans Eimer nach oben auf den Dachboden schleppen, wenn er hier bei ihr aufwachte? Dennoch symbolisierten diese beiden Eimer Dinge, die über praktische Bequemlichkeit hinausgingen.

Sie prüfte die Temperatur mit den Fingern und trug beide dann zum Waschtisch. »Es ist noch warm. Du solltest es also schnell verbrauchen.«

Er setzte sich auf die Bettkante. »Wie praktisch.«

»Nicht wahr? Rasieren kannst du dich aber oben.«

»Wasch dich zuerst. Kaltes Wasser macht mir nichts aus.« Er stand auf und ging zu ihr. Dort berührte er ihre Kleidung und roch an ihrer Seife.

Sie goss das Wasser ins Becken. »Ich werde Marian sagen, dass sie es in Zukunft nicht mehr so machen soll. Ich weiß nicht, was sie sich dabei gedacht hat. Es ist albern, dass du so lange warten musst.«

»Es macht mir wirklich nichts aus. Ich finde es schön, dich beim Waschen beobachten zu können.« Er trat hinter sie und nahm die Seife. »Ich kann dir sogar dabei helfen.«

»Ich glaube nicht …« Aber er machte bereits den Waschlappen nass. Mit langsamen Bewegungen befeuchtete er ihre Arme, dann wrang er den Waschlappen aus, sodass die Tropfen auf ihre Schultern und ihre Brust fielen und in kleinen Rinnsalen an ihr herunterliefen.

Er griff nach der Seife. »Das macht Spaß. Ich habe noch nie zuvor eine Frau gewaschen.«

»Du machst den ganzen Boden nass.«

»Ich werde vorsichtiger sein.« Sein Atem kitzelte sie an ihrem Ohr, während er um sie herumgriff, um seine Hände einzuseifen. »Was immer ich heute Abend will?« Dann glitt er mit seinen glitschigen Händen über ihre Arme.

»Das habe ich gesagt.« Aufgrund der Ablenkung, die das Waschen verursachte, zitterte ihre Stimme ein wenig. Jetzt war er an den Schultern angekommen, machte bei ihrem Rücken weiter, ging zu ihrem Po über und … Sie zuckte zusammen und sah ihn über ihre Schulter hinweg an. »Du bist aber sehr gründlich.«

»Ich will ja schließlich nichts übersehen.« Erneut begann er, sie mit dem Waschlappen abzureiben. Ein wunderbares Prickeln durchströmte sie. Er fuhr fort, sie absichtlich so zu berühren, dass es sie erregte, und dass sie dabei aufrecht standen, verstärkte die Empfindungen nur. Er trat näher an sie heran und presste seine Erektion zwischen ihre Oberschenkel und hinauf gegen ihre Scham.

Sie musste sich gegen ihn stützen, um nicht umzufallen. Ihr Körper pulsierte wild, und sie konnte kaum noch atmen. Wieder seifte er ihre Hände ein und liebkoste langsam ihren Oberkörper und schließlich ihre Brüste.

Sein Kinn berührte ihre Schläfe, während sich seine Hände in großzügigen Kreisen über ihre Brust bewegten. Sie biss sich auf die Lippe, um nicht zu stöhnen, aber es war in ihr, so laut, dass die ganze Straße es hören würde, wenn es ihr entkommen sollte.

»Was immer ich will. Lass mich mal nachdenken.« Er quälte sie weiter, während sie sich gegen seine Härte drängte. »Ich will, dass du eines dieser Satinkleider trägst. Du solltest schon auf dem Bett liegen, wenn ich komme. Umgeben von Kissen, vielen Kissen. Ich will, dass du bereits erregt bist, wenn ich komme. So wie jetzt.«

Sie schloss ihre Augen und sah, was er beschrieben hatte, und sich selbst in erotischer Vorfreude. Seine Finger drückten sanft ihre Brustwarzen und sandten damit starke Empfindungen durch ihren Körper.

»Und dann?«

»Was immer ich will, wie du gesagt hast.« Er trat einen Schritt zurück und unterbrach so den angenehmen Körperkontakt.

Sie hielt sich am Waschtisch fest, um nicht zu schwanken. »Du kannst mich doch jetzt nicht in diesem Zustand zurücklassen!«

»Ich dachte, du hast heute noch so viel vor.«

»*Jonathan*.«

Er lachte und legte seinen Arm um ihren Körper. Ihre Füße verließen den Boden und sie landete auf dem Bett. Er warf sich auf sie und drang in sie ein.

Er hob ihr Bein und stieß noch tiefer in sie. Dies erweckte ein wunderbares Beben in ihr. Sie hob ihre Knie an die Brust, sodass er sie noch weiter ausfüllen konnte. Während er sich auf seine angespannten Arme stützte, beobachtete er mit ernstem Gesicht, was er mit ihr tat. Langsam zog er sich zurück und drang dann wieder hart in sie ein, sodass sie verzweifelt nach Luft rang und ihre Hüften ungeduldig anhob.

Ihre Bewegungen wurden immer wilder, und ihre gemeinsame Energie rief Empfindungen hervor, die sie nicht mehr kontrollieren konnte. Das Beben in ihr brach aus und strömte in einer schnellen Welle aus vollkommener Lust durch sie hindurch.

Doch es endete nicht, sondern wiederholte sich immer wieder. Perfekte Echos der Erfüllung ließen ihren Körper immer wieder aufschreien. Es kam ihr vor, als würde es niemals aufhören. Schließlich erreichte auch er den Höhepunkt, so heftig, dass es das Bett erschütterte.

Stöhnend brach er auf ihr zusammen. Sie umarmte ihn fest und gab, was sie konnte. Sie ließ ihre Seele in dieser Glückseligkeit schweben, und es war ihr ganz gleich, ob es unvorsichtig von ihr war, ihn so zu lieben, wie sie es nun tat.

»Haben Sie von jetzt an vor, immer bis mittags im Bett zu bleiben?« Marian stellte den Teller vor Jonathan ab, dann verschränkte sie die Arme. »Ich möchte es nur wissen, damit ich mir nicht die Mühe machen muss, die Pfannen zu säubern, wenn ich so spät sowieso noch einmal Frühstück machen soll.«

Er bemühte sich, verärgert zu wirken. Celia warf ihm einen Blick zu, während sie sich um ein paar Pflanzen am Fenster kümmerte.

»Ich nehme an, es wird meistens nicht so spät werden. Es tut mir leid, wenn ich den Haushalt dadurch in Aufruhr versetze.«

»Oh, das haben Sie bereits reichlich getan, Mr Albrighton. Und wenn es erst mal warm genug ist, um die Fenster aufzulassen, werden Sie vielleicht noch die ganze Straße in Aufruhr versetzen.«

Marian ging wieder in die Küche. Jonathan beendete sein Frühstück und ging dann zu Celia, die vertrocknete Blätter von einer Pflanze abschnitt.

Er umarmte sie von hinten, während sie weiterarbeitete. »Ich habe nicht nur deinen Tag, sondern auch den Haushalt durcheinandergebracht. Wie ungezogen von mir.«

»Äußerst ungezogen. Und das werden wir auch nicht zum letzten Mal gehört haben. Warte nur, bis Bella Marian von der Schweinerei erzählt, die wir mit dem Wasser angestellt haben. Es wird in diesem Haus nicht genügend Putzlappen geben, um das wieder in Ordnung zu bringen.«

Sie hatten sich nach seinem ersten Versuch gegenseitig ausgiebig gewaschen, gestreichelt und mit Seife eingerieben. Ihr lauter Höhepunkt auf dem Bett war nur der Anfang gewesen, und nicht das Ende.

Er zog ihren warmen Körper an sich und spürte erneut die weiche Berührung des Handtuchs, als sie ihn vor weniger als einer Stunde abgetrocknet hatte. Er sah, wie sich ihr goldgelockter Kopf senkte, und sein Geist und Körper erinnerten sich daran, wie sie ihm mit ihrem Mund unfassbares Vergnügen verschafft hatte.

Die Erinnerung ließ ihn erneut hart werden. Sie drehte sich zu ihm um, sodass er sie im Profil sah. »Ich hätte gedacht, dass du genug hast«, neckte sie ihn.

Nicht genug, niemals genug. Doch er bemerkte, dass sie ein wenig abgelenkt wirkte, als wenn sich ihre Gedanken trotz aller Nähe doch mit anderen Dingen beschäftigten.

Genau wie seine, wenn er es zulassen würde. Irgendwann musste er das. Doch er war dankbar für die morgendliche Freude und die Ausrede, um alles andere beiseitezuschieben.

Er ließ sie los. »Musst du auch nach Mayfair? Ich könnte dich mit dem Cabriolet hinbringen und mein Pferd hinten anbinden.«

»Ich denke, ich werde mit diesen Dingen bis morgen warten und mich heute stattdessen um ein paar Haushaltsangelegenheiten kümmern.« Sie streichelte seine Wange. »Du hast dich ja noch nicht einmal rasiert. Wenn ich heute irgendetwas schaffen will, muss ich früher los, als du in der Lage wärst, das zu erledigen.«

Er küsste sie und ging die Treppe hinauf, um sich zu rasieren und fertig anzukleiden, aber bevor er ganz verschwand, hielt er inne und betrachtete Celia. Trotz ihres strahlenden Lächelns und ihrer vertrauten Blicke hatte sie etwas ihrer ungezwungenen Freude in ihrem Schlafzimmer gelassen. Nun sah sie die Pflanze, die sie beschnitt, so nachdenklich an, als ob diese das Geheimnis des Lebens selbst berge.

Celia brachte ihre Kutsche vor einem Backsteingebäude in der Innenstadt zum Stehen. In der Nähe der Haustür lungerte ein Junge herum und bot an, sich um das Pferd zu kümmern, bis sie wiederkam. Sie gab ihm ein paar Pence und ging zur Tür, während die Kutsche davonrollte.

Sie zog einen Brief aus ihrem Ridikül. Er hatte auf sie gewartet, als sie an diesem Tag nach unten gekommen war. Er war mit der Morgenpost eingetroffen und hatte in ihrem Haus gelegen und darauf gewartet, ihr den Tag, der so schön begonnen hatte, zu ruinieren.

Sie betrat das Gebäude und fand die Büroräume von Mr Harold Watson, einem Rechtsanwalt.

Mr Watson hatte sie gebeten, um dreizehn Uhr bei ihr vorstellig zu werden. Celia hoffte inständig, nicht zu spät zu sein. Sie hätte es vorgezogen, ein paar Tage Vorbereitungszeit gehabt zu haben, auch wenn sie bezweifelte, dass es überhaupt möglich war, sich auf so etwas vorzubereiten.

Was nun folgen würde, war unausweichlich gewesen. Jonathan hatte dafür gesorgt, als er sie verführt hatte, nicht wahr? Und sie hatte es zugelassen, trotz des ganzen Theaters um ihre große Entscheidung. Nun würde sie statt eines gesicherten Lebens lediglich die Erinnerungen an eine wunderbare, aber flüchtige Affäre aus ihrer Jugend zurückbehalten, die ihr nichts eingebracht hatte.

Was würde sie in zehn Jahren von dem Handel halten, den sie eingegangen war, und der Affäre, die sich daraus ergeben hatte? Dass sie Jonathan seinen Betrug zu leicht vergeben hatte, um diese Energie und Erregung noch einmal zu verspüren? Dass sie sich von der Lust so hatte beherrschen lassen, dass sie vergessen hatte, vernünftig zu sein? Wenn sie bei ihm war, schob sie alle Gedanken an ihre unausweichliche Trennung beiseite, damit sie ihr nicht die Freude verdarben, aber sie war nicht so dumm, sie tatsächlich zu vergessen.

Ein Angestellter brachte sie zu Mr Watsons persönlichem Büro. Starr vor Schreck stand sie da, während sich die Tür hinter ihr langsam schloss, und sie hörte kaum die Begrüßung von Mr Watson, einem drahtigen kleinen Mann mit grau werdendem Haar und einem altmodischen Bart. Der Gast, der bei ihm saß, zog all ihre Aufmerksamkeit auf sich.

»Sie haben in Ihrem Brief nicht erwähnt, dass Mr Dargent anwesend sein würde, Mr Watson.«

»Ich habe ihm geraten, dabei zu sein, Miss Pennifold. Als sein Anwalt ist es meine Pflicht, eine einvernehmliche Lösung wegen der Meinungsverschiedenheit über den ausstehenden Betrag zu finden.«

»Es gibt keine Meinungsverschiedenheit«, warf Anthony ungeduldig ein. »Das habe ich Ihnen doch schon zigmal erklärt. Sie haben die Unterlagen gesehen, Watson. Sie wissen, dass mein Anspruch rechtmäßig ist.«

»Mr Watson versucht nur, dir den Skandal zu ersparen, sollte der Vertrag öffentlich bekannt werden, Anthony. So ist es doch, Mr Watson?«

Das ausdrucksvolle Nicken seines Kopfes war mehr Bestätigung als Zustimmung. »Meiner Erfahrung nach kann ein offenes Gespräch zwischen zwei Parteien eine Gerichtsverhandlung vermeiden.«

»Ich brauche keine verdammte Gerichtsverhandlung«, tobte Anthony. »Ich brauche einen verdammten Gerichtsvollzieher, um eine verdammte Schuld einzutreiben.«

Der Ausbruch bestürzte den armen Mr Watson. Er schien nicht genau zu wissen, was er nun tun sollte, nachdem seine vernünftige Strategie so schiefgegangen war.

»Verschwinden Sie«, fauchte Anthony ihn an. Mr Watson kam dem eilig nach.

»Der arme Mann«, stellte Celia fest, sobald sie und Anthony allein waren. »Er hat es gut gemeint. Hast du ihm alles erzählt, Anthony? Ich nehme an, das hast du nicht. Und doch hat er genug erfahren, um dir eine Demütigung ersparen zu wollen.«

Anthonys Kiefer zuckte. Seine Augen brannten. Er war der Inbegriff eines Mannes, dessen Zurückhaltung an einem seidenen Faden hing. »Eine Woche, hast du gesagt. Eine Woche, und du würdest mir deine Entscheidung mitteilen. Und ich habe gar nichts von dir gehört.«

»Das war falsch von mir. Aber wenn du nichts von mir gehört hast, muss die Antwort doch klar gewesen sein. Wenn ich dein Angebot angenommen hätte, hätte ich es wohl kaum vor dir geheim gehalten. Die Rechnungen der Schneidereien hätten langsam eintreffen müssen.«

Wütend marschierte er im Zimmer umher. »Du handelst unüberlegt und dumm.«

»Nein, Anthony, ich bin nur ehrlich, zu mir wie auch zu dir. Ich könnte dein Geld und dieses hübsche Haus annehmen. Ich könnte die Schmierenkomödie einer großen, wenn auch leider nicht salonfähigen Liebesaffäre, die du dir so schön ausgedacht hast, mitspielen. Aber es wäre eine Lüge, weil ich dich nicht mehr liebe. Vielleicht habe ich das einst getan, aber jetzt nicht mehr.«

»Du bestrafst mich, das ist alles. Dafür, dass ich dich nicht geheiratet habe. Dafür, dass ich nicht einfach alles für dich aufgegeben habe.«

»Das nehme ich dir nicht übel. Ich weiß, wie es gewesen ist.« Wie es immer noch war. Der seltsame Schmerz in ihrem Herzen hatte nichts mit Anthony zu tun. Sie kämpfte dagegen an, von ihren Gefühlen überwältigt zu werden. Dafür würde in einem anderen Moment Zeit sein.

»Es gibt da etwas, was ich dir sagen muss, Anthony. Es wird vielleicht erklären, was ich damit gemeint habe, als ich sagte, dass ich dich nicht angelogen habe. Du willst dort anknüpfen, wo wir vor fünf Jahren aufgehört haben. Das ist unmöglich. Seit wir uns wiedergetroffen haben, hast du immer wieder impertinent nach meiner Unschuld gefragt. Du sollst wissen, dass ich sie dir nicht länger schenken kann.«

Er starrte sie an. Sie verspürte ein wenig Mitleid mit ihm, aber sein Erstaunen sprach nicht gerade für seine Intelligenz. Schließlich hatte er sie nicht heiraten können, weil sie zu einer bestimmten Art Frau gehörte. Warum also war er jetzt überrascht, dass sie tatsächlich so eine Art Frau war?

Seine Bestürzung wurde von Wut abgelöst. Einer besonderen Art Wut. Die eines eifersüchtigen Mannes, der nicht einmal den Namen seines Rivalen kennt. Abrupt wandte er sich von ihr ab.

»Wir sollten uns als alte Freunde trennen, Anthony. Nicht als zwei Charaktere in einer schlechten Schmierenkomödie.«

Er weigerte sich, sich umzudrehen. »Wir müssen uns überhaupt nicht trennen. Du hast meinen Schutz abgelehnt, und das werde ich akzeptieren, wenn ich muss. Du hast deine Unschuld an irgendeinen Kerl verschenkt, obwohl ich dein Leben lang für dich gesorgt hätte, aber was geschehen ist, ist geschehen. Wenn ich mich mit weniger zufriedengeben muss, werde ich meinen Stolz hinunterschlucken und so weiter. Sag mir einfach nur, was du dafür erwartest.«

Gütiger Gott, er wollte von ihr wissen, wie er sich ihre Gunst erkaufen konnte, dieses Mal nur auf eine weniger exklusive Art. Er wollte wissen, wie er sich in die Schlange einreihen konnte.

»Du wirst dich mit nichts zufriedengeben müssen, Anthony. Es tut mir leid, wenn ich das bis jetzt nicht klar genug ausgedrückt habe.«

Lange Zeit bewegte er sich gar nicht. Dann ging er plötzlich zur Tür und rief nach Mr Watson.

»Schicken Sie Mrs Northropes Nachlassverwalter die Forderung des Grundstücks in der Wells Street«, wies er den Anwalt an. »Ich erwarte innerhalb einer Woche eine Inventarliste.«

»Hallo, Onkel.«

Edward zuckte so heftig zusammen, dass Jonathan sah, wie er ein wenig aufsprang. Dann verdrehte sich Edwards ganzer Körper, als er sich auf dem Kanapee in der Bibliothek zur Gartentür umdrehte, wo Jonathan stand.

»Was zum …? Wie kannst du es wagen, dich einfach so über meinen Garten hineinzuschleichen?«

Jonathan betrat den Raum und blickte auf seinen Onkel hinab. Edwards böser Gesichtsausdruck verschwand. Er warf einen Blick zur Tür, den Fenstern und zu der Glocke auf dem Kaminsims, die benutzt wurde, um die Diener zu rufen.

»Ich wollte dich unter vier Augen sprechen«, sagte Jonathan. »Es ist an der Zeit für ein ehrliches Gespräch über diesen seltsamen Auftrag, den du mir gegeben hast, und über diese Liste, nach der du suchst.«

»Hast du sie?«

»Ich habe sie.«

Edward streckte ihm eine Hand entgegen. Jonathan ging um das Kanapee herum und setzte sich auf einen Sessel.

»Ich habe sie nicht dabei. Aber ich habe sie gesehen. Ich kenne die Namen. Ich kenne die Zeiträume.« Er tippte sich gegen die Schläfe, um anzudeuten, wo er all diese Informationen aufbewahrte. »Es existiert nicht als normale Liste oder Aufzeichnung, und ich bezweifle, dass irgendjemand erkennen würde, worum es sich handelt, sollte es ihm in die Hände fallen.«

»Weiß die Tochter davon?«

»Ihr Name ist Celia, Onkel. Miss Pennifold für dich. Ich würde es zu schätzen wissen, wenn du dich endlich an ihren Namen erinnern würdest.«

»Weiß deine Miss Pennifold davon?«

»Nein. Sie hat keine Ahnung.« Er log, ohne zu zögern. Er hatte das in seinem Leben oft genug getan, und diese Lüge hatte einen so guten Grund wie jede andere.

Edward entspannte sich wahrnehmbar. Er sah ihn an und schien auf etwas zu warten.

»Diese Gerüchte über Mrs Northrope ... Wurde der Marquess of Enderby jemals verdächtigt, ein Teil dieser Verschwörung zu sein?«

Edward wirkte entsetzt. »Enderby? Das ist ja absurd.«

»Warum? Es gab ein paar Adlige, die von Napoleon fasziniert waren. Ich denke, sie waren beeindruckt von all dem imperialen Gehabe. Er hätte durchaus einer von ihnen sein können.«

»Enderby? Du bist wahnsinnig. Das kannst du dir direkt aus dem Kopf schlagen. Ich werde nicht zulassen, dass du ihn wegen einer vollkommen aus der Luft gegriffenen Theorie in den Schmutz ziehst.«

»Meine Theorien sind niemals aus der Luft gegriffen. Das hast du mir selbst beigebracht. Du weißt genau, dass ich Grund dazu habe, wenn ich Enderby verdächtige.«

»Du hast keinen Grund mehr, überhaupt jemanden zu verdächtigen. Ich habe dich nicht damit beauftragt herauszufinden, wen diese Northrope ausgefragt hat, wem sie diese Geheimnisse weitergegeben hat oder was das überhaupt für Geheimnisse sind. Du solltest mir lediglich diese verdammte Liste besorgen.«

»Enderby *ist* auf der Liste.«

Aufgebracht schlug Edward die Hände über dem Kopf zusammen. »Neben vielen anderen, wie ich annehme. Aber ich versichere dir, dass er es nicht war.«

»Du bist dir sicher?«

»Verdammt, ja. Ich bin mir vollkommen sicher.«

Jonathan glaubte ihm. Das war eine gute Neuigkeit. Es bedeutete, dass die Zahlungen, die Celia in dem Geschäftsbuch gefunden hatte, tatsächlich für ihren Unterhalt gedacht gewesen waren. Jonathan hatte erwogen, ob Enderby die Vaterlüge der Verratswahrheit vorgezogen haben könnte.

Doch das war wohl nicht der Fall. Jonathan musste nun nicht mehr befürchten, dass Celia durch ihr Gespräch mit Enderby möglicherweise einem Verräter Anlass zur Sorge gegeben hatte.

»Es gibt nur einen Weg, um vollkommen sicher sein zu können, Onkel. Du musst die Wahrheit hinter diesen Gerüchten kennen. Wenn du weißt, dass Enderby nichts damit zu tun hatte, musst du wissen, wer wirklich dahintersteckt.«

»Da irrst du dich.«

»Das glaube ich nicht. Ich denke, dass ich nicht damit beauftragt wurde, den guten Namen vieler Männer zu retten, sondern nur den eines einzelnen Mannes. Für wen tust du das? Sage es mir, oder ich werde dem Innenministerium alles über diese Mission erzählen, die es nicht in Auftrag gegeben hat, und über Enderbys Zahlungen an Mrs Northrope.«

»Du würdest wirklich einen unschuldigen Mann ans Messer liefern? Ein Mann, der sich nicht mehr hat zuschulden kommen lassen, als ein paarmal zu einer Hure gegangen zu sein?«

»Ich hoffe, dass du nicht versuchst, an mein Gewissen zu appellieren. Diese leise Stimme hat sich schon seit langer Zeit nicht mehr zu Wort gemeldet. Ich bin Enderby gerade nicht besonders freundlich gesinnt, also würde es mich nicht stören, wenn er deswegen Schwierigkeiten bekäme.«

Edward schloss seine Augen. Er wirkte plötzlich alt und erschöpft. »Es ist nicht so, wie du denkst. Es ist ein bisschen anders, als ich gesagt habe.«

»Warum überrascht mich das nicht?«

»Ich habe die Angelegenheit etwas vereinfacht. Es war komplizierter, weniger sauber. Du hast das alles nicht wissen müssen und brauchst es auch jetzt nicht.«

»Ich bestehe darauf, es zu erfahren. Entweder sagst du es mir, oder ich werde es selbst herausfinden.«

Edward seufzte tief. Er stand auf, ging zu einer Schublade und holte eine Zigarre aus einer Kiste. Vor dem Kamin zündete er sie sich an. Fünf Züge später seufzte er erneut.

»Alessandra Northrope hat keine Geheimnisse gesammelt. Sie hat sie verbreitet. Nur dass sie nicht alle stimmten. Es gab einen Mann, der für Frankreich spioniert hat, und sie sollte ihm gewisse Dinge weitererzählen. Einiges davon traf zu, war aber unwichtig. Damit sollte die wahre Natur des Plans verschleiert werden. Anderes hingegen war schlichtweg falsch, um Sand ins Getriebe der französischen Strategien zu werfen.«

Die Enthüllung überraschte Jonathan. Und er empfand eine große Erleichterung. Es wäre ihm schwergefallen zuzugeben, dass Alessandra ihn hinters Licht geführt hatte. Außerdem war er froh, dass Celia nun die Wahrheit über ihre Mutter erfahren würde. Zumindest diese Enttäuschung konnte er ihr so ersparen.

»Sein Name steht nicht auf der Liste, die du gefunden hast, also vergiss die anderen einfach. Sie war nicht dumm. Sie hätte niemals eine Aufzeichnung darüber hinterlassen.«

»Dann war er ebenfalls Engländer? Es war nicht ihr ehemaliger französischer Liebhaber?«

Edward ignorierte die Frage. »Du darfst es ihr nicht erzählen«, sagte er. »Miss Pennifold. Auf gar keinen Fall.«

»Natürlich.« Doch er würde es ihr erzählen, und Edward konnte zur Hölle fahren. »Sind durch die zutreffenden Informationen Menschen gestorben? Das war ein gefährliches Spiel.«

»Niemand ist gestorben. Es wurde sehr vorsichtig gehandhabt. Die zeitliche Koordinierung war das Wichtigste, wie du weißt. Sie hat diesem Mann gegenüber beiläufig etwas erwähnt, etwas, das sie angeblich von einem anderen Gönner gehört hatte. Bis er die Information an seinen Kontakt weitergeben konnte und sie auf diesem Wege in Frankreich ankam, war sie veraltet und nutzlos. Doch es ließ sie vertrauenswürdiger wirken, wenn sie Fehlinformationen weitergab, die ihnen eine Menge Ärger bereiten würden.«

»Wer hat mit ihr zusammengearbeitet? Du?«

Er schüttelte den Kopf. »Man hat einen vertrauenswürdigen Mann ausgewählt, der nicht zu den üblichen Verdächtigen gehörte. Selbst ich habe erst nach Kriegsende davon erfahren. Es war eine Sache des Innenministeriums und des Militärs, von höchster Stelle, und wurde mit absoluter Diskretion behandelt.«

Und doch hatte jemand mit ihr zusammengearbeitet. Jemand »Vertrauenswürdiges« hatte ihr die Informationen geliefert, die sie weitergeben sollte.

Jonathan stand auf und ging zur Tür. Er würde von Onkel Edward nichts weiter erfahren. Er hatte sowieso schon alles, was er brauchte. »Du brauchst die Liste nicht. Du hast recht. Keiner der Männer, die damit zu tun haben, sind darin aufgeführt.«

Er warf noch einen letzten Blick zurück, während er durch die Doppeltür in den Garten verschwand. Edward wirkte erschüttert, und in seinem Blick lag beträchtliche Sorge.

23

Es waren viele Kissen. Celia fragte sich, ob die, die sie bereits auf ihrem Bett zusammengetragen hatte, ausreichten. Das mussten sie wohl, denn mehr hatte sie nicht.

Das Kaminfeuer hüllte das Zimmer in behagliche Wärme. Auf dem Tisch wartete Wein. Das beigefarbene Satinkleid umschmeichelte ihren Körper. Der Rest würde leicht sein. Er wollte, dass sie erregt war, und ihre gespannte Erwartung sorgte bereits dafür.

Sie würde heute Abend der Realität vorübergehend entkommen. Dieses Zimmer würde nicht mehr lange ihres sein, aber momentan war es noch ihr Zuhause. Ganz egal, was in der Zukunft geschah, sie würde sich an dieses Haus und diesen Raum und diese Leidenschaft erinnern.

Sie lag auf dem Bett, inmitten all dieser weichen Kissen. Sie fragte sich, ob Mr Watson gleich morgen jemanden schicken würde, um die Inventur durchzuführen, und ob Anthony nicht mehr als einen Gerichtsvollzieher brauchen würde, um sie und die anderen aus dem Haus zu werfen. Sie würde sich einen Anwalt suchen müssen, um herauszufinden, ob sie dies zumindest herauszögern könnte.

Die Ereignisse des Tages sollten sie traurig oder besorgt stimmen, aber das taten sie nicht. Anthony abzuweisen hatte etwas in ihr freigesetzt. Es war eine Entscheidung, nahm sie an. Eine bessere als die erste, die sie ihn betreffend getroffen hatte. Sie war sehr stolz darauf, wie sie sich heute geschlagen hatte. Es würde ihr zwar leidtun, das Leben, das sie sich hier eingerichtet hatte, zu verlieren, aber sie bedauerte nicht den Grund dafür.

Hätte sie so stark sein können, wenn sie Jonathan nicht kennengelernt hätte? Wenn er sie nicht verführt und ihr damit den anderen Weg verbaut hätte? Er dachte wahrscheinlich, dass er sie mit dieser Affäre in eine Richtung getrieben hatte, die dem Leben ihrer Mutter glich. Stattdessen hatte sie entdeckt, dass sie die innigen Emotionen, die durch eine solche Intimität entstanden, nicht missen wollte, auch wenn der endgültige Preis dafür sehr hoch war. Sie fragte sich, was Alessandra darüber denken würde. Sicherlich nichts Gutes.

Vertraute Geräusche von unten verrieten ihr, dass Jonathan zurückgekehrt war. Gleich würde er heraufkommen. Sie schloss ihre Augen, während ihr Körper mit einer herrlichen Lebendigkeit reagierte.

Erotisch, nicht vulgär, Celia. Sie arrangierte ihr Kleid auf eine Weise um, die Alessandra zugesagt hätte.

Der Besuch bei Edward hatte Jonathan in schlechte Laune versetzt. Auf seinem Weg zurück in die Wells Street ging er die Unterhaltung immer wieder durch. Vor seinem inneren Auge sah er die Gesichtsausdrücke seines Onkels und analysierte sie genau. Er konnte den genauen Moment benennen, in dem Edward klar geworden war, dass seinem Neffen die logischen Schlussfolgerungen seiner Geschichte nicht entgangen waren.

Jonathan ging davon aus, dass nichts in seinem Verhalten seine Gedanken verraten hatte, aber andererseits kannte Edward ihn besser als jeder andere. Abgesehen von Celia vielleicht. Vielleicht gut genug, um einfach anzunehmen, dass die unausgesprochenen Schlussfolgerungen für den Mann, den sie am meisten angingen, offensichtlich sein würden.

Immer noch abgelenkt betrat er das Haus. Während er die Stufen hinaufstieg, schwankte er zwischen kurz vor dem Ausbruch stehender Wut und einer nie gekannten Verzweiflung.

Am ersten Treppenabsatz blickte er den Flur entlang zu Celias Zimmer. Es war wohl am besten, wenn er in dieser Stimmung nicht zu ihr gehen würde. Er ging zu ihrer Tür, um sich zu entschuldigen.

Nach dem Betreten des Raumes befand er sich in der warmen, verlockenden Atmosphäre, die Celia so hervorragend erschaffen konnte. Ein niedriges Feuer und ein paar Kerzen brannten, und in der Nähe des Kamins standen Wein und zwei Sessel bereit. Über einer Lehne hing einer ihrer Strickschals und gab dem Ganzen eine häusliche Note. Weibliche Details wie die kleine Vase mit immergrünen Zweigen sprachen von der Behaglichkeit, die man hier erfahren konnte.

Das Bett wiederum verhieß eine andere Behaglichkeit und eine andere Seite ihrer Weiblichkeit. Dort lag sie bereits ausgestreckt auf weichen Kissenhügeln. Der Satinstoff ihres Kleides schimmerte und warf an ihrer Taille elegante Falten. Von dort an war sie nackt; ihr runder Po und die wohlgeformten, gespreizten Beine entblößt.

Es war der erotischste Anblick, den er jemals gesehen hatte.

Sie stützte sich auf ihre Unterarme. Die Bewegung ließ ihren Rücken hohl werden und ihren Hintern aufragen. Ihr Blick verriet ihm, dass sie genau wusste, was sie tat.

»Viele Kissen, wie du es dir gewünscht hast. Marian wird es mir wahrscheinlich übelnehmen, dass ich ihres gestohlen habe«, sagte sie.

Da erinnerte er sich an ihre morgendlichen Spielereien und seine Forderung nach Satin und Kissen. Es schien so lange her zu sein.

»Du bist so wunderschön, dass es manchmal schmerzt, dich anzusehen, Celia. Du bist einfach vollkommen, und ich will dich. Aber es ist gerade kein guter Moment nach dem Tag, den ich hatte.«

»Ist etwas Schlimmes passiert? Mein Tag war ebenfalls furchtbar. Das macht es doch eigentlich zu einem perfekten Moment dafür, denkst du nicht? Wir werden die Kränkungen der Welt für eine kurze Zeit vergessen.« Sie streckte ihren Fuß ein wenig in die Höhe. »Was immer du willst, weißt du noch?«

Er legte Mantel und Gehrock ab und löste sein Halstuch. Dann trank er etwas Wein, während er beobachtete, wie sie ihn mit diesem Fuß und ihrem verheißungsvollen Blick lockte.

Was immer er wollte. In diesem Moment wollte er nichts lieber als die Wut herauszulassen, bevor sie ihn auseinanderriss. Er wollte sich in ihr vergraben, bis ihr Duft und ihr Stöhnen ihn diese seltsame Erkrankung seiner Seele vergessen ließen. Er wollte, dass ihre Schreie die hässliche Wahrheit in seinem Kopf übertönten.

Er fuhr damit fort, sich auszuziehen. »Kissen und Satin und was immer ich will. Kannst du dich auch an den Rest erinnern?«

»Oh ja, Jonathan. Merkst du es denn nicht? Ich bin nun schon seit einer Weile bereit.«

Er drehte sie herum und kniete sich vor ihr auf das Bett. Dann erhöhte er ihre Hüften durch Kissen und spreizte ihre Oberschenkel. Er berührte sie und der sinnliche Schock ließ sie zusammenzucken. Zärtlich liebkoste er ihre Scham.

Schon bald wimmerte sie ungeduldig. »Jetzt«, stieß sie hervor.

»Noch nicht.« Er beugte sich vor und verlor sich in ihrem Geschmack und ihrem Duft. Er setzte seine Zunge ein, bis er nichts mehr hörte als ihre verzückten Schreie und das Pochen seines eigenen Blutes. Endlich konnte er seiner Wut freien Lauf lassen. Er ließ sie flehen und genoss es viel zu sehr, dass er in ihr ein verzweifeltes Verlangen weckte, das sie hilflos zurückließ.

Er führte sie zu einem stürmischen und zitternden Höhepunkt, der sie aufschreien ließ. Dann erhob er sich und drehte sie erneut herum, sodass der Satin ihren Rücken hinunterrutschte und sich ihr Po erotisch in die Höhe streckte. Dies stachelte seine Raserei nur noch stärker an. Er nahm sie hart, primitiv und schonungslos. Und sie hielt ihr Wort und ließ ihn haben, was immer er wollte.

»Lass uns in den Garten gehen«, sagte Celia. »Es war ein lauer Abend, und es ist wahrscheinlich nicht sehr kalt.«

»Du könntest dich dennoch erkälten.«

»Ich werde mein wärmstes Nachthemd, Schuhe und meinen Mantel anziehen. Das ist mehr als die meisten Frauen tragen, wenn sie abends ins Theater gehen.«

Er stieg aus dem Bett und griff nach seiner Kleidung.

Sie nahm eine der brennenden Kerzen und ging voran. Jonathan trug seinen Gehrock, hielt seine Weste und sein Halstuch aber in der Hand. Sie bemerkte, dass er sie in den Türrahmen legte. Er würde heute Nacht nicht bei ihr bleiben.

Die Luft war frisch, aber nicht besonders kalt. Der Mond schien hell genug, um die Wege zu sehen.

»Habe ich dir wehgetan?«, fragte er, nachdem sie ein paar Minuten gegangen waren.

»Nein. Ich nahm an, dass es so sein würde, als ich dich gesehen habe. Es tut mir nur leid, dass deine düstere Stimmung zurückgekehrt ist. Ich bedaure, dass dir mein Körper nicht mehr als eine vorübergehende Erleichterung verschaffen konnte, da du dem Rest von mir wohl kaum gestatten wirst, dir zu helfen.«

»Das ist nicht wahr. Deine bloße Gegenwart hilft bereits.«

»Nun, das ist doch zumindest etwas.«

Sie gingen weiter, durch Schatten und vages Licht, das sich mit den Wolken veränderte.

»Celia, erinnerst du dich daran, dass ich dir von einer Mission erzählt habe, die mich vor fünf Jahren an die Küste geführt hat?«

Sie nickte. »Die, bei der dieser Junge gestorben ist.«

»Das geschah, weil jemand verraten hatte, dass ich dort sein würde. Es gab einen Verrat. Ich habe erst kürzlich versucht, herauszufinden, wer dahintersteckt.«

Ihr Herz wurde schwer. Sie waren wieder bei den Themen ihres Streits. Darüber hatten sie seitdem nicht mehr gesprochen. Und sie hatte angenommen, dass sie es auch niemals wieder tun würden.

»Du denkst, es könnte meine Mutter gewesen sein, richtig?«

»Ich dachte, dass es mit den Gerüchten über deine Mutter verbunden wäre. Und so war es auch, nur dass die Gerüchte falsch waren, genau wie die Verbindung.«

Er erzählte ihr eine seltsame Geschichte, dass Alessandra im Auftrag der Regierung einem Mann Informationen zugespielt hatte, um die Franzosen zu täuschen.

»Dann war sie ja gar keine Verräterin, Jonathan. Sondern eine Heldin.«

»Das war sie. Es war eine riskante Sache.«

»Aber das sind doch gute Neuigkeiten.«

»Für ihr Andenken, ja. Und ich freue mich für dich. Doch eines Tages hat sie der Mann, der ihr die Informationen gab, damit beauftragt, ihrem Spion etwas zu erzählen, das näher an der Heimat ist. Und es war keine Fehlinformation wie sonst üblich. Doch da sie das nicht wusste, hat sie es weitergegeben.«

Und Jonathan war deswegen fast umgekommen. Und ein junger Bursche hatte sterben müssen.

»Gibst du ihr die Schuld daran? Ist das der Grund, warum …«

»Überhaupt nicht. Ich gebe dem Mann die Schuld, der ihr Vertrauen missbraucht hat, um eine offene Rechnung zu begleichen.«

Sie blieb stehen und umarmte ihn. »Du glaubst zu wissen, wer es ist, nicht wahr?«

Er zog sie enger an sich und schlang seine Arme um sie. Dann blickte er an ihr vorbei in die Schatten. »Mein Cousin ist der einzige, der ein Motiv haben könnte und den man mit der Aufgabe betrauen würde, mit ihr zusammenzuarbeiten. Ich habe einmal gesehen, wie er in ihrem Haus eintraf. Doch sein Wappen ist nicht bei den anderen zu finden. Ich glaube nicht, dass er einer ihrer Gönner war.«

»Bist du dir sicher, dass er es getan hat? Was für eine furchtbare Sache, so etwas zu tun, nur weil einem die Existenz eines unehelichen Cousins nicht passt.«

»Ich bin mir ziemlich sicher. Und schon bald werde ich es genau wissen.«

Sie lehnte ihren Kopf gegen seine Brust. Er seufzte nicht, aber sie hörte etwas recht Ähnliches in ihm. Sie wollte sich einreden, dass es ihm geholfen hatte, darüber zu sprechen, aber sie glaubte nicht daran.

»Mich nicht anzuerkennen war ihm nicht genug. Es beschämt mich, zugeben zu müssen, dass ich das erschreckend finde«, sagte er. »Es mag ihm nicht gefallen, dass wir uns das gleiche Blut teilen, aber es ist nun einmal so. Aber dass er meine Ermordung angeordnet hat …« Nun klang er endlich wütend, als ob dieses Gefühl einen Kampf gegen ein viel traurigeres gewonnen hätte.

»Was wirst du jetzt tun?«

»Ihm sagen, dass ich Bescheid weiß. Ihn damit konfrontieren. Dann werden wir das Gespräch haben, dem er aus dem Weg geht, seit ich neun Jahre alt war.«

Er hob sie hoch und begann zum Haus zurückzugehen. »Und dein schlimmer Tag, Celia? Wenn ich dich schon mit meinem gelangweilt habe, musst du mir auch von deinem erzählen.«

»Ich habe Anthony gesehen. Und seinen Anwalt.« Sie deutete auf das Haus. »Ich nehme an, dass es nicht mehr lange mir gehören wird. Es war ohnehin zu groß. Ich weiß jetzt, wie viel Geld mir die Pflanzen einbringen. Ich werde mit einem Makler sprechen und sehen, ob ich ein anderes Haus mieten kann.« Sie pikste ihn spielerisch in die Seite. »Ich werde darauf achten, dass es einen schönen Dachboden hat.«

»Wie hoch ist denn der Betrag, den du diesem Halunken schuldest?«

»Achthundert Pfund. Wer hätte gedacht, dass meine Mutter so gut im Handeln war?«

»Du scherzt darüber, aber ich weiß, dass es dich betrübt, Celia.«

»Immer wenn ich wegen des Verlusts des Hauses traurig werde, denke ich an Anthonys Gesicht, als ich ihm gesagt habe, dass ich ihn auf keinen Fall nehmen werde, egal, zu welchem Preis. Sein Gesichtsausdruck heitert mich jedes Mal sofort wieder auf.«

Er öffnete nicht die Gartentür, sondern setzte sie auf der Bank ab, auf der er sie zum ersten Mal geküsst hatte. »Celia, bevor ich alt genug war, um Thornridges Schweigegeld abzulehnen, hatten sich etwas über tausend Pfund angesammelt. Nimm dir, was du brauchst, und werde den Kerl dadurch los.«

Sie wusste nicht, was sie darauf sagen sollte. Aber selbst wenn, hätte sie ohnehin kein Wort herausgebracht. Er sah sie an, als hätte er ihr nicht gerade etwas Außerordentliches angeboten. Ihre Kehle brannte und sie war tief bewegt.

Er verstand ihr Schweigen falsch. »Es ist nicht, was du denkst. Es ist keine Zahlung, wie deine Mutter sie erhalten hat.«

Natürlich war es das, doch das Motiv dahinter war gütig.

»Ich fühle mich geehrt, dass du mir das anbietest, Jonathan. Es handelt sich wahrscheinlich um dein gesamtes Vermögen, und du lebst bestimmt von den Zinsen.«

Er nahm ihre Hand und half ihr beim Aufstehen. »Dann werde ich mich gleich morgen darum kümmern.«

Sie stellte sich auf ihre Zehenspitzen und küsste ihn. »Nein, das wirst du nicht. Ich werde mir ein anders Haus suchen. Und versuche auch nicht, es hinter meinem Rücken zu tun. Ich werde nicht zulassen, dass du dich ruinierst, weil sich meine Mutter geweigert hat, Anthony sein Geld zurückzuzahlen.«

Er widersprach ihr nicht. Stattdessen öffnete er die Tür und führte sie über die Schwelle. »Ich werde noch ein wenig hier draußen bleiben, Celia.«

»Dann wünsche ich dir eine gute Nacht, Jonathan.«

Sie schloss die Tür und ließ ihn im Dunkeln zurück. Zweifellos würde er über das Treffen mit Thornridge nachdenken wollen, das er geplant hatte.

Sie würde ebenfalls noch ein wenig nachdenken und sich vorstellen, was passieren würde, wenn Jonathan diese Familie zur Rede stellte und ihre Anerkennung forderte. Sie bezweifelte, dass Jonathan einen solchen Kampf unbewaffnet beginnen würde. Wenn er solch einen Schritt wagte, hoffte er auch auf einen Sieg.

Sie wünschte sich, dass er Erfolg hatte. Sie wollte, dass er bekam, was ihm zustand. Sie stellte sich vor, wie er die Frau im Park begleitete, statt von ihr geschnitten zu werden. Das Bild versetzte ihr einen Stich ins Herz, aber nicht, weil sie nicht das Beste für ihn wollte. Sondern weil ihr eines klar war: Wenn er neben seiner Cousine Lady Chesmont ging, konnte er nicht auch neben Alessandra Northropes Tochter hergehen.

24

Jonathan tauchte seinen Federhalter in die Tinte und begann, in sein Notizbuch zu schreiben. Er fasste die Schwerpunkte der Vorlesung zusammen, die er gemeinsam mit Summerhays in der Königlichen Gesellschaft besucht hatte. Es war eine großzügige Einladung gewesen, besonders da Chemie eigentlich nicht zu Summerhays' Interessen zählte. Astronomie hätte ihn wachgehalten, doch so war er zwischendurch eingenickt.

Er war fast fertig, als er Schritte auf der Dienstbotentreppe hörte. Ein Klopfen an seiner Tür ließ ihn die Schreibfeder niederlegen. Als er die Tür öffnete, fand er eine sehr aufgeregte Bella.

»Sie müssen kommen, Sir. Er fragt nach Ihnen.«

»Wer?«

»Da ist ein Mann an der Tür, gepudert und in Uniform. Marian sagt, dass es nur ein Diener ist, aber …« Sie übergab ihm ein kleines Stück Papier. »Er hat gesagt, dass wir Ihnen das geben sollen und dass er warten wird. Celia ist nicht daheim und …«

Er nahm das Stück Papier und las die beiden einzigen Worte darauf. *Thornridge. Jetzt.*

Er schnappte sich seinen Gehrock und ging nach unten. Wie erwartet gehörte der Mann zu Castlefords Dienerschaft. Niemand sonst würde zwei Worte schreiben und erwarten, dass die Welt einfach wusste, von wem sie stammten.

Der Diener trat beiseite, und Jonathan ging auf die Straße. Dargents Kutsche hatte die Nachbarschaft bereits beeindruckt, aber die von Castleford hatte eine Menschenansammlung um sich geschart. Köpfte reckten sich in diese und in jene Richtung, um einen Blick in ihr Inneres zu erhaschen. Jungen bewunderten die stattlichen Pferde, die in perfekter Formation standen.

Jonathan öffnete eine Tür und hüpfte hinein. »Du erzeugst hier einen ziemlichen Aufruhr.«

Castleford schob die Vorhänge einen Spalt auseinander und sah hinaus. »Das liegt daran, dass ich keine Zeit mehr hatte, um nach dir schicken zu lassen, sondern dich selbst abholen muss.«

»Wie hast du mich gefunden?«

»Durch lästige Zeitverschwendung. Ich habe Hawkeswell nach deiner offiziellen Adresse gefragt, doch dort musste mein Kutscher entdecken, dass es sich lediglich um eine Druckerei handelt. Dann ist mir Miss Pennifold wieder eingefallen. Mein Anwalt kannte den Anwalt ihrer Mutter, der von diesem Haus wusste, und jetzt bin ich hier.«

Er war nicht nur hier, er war auch gekleidet, wie es einem Herzog gebührte. Mit seinem Kragen hätte man Käse schneiden können. Auf seiner Taschenuhr prangte ein Rubin, der die monatlichen Löhne einer ganzen Grafschaft bezahlen würde.

»Was starrst du mich so an?«, fragte Castleford.

»Es … ist doch heute aber gar nicht Dienstag.«

»Das hier konnte nicht bis Dienstag warten. Ich treffe mich gleich mit einem Bekannten wegen einer Angelegenheit, die ihm sehr wichtig ist. Angesichts der Dringlichkeit seines Briefes war es für mich erforderlich, nüchtern und angemessen gekleidet zu sein.«

Sie hatten Celias Straße verlassen. Castleford schob die Vorhänge beiseite. Das Licht enthüllte einen Blick, der nicht ganz so ernst zu sein schien, wie es seine Kleidung und seine Worte nahelegten.

»Thornridge möchte sich mit dir treffen, Castleford? Ich dachte, dass es hier um mich geht.«

»Das wird es. Sobald wir drinnen sind. Nachdem ich empfangen wurde. Um diesen Empfang zu sichern, habe ich es so gedreht, dass er mich dringlicher sehen will als ich ihn.«

»Wie ist dir das gelungen?«

Castleford legte seinen Kopf schief, als etwas, an dem sie vorbeifuhren, seine Aufmerksamkeit auf sich zog. »Ich habe seine Schwester verführt. Er hat natürlich davon erfahren und scheint es als persönliche Beleidigung zu empfinden, wenn ich die deftige Sprache seines gestrigen Briefes richtig deute. Er hat ein Treffen verlangt, und nun sind wir auf dem Weg.«

Jonathan starrte ihn an. Castlefords Blick legte nahe, dass er mit seiner eigenen Gerissenheit ungemein zufrieden war.

»Du hast meine Cousine verführt?« Er stellte sich die Frau vor, die ihn im Park geschnitten hatte und die, wie er wusste, ein eintöniges Leben mit einem unscheinbaren Ehemann führte. Sie hatte nicht den Hauch einer Chance gehabt.

»Verdammt, jetzt wo du es sagst, dämmert mir, dass sie deine Cousine ist. Inoffiziell. Aber sie spricht nie von dir. Es ist ja nicht so, als hätte ich deine *liebe* Cousine verführt.«

»Du solltest dich schämen, Castleford!«

»Was geschehen ist, ist geschehen. Werde bitte nicht langweilig. Es wäre wirklich lächerlich, wenn du dich jetzt wegen einer Blutsverwandten, die deine Existenz leugnet, echauffieren würdest. Außerdem kannst du wohl kaum an einem Tag mein Sekundant sein, wenn ich mich wegen der gleichen Sache am nächsten Tag mit ihm duelliere.«

»Jetzt bin ich also schon dein Sekundant. Erwartest du, dass Thornridge dich deswegen zu einem Duell fordert?«

Castleford zuckte beiläufig mit den Schultern. »Tja, irgendwer wird schon irgendjemanden herausfordern, bevor der Tag vorbei ist. Glaubst du nicht?«

Der Earl of Thornridge unterhielt ein Haus am Grosvenor Square, das er normalerweise allein bewohnte, wenn er in der Stadt war. Seine Frau, einst eine gefeierte Schönheit auf dem Heiratsmarkt, hatte nach ihrer Hochzeit plötzlich entschieden, dass sie keine Lust mehr auf das Londoner Leben hatte. Jedenfalls munkelte man das. Jonathan nahm eher an, dass Thornridge eine Neigung zur Eifersucht hatte und es so einfacher für ihn war, seine Frau von jeglicher Versuchung fernzuhalten.

Angesichts des Grundes für diesen Besuch war es unwahrscheinlich, dass Thornridge seine Meinung über Londons amouröse Gefahren ändern würde.

Nur Castlefords Karte wurde hinaufgeschickt. Da es sich um Castleford handelte, zuckten die Diener wegen Jonathan nicht mal mit der Wimper. Und sie hinterfragten auch nicht den Schatten, der den Herzog ein wenig später zum Salon begleitete.

»Bist du bereit?«, murmelte Castleford, als sie auf die Tür zugingen. Es war klar, dass er für die Mühe, die er sich mit der Verführung gemacht hatte, eine gute Vorstellung erwartete.

Die Doppeltür schwang feierlich auf. Jonathan entschied, dass er so bereit war, wie er es jemals sein würde.

Thornridge gab nicht vor, dass es sich hierbei um einen Freundschaftsbesuch handelte. Er wartete mit besonders aufrechter Körperhaltung und ernstem Gesicht. Seine Begrüßung des Herzogs klang abgehackt und gezwungen.

Dann erblickte er Jonathan, und sein Gesicht wurde rot.

Obwohl es nun wutverzerrt war, betrachtete Jonathan es fasziniert. Er hatte Thornridge im Laufe der Jahre immer wieder von Weitem gesehen. Er hatte einfach nicht widerstehen können. Daher waren das ergrauende Haar und die zunehmende Körperfülle keine Überraschung für ihn. Doch das Gesicht des Earls hatte er nicht mehr so nah gesehen, seit er neun Jahre alt gewesen war.

Sie wirkten wie Brüder. Diese Ähnlichkeit war nicht zu übersehen. Was Onkel Edwards Aufträgen, die ihn monatelang aus London fernhielten, vielleicht noch ein anderes Motiv verlieh.

»Was zur Hölle tut er denn hier?«, wollte Thornridge wissen.

»Er behauptet, ein Interesse an der Angelegenheit zu haben. Du wirfst mir vor, dass ich deine Schwester verführt habe, und Albrighton hier klagt mich an, seine Cousine verführt zu haben. Als mir klar wurde, dass er und Sie die gleiche Frau meinen, dachte ich, es wäre leichter, mich mit Ihnen beiden auf einmal auseinanderzusetzen.« Castleford ging zu einem Kanapee, setzte sich, schlug die Beine übereinander und blickte den Earl ruhig an.

»Ich will ihn hier nicht haben. Er kann gar nicht die gleiche Frau gemeint haben, weil er kein Verwandter ist. Er ist kein …«

»Zur Hölle, Thornridge, man muss ihn doch nur ansehen, um zu wissen, dass er mit Ihnen verwandt ist. Die halbe Stadt weiß doch schon darüber Bescheid.«

»Wie können Sie es wagen, sich einzumischen?«

Castleford gab vor, verwirrt zu sein. »Ich bin auf Ihre Bitte hergekommen. Sie sind derjenige, der das Thema Verwandtschaft aufgebracht hat.«

Thornridge wandte dem Herzog seinen Rücken zu und starrte Jonathan wütend an. »Wenn Sie heute vorhaben, Ihren unrechtmäßigen Anspruch geltend zu machen, sage ich Ihnen gleich, dass ich Sie nicht anhören werde.«

»Das ist nicht der Grund, warum ich hier bin. Ich kam her, um herauszufinden, ob ich Sie töten muss.«

Thornridge sah ihn entsetzt an. Hinter ihm setzte sich Castleford interessiert auf. Er wirkte beeindruckt.

»Wie können Sie es wagen, mir zu drohen?«, brüllte Thornridge.

»Wenn ein Mann dazu entschlossen zu sein scheint, mich tot zu sehen, will ich verdammt sein, wenn ich einfach darauf warte, dass er den ersten Schritt tut.«

Kurz vor einem offenen Wutanfall betrachtete ihn Thornridge abschätzend. »Ihre angedeutete Beschuldigung ist vollkommen absurd. Ich habe keinen Grund, Sie tot sehen zu wollen.«

Natürlich hatte er den. Nichts von dem, was geschehen war, würde Sinn ergeben, wenn dem nicht so war. »Ich hatte vor Kurzem ein langes Gespräch mit Onkel Edward. Vielleicht hat er sich nicht getraut, Ihnen davon zu erzählen. Aber normalerweise informiert er sie, nicht wahr? Über seine Bemühungen in Ihrem Interesse, mich beschäftigt und fern zu halten. Das Kriegsende war in dieser Hinsicht natürlich ungünstig, aber er hat sich als äußerst einfallsreich erwiesen.«

Thornridge versteifte sich merklich. »Er mag erwähnt haben, dass Sie über Talente verfügen, die England nützlich sind. Die Einzelheiten hat er mir erspart.«

»Das liegt daran, dass Sie diese bereits kannten. Übrigens weiß ich nun auch von Alessandra Northropes besonderer Rolle während des Krieges. Und ich weiß auch, dass Sie derjenige waren, der ihr die weiterzuleitenden Informationen gegeben hat.«

»Sie wissen überhaupt nichts.«

»Niemand sonst hatte einen Grund, sie die Informationen über eine Mission weitergeben zu lassen, auf der ich mich befand. Äußerst genaue Informationen. Ich geriet in eine Falle. Ich sollte tot sein. Wer sonst außer Ihnen würde mich tot sehen wollen und dabei noch über Details meiner Mission verfügen, und wer sonst hätte die Möglichkeit gehabt, diese Details dem Feind zu übermitteln?«

»Ich habe keinen Grund dafür, Sie tot sehen zu wollen, also ist Ihre Theorie von Anfang bis Ende unlogisch.«

»Natürlich haben Sie den. Anfangs war ich mir nicht so sicher. Jahrelang dachte ich, dass die Geschichte meiner Mutter von einer auf dem Totenbett geschlossenen Ehe mit meinem Vater erfunden sein könnte. Nun weiß ich, dass es die Wahrheit war.«

Thornridge sah aus, als würde er gleich platzen. Es war nicht nur Wut, die sein Gesicht verzerrte und ihn eine Haltung wie ein Preisboxer einnehmen ließ. Schock und Furcht spielten ebenfalls hinein.

»Sie haben es gewagt, davon zu sprechen, mich zu töten. Sind Sie sich Ihrer Sache so sicher, dass Sie ein Duell riskieren würden? Wenn man Sie wegen Mordes anklagt, wird das, was Sie zu wissen glauben, Sie nicht vor dem Strick retten.«

»Wenn ich zu dem Schluss kommen sollte, dass ich Sie töten muss, warum sollte ich Ihnen dann auf dem Feld der Ehre entgegentreten, wenn Sie sich alles andere als ehrenhaft verhalten haben? Hinterher mögen manche Finger auf mich zeigen, aber ich versichere Ihnen, dass es keine Beweise geben wird.«

Sein Cousin riss die Augen auf. Jonathan war sicher, dass sich der Verstand hinter diesem Erstaunen all die Missionen in Erinnerung rief, bei denen man sich im Namen eines sogenannten Gemeinwohls große moralische Freiheiten genommen hatte.

Währenddessen saß Castleford auf dem Kanapee und grinste teuflisch. Augenscheinlich hatte der Herzog einen Heidenspaß.

Plötzlich erinnerte sich Thornridge an Castlefords Anwesenheit. »Sie haben mir gerade vor einem Zeugen gedroht.«

»Ich habe nur gehört, wie ein Mann im metaphorischen Sinne spricht, Thonridge«, sagte Castleford. »Man sagt doch dauernd solche Dinge. Ich drohe meinem Kammerdiener mindestens einmal am Tag damit, ihn strecken und vierteilen zu lassen.«

»Verdammt, daran war überhaupt nichts Metaphorisches!«

Castleford kniff seine Augen zusammen. »Wenn Sie das glauben, sollten Sie ihm vielleicht anders begegnen. Doch wenn das, was er behauptet, wahr ist, wird eine Entschuldigung wohl unglücklicherweise nicht genügen. Mir würde es jedenfalls nicht ausreichen, sollte ich erfahren, dass jemand versucht hat, meinen Tod zu planen.«

»Das ist die infernalische und haltlose Anschuldigung eines Mannes, der Streit sucht«, stammelte Thornridge. Gereizt begann er, auf und ab zu laufen.

Jonathan ließ seinen Cousin seinen nächsten Schritt abwägen, wie immer dieser aussehen mochte. Castleford gelang es, sich auf dem Kanapee ein wenig zu räkeln, ohne allzu unhöflich zu wirken.

Dann drehte sich Thornridge plötzlich herum. Doch nun trug er einen vollkommen anderen Gesichtsausdruck zur Schau. Einen beschwichtigenden, fast freundlichen.

»Vielleicht war ich ein wenig zu hart. Es war ein Schock, als ich damals von Ihnen erfuhr – eine solche Affäre sah meinem Onkel gar nicht ähnlich. Es besteht nach dem Tod eines solchen Mannes immer die Möglichkeit, dass zweifelhafte Ansprüche gestellt werden. Aber ich gebe zu, dass tatsächlich eine große Ähnlichkeit besteht. Es ist wohl an der Zeit, Wiedergutmachung zu leisten.«

Sein ganzes Leben lang hatte Jonathan darauf gewartet, diese Worte zu hören. Doch nun, wo es soweit war, fühlte sich seine Reaktion fast gewöhnlich an. Er empfand weder Begeisterung noch Erleichterung. Keine Vorfreude auf bessere Tage ergriff ihn. Alles, was er empfand, war eine tiefe Zufriedenheit darüber, dass eine lange Unklarheit darüber, wer und was er war, beseitigt war. Noch nicht vollkommen, aber zumindest in der Hinsicht, die am meisten zählte.

Sofort dachte er an Celia. Er sah sie vor Enderbys Haus im Regen sitzen. Er wünschte sich, dass sie eine ähnlich glückliche Auflösung erfahren hätte. Er wünschte sich, dass er sie ihr geben könnte.

»Wir werden Sie diese Saison in unser Haus einladen«, sagte sein Cousin. »Wir werden Sie empfangen und unsere Anerkennung Ihrer Herkunft bekannt machen. Ich nehme an, eine finanzielle Zuwendung ist ebenfalls angebracht. Ein wenig mehr als das, was Sie vor Jahren zurückgewiesen haben. Genug, um Ihnen einen standesgemäßen Lebensstil zu ermöglichen.«

»Das ist alles sehr großzügig. Ich weiß nicht, was ich sagen soll.«

Seinem Cousin entging der sarkastische Tonfall. Castleford jedoch nicht, und er grinste.

»Und eine gute Partie ebenso«, sagte Thornridge. »Ja, das wird unerlässlich sein. Wir werden ein Mädchen mit einer hübschen Aussteuer finden. Eine Allianz mit einer Familie von gutem Ruf wird viel dazu beitragen, Sie in der Gesellschaft zu etablieren und jegliche Gerüchte zu zerstreuen, die über Ihre Aktivitäten während des Krieges aufkommen könnten.«

»Ich ziehe es vor, mir meine Ehefrau selbst auszusuchen.«

»Sie werden die, die sie benötigen, niemals alleine bekommen. Wenn wir Sie anerkennen und empfangen, können wir nicht riskieren, durch eine unangemessene Ehe von Ihnen lächerlich gemacht zu werden.« Er grinste breit, als würde er Jonathans Bedenken verstehen. »Keine Sorge. Wir sorgen dafür, dass sie hübsch ist.«

»Na, dann ist ja alles geregelt«, verkündete eine Stimme vom Kanapee. »Thornridge, vielleicht würden Sie sich nun ein wenig knapper unserer Angelegenheit zuwenden.«

Der Earl wirbelte herum, als sei er überrascht, dass Castleford immer noch da war. »Aber ja. Ich werde mich sehr kurz halten. Was zur Hölle haben Sie sich dabei gedacht, mit meiner Schwester anzubändeln?«

»Ich war von ihrer lieblichen Art überwältigt. Ich gebe zu, dass es sehr schlecht von mir war. Ich nehme an, Sie wollen nun Genugtuung, auch wenn es normalerweise eher der Ehemann verlangen würde. Doch wenn wir uns duellieren müssen, hat Albrighton hier zugestimmt, als mein Sekundant zu dienen. Darum habe ich ihn mitgebracht. Teilen Sie ihm den Namen Ihres

Sekundanten mit und er wird die weiteren Vorbereitungen treffen.«

»Sekundant? Genugtuung?« Thornridge konnte seine Panik kaum verbergen. Gerade noch hatte er die eine Bedrohung seines Lebens umgangen, da wurde er schon von der nächsten in die Ecke getrieben. »Ich habe Sie nicht hergebeten, um Sie zum Duell zu fordern, Castleford. Verdammt, die Zeiten sind vorbei, als sich Männer wegen solcher Geschichten abgeschlachtet haben. Ich wollte Ihnen lediglich mitteilen, dass Sie sich in Zukunft von meiner Schwester fernhalten sollen.«

Castleford erhob sich. »Das hätten Sie mir auch in einem Brief mitteilen können. Aber ich werde mich bemühen, ihr in Zukunft aus dem Weg zu gehen. Wir werden nun gehen, damit Sie anfangen können zu planen, wie Sie Albrighton auf Ihrem Familienstammbaum willkommen heißen können.«

Für diese Bemerkung bekam Jonathan von seinem Cousin noch einen letzten finsteren Blick zugeworfen. In seinem Gesicht formte sich ein höhnisches Grinsen. »Es war wohl zu erwarten, dass Sie sich zwischen uns beiden dafür entscheiden, mir die Schuld daran zu geben, dass dem Feind diese Information über Ihre Mission an der Küste in die Hände fiel. Ich bin schließlich derjenige, der das hat, was Sie wollten, auch wenn unser Onkel der Verräter war.«

Jonathan ließ sich nichts anmerken, als ihm diese Enthüllung zur Tür folgte, auch wenn ihn der Abschiedskommentar härter traf, als jede Pistolenkugel es gekonnt hätte.

»Du bist schweigsam für einen Mann, dessen Schicksal sich gerade gewendet hat«, bemerkte Castleford.

Jonathan hatte sich auf der Straße vor dem Haus seines Cousins verabschieden wollen, doch in seiner unberechenbaren Art hatte Castleford darauf bestanden, ihn zu der Stelle zurückzubringen, wo er ihn aufgegabelt hatte.

»Ich finde, dass dies ein Sieg ist, der nach Besinnung verlangt, nicht nach einer Feier. Und er kommt nicht ohne einen Preis.«

»Du meinst die Einschränkung der Freiheit. Die Verpflichtung, respektabel und langweilig zu sein. Ich prophezeie dir, dass der Tag kommen wird, an dem du dich voller Wehmut nach deiner vergangenen Bedeutungslosigkeit zurücksehnen wirst. Je geringer du in unserer gehobenen Welt bist, desto erstickender kann diese Welt sein. Ich bin froh, dass ich ganz oben geboren wurde, das kann ich dir sagen.«

»Möglicherweise werde ich es vorziehen, bedeutungslos zu bleiben. Die Pläne meines Cousins für mein weiteres Leben sind detaillierter, als mir lieb ist.«

»Für mich klangen sie vorhersehbar genug. Da du dich weder gegen die finanzielle Zuwendung noch gegen die Verbindungen gesträubt hast, müssen es wohl seine Ansichten über eine Ehe gewesen sein, die dir nicht gefallen haben.«

Genau so war es. Er hatte kein Interesse an einer solchen arrangierten Ehe, ganz gleich, wie hoch die Mitgift der potenziellen Braut sein mochte. Wäre sein Verlangen nach Geld oder Achtbarkeit so groß gewesen, hätte er eine solche Partie leicht selbst finden können.

Der Herzog schloss seine Augen und ließ Jonathan mit seinen Gedanken allein. Schließlich hielt die Kutsche vor Celias Haus. Jonathan stieg aus.

»Bist du nicht mal ein bisschen in Versuchung, jetzt nach allem zu greifen, Albrighton?«

Jonathan sah zurück in die Kutsche. Castleford schien plötzlich wieder sehr wach zu sein.

»Er hat es praktisch zugegeben«, sprach Castleford weiter. »Wenn er versucht hat, dich umzubringen, hat er sich von dir bedroht gefühlt. Und ein Bastard stellt keine Bedrohung dar. Du willst doch jetzt bestimmt die ganze Wahrheit erfahren.«

Instinktiv warf Jonathan einen Blick über seine Schulter, zu dem Haus und dem Fenster im ersten Stock.

»Ich bin mir nicht sicher, ob ich das will oder kann. Mein Onkel hat jahrelang behauptet, nach der Wahrheit zu suchen.«

»Für mich klang es so, als würde dein Onkel einem Herren dienen, der kein Interesse daran hat, dass du irgendetwas erfährst. Diese Sache am Ende war höchst interessant.«

»Ich bitte dich darum, nichts davon weiterzugeben. Mein Cousin trachtet lediglich danach, zwischen mir und dem einzigen Verwandten, der in all den Jahren meine Existenz anerkannt hat, Zwietracht zu säen. Was den Rest angeht, hat mir meine Mutter nicht viel erzählt, nur dass der Earl sie auf seinem Totenbett geheiratet hat. Das ist alles. Ich habe mich immer gefragt, ob es wahr ist, und nun denke ich, dass es stimmt, aber das ist nicht das Gleiche, wie es beweisen zu können.« Er schloss die Kutschentür. »Ich danke dir für deine Hilfe heute und hoffe, dass die Verführung meiner Cousine keinen allzu großen Umstand für dich dargestellt hat.«

Castleford lachte. Er steckte seinen Kopf aus dem Fenster. »Ich würde dir alles darüber erzählen, aber da sie nun offiziell deine Cousine ist, wäre das wohl unangebracht.«

»Höchst unangebracht.«

Castleford sah zum Haus. »Selbst wenn du dich Thornridges Plänen fügst, musst du sie nicht unbedingt aufgeben. Miss Pennifold wird das schon verstehen. Wahrscheinlich erwartet sie gar nicht mehr als das, was sie nun hat.«

Er gab seinem Kutscher das Zeichen loszufahren. Jonathan ging zum Haus.

Castleford hatte wahrscheinlich recht. Celia Pennifold erwartete nicht mehr. Sie hatte vor Jahren auf schmerzhafte Weise erfahren müssen, dass die Lektionen ihrer Mutter bezüglich Männern der Gesellschaft und ihrer Ehefindung äußerst zutreffend gewesen waren. Sie würde ihn vielleicht sogar dazu ermutigen, Thornridges Partie für ihn zu akzeptieren. Und sie würde wahrscheinlich zustimmen, weiterhin seine Geliebte zu sein.

So wurden diese Dinge schließlich geregelt. Das war die Art und Weise, wie es sein sollte.

Gelächter durchbrach die nächtliche Stille. Ein Lichtstrahl durchschnitt die Dunkelheit. Drei Männer verließen zusammen den Herrenclub Brooks und torkelten zu ihren Kutschen und Pferden.

Jonathan wartete im Schatten. Alle Männer waren Gewohnheitstiere, und der Mann, auf den er wartete, war genau wie alle anderen an seine Gepflogenheiten gebunden. Jonathan hatte sich mehr aus Neugier denn aus Berechnung über sie informiert. Doch es hatte immer die Möglichkeit bestanden, dass sich diese Informationen eines Tages als nützlich erweisen würden.

Er nutzte den Schein einer nahe gelegenen Lampe, um einen Blick auf seine Taschenuhr zu werfen. Wenn nicht etwas geschehen war, um das übliche Muster zu ändern, würde Onkel Edward den Club bald verlassen. Dann würde er diese Straße entlanggehen und eine Mietdroschke besteigen, um nach Hause zu fahren. Edward wartete nicht gerne darauf, dass seine eigene Kutsche vorbereitet wurde, und benutzte sie nur, wenn er an einer Abendgesellschaft teilnahm oder ins Theater ging.

Jonathan stellte sich neben ein Gebäude, an dem Edward vorbeikommen würde. Er machte sich nicht die Mühe, sich zu verstecken. Niemand fand ihn jemals verdächtig. Er wirkte viel zu sehr wie ein Mann von Stand, um andere zu beunruhigen.

Die Tür des Clubs wurde erneut geöffnet. Im Licht erschien Edwards Gesicht. Er sagte etwas zu einem Diener, zog seinen Hut und ging davon.

Er bemerkte Jonathan, als dieser auf ihn zukam. Sein Schritt verlangsamte sich beträchtlich. Der Griff um seinen Spazierstock wurde fester.

»Lauerst du der guten alten Zeiten willen im Dunkeln herum, Jon? Bist du nostalgisch?«

Jonathan schloss sich ihm an. Er wählte die Seite mit dem Spazierstock, sodass Edward ihn nicht so leicht gegen ihn wenden konnte. »Ich dachte, dass ich dich heute Abend mal treffen könnte, ohne deinen ganzen Haushalt in Unruhe zu versetzen.«

Edward sah sich um, wohl um zu sehen, wie abgeschieden sie waren.

»Ich bin mit dieser Mission fertig, Edward. Und ich habe mit Thornridge gesprochen. Ich weiß, dass er derjenige war, der Alessandra für die Regierung die Informationen gegeben hat. Ich dachte, dass er es ist, den du mit dieser Neugier über ihre Geschäftsbücher und Kundenliste schützen willst. Er hat nun gesagt, dass du dich in Wirklichkeit nur selbst schützen wolltest. Du hattest recht, als du sagtest, dass Alessandra nicht so dumm gewesen wäre, den Namen eines Spions in ihre Geschäftsbücher aufzunehmen. Du musstest nur sichergehen.«

Mitten auf der Straße blieb Edward stehen, in der Dunkelheit zwischen zwei Straßenlaternen. »Werde ich meine Pistole brauchen, Jonathan?«

Er meinte nicht zum Schutz oder für ein Duell. »Ich weiß es nicht. Wirst du?«

»Nicht, wenn weder du noch dein Cousin mich öffentlich bloßstellen. Der Rest weiß es bereits. Das Innenministerium. Die Minister. Mir gegenüber hat man nichts erwähnt, aber ich bin sicher, dass sie es wissen. Ich nehme an, dass nichts unternommen wurde, weil dieser Verräter nützlich für sie wurde.«

»Zumindest versuchst du nicht, dich herauszureden. Das muss ich dir lassen. Du nennst das Kind beim Namen.«

»Ich wusste immer, worauf ich mich da einlasse.«

»Aber warum hast du es dann getan? Wegen des Geldes?«

Edward ging weiter. Seine Haltung war nun etwas gebeugt und sein Schritt wirkte müde. »Nein, es ging um eine Frau. Gott helfe mir.«

Jonathan nahm an, dass er in der Pause, die nun folgte, hätte schockiert sein sollen. Stattdessen fand er die Antwort faszinierend.

»Ich kannte sie seit zehn Jahren. Habe sie fast genauso lange geliebt. Sie war inhaftiert. Ich dachte, dass ich ihre Freilassung bewirken könnte.« Edward zuckte mit den Schultern. »Alessandra akzeptierte mich als ihren Gönner, und ich ermutigte sie, mir die Dinge zu verraten, die ihre anderen Kunden nebenher erwähnten. Ich hatte keine Ahnung, dass sie mein Interesse verdächtig fand und dem Innenministerium melden würde. Sie sorgten dafür, dass die Indiskretionen fortgesetzt wurden.«

»Du hattest einen viel besseren Zugang zu Informationen, als sie sie jemals im Bett aufschnappen konnte.«

»Weiterzugeben, was ich durch meine Stellung in der Regierung erfuhr, hätte mich zu schnell bloßgestellt. Ich nehme an, ich wollte sie auf diese andere Weise zufriedenstellen und dadurch nicht wirklich ein Verräter sein. Ich beruhigte mein Gewissen damit, dass sich die meisten Informationen als nutzlos oder falsch herausstellten.«

»Außer einer.«

Edward zuckte zusammen. »Ich nahm an, dass die Details deiner Mission ebenfalls falsch sein würden, da ich ja sicherlich wissen würde, wenn eine solche Unternehmung geplant wäre. Nach dem katastrophalen Ausgang wurde mir klar, dass jemand ein Muster erkannt hatte und mich verdächtigte. Mich gar benutzte. In den letzten paar Jahren wurde es zu einem eleganten Spiel. Ich gab vor, nicht zu wissen, wer sie waren, und gab weiter, was sie mir zukommen ließen.«

»Du lässt es fast patriotisch klingen.«

»Verdammt, mir ist klar, was es war. Was ich war. Aber das, was ich tat, richtete wenig Schaden an. Ihnen falsche Informationen zu schicken, erwies sich als nützliche Taktik. Niemals habe ich dich oder andere Personen, mit denen ich gearbeitet habe, in Gefahr gebracht. Zumindest nicht wissentlich. Das schwöre ich.«

Sie blieben an einer Kreuzung stehen und blickten einander in der Dunkelheit an. Es gab nicht mehr viel zu sagen. Jonathan empfand nicht mal besonders viel Zorn. Aber er fand es irgendwie ironisch, sogar skandalös, dass sich Edward vor diesem Moment weder öffentlich noch privat dafür hatte rechtfertigen müssen.

»Hast du keine Angst davor gehabt, dass jemand eines Tages mir oder einem anderen Mann einen Auftrag geben würde, bei dem du nicht der Puppenspieler, sondern das Ziel sein würdest?«

Edward stieß einen tiefen Seufzer aus, wie ein Mann es tat, wenn er eine starke Emotion zu kontrollieren versuchte. »Ist das nun geschehen, Jonathan? Oder bist du aus eigenem Antrieb hier?«

»Der Krieg ist seit Langem vorbei, Onkel. Falls immer noch Männer auf solche Missionen geschickt werden, will ich nichts davon wissen. Was mein selbstständiges Handeln angeht …« Er versuchte gar nicht erst so zu tun, als sei Edward schuldlos. Doch dieser Mann hatte angenommen, dass es gar keine Mission an der Küste gab. Es war ein anderer, der dafür gesorgt hatte. »Mein Cousin hat dich mit dieser Sache unter Druck gesetzt. Er weiß alles und hält dein Schicksal, deinen guten Ruf und vielleicht sogar deine Freiheit in seiner Hand. Ich nehme an, dass es Bestrafung genug ist, sein Lakai zu sein und in Angst vor Bloßstellung zu leben.«

Sie gingen unter einer Straßenlaterne vorbei, und er konnte Edwards Gesicht erkennen. Es war schlaff vor Erleichterung, wachsbleich vor Angst, und ihm war die Folter der letzten fünf

Minuten deutlich anzusehen. Sobald sie den Lichtkreis verlassen hatten und wieder in der Dunkelheit waren, blieb Jonathan stehen. Edward ging weiter und zog seinen Stock hinter sich her wie ein lahmes drittes Bein.

»Wurde sie freigelassen, Onkel? Die Frau, für die du das alles getan hast?

Edward drehte sich um und sah ihn an. »Sie hat überlebt. Sie lebt nun in der Nähe von Nizza mit einem Künstler zusammen.« Er drehte sich wieder zurück und ging weiter, bis die Nacht ihn verschluckt hatte.

Jonathan ging in die andere Richtung. Wer hätte gedacht, dass Edward wegen seiner Liebe zu einer Frau sein Land verraten würde? Was die Gründe für Landesverrat angingen, war das zumindest einer, den Jonathan nachvollziehen konnte.

25

»Es ist einfach nur seltsam«, sagte Celia. »Ich habe zwei andere Häuser gefunden, die ausreichen würden, aber mein Anspruch auf dieses hier bleibt weiter in der Schwebe.«

»Vielleicht ist es Mr Dargents Plan, dich im Ungewissen zu lassen. Es verschafft ihm deine ewige Aufmerksamkeit«, erwiderte Daphne.

Sie standen mitten im Garten, nach einem langen Spaziergang mit Verity und Audrianna an seinen Beeten vorbei. Nun saß Audrianna an einem Tisch auf der Terrasse und notierte alle Änderungen, die sie beschlossen hatten. Und Verity saß daneben und erstellte eine Liste von Pflanzen. Niemand würde die beiden gerade als die feinen Damen erkennen, die sie waren. Der Saum ihrer Kleider und ihre Stiefel waren schlammbefleckt, und einfache Hauben schützten ihre Haut vor der Sonne.

»Anthony weiß, dass die Sache nicht für immer ungeklärt bleiben kann, Daphne. Er muss seinen Anspruch geltend machen oder er verliert ihn. Ich möchte glauben, dass er es sich doch noch anders überlegt hat, aber ich befürchte, dass ich mit der heutigen Planung nur deine Zeit verschwendet habe.«

»Es ist niemals eine Verschwendung, seine Zeit mit Freunden zu verbringen. Und das hier war hauptsächlich ein Vorwand dafür.«

Sie gingen zur Terrasse. Als sie ankamen, legte Audrianna ihren Stift beiseite. »Es ist alles hier, aber du musst deine Zeichnungen machen, Celia. Und ich befürchte, dass es sich um mehr Arbeit handelt, als wir erledigen können.«

»Ich könnte ein paar unserer Gärtner vorbeischicken«, schlug Verity vor, während sie sich auf ihre Liste konzentrierte. »Aber vielleicht wird auch Mr Albrighton darauf bestehen zu helfen. Er ist sehr begierig darauf, dir zu Diensten zu sein, Celia.« Sie sah auf. »Zimmermannsarbeiten und so weiter.«

Eine Gesprächspause folgte. Keine lange. Sie dauerte höchstens fünf Sekunden, aber sie war unmissverständlich da.

Verity konnte unter ihrer Haube kaum ein Lächeln verbergen, während sie sich über ihre Listen beugte. Daphne schien plötzlich fast zu gelassen.

Celia starrte zu Audrianna, die wiederum errötete.

»Es ist mir herausgerutscht«, gab sie zu. »Ich habe vergessen, dass du es mir im Vertrauen erzählt hast. Wir sprachen darüber, dass er bei Daphne übernachtet hat, als du auch dort warst, und ich … nun ja, ich …« Sie schien gleichzeitig zerknirscht und amüsiert.

Daphnes Arm legte sich um ihre Schultern. »Wir verurteilen dich nicht, Celia. Wenn du damit zufrieden bist, sind wir es auch.«

Zufrieden, ein seltsames Wort. Sie nahm an, dass sie zufrieden war. Sicherlich war es mit Jonathan die letzte Woche über sehr gut gelaufen. Nicht nur auf körperlicher Ebene, die mit neuen Emotionen erfüllt war. Sondern auch bei den kleinen Dingen, zum Beispiel, wie er sie morgens ansah, und die Küsse, die er ihr im Vorbeigehen gab.

Warum also färbte die Wehmut diese Zufriedenheit manchmal ein, als wäre sie nur mehr eine Erinnerung? Es war dem Gefühl ziemlich ähnlich, das sie verspürte, wenn sie durch dieses Haus ging, das sie vielleicht schon bald verlieren würde.

»Da wir es alle wissen und du nun auch weißt, dass wir es wissen, habe ich eine Einladung«, sagte Audrianna. »Wir gehen heute Abend ins Theater, Celia. Verity und Hawkeswell schließen sich uns in unserer Loge an. Und soviel ich weiß, wird Mr Albrighton ebenfalls dabei sein. Ich möchte, dass du auch mitkommst.«

»Ich glaube nicht, dass Jonathan meine Teilnahme zu schätzen wissen wird, Audrianna. Er rechnet damit, bald von Thornridge anerkannt zu werden. Das ist kein guter Moment, um seinen Namen mit meinem in Verbindung bringen zu lassen.«

Ihre Freundinnen tauschten Blicke aus. Sie verstanden natürlich, was sie meinte. Diese guten Frauen akzeptierten sie zwar, aber sie gaben nicht vor, dass ihre Herkunft und Vorgeschichte keine Rolle spielten.

»Du wirst doch nur mit ihm in einer Loge sitzen, Celia«, sagte Verity. »Warum lässt du nicht Mr Albrighton entscheiden, ob das seinen Aussichten schaden könnte?«

Da bat Verity Daphne bei einer Liste um Hilfe. Audrianna legte den Kopf in den Nacken, sodass die Sonnenstrahlen auf ihr Gesicht fielen. »Die Gerüche hier sind so intensiv. Findest du nicht auch, Celia? Man kann richtig spüren, wie die Natur wieder zum Leben erwacht.«

»Wahrscheinlich macht dich dein Zustand empfindlicher dafür, Audrianna, aber ich stimme dir zu, dass der Frühling mit seinem Versprechen auf einen neuen Anfang alle Sinne mit Hoffnung erfüllt.«

Er fand Celia auf der Terrasse, wo sie auf einer Bank in der Nähe der Gartentür saß. Die Sonne sank langsam, und es hatte sich merklich abgekühlt. Sie hatte ihre Haube abgenommen. Auf ihrem Schoß lag ein Skizzenbuch, doch sie zeichnete nichts.

Er neigte seinen Kopf, um die Seite zu sehen, an der sie gearbeitet hatte. »Wie ich sehe, haben die Damen und du einige Veränderungen geplant.«

»Es war ein Vorwand, um uns zu treffen.« Sie deutete auf die Zeichnung. »Das hier wird niemals umgesetzt werden. Früher oder später wird Mr Watson jemanden schicken, um eine Inventur zu machen.

Er setzte sich neben sie. »Das glaube ich nicht, Celia. Ich bin sogar ziemlich sicher, dass er niemals kommen wird.«

Sie sah ihn verwirrt an. Dann klärte sich ihr Ausdruck. »Jonathan, hast du Anthony dieses Geld gegeben?«

»Das habe ich nicht. Ich habe deine Wünsche respektiert.«

»Ich danke dir. Ich könnte den Gedanken nicht ertragen, dass du so etwas tust.«

Er nahm das Skizzenbuch und blätterte zurück, um zu sehen, was sie noch gezeichnet hatte. »Allerdings habe ich vor ein paar Tagen mit Anthony gesprochen.«

Aus dem Augenwinkel sah er ihre neugierige Skepsis.

»Das hast du also?«

»Hmm.«

»Und was hast du gesagt?«

»Lass mich mal überlegen. Die übliche Begrüßung. Die Bitte um ein Gespräch unter vier Augen. Eine Erinnerung daran, dass ich ein alter Freund der Familie bin, so etwas in der Art. Alles sehr freundlich. Eventuell habe ich angedeutet, dass kein Ehrenmann versuchen würde, eine Frau so in sein Bett zu zwingen, wie er es gerade versuchen würde. Ja, ich glaube, das kam auch zur Sprache. Ich denke, dass ich vielleicht angedeutet habe, dass es mir nicht besonders gefallen würde, wenn er weitere Schritte unternehmen sollte, um dir dieses Haus wegzunehmen.«

»Da er keine weiteren Schritte unternommen hat, scheinst du wohl sehr überzeugend gewesen zu sein.«

»Man sagt mir nach, dass es zu meinen Talenten gehört, andere zu überzeugen.«

Sie legte ihre Fingerspitzen unter sein Kinn und drehte seinen Kopf so, dass er sie ansah. »Jonathan, hast du ihn verletzt?«

»Natürlich nicht. Sein Arm mag vielleicht die nächsten Tage

lang ein wenig steif sein, aber das lag nur an meiner Begeisterung für das Gespräch, die seine wohl ein wenig überstiegen hat. Doch ich habe ihn nicht verletzt, jedenfalls nicht auf die Art, die ein Mann mit diesem Wort bezeichnen würde.«

»Hast du ihn bedroht?«

»Nur ein Mann mit einem schlechten Gewissen würde das, was ich gesagt habe, als Drohung empfinden. Ich habe vorgeschlagen, er solle ein paar gemeinsame Bekannte nach mir fragen. Wenn er das getan hat und sie ihn davon überzeugt haben, sich seinen Plan besser noch einmal durch den Kopf gehen zu lassen, hatte es nichts mit mir zu tun.« Er stellte sich vor, wie Dargent mit den Männern sprach, die seinen Vater während des Krieges befragt hatten. Anthony hatte seitdem wahrscheinlich nicht mehr besonders gut geschlafen.

Celia sah ihm in die Augen. »Ich sollte dich schelten. Im Grunde hat meine Mutter Angebote für mich eingeholt, und er hat das beste abgegeben. So sehr ich ihn nun auch verabscheue, war er nicht derjenige, der gegen die Spielregeln verstoßen hat.«

»Er hat den Verlust dieses Geldes bis jetzt verschmerzen können, und er wird es auch weiterhin tun. Und er hat auch nicht das beste Angebot gemacht. Er hatte einfach nur die richtige Familie und deine unschuldige Liebe. Aber es ist nun vorbei. Wenn sich Mr Watson bis jetzt noch nicht wegen der Inventur gemeldet hat, wird er es auch nicht mehr tun.«

Mitten während seiner Rede runzelte sie die Stirn. So intensiv, dass er nicht wusste, ob sie überhaupt den Rest davon mitbekommen hatte. Ihm wurde klar, warum. Es sah ihm gar nicht ähnlich, sich so zu verplappern. Und es sah Celia absolut ähnlich, genau das zu bemerken.

»Woher weißt du, dass er nicht das beste Angebot abgegeben hat? Hat sich meine Mutter dir anvertraut?«

»Es ist eine unbedeutende Sache, Celia, und sie liegt in der

Vergangenheit. Wichtig ist nur, dass du nun deinen Garten gestalten und hier Wurzeln schlagen kannst, wenn du das willst.«

Er deutete auf ihre Zeichnung. Sie sah darauf und lächelte. Dann kehrte das Stirnrunzeln zurück. Sie musterte ihn misstrauisch.

Das hatte man davon, wenn man sich von einer wunderschönen Frau ablenken ließ. Wenn man sich so wohlfühlte, dass man nicht über jedes Wort dreimal nachdachte, bevor man sprach. »Celia, ich weiß, dass er nicht das höchste Angebot abgegeben hat, weil ich mehr geboten habe. Es ist nicht, wie du denkst. Ich stand kurz davor, die Stadt für Gott weiß wie lange zu verlassen.«

Sie starrte ihn verblüfft an. »Du? Aber warum, wenn du die Stadt eh verlassen musstest?«

Ja, warum? Zurückblickend kam es ihm wie eine sinnlose großmütige Geste vor. Damals hatte er es für das Richtige gehalten. »Ob ich mein Geld nun dafür oder etwas anderes verwendete, ist doch egal, außerdem erwartete ich mehr. Du warst damals noch zu unschuldig, Celia. Noch viel zu sehr Kind. Ich dachte, ich würde es damit um ein paar Jahre hinauszögern. Das ist alles.« Er zuckte mit den Schultern. »Aber deine Mutter sah das anders und erklärte mir, dass ich niemals ein angemessener Gönner für dich sein würde, ganz egal, wie meine Absichten aussehen würden.«

»Sie hatte recht. Das wärst du nicht gewesen.«

Sie sprach aus den Überzeugungen heraus, in denen sie lebte. Die Regeln kannte sie. Und doch scherte er sich nicht um so etwas wie Unangemessenheit, und sein Treffen mit Thornridge hatte nur bewiesen, dass sie damit recht hatte.

Tränen schossen ihr in die Augen, und ihr Lächeln zitterte. »Du kannst nicht erahnen, wie sehr mich das berührt, Jonathan. Du hättest es mir vorher erzählen können. Ich hätte es nicht missverstanden und gedacht, dass du mich als junges Mädchen zu kaufen versucht hast.« Es war eine Mischung aus Lachen und Weinen, die sie überkam, und ihre Augen schimmerten vor Tränen, während sie lächelte. »Wie dumm ich war zu glauben, dass Anthony mich im Namen der Liebe retten würde, wenn es doch der geheimnisvolle Mr Albrighton war, der es im Namen der Anständigkeit versucht hat. Ist es da denn ein Wunder, dass ich dich liebe, Jonathan?«

Sie schniefte und tupfte sich ihre Augen mit einem Taschentuch ab. Vielleicht war sie sich gar nicht so sehr darüber bewusst, was sie gerade gesagt hatte. Doch er war es dafür umso mehr. Er beobachtete ihre Freude an dieser kleinen Offenbarung einer längst vergangenen Sache. Es wurde langsam dunkel, aber nicht auf dieser Bank.

Er war immer noch nicht gut genug für sie. Wenn sie sich jemals einen Gönner suchen wollte, konnte sie es weitaus besser treffen.

Außer sie liebte ihn. Dann würde sie auf das, was für sie am besten war, verzichten. Er konnte wahrscheinlich alles haben, was ihm Thornridge anbot, und Celia obendrein, genau wie Castleford es vorhergesagt hatte.

»Es ist gut, dich sagen zu hören, dass du mich liebst, Celia. Es ist gut, dass wir darüber reden, dass Liebe ein Teil dessen geworden ist, was zwischen uns besteht.«

Sie hielt inne und sah ihn fragend, fast ängstlich an.

Er musste lächeln, aber ihr Gesichtsausdruck berührte ihn mit seiner Traurigkeit. »Ich spreche auch von meiner Liebe, mein Schatz. Du verdienst es mehr, geliebt zu werden, als du jemals wissen wirst.«

Da begann sie zu schluchzen und die Tränen ließen ihre Augen noch tausendmal heller strahlen.

Er nahm sie in seine Arme. »Es ist höchste Zeit, uns zu entscheiden, welche Geschichte es sein soll, Celia.«

Sie schmiegte sich an ihn und atmete tief durch. »Ich denke die, die wir begonnen haben. Meine Freunde akzeptieren sie, zumindest die, die wichtig sind. Sobald du mit Thornridge gesprochen hast, sobald er akzeptiert, was er dir schuldet, wird es außerdem die einzig erlaubte Geschichte sein. Nur dass ich keine Geschenke will, Jonathan. Ich will nicht, dass es eine solche Affäre wird.«

»In dem, was du sagst, liegt viel Wahrheit. Nur dass ich nicht daran gewöhnt bin, mir von anderen meine Geschichte vorschreiben zu lassen. Genauso wenig wie du, wie du bewiesen hast.« Er gab ihr einen Kuss. »Ich sagte, dass ich dich nicht so einfach aufgeben werde. Nichts von dem, was wir miteinander teilen. Ich werde jetzt, wo du mir gesagt hast, dass du mich liebst, niemals riskieren, diese Liebe zu verlieren. Ich finde, dass wir heiraten sollten, Celia, damit ich mir sicher sein kann, dass du für immer zu mir gehörst.«

Eine herrliche Freude überstrahlte ihr Gesicht. Dann sah ihn die Celia, die von Alessandra unterrichtet worden war, voller Liebe und Zärtlichkeit an, aber auch mit viel zu viel weltlichem Realismus. »Ich danke dir dafür, Jonathan. Ich fühle mich geehrt und geschmeichelt, und ich werde diesen Moment niemals vergessen. Doch es darf nicht sein. Sobald du deinen Cousin davon überzeugt hast, das Richtige zu tun, wirst du ein vollkommen normales Leben haben. Normaler als das der meisten, denke ich.«

»Ich habe mich bereits mit ihm getroffen. Ich habe meine Möglichkeiten bereits abgewogen. Ich handle nicht aus einem Impuls heraus, Celia. Ich weiß, was ich gewinnen und verlieren werde.«

Sie blickte ihm tief in die Augen. »Du meinst es ernst, nicht wahr?«

»Ich meine es so ernst wie nichts zuvor.«

Ein weiterer langer Blick voll zurückhaltender Freude. Dann breitete sich der schönste Ausdruck in ihrem Gesicht aus, und die Zurückhaltung verschwand. Sie schlang ihre Arme um seinen Nacken und küsste ihn leidenschaftlich.

Dann hob sie ihren Kopf, um zu den Fenstern des Hauses zu schauen. Die letzten Strahlen der untergehenden Sonne tauchten ihr Profil in ein orangerotes Glühen. Mit einem schelmischen Funkeln in den Augen setzte sie sich rittlings auf seinen Schoß und sah ihn an.

»Küss mich«, flüsterte sie. »Küss mich und dann erfüll mich, damit dieses süße Erstaunen, das ich empfinde, mein Herz vor reiner Glückseligkeit nicht sprengt.«

Er küsste sie. Sie schmiegte sich enger an ihn und hob ihren Rock. Innerhalb von Momenten war er in ihr, mit ihr verbunden, und wiegte in einem langsamen Rhythmus auf die Ekstase zu, während ihr Stöhnen von ihrer Liebe kündete und ihn in ihr Licht zog.

Sie gingen an diesem Abend ins Theater. Celia trug den hermelinbesetzten Mantel ihrer Mutter über einem zurückhaltenden weißen Kleid, das geschmackvoll mit Spitze drapiert war. Jonathan hatte eine Kutsche gemietet und sie abgeholt, als würde er nicht auf dem Dachboden wohnen.

Er sah immer wie ein Mann von Welt aus, und sein Rang war nicht anzuzweifeln, auch wenn er offiziell gar keinen hatte. Seine Manieren und sein Selbstvertrauen strahlten die Wahrheit aus, entschied sie, während sie ihm in der Kutsche gegenübersaß. Doch heute war seine übliche Formlosigkeit verschwunden, und seine stattliche Erscheinung würde jedem prüfenden Blick standhalten.

Die Freude des späten Nachmittags blieb ihnen erhalten. Sie lachten und scherzten in der Kutsche und trugen ihr Herz immer noch auf der Zunge, als sie die Loge betraten. Jonathan gab gar nicht erst vor, lediglich eine Freundin der Damen eskortiert zu haben, und besagten Damen fiel das natürlich sofort auf. Celia war froh, dass sie ihr Geheimnis bereits kannten, denn sie hätte ihre Liebe an diesem Abend unmöglich verbergen können.

Summerhays und seine Frau begrüßten sie herzlich. Lord Hawkeswell schien von ihrer Ankunft hingegen überrascht.

»Er ist nicht besonders diskret«, flüsterte Audrianna ihr ins Ohr, während sie sich auf ihre Plätze setzten, um das Stück zu sehen.

Nein, das war er nicht. Nicht in der Art, wie er sie ansah, und auch nicht in der Art, wie er mit ihr sprach. Alles blieb höchst anständig, aber er verbarg die kleinen Zeichen der Intimität nicht, die besagten, dass sie zusammengehörten.

Er saß neben ihr. Niemand in ihrer Gruppe machte den Versuch, ihn davon abzuhalten. Sie bemerkte, wie sich die Blicke einiger Theaterbesucher in Logen auf der anderen Seite in ihre Richtung drehten. Sie sah, wie Leute die beiden Bastarde in Summerhays' Loge bemerkten, die dort nichts zu suchen hatten.

Er ist verrückt. Vollkommen verrückt. Das flüsterte eine Stimme in ihrem Kopf, während auf der Bühne das Stück seinen Lauf nahm. Ab und zu bedachte er sie mit einem eindringlichen Blick, der vermuten ließ, dass er nicht viel von der Handlung mitbekam. *Er opfert nicht nur seine Zukunft, sondern auch deine. Besser eine reiche Geliebte sein als eine verarmte Ehefrau.*

Sie erkannte Alessandras Stimme. Dieser Geist hatte bereits versucht, ihr Glück zu verderben, während sie sich für heute Abend fertig gemacht hatte. Da war es Celia noch gelungen, sie zu vertreiben. Doch hier im Theater, unter den Augen der Welt, die er herausforderte, konnte sie Mamas Belehrungen nicht entgehen.

Nicht verarmt, wollte sie erwidern. *Er ist nicht mittellos. Ich werde weiterhin an The Rarest Blooms beteiligt sein. Wir werden nicht verhungern.*

Jetzt ist es noch romantisch und edel und gut, in der ersten Aufgeregtheit einer neuen Leidenschaft. Doch in zehn Jahren, wenn ihr euch beide nach den Vorzügen des Lebens sehnt, das er jetzt ablehnt, wird es zu spät sein, wenn ihr heiratet. Er gibt zu viel auf, genau wie du.

Eine Hand berührte sie. Doch es war nicht Jonathan. Audrianna saß auf ihrer anderen Seite, und ihre weiß behandschuhten Finger legten sich auf ihre. Sie neigte sich an ihr Ohr.

»Du siehst bedrückt aus, Celia, und du warst doch noch so glücklich, als ihr angekommen seid.«

Celia sah sich im Zuschauerraum um. Immer noch wurden Köpfe gedreht, um sie zu beobachten. Audriannas Blick folgte ihrem in diese Richtung.

»Du denkst vielleicht, dass sie alle wissen, wer du bist, aber ich glaube, dass sie lediglich deine Schönheit bewundern«, sagte sie leise.

»Das halte ich für unwahrscheinlich«, entgegnete Celia.

»Das liegt daran, dass du einfach nie recht verstanden hast, wie schön du bist. Aber sei es drum, ich wünschte trotzdem, Castleford wäre gekommen, wie er es versprochen hat. Unser Plan war, ihn ebenfalls hier zu haben. Dann hätten alle nur auf ihn geachtet. Doch leider hat er heute Morgen Sebastian ausrichten lassen, dass er London sofort verlassen und daher absagen muss.«

»Es war wahrscheinlich nur eine Ausrede, weil er erfahren hat, dass ich dabei sein werde.«

Audrianna fand das amüsant. »Er würde sich niemals die Mühe machen, dir aus dem Weg zu gehen, Celia, und du bist die einzige, die er nicht kennt. Er ist mit allen Herren gut befreundet und hat ein besonderes Gefallen an Verity und mir gefunden.«

Da beanspruchte Audriannas Gatte ihre Aufmerksamkeit, und sie ließ Celias Hand los.

Die kurze Unterhaltung hatte die Stimme ihrer Mutter verstummen lassen. Sie meldete sich nicht mehr zu Wort. Celia folgte dem Stück, vergaß jedoch niemals den aufregenden und gut aussehenden Mann an ihrer Seite, der sein Interesse an ihr so öffentlich verkündete. Genauso wenig wie ihre Freunde, über deren Fürsorge sie sehr gerührt war.

Sie nahm an, dass dies alles wohl abgesprochen gewesen war. Von Jonathan und Summerhays und vielleicht sogar von den Damen. Ihre Anwesenheit hier, in dieser höchst respektablen Loge, war ein ausgeklügelter Plan gewesen, damit Jonathan der Welt zeigen konnte, dass er eine Frau namens Celia Pennifold liebte. Und dass es ihm egal war, dass es sich dabei zufällig auch um die Tochter von Alessandra Northrope handelte.

26

Sie stützte sich an der Fensterbank ab. Die ersten Strahlen der Sonne blitzten über den Dächern auf und verliehen dem morgendlichen Nebel im Garten eine ätherische Schönheit. Eine erfrischende Brise voll himmlischer Gerüche wiedererwachter Blumen kühlte und kitzelte ihre Haut.

Jonathans starker Körper beugte sich über ihren. Sein Arm umschlang sie von hinten und stützte sie, während seine Hand auf ihrer Brust lag. Sein Griff um ihre Taille stabilisierte sie gegen seine Stöße.

Lust überschwemmte sie. Verwandelte sie. All ihre Sinne verstärkten sich, sodass sie mehr bemerkte und mehr fühlte und die leisesten Geräusche wahrnahm. Wonniges Beben erfüllte ihre Körper dort, wo sie sich vereinigten, bis es immer intensiver wurde und sich in ihrem ganzen Wesen ausbreitete.

Als sie den herbeigesehnten Höhepunkt erreichte, setzte er sich mit unerträglicher Gewalt fort, während Jonathan immer wieder zustieß, härter, tiefer und schneller. Das Zittern der Ekstase erfüllte sie und brach sich seinen Weg nach außen, in den Nebel und das Licht und die Geräusche. Und auch in ihn, davon war sie überzeugt, bis nicht nur ihre Körper miteinander verschmolzen.

Er zog sie in einer tiefen, den ganzen Körper umfassenden Umarmung an sich. Dann schwebten sie gemeinsam durch die Nachwirkungen ihrer Leidenschaft und genossen die Schönheit dieser kostbaren Nähe.

»Die Wagen werden bald hier sein«, murmelte sie, als ihre

Füße schließlich wieder den Boden berührten und sich ihre Atmung beruhigt hatte. »Ich muss mich fertigmachen.«

Er hauchte einen Kuss auf ihren Halsansatz und blieb dort, als wollte er ihren Duft nicht verlieren. Endlich löste sich sein Griff. »Ich helfe dir, dann dauert es nicht so lange.«

Sie ging in ihr Zimmer, wusch sich und kleidete sich an. Bevor sie wieder hinunterging, öffnete sie die Tür nebenan. Das Zimmer dahinter war kaum als luxuriös zu bezeichnen, hatte aber eine gute Größe und würde viel praktischer sein als das auf dem Dachboden.

Sie würde Jonathan nach hier unten umziehen lassen. Es war höchste Zeit für diese Veränderung. Er war kein Mieter mehr, und würde schon bald Herr dieses Hauses sein.

Sie schritt seine Länge ab und überlegte, was für andere Möbel gebraucht werden würden. Inmitten ihrer Grübelei hörte sie, dass Marian von unten nach Jonathan rief, um ihn auf Gäste hinzuweisen.

Celia kehrte in ihr eigenes Zimmer zurück und sah aus dem offenen Fenster. Sie erblickte zwei Männer, die gerade ihre Pferde festbanden. Ihre Stimmen drangen zu ihr herauf.

»Ich habe nur gesagt, dass es mir nicht gefällt, wie er uns herumschickt, als seien wir seine Laufburschen«, sagte Hawkeswell.

»Er hat uns nicht geschickt. Er hat uns um unsere Hilfe gebeten.«

»Er ist mir viel zu gerissen. Wenn sich herausstellt, dass es um irgendein dummes Spiel geht …«

»Warte doch erst mal ab, Hawkeswell. Wenn er sich etwas in den Kopf gesetzt hat, kann er ziemlich hartnäckig sein. Auf Gedeih und Verderb.«

Hawkeswell trat an die Tür. »Es ist der Verderb, den ich fürchte.« Er musterte das Gebäude und die Straße. »Was ist das für ein Ort? Hier lebt Albrighton?«

»Laut meiner Frau ja. Ich sollte dir sagen, dass dies Miss Penifolds Haus ist.«

Hawkeswell starrte ihn an. »Ist es das? Wenn deine Frau das weiß, weiß es meine bestimmt auch. Bin ich denn der Einzige, der von dieser Affäre nichts wusste?«

»Offenbar. Auch wenn ich nicht verstehe, wie du sie hast übersehen können. Letzte Woche im Theater hat er sie angesehen, als würde er sie am liebsten mit Haut und Haaren verschlingen.« Summerhays hob seine Faust und klopfte an. Die Köpfe der beiden Männer verschwanden unter ihr im Haus. Männliche Stimmen tauschten Grußworte aus, dann sprachen sie leiser weiter.

Celia verließ ihr Zimmer und ging die Treppe hinab. Die Unterhaltung stockte, als sie ihre Schritte hörten.

Sie stellte sich so, dass die Männer sie gerade eben sehen konnten. Hawkeswell wirkte wie ein Mann, der sich bei seinem Auftrag unwohl fühlte. Summerhays schien die beiden anderen gerade besänftigt zu haben.

Jonathan wirkte zornig. Wütend sogar. Sie hatte ihn noch nie so gesehen.

Er sah zu ihr, dann warf er Summerhays einen finsteren Blick zu. Sie entschuldigte sich und ging in den hinteren Teil des Hauses.

»Geh zurück und sag ihm Nein.« Jonathan gab sich keine Mühe, seine Stimme zu senken. Sie hörte jedes Wort. »Er hätte sich nicht einmischen sollen. Ich habe ihn nicht darum gebeten.«

»Er ist kein Mann, der denkt, dass er eine Erlaubnis braucht, um irgendetwas zu tun, geschweige denn, sich einzumischen«, sagte Hawkeswell. »Ich wäre genauso verärgert wie du. Ich bin ebenfalls der Meinung, dass er zu weit gegangen ist.«

»Ob er es nun hätte tun sollen oder nicht, es ist nun einmal so«, erwiderte Summerhays. »Du solltest dich zumindest erkundigen, was er in Erfahrung gebracht hat.«

»Es interessiert mich überhaupt nicht, was er in Erfahrung gebracht hat.«

»Das sollte es aber«, sagte Summerhays. »Es geht schließlich um deine Zukunft und um die deiner Kinder.«

Alle drei verfielen in Schweigen. Celia machte sich daran, ein paar übrig gebliebene Pflanzen aus dem Regal zu nehmen. Ein langer Moment verstrich. Vielleicht flüsterten sie, damit die anderen im Haus sie nicht hören konnten. Sie jedenfalls konnte es nicht.

»Ich gebe zu, dass Summerhays in dieser Hinsicht recht hat, Albrighton«, sagte Hawkeswell. »Du kannst ihm ja hinterher sagen, dass er sich zur Hölle scheren soll, aber anhören würde ich ihn auf alle Fälle.«

Eine weitere ausgedehnte Pause, dann erklangen Schritte im Flur. Jonathan betrat den hinteren Salon und schloss die Tür. Er war immer noch wütend, aber nicht mehr so sehr wie zuvor.

»Was ist denn los?«, fragte sie.

Er seufzte ungeduldig. »Ein Mann, den ich kenne, hat ohne meine Erlaubnis Erkundigungen für mich eingeholt. Wenn ich nicht zu ihm gehe, steht er eines Tages vielleicht betrunken vor der Tür und macht eine Szene.«

»Und er schickt einen Earl und den Bruder eines Marquess als Boten? Handelt es sich bei diesem Mann vielleicht um Castleford? Er ist bekannt für seine Szenen und seine ständige Trunkenheit, und du bist mit ihm befreundet.«

Er lachte bitter auf. »Befreundet. Ich nehme an, das könnte man wohl so sagen.«

»Ich weiß nicht alles über die Welt, Jonathan, aber wenn ein Herzog etwas für einen im Namen der Freundschaft tut, wäre es dumm, undankbar zu sein.«

Sie ließ ihre Pflanzen stehen und ging zu ihm. »Was hat er denn für dich getan?«

Nachdenklich sah er zu Boden. Er wirkte plötzlich so sanft, dass es ihr Angst machte. Er sah aus wie ein Mann, der sich von seiner Geliebten verabschiedete, bevor er auf eine lange Reise ging.

»Er hat nach Informationen über meine Herkunft gesucht, Celia. Er wollte herausfinden, ob ich ein Bastard bin oder nicht.«

Sie brauchte einen Augenblick, um zu verstehen, was er gesagt hatte. Die volle Bedeutung seiner Worte schockierte sie.

»Wusstest du, dass du es möglicherweise nicht bist?«

»Meine Mutter hat erzählt, dass der Earl sie geheiratet habe, aber es hätte genauso gut eine Geschichte gewesen sein können, die man einem kleinen Kind erzählt, damit es mit seinem Schicksal besser zurechtkommt.«

Verwirrung ergriff sie. »Weiß er, dass sie das erzählt hat? Thornridge, meine ich? Hat er darum versucht, dich …?«

»Ja.«

Er sah sie immer noch auf diese seltsame Art und Weise an. Sein Blick lud sie ein, ihm die bange Ahnung anzuvertrauen, die sie plötzlich verspürte.

Ich werde dich verlieren. Du bist verrückt, aber nicht so verrückt. Kein Mann würde so etwas aufgeben, wenn das Schicksal es ihm auf dem Silbertablett serviert.

Sie lächelte so fröhlich, wie sie konnte. »Das ist ja wunderbar, Jonathan. Wenn er etwas so Wichtiges erfahren hat, dass er zu dieser Stunde nach dir schicken lässt, bin ich sicher, dass er gute Neuigkeiten für dich hat.«

Er widersprach ihr nicht. Stumme Panik ergriff ihr Herz.

»Komm mit mir, Celia.«

Sie sehnte sich danach, wenn auch nur, um ein wenig länger bei ihm zu sein, bevor sich alles veränderte. Sie würde es aber nicht ertragen. Sie konnte sich nicht ruhig anhören, wie ein Herzog erklärte, dass bisher der falsche Mann als Thornridge bekannt war.

»Ich kann nicht. Die Lieferung. Erinnerst du dich?«

»Natürlich.« Er berührte ihr Gesicht und küsste sie. »Ich bin bald wieder da. Wahrscheinlich rechtzeitig, um dir zu helfen, wie ich es versprochen habe.«

Dann war er fort. Seine Schritte marschierten auf die Männer zu, die auf ihn warteten, und auf seine wahre Bestimmung.

»Was soll das heißen, Seine Gnaden sind im Bett?« Hawkeswell stieß die Frage so wütend hervor, dass der Diener verängstigt einen Schritt zurücktrat.

»Genau das, was ich gesagt habe, mein Herr. Er hat angeordnet, dass er vor Mittag nicht geweckt werden soll.«

Summerhays warf einen Blick auf seine Taschenuhr. »Das sind noch vierzig Minuten.«

»Zur Hölle mit ihm«, blaffte Hawkeswell. »Sein Bote hat mich um neun mit der dringenden Bitte geweckt, dich und Albrighton einzusammeln und herzukommen. In einer Angelegenheit von höchster Wichtigkeit für das Parlament und die Nation. Ich will verdammt sein, wenn ich …« Er bemerkte, dass der Diener weiter zurückwich und offenbar Richtung Tür entkommen wollte. »Wohin so eilig?«

»Nirgendwohin, mein Herr. Benötigen die Herre irgendetwas?«

»Eine Erklärung. Sag mir, dass der Herzog zumindest allein im Bett ist und ich nicht wegen einer spontanen Orgie warte.«

»Das weiß ich nicht, mein Herr.«

Hawkeswell sah den Mann vernichtend an.

»Ich war noch nicht in seinem Zimmer«, fügte der Diener schnell hinzu.

»Hawkeswell«, tadelte ihn Summerhays.

»Dann geh rauf und sag seinem Kammerdiener, er möge dem Herzog mitteilen, dass der Earl of Hawkeswell auf seine Bitte hin hier ist.« Hawkeswell scheuchte den Diener davon. Nachdem sich die Tür des hübschen, geräumigen Salons geschlossen hatte, in dem sie warteten, drehte er sich zu Summerhays um. »Das würde ihm ganz ähnlich sehen, und das weißt du auch. Mich durch die ganze Stadt zu hetzen und dann zu bemerken, dass ihm das ein paar Stunden verschafft, um noch schnell etwas dazwischenzuschieben.«

»Oder etwas irgendwo hineinzuschieben«, sagte Jonathan.

Hawkeswell wirbelte herum. »Verdammt, er hat einen Witz gemacht, Summerhays. Und es war sogar ein versauter. Fühlst du dich besser, Albrighton? Hast du dich ein wenig abgeregt?«

»Ein wenig.«

»Ich nehme an, dass eine halbe Stunde Bedenkzeit über die Möglichkeit, ein Earl zu werden, die meisten Männer von ihrer rechtschaffenen Verärgerung heilen kann. Selbst dich.«

Das hatte es in der Tat. Wenn Castleford seinem Cousin keine Pistole an den Kopf gehalten hatte, bezweifelte Jonathan, dass der Herzog etwas Wichtiges hatte erfahren können. Er würde Castlefords Ausführungen darüber anhören, wie gerissen er bis jetzt gewesen war, ihm für seine Bemühungen danken, ihn davor warnen, sich erneut einzumischen, und sich auf den Weg zurück zu Celia machen.

»Wenn Castleford irgendetwas Nützliches erfahren konnte, hättest du das ebenfalls«, sinnierte Summerhays. »Und doch hast du es nicht. Was bedeuten muss, dass du es gar nicht versucht hast.«

»Ich habe mich darauf verlassen, dass sich eine andere Person für mich erkundigt, während ich gleichzeitig davon überzeugt war, dass es nichts zu erfahren gibt.« Ein Fehler beim ersten wie beim zweiten Punkt, wie sich herausgestellt hatte. »Ich nahm an, dass Thornridge mich zumindest anerkannt hätte, wenn etwas an der Sache dran wäre. Um mich davon abzuhalten, noch mehr zu verlangen.«

»Stattdessen hat er versucht, dich unsichtbar zu machen.«

Und das äußerst sorgfältig. »Und ich fand es ganz angenehm, unsichtbar zu sein.«

»Er meint wohl, dass er keine Lust auf den langweiligen Teil hat«, sagte Hawkeswell zu Summerhays. »Er hat keine Lust auf die Verantwortung. Tja, du kannst dir aber nicht die Rosinen aus dem Kuchen picken, Albrighton. Wenn es dir bestimmt ist, musst du alles annehmen, was dazugehört.«

»Das bezweifle ich. Der Beweis müsste genauestens überprüft werden. Das könnte Jahre dauern. Es ist nicht so, dass ich es nicht will, Hawkeswell. Ich will nur nicht mein Leben darauf verwenden, dafür zu kämpfen und jede andere Entscheidung im meinem Leben dieser Möglichkeit unterordnen.«

Die Tür wurde erneut geöffnet. Ein anderer Diener betrat das Zimmer. Dieser trug eine prächtigere Uniform als der andere. Hawkeswells Auftreten hatte wohl einen Offizier der Dienstbotenarmee auf den Plan gerufen.

»Seine Gnaden hat angeordnet, dass ich Sie in seine Räumlichkeiten bringen soll, meine Herren. Bitte folgen Sie mir.«

»Ich bin äußerst verstimmt«, verkündete Castleford, als sie sein Ankleidezimmer betraten. Sein Kammerdiener, der gerade die Knöpfe eines blauen Brokatmorgenmantels an ihm schloss, erstarrte und sah trübselig auf.

»Nicht deswegen, Bursche. Weitermachen«, blaffte Castleford. Über den Kopf des Kammerdieners hinweg warf er Hawkeswell einen finsteren Blick zu. »Ich habe eine Woche lang auf einem Pferd gesessen und meinen wunden Hintern erst sehr früh heute Morgen nach Hause geschleppt. Sind ein paar Stunden Schlaf zu viel verlangt?«

Hawkeswell schien ein wenig verärgert, aber nicht allzu sehr. »Warum schonst du deinen Hintern nicht und benutzt einfach deine Kutsche? Das mache ich zumindest auf längeren Reisen.«

»Ich musste schnell sein.« Er verscheuchte den Diener, bevor alle Knöpfe geschlossen waren. Dann warf er sich auf ein Kanapee und stützte sich auf seine Hand. Verstimmung wurde von Selbstzufriedenheit abgelöst. »Sie hätten mich während des Krieges einsetzen sollen, nicht dich, Albrighton. Ich habe ein Talent für dieses Ermittlungsgeschäft. Meine analytischen Fähigkeiten diese Woche haben selbst mich beeindruckt.«

»Ein Herzog zu sein hilft ebenfalls.«

»Bei Ermittlungen? Wahrscheinlich hast du recht.«

»Außerdem dabei, von sich selbst beeindruckt zu sein und zu glauben, dass du das Recht hast, dich einzumischen.«

Castleford sah zu Summerhays. »Die beiden sind heute aber gereizt, oder?«

»Vielleicht könntest du uns erklären, warum du uns herbeordert hast. Dann wären sie weniger gereizt.«

»Wie Laufburschen«, murmelte Hawkeswell.

Castleford ignorierte ihn. »Es ist vollbracht, Albrighton. Ich weiß alles und habe den Beweis dafür, dass dein Cousin dir deinen Titel gestohlen hat.«

Jonathan lachte. »Vergib mir, aber ich bin sicher, dass du übertreibst.«

»Keineswegs. Alles, was ich brauchte, war in dem einen Satz, den deine Mutter dir gesagt hat. Sie sagte, dass der letzte Earl sie auf seinem Totenbett geheiratet hat. Das bedeutet, dass er entweder eine Sondergenehmigung hatte – und mein Advokat hat die Anwaltskammer angeschrieben und versichert mir, dass keine verzeichnet ist – oder sie in Schottland geheiratet haben, oder es war die sentimentale sinnlose Geste eines Mannes, der seine schwangere Geliebte über alles geliebt hat.«

»Leider wahrscheinlich Letzteres«, sagte Summerhays.

»Das habe ich ebenfalls angenommen, aber ich habe sicherheitshalber auch die zweite Möglichkeit überprüft.« Er sah Jonathan geradeheraus an. »Hast du gewusst, dass zu eurem Familienanwesen ein entzückendes kleines Jagdhaus gehört, direkt hinter der schottischen Grenze? Du musst mir versprechen, uns alle während der Moorhuhnsaison dorthin einzuladen. Wir werden trinken und jagen und einen Mordsspaß haben. Hawkeswell darf auch kommen, aber nur, wenn er verspricht, sich nicht die ganze Zeit über wie eine Gouvernante aufzuführen.«

In Jonathans Brust regte sich ein seltsames Gefühl. Castleford benahm sich so arrogant wie üblich. Und doch ... etwas im Blick des Herzogs sagte ihm, dass er wirklich davon überzeugt war.

»Also?«, fragte Hawkeswell nach.

»Also bin ich dorthin geritten. Daher mein wunder Hintern. Ich wollte nicht zu viel Zeit verlieren und dachte, dass es am besten wäre, quer durchs Land zu galoppieren. Ich habe ein paar höfliche und diskrete Fragen gestellt und ...«

»Du bist doch gar nicht in der Lage, diskret zu sein, also veränderst du die Fakten ja schon, um dich gut aussehen zu lassen«, meckerte Hawkeswell.

Castleford seufzte. Er sah zu Summerhays. »Er ist heute wirklich lästig. Mehr als gewöhnlich. Hast du eine Ahnung, warum?«

»Als er zu mir kam, schimpfte er darüber, dass dein sehr lauter und hartnäckiger Diener ihn zu einem äußerst ungünstigen Zeitpunkt aus dem Bett gezerrt hat.«

Castlefords selbstgefälliges Grinsen verschwand. »Bitte entschuldige, Grayson. Kein Wunder, dass du so vollkommen neben dir stehst. Es ist mir nie in den Sinn gekommen, dass verheiratete Männer ihren ehelichen Pflichten am helllichten Tage nachkommen könnten. Aus genau diesem Grund habe ich auch bis zum Morgen gewartet, bevor ich meinen Burschen losgeschickt habe.«

Das tat wenig, um den fraglichen verheirateten Mann zu beschwichtigen. Wenn überhaupt, schien sich seine Laune sogar noch zu verschlechtern. »Sprich bitte weiter. Als du deine Geschichte das letzte Mal unterbrochen hast, bist du gerade zur schottischen Grenze geritten, hast deinen Titel und deine Vorrechte verspottet und anderen Männern Pistolen an den Kopf gehalten, um zu erfahren, was du wissen wolltest.«

»Verdammt, man könnte meinen, du wärst dabei gewesen. Nun, lange Rede, kurzer Sinn, ich habe sie gefunden, also hat mein Plan funktioniert.«

»Sie?«, fragte Jonathan.

»Die Zeugen. Und beide noch am Leben, Gott sei Dank!«

Das brachte sie alle für einen langen, erstaunten Moment zum Schweigen.

»Wenn deine Fragen nicht gerade höflich waren oder du mit Geld um dich geworfen hast, ist nicht sicher, ob sie die Wahrheit gesagt haben, Castleford«, sagte Summerhays. »Und selbst wenn, erzählen sie vielleicht etwas anderes, wenn Thornridge herausfindet, was passiert ist, und sie entweder bedroht oder schmiert.«

»Er hat sie bereits geschmiert. Darum habe ich sie ja mitgebracht. Mir fiel ein, dass dein Cousin dich umbringen lassen wollte, Albrighton, und habe entschieden, dass diese beiden Burschen keinem guten Ende entgegensehen würden, sobald du dich um dein rechtmäßiges Erbe bemühst.«

Zwei Augenpaare richteten sich auf Jonathan. Niemand sagte etwas. Castleford blickte verwirrt umher, um herauszufinden, warum er nicht mehr im Mittelpunkt stand. Dann begriff er es.

»Ah. Sie wussten es nicht, was? Da war ich wohl ein wenig indiskret, Albrighton.« Er zuckte mit den Schultern. »Wie auch immer. Es muss ja nun doch alles öffentlich werden.«

»Diese Zeugen. Wo sind sie jetzt?«, fragte Jonathan. Seine Stimme klang in seinen eigenen Ohren weit entfernt. Dieser Tag wurde zunehmend unwirklich, als ob er inmitten eines unsichtbaren Nebels stehen würde, der seine Wahrnehmung veränderte.

»Hmm. Wo habe ich sie denn noch mal gelassen? Ich erinnere mich daran, dass der ältere gestunken hat. Darum habe ich auch mein Pferd vorgezogen und mich nicht mit ihnen in die Mietkutsche gesetzt.« Er erhob sich. »Ich habe vollkommen vergessen, wo ich sie habe hinbringen lassen. Lasst es uns herausfinden.«

Er marschierte voraus. Jonathan ging als Letzter. Seine Schläfen und seine Brust schienen vor Aufregung beinahe zu platzen.

Wenn es Zeugen gab und Castleford sie gefunden hatte, veränderte das alles.

27

Daphne klappte das Geschäftsbuch zu. Sie öffnete ihr Ridikül und zog ein paar Pfundnoten heraus. »Ich bin zuversichtlich, dass es in Zukunft mehr sein wird, Celia. In dieser kurzen Zeitspanne hat dieses Zwischenlager bereits unser Geschäft verbessert. Durch deine Absprache mit Mr Bolton über die Sommerblumen und die Kontakte, für die du Früchte im Winter kultivierst, wird unser Geschäft so florieren, wie du gesagt hast.«

Celia steckte das Geld in eine Tasche ihrer Schürze. Sie waren umgeben von Farben. Die Wagen hatten viele Töpfe mit vorgetriebenen Blumen gebracht, die in den nächsten Tagen in viele Häuser einen Hauch von Frühling bringen würden.

Doch sie konnte sich weder daran noch an Daphnes Gesellschaft richtig erfreuen. Jonathan war nun schon eine ganze Weile fort. Schon über fünf Stunden. Sie begann sich zu fragen, ob er jemals zurückkommen würde.

Das war dumm. Natürlich würde er das. Er würde zurückkommen und sie auf diese neue Weise ansehen, mit diesem wehmütigen Blick wie an diesem Morgen. Er würde erklären, dass seine neue Situation bedeutete, dass er nun nicht einfach irgendeine Frau heiraten könne. Er würde …

Sie hoffte, dass er die besten Neuigkeiten erfuhr. Das tat sie wirklich. Es freute sie, dass ihm ein solches Glück widerfuhr. Aber Hand in Hand mit dieser Freude kam der Kummer, und den konnte sie einfach nicht verscheuchen.

»Ich bin froh, dass mein Plan aufgeht, Daphne. Es tut mir nur leid, dass er mich nun hier festhält. Ich würde heute gerne mit dir nach Cumberworth zurückkehren, aber ich muss mich um diese Töpfe kümmern.«

»Warum solltest du denn mit mir mitkommen wollen? Dein Leben ist jetzt hier. Genau wie dein Jonathan.«

Celia sagte nichts. Doch Daphne bemerkte auf ihre typische Art, dass etwas nicht stimmte.

»Darum warst du also heute so seltsam still«, sagte sie. »Du hast Liebeskummer. Habt ihr euch gestritten?«

»Überhaupt nicht. Diese Liebe ist herrlich. Wunderschön und so bewegend, dass ich mich darüber vergesse.« Die Erinnerungen daran, wie er ihr Herz berührt hatte, ließen sie lächeln. »Der letzte Punkt, dass ich mich vergessen habe – das war ein Fehler, glaube ich.«

Daphne legte mitfühlend ihre Hand auf Celias. Sie fragte nicht nach, sondern bot ihr nur all den Trost, den ihre Freundschaft bieten konnte. Sie hatte es wahrscheinlich schon erraten. Wahrscheinlich war sie ebenfalls der Meinung, dass Celia niemals vergessen sollte, wer sie war, wenn es alle anderen auch nicht taten.

Aus dem Garten drang kein Laut, doch beide richteten ihre Aufmerksamkeit zur gleichen Zeit auf das Fenster. In der Nähe des großen Gebüschs bewegte sich etwas. Es war Jonathan, der auf das Haus zuging. Ohne nachzudenken, ergriff Celia die Hand, die auf ihrer lag.

Daphne umarmte sie. »Ich werde jetzt gehen. Komm zu uns, wenn du willst, und hinterlasse für Mr Drummond Anweisungen, wohin die Pflanzen ausgeliefert werden müssen. Verity und Audrianna sind auch nicht weit weg, wenn du in den kommenden Tagen Rat oder Trost brauchst.«

Sie küsste Celia zum Abschied auf die Wange und verschwand gerade aus der Vordertür, als Jonathan durch die hintere hereinkam.

Er roch die Hyazinthen, bevor er sie sah. Ihr Duft durchdrang die Wände und die Tür, als er auf das Haus zukam. Doch am Fenster war nur eine einzige Blume zu sehen. Die schönste und seltenste von allen, mit goldenem Haar und blasser Haut und Augen, die die Sterne einfangen konnten.

Sie lächelte, als er hereinkam. Sie küsste ihn zur Begrüßung, dann wendete sie sich wieder dem dichten Teppich aus leuchtenden Farben und grünen Texturen in den Regalen zu.

»Der Frühling ist nun in einem einzigen Raum in London«, sagte sie.

»Warum sollten die Leute bei dir kaufen, was sie in ein paar Wochen umsonst und im Überfluss haben werden?«

»Diese kleinen Triebe draußen machen die Leute ungeduldig. Wenn das schönere Wetter beginnt, können sie nicht mehr warten. Selbst ein Topf ist dann genug, auch wenn es einige gibt, die auf dreißig bestehen.«

Er bewunderte die Blüten, während sie ihm eine kleine Lektion über ihre Namen und Unterschiede hielt. Sie sprach schnell, als wäre sie ungeduldig, die Plauderei hinter sich zu bringen, würde aber gleichzeitig das Thema fürchten, das danach kam.

Irgendwann hörte sie auf. Sie standen Seite an Seite und blickten auf ihren Zimmergarten. Er spürte, wie aufgeregt sie war, und auch ein wenig der Erregung, die immer mitschwang, wenn sie zusammen waren. Aber Kummer schien alles einzufärben und übertrug sich auch auf sein eigenes Herz.

»Möchtest du nicht wissen, was ich bei Castleford erfahren habe, Celia?«

»Ich habe an kaum etwas anderes gedacht, seit du gegangen bist. Waren es gute Neuigkeiten?«

»Die besten. Er muss nur fragen, und die Leute überschlagen sich, um ihm alles zu sagen, was er wissen will. Er hat erfahren, was herauszufinden mich mein ganzes Leben gekostet hätte, wenn überhaupt. Er hat Zeugen aufgetan, die Angst vor meinem Cousin haben und für ihr Schweigen gut bezahlt worden sind. Castleford hat sie aber noch besser einschüchtern können, und sie haben die Wahrheit zugegeben.«

Sie umarmte ihn. »Ich bin so glücklich für dich, Jonathan. Mehr, als du ahnst. Ich habe dich durch den Garten gehen sehen und gedacht: Natürlich ist er ein Earl. Wie kann ihn jemand treffen und es nicht sofort erkennen? Dein Cousin hat es zweifellos bemerkt. Du magst erst neun Jahre alt gewesen sein, aber wahrscheinlich hat er nur einen Blick auf dich werfen müssen, um zu erkennen, dass der Titel nicht ihm gehört.«

Möglicherweise. Oder vielleicht hatte ihn die Entschlossenheit einer Frau, die sich tagelang vor seine Tür gesetzt hatte, darauf gebracht. Aber die Zeugen, beides Bedienstete in jener Jagdhütte, waren von Anfang an bezahlt worden, sogar schon bevor sein Cousin volljährig geworden war. Wahrscheinlich war die ganze Familie eingeweiht gewesen. Sogar Onkel Edward.

Er schob den Schmerz beiseite, den er über den Verlust dieser Beziehung und ihre vielen Täuschungen empfand. Er setzte sich und zog Celia auf seinen Schoß, um den Trost ihrer Wärme zu spüren. Blumen umgaben seinen Blick auf ihr Gesicht. Ihr Lächeln drückte Freude aus, aber ihre Augen zeigten etwas anderes.

»Du solltet dir jetzt wahrscheinlich besser eine andere Unterkunft suchen«, sagte sie.

»Wenn du das willst. Wir werden ein Haus finden, das näher an denen deiner Freundinnen liegt.«

Sie befeuchtete ihre Lippen und bemühte sich, vernünftig und nicht verzweifelt zu wirken. »Du solltest allein umziehen, Jonathan. Du darfst niemandem Anlass geben, deinen Charakter zu hinterfragen, während sich das alles entscheidet.«

»Das könnte noch Jahre dauern. Mein Cousin wird alles in seiner Macht Stehende tun, um es zu verhindern.«

»Du musst dich äußerst korrekt verhalten, sonst hat er vielleicht noch Erfolg damit. Er hat viele Freunde und …«

Er brachte sie mit einem Kuss zum Schweigen. »Ich glaube, dass du die Stunden, die ich fort war, damit verbracht hast, Alessandras Lektionen auf meine Situation anzuwenden. Und wahrscheinlich hast du beschlossen, dass ich dich jetzt nicht mehr haben kann. Ist das richtig, Celia?«

»Es kann nicht mehr so sein, wie wir es geplant haben. Das weißt du selbst. Eine wie mich kannst du nicht heiraten. Was meine Liebe angeht – bis du heiratest …«

»Ich will verdammt sein, eine andere zu nehmen und die Frau, die ich liebe, erst auf meinem Totenbett zu ehelichen, wie es mein Vater getan hat.« Er legte seine Hand auf ihre zarte Wange. »Ich war so lange fort, weil ich noch bei der Anwaltskammer war, um eine Sondergenehmigung zu beantragen. Summerhays hat freundlicherweise seinen Einfluss geltend gemacht, also sollte sie in ein paar Tagen da sein. Wir beide werden auf der Stelle heiraten, damit es geschehen ist, bevor die andere Sache so richtig anfängt.«

»Du redest wie ein Verrückter. Diese Leute haben Vorschriften, an die sie sich halten müssen.«

»Celia, jeder Lord im Königreich hat ein Interesse daran, dass die einzigen Leute, die in den Adelsstand kommen, hineingeboren werden, und dass ein Titel nicht durch einen Betrug an den Falschen gerät. Das ist die höchste Regel. Es gibt ein Verfahren, das sich mit Fällen wie meinem beschäftigt. Meine Herkunft wird alles sein, was zählt. Das und die Rechtmäßigkeit dieser Ehe. Mein Charakter ist ihnen vollkommen egal. Ich könnte wahnsinnig sein und jeden Tag mit Schafen Unzucht treiben, es würde keinen Unterschied machen.«

Sie begann zu sprechen. Er legte seinen Finger auf ihre Lippen, um sie davon abzuhalten, Alessandras Lektionen wiederzugeben.

»Und wenn sich doch jemand meine Lebensführung ansehen sollte, wird er sehen, dass ich mit einer guten Frau verheiratet bin, die in ihrer Liebe immer aufrichtig war.«

Sie sah ihn zögerlich an. »Das alles kannst du doch gar nicht so genau wissen, Jonathan. Was, wenn du dich irrst?«

»Du bist das Licht meines Lebens, Celia, mehr als du jemals wissen wirst. Ich habe dir schon einmal gesagt, dass ich dich niemals so einfach aufgeben würde. Nun werde ich dich niemals aufgeben, auch nicht, um ein Thornridge zu sein.«

Die Vorsicht und der Pragmatismus verließen ihren Blick. Sie schlang ihre Arme um seinen Nacken und lachte.

»Da du so entschlossen bist, werde ich mich nicht weiter mit dir streiten. Ich bin stolz, dass du mich so sehr liebst und dass du wahrhaftig mir gehörst. Es ist aufregend, aber auch ein wenig Furcht einflößend, Jonathan. So Furcht einflößend, dass es ein Wunder ist, dass du nicht davor weggelaufen bist. Sie werden dir diesen Titel wahrscheinlich geben müssen, aber sie müssen uns nicht akzeptieren.«

»Wir wissen bereits, dass uns einige akzeptieren werden. Sie tun es schon. Was den Rest angeht, werden wir unser Leben führen, wie es uns gefällt, und uns nicht zu viele Gedanken um die anderen machen.«

Sie küsste ihn auf herrliche und kundige Weise. Sie legte ihre Wange an seine und seufzte zufrieden. »Ich kann so viel Glück gar nicht aushalten, Jonathan. Mein Herz ist so voller Liebe, dass ich Angst habe, es wird bersten. Ich bin zu glücklich, um zu weinen, aber ich weiß nicht wohin mit all diesen Gefühlen.«

Er stand auf und hob sie in seine Arme. Dann trug er sie die Stufen hinauf. »Ich weiß es.«

Epilog

Celia saß auf der Bank in der Nähe der Gartentür und genoss die warmen Sonnenstrahlen. In der Nähe des Gebüschs bewegten sich leuchtende Tulpen in der frischen Brise.

Sie wartete auf Jonathans Rückkehr. Er war bei einem weiteren Treffen wegen seiner Petition. Thornridge hatte wie erwartet angekündigt, Jonathans Anspruch auf den Titel anzufechten. Genau wie die Rechtmäßigkeit der Ehe und den Anspruch auf eine wie auch immer geartete Erbschaft. Es würde sich in der Tat hinziehen und zum Stadtgespräch werden. Die Angelegenheit wurde von allen möglichen Formalitäten verkompliziert, von denen Celia die meisten nicht verstand. Doch die Zeitungsartikel darüber waren sich einig, dass Jonathan zumindest das Anwesen bekommen würde.

In der Zwischenzeit lebten sie in diesem Haus, und sie bedauerte es nicht. Es war ihr ans Herz gewachsen, und sie war stolz auf ihre Partnerschaft mit Daphne. Und es war ein schöner Garten, entschied sie, während sie auf die neu angelegten Beete und andere Verbesserungen blickte. Hier würde genügend Platz für Kinder sein.

Bei diesem Gedanken glitt ihre Hand instinktiv auf ihren Bauch. Celia konnte nicht anders, als zu lachen. Sie hatten wirklich keinen Tag zu früh geheiratet.

Da betrat Jonathan den Garten und kam auf sie zu. Er wirkte glücklich, aber das tat er nun oft. Er lächelte, während er sich neben sie setzte, seine Beine ausstreckte und sie übereinanderschlug.

»Ist dir hier draußen warm genug?«, fragte er. »Du musst achtgeben. Die Sonne ist warm, aber die Luft ist noch kühl.«

»Es geht mir gut.«

Er legte seinen Arm dennoch um ihre Schultern, um sie zu wärmen. Sie legte ihren Kopf auf seine Schulter.

»Ist es gut gelaufen?«, fragte sie.

»Ganz ordentlich. Aber auch furchtbar langweilig, wie erwartet. Es waren etwa zwanzig Anwälte da, ein Bischof, zwei Herzöge, drei Earls und mehr Dokumente, als ich in meinem Leben je gesehen habe.«

»Das klingt ja furchtbar.«

»Nicht furchtbar, aber es wird sich noch in die Länge ziehen. Soweit ich sagen kann, muss ich erst wegen der Ehe meiner Eltern zu einem Kirchengericht. Sobald ihre Rechtmäßigkeit bestätigt wurde, geht es wegen der Erbschaft zu einem anderen Gericht. Dann geht es vor das Oberhaus. Die Anwälte meines Cousins haben immer wieder ins Feld geführt, dass es unüblich sei, jemandem einen einmal verliehenen Adelstitel wieder abzunehmen. Der Lordkanzler war allerdings der Meinung, dass diese Tradition nicht auf jemanden anwendbar ist, der den Titel durch eine kriminelle Handlung erschlichen hat. Ein Bischof widersprach ihm. Die anderen sagten, dass es sich bei einem solchen Verbrechen vielleicht sogar um Verrat handeln könnte. Und so ging es den ganzen Nachmittag lang.« Er lachte. »Ich werde wahrscheinlich tot sein, bevor das alles vorbei ist.«

»Du scheinst darüber ja nicht allzu sehr besorgt.«

»Das liegt daran, weil ich übertreibe. Aber es wird noch Jahre dauern. Der Grund für meine gute Laune ist das, was geschehen ist, nachdem ich den Saal dort verlassen hatte.« Er schmunzelte. »Der Anwalt meines Cousins kam auf mich zu und hat mich um ein Gespräch gebeten.«

»Warum?«

»Um meine Zuwendung zu besprechen.«

Sie richtete sich auf und sah ihn verblüfft an. »Er will dir Geld geben?«

»Verrückt, nicht wahr? Ich glaube allerdings nicht, dass er es will. Er glaubt wohl eher, dass er schlecht dasteht, wenn er es jetzt nicht tut. Es weiß ohnehin jeder, dass ich der Sohn seines Onkels bin. Vielleicht befürchtet er, dass er in der anderen Sache schlechtere Karten hat, wenn er diese Geste jetzt nicht macht.« Er zuckte mit den Schultern und schloss die Augen.

»Oder vielleicht sieht er auch seine Felle davonschwimmen und will dich dazu ermutigen, ebenso großzügig zu sein wie er, wenn der Titel erst mal dir gehört.«

»Wie zynisch von dir, Celia.« Er küsste sie auf die Nase. »Ich bin sicher, dass er es aus reiner Großherzigkeit tut.«

Sie schmiegte sich wieder an ihn. »Wie viel hat er geboten?«

Seine Augen blieben geschlossen und der Sonne zugewandt. »Eine beträchtliche Summe.«

»Wie beträchtlich?«

»Eine Menge.«

Sie schlug ihm spielerisch gegen die Schulter. »Wie viel?«

»Zweitausend.«

»Im Jahr?«

»Mmm.«

»Ein hübsches Einkommen, Jonathan.«

»Das fand ich auch. Hätte mich der Anwalt vor dem Treffen angesprochen, wäre ich wahrscheinlich darauf eingegangen. Doch da ich gerade Stunden über Stunden entsetzlicher Langweile hatte ertragen müssen, habe ich entschieden, dass ich mehr verdiene, und mit siebentausend gekontert. Wir haben uns in der Mitte getroffen.«

Mehr als viertausend Pfund im Jahr. »Was werden wir damit anfangen?«

»Wir könnten dir wohl eine neue Garderobe kaufen. Und ein paar Juwelen.«

»Eine schicke Kutsche wäre ebenfalls nett, mit zwei schönen Pferden.«

»Siehst du, uns wird schon etwas einfallen, wie wir das Geld im Nu verprassen können.« Er zog sie an sich, um sie zu küssen. »Du kannst alles haben und damit tun, was du willst, Celia. Ich habe das, was ich will, genau hier.« Zärtlich berührte er erst ihren Bauch, dann ihren Busen.

Ein diskretes Räuspern an der Gartentür ließ beide herumfahren. Dort stand Bella mit hochroten Wangen wegen dem, was sie gerade mitbekommen hatte. »Entschuldigung. Aber es ist ein Mann da, um dich zu sehen, Celia. Er ist im Salon. Ich habe seine Karte hier.«

Jonathan stand auf und nahm die Karte entgegen. Er las sie mit einem Stirnrunzeln. Dann reichte er sie Celia.

Es handelte sich um Mr Mappleton.

Mr Mappleton strahlte über das ganze Gesicht, als sie ihn begrüßten. Er verbeugte sich tiefer, als er das Celia gegenüber jemals getan hatte, und machte ein paar schmeichelnde Bemerkungen zu Jonathan. Celia nahm an, dass Mr Mappleton in der Zeitung von den guten Aussichten ihres Mannes gelesen hatte.

Als sie alle saßen, lächelte der Anwalt noch mehr. »Ich bin aus mehreren Gründen hier. Ich hoffe, dass es Ihnen nichts ausmacht. Ich wollte Ihnen so einen Besuch in meiner Kanzlei ersparen.«

»Das ist sehr aufmerksam von Ihnen.« Sie hatte Mr Mappleton immer gemocht. Er war ihrer Mutter ein treuer Berater gewesen.

»Ja, nun, als Erstes möchte ich Sie darüber informieren, dass der Nachlass geregelt ist. Alles ist in Ordnung. Es gab keine weiteren Forderungen, also gehört dieses Haus nun rechtmäßig Ihnen.«

»Das ist gut zu wissen.« Sie widerstand dem Drang, zu Jonathan zu blicken, der schließlich dafür gesorgt hatte, dass keine weitere Forderung kam.

»Des Weiteren komme ich als Abgesandter«, sagte Mr Mappleton etwas ernster. »Ich hege die aufrichtige Hoffnung, dass Sie mich anhören werden. Ich überbringe Ihnen wörtlich die genauen Worte des Herrn, der mich darum gebeten hat.«

»Welcher Herr?«, fragte Jonathan.

»Das darf ich nicht sagen, Sir. Mir wurde versichert, dass Miss Pennifold – Mrs Albrighton – sowohl die Quelle als auch die Bedeutung der Worte kennen würde.« Seine Augen funkelten schelmisch. »Aber ich darf wohl verraten, dass es sich um einen höchst angesehenen Herrn handelt.«

»Dann lassen Sie uns hören, was er zu sagen hat«, erwiderte Jonathan.

»Ich wurde gebeten, Ihnen mitzuteilen, Mrs Albrighton, dass man Sie empfangen wird, wenn Sie erneut vorstellig werden. Das ist die ganze Botschaft.«

Jonathan warf ihr einen Blick zu. Er schien die Worte nicht besonders erfreulich zu finden. Er wirkte so, wie sie sich fühlte. Und es würde noch viel Zeit vergehen, bevor sie noch einmal zu Enderby gehen würde, ganz egal, welchen Gesinnungswandel er nun gehabt hatte. Aber eines Tages würde sie es wohl tun. Er war schließlich ihr Vater, nicht wahr?

»Vielen Dank, Mr Mappleton. Ich weiß Ihren Dienst zu schätzen«, sagte sie.

»Das ist dann also auch erledigt. Nun bleibt noch eine Sache.« Er griff in seinen Gehrock und zog einen Brief hervor. »Dies wurde von Ihrer Mutter in meinen Gewahrsam übergeben. Die Anweisung lautete, ihn zu überreichen, wenn Sie jemals aus Liebe heiraten sollten.« Er sah erst sie an, dann Jonathan, und errötete. »Als ob ich das zu sagen vermöchte! Und das habe ich ihr auch gesagt. Sie hat mir versichert, dass ihre Tochter mir eine aufrichtige Antwort geben würde, wenn ich sie danach frage.«

Plötzlich wirkte er bestürzt. »Vielleicht muss ich darum bitten, die Dame unter vier Augen zu befragen, Mr Albrighton. Ja, das wäre wohl am besten. Wie gedankenlos von mir. Ich bin an solch sonderliche Aufträge nicht gewohnt und ...«

»Machen Sie sich keine Gedanken, Sir«, sagte Celia. »Die Anwesenheit meines Gatten wird die Aufrichtigkeit meiner Antwort gerade bei dieser Frage nicht beeinflussen. Ich versichere Ihnen, dass ich aus Liebe geheiratet habe.«

Mr Mappleton sah sie erfreut an. »Ja, das glaube ich Ihnen, meine Teuerste.« Feierlich überreichte er ihr den Brief.

Dann verabschiedete er sich. Celia blieb mit dem Brief auf ihrem Schoß sitzen. Das Papier wirkte nicht besonders vergilbt. Der Brief war also vor gar nicht so langer Zeit geschrieben worden.

»Willst du ihn nicht lesen?«, fragte Jonathan.

»Ich weiß nicht, ob ich das will. Ich bin sicher, dass sie mich darin für meine Entscheidung rügt und mir vorwirft, meine Zukunft weggeworfen zu haben.«

Jonathan verzog sein Gesicht. »Wenn das stimmt, wäre es grausam und selbstsüchtig von ihr, dich aus dem Grab heraus heimzusuchen. Das hätte ich ihr nicht zugetraut.«

Nervös fingerte sie am Papier herum, dann faltete sie es schnell auseinander.

Sie las sich den Inhalt ganz durch und blinzelte. Die Worte verwirrten sie. Dann las sie den Brief ein zweites Mal. Als sie das tat, wurde sie von ihren Gefühlen überwältigt und begann unkontrolliert zu weinen.

Jonathan umarmte sie fest. Er nahm den Brief und zerknüllte ihn in seiner Faust. »Wir werden ihn verbrennen, und wenn noch mehr kommen, wirst du sie nicht lesen. Ich werde nicht zulassen, dass sie dich so verletzt, nur weil sie nicht akzeptieren konnte, dass ihre Pläne für dich nicht die deinen waren.«

Sie schüttelte den Kopf und bemühte sich um Fassung. »Es ist nicht, wie du denkst, mein Liebster. Nicht selbstsüchtig oder grausam. Es ist ein wunderbarer Brief.« Sie zog ihn aus seiner geballten Faust und faltete ihn auseinander. Dann glättete sie das Blatt auf ihrem Schoß. »Du musst ihn mit mir gemeinsam lesen. Du musst.«

Wange an Wange und in inniger Umarmung lasen sie den Brief gemeinsam.

Meine liebe, liebe Celia,

wenn du das hier liest, bedeutet das, dass du geheiratet hast. Außerdem hast du alles, was ich dir jemals beigebracht habe, verworfen und deinen Ehemann aus dem unvernünftigsten Grund gewählt. Du hast deine Zukunft aufs Spiel gesetzt, deine Sicherheit, dein Herz und sogar dich selbst, alles im Namen eines Gefühls, das sich für die meisten Frauen als kurzlebig und unbeständig erweist.

Ich möchte, dass du weißt, wie sehr ich es verstehe. Auch ich habe einmal geliebt. Auch wenn es mir mein Herz gebrochen hat, war es eine unvergleichliche Erfahrung. Wenn du die Gelegenheit ergriffen hast, etwas Ähnliches für immer festzuhalten, kann ich wohl kaum widersprechen. Tatsächlich ist es meine größte Hoffnung, während ich diesen Brief schreibe, dass du ihn eines Tages lesen wirst, denn das würde bedeuten, dass du einen Mann gefunden hast, der nicht nur deiner Liebe würdig ist, sondern der auch klug genug war, um deine wahre, deine innere Schönheit zu erkennen, und bereit ist, genauso viel zu riskieren wie du, um dich in seinem Leben zu haben.

Ich hoffe, dass du dich an mich erinnern wirst, Celia, und dass du euren Kindern von mir erzählst, wenn sie alt genug sind, um es zu verstehen. Du wärst die großartigste Kurtisane geworden, die London jemals erlebt hat, meine Tochter, aber der Gedanke, dass du auf diesem anderen Weg dein Glück gefunden hast, lässt mich vor Freude weinen.

Du hast meine Liebe und meinen Segen,
Alessandra

Lara Adrian schreibt als Tina St. John

Die Rache des Ritters

Roman

England, 12. Jahrhundert: In seiner Kindheit musste Gunnar Rutledge mit ansehen, wie sein Vater und seine Mutter ermordet wurden. Seither kennt er keinen anderen Gedanken, als den Tod seiner Eltern zu rächen und den Schuldigen, Baron Luther d'Bussy, zur Rechenschaft zu ziehen. Um den Baron zu einem Duell zu zwingen, entführt er dessen Tochter, die schöne Raina. Doch Gunnar hätte niemals damit gerechnet, dass er sich in die Tochter seines ärgsten Feindes verlieben könnte ...

Band 1: Die Rache des Ritters
400 Seiten, kartoniert mit Klappe
€ 9,99 [D]
ISBN 978-3-8025-8521-0

Band 2: Der dunkle Ritter
400 Seiten, kartoniert mit Klappe
€ 9,99 [D]
ISBN 978-3-8025-8522-7

Band 3: Die Ehre des Ritters
368 Seiten, kartoniert mit Klappe
€ 9,99 [D]
ISBN 978-3-8025-8523-4

www.egmont-lyx.de

LYX
EGMONT